The bad woman is Marionette

악녀는 마리오네트 3

한이림 장편소설

초판 1쇄 찍은 날 | 2021년 4월 23일
초판 2쇄 펴낸 날 | 2022년 10월 21일

지은이 | 한이림
발행인 | 이진수
펴낸이 | 황현수

펴낸곳 | 주식회사 카카오엔터테인먼트
등록번호 | 제2015-000037호
등록일자 | 2010년 8월 16일
주소 | 경기도 성남시 분당구 판교역로 221 6(일부)층

제작·감수 | KW북스
E-mail | cl_production@kwbooks.co.kr

ⓒ 한이림, 2018

ISBN 979-11-6509-877-3 04810
       979-11-6509-874-2 (set)

악녀는 마리오네트

The bad woman is Marionette

한이림
장편소설

3

Yeondam

Contents

20장
조력자들

라파엘로는 성년식 연회 전날 신전을 방문했다.

"반갑소. 데니안 사제."

그의 인사에 데니안 사제는 고요한 미소를 지었다.

"어서 오십시오, 공작님."

그들은 스테인드글라스를 통해 빛이 쏟아지는 경건한 예배당으로 갔다. 그곳에는 아무도 없었다. 애초에 이 사원을 이용하는 사람이라고는 허튼 미신을 믿고 오는 자가 전부였다.

라파엘로는 성호를 긋고 예배당 가장 앞자리로 갔다. 사제도 조그마한 의자를 끌고 와 라파엘로의 앞에 앉았다.

"차라도 대접하고 싶지만 마땅치 않은 장소라 이해해 주십시오."

라파엘로는 상관없다고 말하며 본론부터 이야기했다.

"내게는 어느 세력에도 결탁하지 않은 청렴한 고위 사제의 도움이 필요하오."

데니안 사제의 둥글게 휜 눈매가 살짝 벌어졌다. 사람 좋은 인상으로 보였던 얼굴에 서늘함이 깃들었다. 아마 웃지 않을 때는 상당히 차갑고 냉혹한 인상이리라.

그래, 이런 알짜배기 사원을 운영하는데도 고위 귀족 가문을 뒷배로 둔 다른 사제에게 자리를 빼앗기지 않는 데는 분명 이유가 있으리라.

데니안 사제가 말했다.

"저는 정치적인 문제에 개입하지 않습니다."

라파엘로는 '저는'이라는 말에 주목했다.

데니안 사제의 말은 적절했다. 사원은 이미 중립성을 잃고 수도 정계에 깊이 침투해 있었다. 거대한 세력이 가지는 어쩔 수 없는 딜레마였다. 그런 와중에도 그는 청렴함을 잃지 않겠다고 말하는 것만 같았다. 겉으로 보기에는.

"이 사원을 정치적인 목적으로 끌어들일 생각은 없소. 그저 최근 사원의 뜻과 일치하는 일을 데니안 사제께서 발의해 주었으면 하는 것뿐이오."

"그게 정치적인 문제 아니겠습니까?"

그건 맞는 말이었다. 발의하는 것 자체가 정치색을 띠는 일이었다.

"그래서 내가 '이 사원'이라고 말하지 않았소?"

라파엘로의 붉은 눈동자와 마주하던 데니안 사제는 작게 웃음을 베어 물었다.

"황녀 전하의 안위를 지켜내려는 일입니까?"

정치적인 문제에 개입하지 않겠다고 한 사람치고는 상당히 정세에 밝았다.

라파엘로의 눈매가 의혹으로 가늘어졌다. 문득 보좌관이 데니안 사제를 조사하여 올린 보고 내용이 떠올랐다. 제레미가 조사한 바로는, 이상하게도 대대로 대사제들이 이 사원의 고위 사제에게 꼼짝도 하지 못했다고 했다.

"거기다 데니안이라는 사제. 조금 이상합니다. 꼭 사람이 아니라 유령 같습니다."

겉으로는 아무런 영향력이 없는 작은 사원에서 안분지족하며 살아 가는 사람처럼 보였다. 대사원에 발길하지도 않고 파벌도 형성하지 않 았다. 이상한 점은 이제까지 이 사원을 맡았던 모든 사제가 그런 식 으로 행동했다는 점이었다.

'이렇게 수상한 일을 지금까지 아무도 몰랐다고?'

라파엘로는 이 사원에 뭔가가 있다고 확신했다.

"이런 사원을 유지하는 데는 보통의 노력이 들어가는 게 아닌 줄 알 고 있소."

그는 '노력'이 사원에 외부 세력이 개입하지 않도록 하는 일인지, 아 니면 사원을 정갈하게 유지하는 일을 뜻하는지 알 수 없도록 모호하 게 말했다.

"모르긴 몰라도 지난번 납치 사건의 여파가 분명히 이 사원에 남았 을 것 같은데……."

라파엘로는 일부러 말을 늘어트렸다.

둥글게 곡선을 그리고 있던 데니안 사제의 눈매가 곧게 펴졌다. 미 소의 질감도 달라졌다. 일개 한 사원의 고위 사제가 가질 인상이 아니 었다. 그의 얼굴에서 거칠고 지독했던 세월의 짙은 흔적이 엿보였다.

"황녀 전하의 방문 이후로 대사원에서 뭔가 약점이라도 잡은 것처 럼 들쑤셔 댄다고 들었소만."

"시간이 흐르면 잠잠해질 일입니다."

"하인리히 대공자는 그렇게 생각하지 않는 것 같던데."

"그래서 키드레이 공작가가 이 사원의 뒷배가 되어 주겠다는 말씀이십니까?"

조금도 에두르지 않은, 귀족적이지 않은 말이었다. 그러나 라파엘로는 차라리 이런 대화가 더 낫다고 생각했다. 카예나가 없는 곳에서 시간을 쓰는 건 질색이니까.

"원한다면 어떤 형태로든 지원할 수 있소. 이 사원의 자주성을 지키는 대신 단 한 번만 나를 도와주면 되오."

"일회성에 그칠 협력이라는 것을 제가 어찌 믿을 수 있습니까?"

"원한다면 가문을 걸고 공증하지."

데니안 사제는 어처구니없다는 듯이 말했다.

"황녀 전하께 품은 마음을 숨길 의지가 조금도 없는 것 같군요."

"그 사실을 당신이 알아도 뭔가 할 것 같지는 않아서."

그때 라파엘로의 뒤편에서 낯선 목소리가 들렸다.

"그걸로는 부족해."

뭐지? 인기척은 못 느꼈는데? 라파엘로는 눈을 살짝 치뜬 채 뒤를 돌아보았다. 밝은 갈색 머리카락에 캐러멜색 눈동자의 반듯한 외모를 지닌 남자가 보였다.

"누구지?"

데니안 사제가 그 낯선 남자에게 말했다.

"굳이 나오지 않으셔도 괜찮았습니다만, 바엘 님."

"……바엘?"

라파엘로의 미간이 찡그려졌다. 전에 이 사원에서 카예나와 가상의 남편 이야기를 나누었을 때 나왔던 이름이 아니던가?

'우연인가?'

그러나 바옐이라는 자가 입은 옷이나 분위기 등 모든 것이 하나같이 범상하지 않았다.

'그리고 저 눈동자, 전에 본 적 있는 눈빛인데.'

라파엘로는 허리춤으로 손을 내렸다. 여차하면 총이든 검이든 빼낼 참이었다.

"여기 주인."

"⋯⋯뭐?"

"저쪽 사제는 내 바지 사장이야."

바옐의 말에 데니안 사제가 고개를 절레절레 흔들었다. 상당히 친밀한 사이로 보였다.

"귀족인가?"

"귀족? 뭐, 원한다면 그렇게 될 수도 있고."

"이 사원의 진짜 주인이지만 사제는 아니고 귀족도 아니다."

라파엘로는 저 바옐이라는 남자가 이 사원이 수상한 원인이라는 사실을 눈치챘다. 즉, 자신이 원하는 것을 줄 수 있는 사람도 바로 저 남자라는 얘기다.

라파엘로는 자리에서 일어나 비스듬한 자세로 서 있는 바옐에게 다가갔다.

바옐은 다가오는 라파엘로를 보며 미간을 찡그렸다. 넓은 어깨부터 길쭉한 다리까지. 굳이 비율이 좋다고 말할 필요도 없을 정도였다.

'요즘 애들은 키가 왜 이렇게 커?'

그도 180㎝로 작지 않은 키였으나 라파엘로를 보려면 시선을 들어 올려야 했다. 뭔가 진 기분이었다.

라파엘로가 바옐에게 말했다.

"원하는 게 뭐지?"

'말하는 것도 재수 없네.'

대뜸 원하는 게 뭐냐니. 카예나 황녀의 안위와 관련된 일이 아니라면 관심 없다는 듯한 태도였다.

'황녀도 이상했는데 이 남자도 꽤 묘하네.'

보통 바엘이 뭐 하는 사람인지, 이 사원의 약점이 무엇인지 알아내려 하는 게 일반적이지 않나?

그런데 라파엘로는 어디서 본 적도 없는 잘생긴 얼굴로 건조하게 원하는 게 뭐냐고만 묻고 있었다. 어느 소설에 나오는 남자 주인공 대사인가 싶었다.

'아니지, 아니야. 보통 저런 소리는 여자 주인공이 들어야 할 말이라고.'

바엘은 잡생각을 털어 냈다.

"고위 귀족은 파트너를 대동할 수 있다고 들었는데."

라파엘로의 눈이 가늘어졌다.

바엘은 황녀에게서 확인해 볼 일이 있었다.

'마법을 사용해서 침입하면 간편하겠지만……'

카예나가 전에 신전에서 했던 이야기를 라파엘로도 들었다는 게 문제였다. 가상의 남편을 만들 생각이라며 제 이름을 말했을 때 당장 그녀 앞으로 튀어 나가 미쳤냐고 말할 뻔했었다.

'하여간 인간들이란.'

바엘은 이왕 라파엘로와 협력하는 김에 카예나의 조력자가 되어 줄 생각이었다. 그녀의 기구한 운명에 일말의 동정심이 일었기 때문이다.

바엘은 라파엘로가 해 줘야 할 부분을 일러 주었다.

"당신은 바엘 크로노스의 친구가 되어 주기만 하면 돼."

"……!"

크로노스는 몰락한 왕국, 마드레나 왕조의 성씨였다. 카예나가 계획했던 것과 뜻이 완전히 일치하는 이름이었다.

"그러면 팔라딘을 움직여 주지. 어때?"

라파엘로는 묻지 않을 수 없었다.

"당신은 황녀 전하의 사람인가?"

"일단 그렇다고 해 두자고."

바옐은 라파엘로에게 다가가 손을 내밀며 물었다.

"그래서 친구 할 거야, 말 거야?"

라파엘로는 손을 물끄러미 내려다보았다. 사랑하는 여자가 결혼하겠다고 말한 이름을 가진 남자와 친구라…….

그는 짧은 한숨을 내쉬었다. 조금 제거해 버리고 싶지만 어쩔 수 없지. 카예나와 관련된 일이라면 어떤 것이든지 불가항력이었다. 라파엘로가 바옐의 손을 맞잡았다.

"그러지."

―❈―

카예나의 생일 연회는 사교 시즌이 시작되고 첫 번째로 열리는 가장 큰 연회기 때문에 참석자가 언제나 많았다. 그렇다고 해도 이번 황녀의 생일 연회에 참석한 사람 수는 지나치게 많았다. 황녀가 성년이 되는 생일이며 그간 온갖 풍문이 수도를 휩쓴 탓인지 그랜드 홀은 북새통이었다.

"오오, 키드레이 공작님. 작위 계승을 축하드립니다!"

라파엘로는 이 연회장에서 아마 카예나만큼 축하받는 유일한 사람이었다. 그가 얼마 전에 작위를 계승했기 때문이었다.

"감사합니다."

그는 몇 번째인지 모를 악수를 여러 귀족과 나누었다. 속이 메스꺼웠다. 연회장으로 들어오기 전, 카예나와 나눈 온기가 아니었다면 당장 이 자리를 박차고 나갔으리라.

라파엘로는 어린 시절부터 지닌 결함으로 인해 연회라면 딱 질색하는 사람이었다. 원래라면 아주 느지막한 때에 연회장에 들어와 최대한 사람들과의 접촉을 피했을 것이다.

그러나 오늘은 아니었다. 한시바삐 카예나를 만나고 싶었다. 그녀의 숨결을 들이쉬고 온기를 느끼고 여전히 무사함을, 이곳에서 잘 버텨내고 있음을 확인해야만 했다. 덕분에 그는 이른 시간부터 연회에 참석하게 되었다.

"각하."

연회복을 입은 제레미가 라파엘로 곁에 다가오더니 차가운 물을 건넸다. 라파엘로는 찬물을 들이켜며 울렁거리는 속을 다스려 보려 했다.

"잠깐 나가시는 게 어떻습니까?"

그는 제레미의 제안에도 고개를 내젓고 꾹 참아 냈다. 곧 카예나가 등장할 시간이기 때문이었다.

음악이 바뀌고 카예나가 레제프의 에스코트를 받으며 계단에서 내려왔다. 그녀를 보는 것만으로도 이상하게도 상태가 나아지는 기분이었다. 이 공간에 카예나가 있다는 사실이 그의 기분을 안정되게 했다.

카예나를 보아야 살 것 같았다. 그런데 그게 꼭 자신의 병증 때문만이 아니라는 생각이 들었다.

"여기 있었구나."

모친의 목소리가 들렸다. 돌아보니 한 치의 빈틈도 용납하지 않은 완벽한 연회복 차림의 노아 키드레이 대부인이 보였다. 참으로 모친다운 모습이었다.

"오셨습니까."

라파엘로의 긴조한 빈응에도 노아는 그러려니 했다. 원래 그들 모자 사이는 늘 이랬다.

"장미 농장은 왜 사들이신 겁니까?"

"몰라서 묻니?"

"어머니께서 아무 이유 없이 황녀 전하의 이름으로 자선 사업을 하실 분은 아니지 않습니까."

노아 대부인이 난데없는 아들의 간섭에 코웃음 쳤다.

"네 허락이라도 받고 선물을 준비했어야 했단 말이냐?"

"황녀 전하의 안위에 변화가 있을 일이라면 그렇습니다."

그의 담담한 대답에 대부인의 한쪽 눈썹이 휙 치켜 올라갔다.

'이 애가 누군가에게 이렇게 관심을 내비치던 때가 있었나?'

라파엘로가 누군가를 바라보거나 입에 담을 때 온기가 스며 있는 것을 처음 보았다. 심지어 황녀와 눈이 마주쳤을 때의 표정이란⋯⋯.

라파엘로가 주변을 휙 둘러보더니 입을 열었다.

"샤프롱이 보이지 않는군요."

"⋯⋯그렇구나."

첫 번째 춤을 끝낸 카예나에게 예이스터가 접근하고 있었다.

라파엘로는 무심결에 재킷 안쪽을 더듬었다. 총을 끼워 두는 자리였다. 저 쓰레기의 접근은 마땅히 예상하고는 있었지만⋯⋯ 실제로 목격하니 계책을 짜내는 대신 그냥 머리통을 쏴 버리고 싶었다.

하지만 카예나가 그리는 그림을 망칠 수는 없었다.

"어렵지 않은 부탁을 좀 드려도 되겠습니까?"

대부인의 눈이 가늘어졌다. 그녀는 아들이 어떤 부탁을 할지 충분히 짐작되었다.

"저 삼파전에 끼어들어 달라는 말이니?"

"그렇습니다."

"너는?"

"제가 끼어들 그림이 아니지 않습니까."

그건 노아 대부인도 동감하는 바였다. 카예나와 레제프, 대공자가 각축을 벌이는 저 상황에 라파엘로까지 끼게 되면 명백히 세력 싸움으로 받아들여질 것이다.

"그리하마. 너는 상황을 못 본 척 연회장 밖으로 잠시 나가 있는 게 좋겠구나."

"……그렇겠지요."

저런 미친 인간들 사이에 카예나를 두고 떠나는 것이 썩 내키지 않았다. 하지만 내키지 않는 것과는 별개로 카예나가 저들을 충분히 다룰 수 있으리라는 계산은 들었다. 모친의 거침없는 성품에 황자나 대공자에게 질 리도 없었고.

그랜드 홀을 나가자 점차 가물어지는 햇살의 알싸한 냄새가 코끝에 닿았다. 연회장에 있는 내내 어쩔 수 없이 느끼고 있던 역겨움이 점차 누그러졌다.

그때 바스턴이 다가왔다.

"데니안 사제가 대사원에 들어갔다는 소식이 방금 도착했습니다."

'상당히 빠르네.'

바엘이라는 남자가 정말로 그 사원의 주인이었던 건가.

라파엘로가 고개를 끄덕였다.

"계획대로 바엘 크로노스의 신분을 보증하고 이목을 끌어 줘라."

"알겠습니다."

바엘은 몰락한 왕국의 후손이자 라파엘로의 지인으로 둔갑될 예정이었다.

'그자가 정말 황녀의 남편이 되지는 않겠지…….'

생각해 보면 영 이상한 소문이 붙은 사원의 주인이기도 했다. 카예나와 마주치게 하고 싶지 않은 게 그의 진심이었지만 팔라딘의 활동 영역을 넓히는 일은 꼭 필요했다. 그들의 무력을 믿어서가 아니라 사원이라는 집단이 가진 권력 때문이었다.

"저……. 또 드릴 말씀이 있습니다."

바스턴이 답지 않게 약간 가라앉은 얼굴로 조심스럽게 말을 이었다.

"레오 님께서 수도로 오셨다고 합니다."

부친은 평생 수도로는 발길하지 않을 것처럼 굴던 사람이었다. 예전에는 그 이유를 몰랐지만, 지금은 알았다. 죽은 황후가 떠오르는 탓이리라.

왜 하필 이런 시기일까? 왜 부친은 자신이 모든 사실을 알게 되었을 때 이곳으로 온 걸까.

라파엘로는 마른세수라도 하고 싶은 기분이었다. 그러나 겉으로는 아무런 내색도 하지 않고 흐트러짐 없이 말했다.

"사람을 붙여 놓아라."

"예, 주인님."

탈력감인지 피로감인지 모를 것이 그를 한바탕 휘저었다. 아무도 없는 곳에서 고요에 잠기면 좀 나아질 것 같았다.

"나는 외부에서 조금 쉬었다가 다시 연회장으로 돌아갈 테니 먼저 들어가 보아라."

그러자 바스턴이 의아하게 물었다.

"휴게실로 가시지 않고요?"

"어차피 거기는 휴게 기능도 못 하지 않느냐."

"그건 그렇지요. 연회가 한창이니 황녀궁 휴게실로 갈 수도 없고……."

바스턴은 알겠다고 대답하고는 물러났다.

라파엘로는 사람이 없을 만한 곳을 찾아 천천히 걸음을 뗐다. 그는 카예나가 변하기 전에는 이 황궁을 마치 제집처럼 자주 드나들었다. 그녀가 매일같이 황궁으로 불러낸 탓이었다. 그 때문에 연회장 근처로 어떤 공간들이 있는지, 사람이 없는 공간이 어디인지를 명확하게 잘 알고 있었다.

라파엘로는 황족만이 이용할 수 있는 몇 군데의 테라스 중에서도 가장 은밀한 곳인, 정사를 나눌 때나 쓰는 테라스 근처로 향했다. 황제나 그의 직계 자손이 아니면 이용할 수 없는데다가 카예나나 레제프는 지금 바빠서 아무도 오지 않을 확률이 컸다. 아마 지금 이 근처에서 그곳만큼 사람이 없고 조용한 장소는 없으리라.

장소의 특수성답게 정원으로 진입하는 길에 지키는 이가 아무도 없었다. 연회를 앞두고 관리해 놓은 모양인지 분수대가 물줄기를 뿜어내고 있었으며 조경도 정갈했다.

그는 길게 숨을 내쉬었다. 연회장의 소음이 이곳까지 들리기는 했으나 마치 먼 곳의 일처럼 느껴졌다. 점차 마음이 평온해졌다.

그러나 카예나와 같이 있을 때만큼은 아니었다. 당장 그녀가 보고 싶었다.

"……왜 당신이 여기에 있어요?"

"……!"

라파엘로가 테라스 쪽으로 휙 돌아보았다. 이건 환영인가? 카예나가 왜 이 테라스에 있지?

"여기 황족 전용 테라스인 거 알아요?"

카예나가 어처구니없다는 표정으로 그에게 말하고 있었다. 라파엘로의 발이 저절로 테라스 난간 쪽으로 향했다.

그녀도 난간으로 다가와 아래로 몸을 숙였다. 금빛 머리카락이 마치 동화 속의 머리카락으로 된 밧줄처럼 사르르 내려왔다.

라파엘로는 손을 쭉 뻗어 보았으나 바닥에서 테라스까지 높이가 꽤 되었기에 닿지 않았다. 그는 테라스에서 정원으로 연결된 외부 계단을 타고 올라갔다.

그사이 카예나는 마력을 주변에 흩뿌렸다. 누군가의 접근을 바로 알아차리기 위해서이기도 했고 이곳의 소리를 다른 이들이 못 듣게 하기 위함이었다.

어쩐지 연회장에서 모습이 보이지 않더라니, 여기에 있었을 줄이야. 왜 이곳에 왔는지는 어림짐작되었다. 그 사람 많은 곳에서 계속 부대끼고 있을 수 있는 사람이 아니었으니…….

라파엘로가 카예나 주변에 아무도 없는 것을 확인하고는 더 확실히 하기 위해 물었다.

"혼자이십니까?"

반드시 혼자여야 했다. 이 테라스의 퇴폐적인 용도 때문이었다.

카예나는 살짝 한숨을 머금은 채로 그에게 말했다.

"그게 문제가 아니잖아요."

"무엇보다도 중요한 문제입니다."

그의 단호한 말에 카예나가 고개를 비스듬히 기울였다. 그러고는 짓궂게 말했다.

"지금은 혼자가 아니네요."

라파엘로가 눈을 휘둥그레 뜨며 입술에 틈을 만들어 냈을 때 카예나가 산뜻하게 말했다.

"농담이에요."

"위험한 농담을 하시는군요."

그는 고개를 비스듬하게 꺾었다. 카예나의 뺨에 닿을 듯 말 듯 뻗어 온 손이 뚝 멈추었다. 그게 되레 카예나의 전신을 묘한 긴장감에 휩싸이게 했다. 마치, 폭풍전야처럼.

'장소 탓이야.'

이곳이 하필이면 퇴폐적인 용도의 테라스라, 그래서 라파엘로의 행동이 유달리 끈적해 보이는 것이리라. 카예나는 시선을 슬쩍 피했다.

"연회 중이에요."

"입술 색이 예쁩니다."

"……."

라파엘로는 엄지를 세워 카예나의 도톰한 아랫입술을 지그시 눌렀다. 붉은 입술에 틈이 벌어지며 새빨간 혀가 시야를 범했다. 열기에 휩싸인 하늘빛 눈동자가 당혹스럽게 저를 향하는 게 이토록 사랑스러울 일이던가? 라파엘로는 당장 이 숨을 가득 삼켜 그녀의 입안을 탐하고 싶은 격렬한 충동에 들끓었다.

카예나는 그가 음탕한 분위기를 조성하는 것과 달리 지나치게 반듯한 표정을 짓고 있는 게 이상하게 더 야하게 느껴졌다.

"라파엘로."

그는 몹시도 진지하게 카예나의 말을 경청했다.

"……손을 좀 떼 주시겠어요?"

라파엘로는 입술을 야릇하게 쓸어 만지던 것을 멈추더니 그녀의 머리를 장식한 티아라를 매만졌다. 화려하고 아름다운 관조차도 그녀의 탐스러운 금발에 비하면 가치가 퇴색되는 듯했다. 그러니 치워 주어야지.

라파엘로는 티아라를 벗겨 테이블에 올려 두었다. 카예나는 황당해졌다.

"그걸 왜 벗겨요?"

"무거우실 듯하여."

사실 머리에 보석이 한가득 박힌 티아라를 쓰고 있는 게 무겁기는 했다.

카예나는 그가 여전히 차분한 표정으로 신사다움을 잃지 않고 있자 기분이 묘해졌다. 이 사람은 그저 둘이서 달콤한 시간을 보내는 것에 만족하고 있는 것처럼 보였다.

'……나만 긴장한 건가?'

자신만 이 장소에 걸맞은 다른 생각을 품고 있는 건가? 카예나는 어색하게 말을 돌렸다.

"조금 피곤하기는 하네요. 장신구들이 무겁거든요."

사실 목에 걸린 흉기에 가까운 커다란 목걸이도 벗어 버리고 싶었다. 카예나가 목걸이를 만지작거리자 그가 손을 뻗어 와 거침없이 벗겨 냈다.

툭.

그것도 테이블에 놓자 차르륵 소리가 나며 수많은 보석이 영롱한 광채를 뿌렸다.

"……당신이 내 포장 리본을 풀었네요."

결혼 시장에 내놓을 황녀를 예쁘게 포장하는 리본. 그 의미가 담긴 목걸이를 라파엘로가 풀게 될 줄이야.

"그럼 이제 선물을 받아도 되는 겁니까?"

"네? ……흡."

낮게 끓어오르는 목소리에 반응하기도 전, 입술이 겹쳐지며 지금까지 간신히 참아 냈다는 듯이 혀가 틈을 비집고 들어왔다. 순식간에 서로의 타액이 뒤섞였다. 긴장감과 함께 몸이 달아오르며 아랫배가 꽉 조여들었다. 카예나는 그의 가슴팍을 와락 움켜쥐고 뜨거운 숨을 토했다.

라파엘로는 여전히 입술을 겹쳐 꾹 누르고 간지럽게 스쳐 비비다가 축축하게 빨아들였다. 그러면서 손으로 그녀의 엉덩이를 받쳐 들어 훌쩍 안아 올렸다.

"흡-!"

카예나가 놀라 그를 콱 붙들었다. 라파엘로는 긴장할 것 없다는 듯이 완벽한 안정감을 유지하며 계속해서 입술을 지분거리며 야살스럽게 그녀를 탐했다.

풀썩!

그들은 곧 소파인 척하는 침대에 몸을 겹쳐 누웠다.

"하아……!"

카예나의 갈급한 손이 그의 몸을 감싼 재킷 단추를 풀어냈다. 라파엘로가 얇은 드레스 아래로 느껴지는 날씬한 몸을 움켜쥐자 뜨거운 숨이 흘러나왔다. 아, 이곳이 연회장만 아니었더라면.

라파엘로는 제 장갑을 이로 끝을 물어 빼내 휙 던져 버렸다. 어느새 카예나의 손에 의해 단추가 다 풀린 재킷도 벗어 던졌다. 구김이 가면 바스턴이 잔소리하겠지만 아무래도 상관없었다.

그는 카예나를 품에 안고 작게 숨을 토했다. 겨울이었다면 새하얀 숨이 처공을 선명히 채웠다가 흩어졌을 게 분명했다.

울렁거리던 속은 언제 그랬느냐는 듯이 멀쩡했다. 오히려 기분 좋은 긴장감에 온몸의 감각이 선명하게 깨어났다.

'어떻게 하면 좋을까.'

대체 감정은 얼마나 솔직해야 하며 얼마만큼 충실해야 하는가?

'그러고 보면 참 웃긴 일이군.'

누군가와 접촉하고 싶어서 안달하는 자신이라니……. 그는 확실히 카예나라는 사람에게 깊이 중독되어 있었다. 중독이라는 것이 그렇다. 이제는 그간 해 왔던 정도로 결코 만족되지 않았다. 더 깊이, 더 많이 원했다.

'만약 이 사람과 결혼하면 갈증이 좀 사라질까?'

매일 아침, 같은 침대에서 일어나 키스로 그녀의 잠을 깨우면 좀 괜찮아질까? 좀처럼 눈을 뜨지 못하는 그녀를 품에 안아 상체를 일으키며 목덜미에 얼굴을 파묻고 이를 세워 깨문다면. 뭐 하는 거냐며 푸스스 웃느라 품 안에서 가볍게 흔들리는 몸을 끌어안고 관자놀이에 입을 맞춘다면. 잘 잤냐고 말하는 입술을 집어삼키고 농밀하게 탐하며 얇은 네글리제 속으로 파고든다면. 일으켜 세운 몸을 다시 침대에 겹쳐 눕는다면.

그러면 갈증이 사라질까?

과연 자신은 그것으로 만족할까?

'그럴 리가 없지.'

그런 달콤한 아침만으로 그의 욕구가 다 채워질 리가 없다. 그는 카예나만 보면, 아니, 그녀의 몸에서 나는 부드러운 향이 코끝을 스치기라도 하면 개처럼 발정할 것이다. 언제 어디서든 주제도 모르고 그녀를 원하게 될 것이다. 그곳이 침실이든, 다이닝 룸이든, 화원이든, 아니면 이런 색정적인 의미의 테라스든.

그는 카예나의 목덜미를 정성껏 핥고 어깨를 부드럽게 주무르고 아래는 짙게 겹쳐 누르며 입술로 달콤하게 이름을 속삭였다.

"카예나."

"으응……."

그녀가 화답하듯 그를 더 강하게 끌어안고는 타이를 벗기고 셔츠를 벌렸다. 이성은 전혀 남지 않은 채 오직 본능에만 충실한, 짐승 같은 행동들이 이어졌다.

그러나 바지 아래가 터질 것처럼 부풀어도 그는 자제했다. 작정하고 자신을 어떻게 하려는 모양인지 야한 숨소리를 참지 않는 카예나를 아래에 두고서도.

"하…… 제발……."

인내할 수 있게 도와주십시오. 그는 희미하게 목 안을 긁는 소리를 냈다. 자신의 감정을 조금도 자제하고 싶지 않았다. 뭐가 어떻게 되든 상관없을 정도로 폭력적인 탐욕이 지독하게 그를 괴롭혀 댔다. 그는 이 순간에도 만족할 줄 몰랐다. 욕심이 채워지지 않았다. 그러나 참을 수밖에.

쪽.

그는 간신히 열기를 수습하며 그녀의 부푼 입술을 가볍게 눌렀다가 떨어트렸다.

"……못됐어요."

지금껏 그에게 정신없이 응했던 카예나는 달뜬 숨을 내뱉으며 간신히 진정했다. 이성을 되찾으니 경악스러웠다. 나 설마 이 테라스를 있는 그대로의 용도로 쓰려고 했던 걸까? 이건 방만한 악녀 시절에도 하지 않은 대담한 짓이었다.

그때 라파엘로가 고개를 비스듬히 내렸다.

쪽.

그는 저를 탓하는 사랑스러운 입술을 눌렀다가 떨어트렸다. 그러고는 담담히 죄를 청했다.

"저를 때리셔도 됩니다."

"……기가 막혀."

그가 이번에는 귓바퀴를 잘근 깨물었다.

움찔!

"당신……!"

카예나는 눈을 샐쭉하게 뜨며 그의 두 뺨을 붙잡고 저를 바라보게 딱 고정했다. 라파엘로는 퍽 순진하게 눈을 깜빡였다.

"마음에 들지 않으셨습니까?"

"……그런 문제가 아니잖아요."

"저에게는 중요한 문제입니다."

카예나는 한쪽 눈썹을 획 들어 올렸다.

"제 마음에 드는 게요?"

"네. 당신 마음에 드는 게."

그 얼마나 진지한 발언인지. 카예나는 졌다는 듯이 짧게 한숨짓더니 그의 목을 끌어안았다.

두근. 두근.

서로의 고동이 전신을 부드럽게 울렸다. 서로의 마음을 질편하게 확인하고 나른한 한때를 보내는 연인처럼 달콤한 접촉이었다.

"이렇게 있으니 좋네요."

카예나는 저도 모르게 진심을 입에 담았다. 라파엘로는 옆으로 누우며 카예나에게 팔베개를 해 주었다. 두 사람의 시선이 다시금 짙게 마주쳤다.

"저 역시 이렇게 둘이서 있는 게 좋습니다."

평생 둘만 있고 싶을 만큼. 다른 방해물을 모조리 쓸어 내 깨끗하게 치워 버리고서, 이렇게. 그는 다른 자유로운 손으로 카예나의 머리카락을 만지고 때때로 키스했다.

카예나가 피식 웃자 라파엘로가 따라 웃었다.

"이제 돌아가야죠?"

카예나는 몰라도 라파엘로는 연회장을 비운 지 꽤 오래되었다. 이만 돌아가 봐야 할 시간이었다. 라파엘로도 그 사실을 잘 알았기에 더 욕심내지 않고 카예나의 이마에 입 맞추며 말했다.

"시녀를 불러 다시 채비하셔야겠습니다."

"알아서 할 수 있으니 걱정하지 말고 가 봐요. 동시에 연회장에 돌아가면 이상하게 볼 테니까."

라파엘로가 몸을 일으키자 카예나도 자리에서 일어났다. 그녀는 직접 셔츠 깃을 정리하며 타이에 핀을 채워 주었다.

"당신도 꼭 모습을 정리한 후에 들어가도록 해요."

카예나는 그의 흐트러진 차림새를 가리키며 말했다. 라파엘로는 대답 대신 카예나의 손에 깍지를 끼고 입 맞추었다.

"어서 가 봐요."

카예나는 그의 등을 떠밀었다. 라파엘로는 어쩔 수 없다는 듯이 짧은 한숨과 함께 테라스에서 내려갔다.

그의 모습이 보이지 않게 되었을 때, 카예나는 낮에 했던 것처럼 마법으로 몸을 정돈하기 시작했다.

마지막으로 보석으로 된 관을 다시 썼을 때였다. 뭔가가 울컥하고 치밀어 다급하게 입을 틀어막았다.

"쿨럭!"

장갑이 순식간에 축축해졌다. 바닥에는 검붉은 피가 후두둑 쏟아져 내렸다.

'분명 이 정도는 괜찮았는데.'

그사이에 몸이 더 나빠진 걸까? 그녀는 무감한 눈으로 손과 바닥을 보았다. 손이 얼음장처럼 차갑고 몸살처럼 둔탁한 통증에 전신이 아릿했다.

카예나는 드레스 주머니에서 작은 병을 꺼냈다. 녹색의 엘릭서가 담긴 병이었다. 엘릭서를 한 방울 마시자 몸은 금세 멀쩡해졌다.

그 후로 일부 공간의 시간을 돌려 핏자국을 없앴다. 마치 화면을 되감기라도 한 듯이 붉은 자국이 줄어들다 이내 사라졌다. 어쩐지 피로했다.

"이러다가 금방 죽겠네."

─그러니까 왜 그렇게 마법을 펑펑 써대?

이질적인 말소리에 카예나는 고개를 번쩍 들어 올렸다. 사람은 없고, 치즈 고양이 하나가 난간에서 그녀를 바라보고 있었다.

—얼마 전에는 시간도 멈췄지?

"……바옐?"

고양이는 아예 엉덩이를 난간에 붙이고 앉았다. 목소리가 어딘지 어린 소년의 것과 비슷했다. 소년의 목소리로 말하는 치즈 고양이라니. 저런 일이 가능한 사람은 바옐이 유일했다.

"당신이 여기는 어쩐 일이야? 정말 내 부마라도 되려고 온 거야? 미안하지만 좀 늦었는데."

—미쳤어?!

바옐이 털을 쭈뼛 세웠다.

"그게 아니고서는 이유가 없잖아? 당신, 인간들이랑 얽히는 거 싫어하니까."

그러자 고양이의 호박색 눈동자가 가늘어졌다.

—이봐, 황녀. 네 머릿속을 한번 봐도 돼?

카예나는 자신이 놓친 부분은 없는지 몸단장 상태를 확인해 보며 여상스럽게 말했다.

"그게 되겠어?"

—흐음.

고양이가 난간에서 폴짝 뛰어내렸다. 그가 가까이 다가오자 카예나는 반사적으로 고양이를 안아 들려 했다. 바옐이 후다닥 물러나며 앙칼지게 외쳤다.

—캭! 무슨 짓이야!

"스스로 사람에게 다가오는 고양이라니, 어쩐지 안아 줘야 할 것 같아서."

—추행범!

카예나의 눈이 가늘어졌다.

"음흉한 늙은이."

그러자 고양이가 하악질했다.

―뭐가 어째?!

그녀의 비난에는 근거가 있었다.

"어기서 뭘 훔쳐본 거야?"

―하나도 안 봤거든? 절대!

"아니면 말고."

그녀가 건성으로 대꾸하자 바엘이 몹시 분한지 바닥을 팡팡 쳤다. 그래 봤자 고양이의 모습이라 귀여워 보일 거라고는 생각하지 못하는 것 같았다.

"그래서 여기는 어쩐 일이야?"

바엘은 도도하게 고개를 휙 쳐들고 말했다.

―새로운 마법사가 사고를 칠 것 같으니 내가 나오지 않고 배기겠어?

"시간을 멈춘 건 어떻게 알았어?"

―같은 마법사에게는 시간 지배가 통하지 않으니까. 너보다 약한 마법사는 시공간의 반발력이 너무 커서 멋대로 움직였다가는 온몸이 찢기겠지만.

시간을 멈추고서 움직였을 때 느껴지던 반발력이 기억났다. 크게 위험하다고 느끼지는 않았는데 힘이 약한 자가 억지로 움직이면 온몸이 찢어진다니.

'함부로 시간을 멈추지도 못하겠네.'

어차피 몸에 심한 타격이 와서 거의 봉인하다시피 한 능력이었다.

"마법사가 더 있어?"

－있기야 하지. 아직 살아 있을지는 모르겠지만. 새로운 햇병아리들 이야 내가 일일이 알 수 없고.

바옐이 꼬리를 살랑살랑 흔들었다. 카예나는 이야기가 조금 길어질 것 같자 의자에 앉았다. 바옐은 침대로 폴짝 뛰어 올라갔다. 침대에 고양이 털 다 묻겠네. 그런 생각에 잠겨 있을 때였다.

－시공간 마법은 인제 그만 써. 그 말 하려고 온 거야.

"친절하네. 충고는 고맙게 들을게."

여차하면 마법을 계속 쓰겠다는 뜻이었다.

－방금 그렇게 검은 피를 토하고도 모르겠어? 시공간을 통제하는 마법은 인간의 몸으로 사용할 수준의 능력이 아니야.

"그런 것 같더라."

카예나가 건성으로 대답하자 바옐이 한숨처럼 말했다.

－너 이 삶이 첫 번째가 아니지?

"……."

－천수를 다하지 못한 삶이 더 있어. 그렇지?

"……연회장을 비운 지 오래되어서 이만 가 봐야겠어. 고양이도 같이 갈래? 춤은 못 추겠지만."

－말 돌려 봐야 소용없어. 애초에 고작 인간과의 수명 거래에서 그만큼 장미가 지고 피는 게 말이 되지 않았다고.

"유달리 장수할 운명이었을 수도 있지."

－너 그러다가 진짜로 비명횡사할지도 몰라.

그제야 카예나는 입을 다물었다. 바옐은 그녀의 분위기가 살짝 가라앉는 것을 보고 침착하게 설명을 이었다.

－네게 몇 번의 삶이 축적되어 있는지는 모르겠지만, 그 모든 삶을

더한 수명의 절반이 거래됐어. 덕분에 감당하기 어려울 정도로 큰 능력이 개화되고 말았지.

그렇다고는 해도 시공간을 다스리는 능력이 튀어나오는 건 확실히 이상했다. 이것은 카예나가 살아온 삶이 재능으로 개화된 탓이리라.

"그럼 내 모든 생을 통틀어서 수명 절반이 떨어져 나간 거야?"

―그래.

그렇다면 그녀가 아무리 박명하더라도 이 생에서 노년기까지는 살다 죽는다는 말이 아닌가? 비록 몸이 약해져서 유병장수할 가능성을 무시하지 못하겠지만 단명하는 것보다는 나으리라.

그러나 바엘이 그 희망적인 생각을 깨트려 버렸다.

―수명 거래는 그런 단순한 계산법으로 되는 일이 아니야. 네 삶 중 어디에서 가장 많은 수명을 떼어 갔을지 모른다고.

이번 설명에는 카예나도 마냥 태연할 수 없었다. 그녀는 습관처럼 걸치고 있던 미소를 지웠다.

"그럼 내가 백 년을 살지, 내일 당장 죽을지 모른다는 말이네."

―…….

바엘은 아무런 말도 하지 않았다. 카예나는 가느다랗게 한숨을 내쉬었다.

아, 역시 피곤한 게 맞나 봐. 그렇지 않고서야 이렇게 눈앞이 어지러울 리가 없잖아.

그녀는 천천히 눈가를 짚었다.

"그래……. 그야말로 시한부가 되어 버린 거네?"

이건 계획에 없었다. 내일 당장 죽을지도 모르는 이런 상황은. 하지만 어쩔 수 없었다. 하는 데까지 해 보는 수밖에.

"정말 시간이 없어."

말 그대로 시간이 없었다. 지금까지 단 한 번도 여유 부린 적은 없건만 그 정도로는 어림없게 되었다.

─무슨 생각을 하는 거야?

"어서 빨리 누구도 승리하지 못하게 할 생각."

레제프와 예이스터가 서로를 갉아먹을 동안 카예나는 그들의 비리를 끌어내고 군부를 일으켜 응징할 생각이었다.

그것에는 필연적으로 시간이 필요하다. 서로를 물어뜯고 깎아내려서 충분히 약해질 시간이.

'모든 게 다 준비되어 있는데 시간이 없다니.'

골치가 아팠다.

─너는 지금 그런 생각이 들어? 제정신이야? 당장 죽을지도 모르는데!

"난 이미 두 번이나 죽었어."

그것도 타살로.

카예나는 고양이에게 빙긋 웃어 주었다.

"이번 죽음은 내가 선택해서 다행이야. 그렇지 않아?"

물론 이게 진정한 의미에서 자신이 선택한 죽음인지는 잘 모르겠지만. 그래도 칼에 찔려 죽는 것보다는 좀 더 괜찮은 마지막을 맞이할 수 있지 않을까?

카예나의 초연함에 바옐은 더 질려 버렸다.

─너 정말……!

그때 고양이의 귀가 쫑긋거렸다.

─나중에 다시 이야기하지.

고양이는 순식간에 모습을 감춰 버렸다. 카예나는 누군가가 이곳으로 다가오는 중임을 깨달았다. 자신이 쉬고 있는 걸 알면서도 올 만한 사람이 있던가?

'장소가 장소니만큼 레제프는 오지 못할 텐데.'

곧이어 누군가가 커튼 뒤에서 유리 문을 두드렸다.

끼익.

문이 열리는 소리가 나더니 목소리가 들렸다.

"황녀 전하, 도나입니다."

도나라면 그녀의 하급 시녀가 아닌가? 카예나는 의아하게 커튼 쪽을 바라보았다.

"들어오렴."

커튼을 걷으며 들어오는 도나의 손에 얇은 외투가 들려 있었다. 5월 하순의 저녁이라 크게 춥지는 않으나 조심할 필요는 있었다. 그렇다 해도 이런 은밀한 장소에 불쑥 찾아오는 것은 조금 이상했다.

"내가 너무 오래 밖에 있었던 모양이구나."

"아닙니다. 혹여 밤바람에 감환이라도 드실까 하여……."

"고맙구나."

카예나는 빙긋 웃으면서도 어딘가 이상한 느낌이 들어 도나를 가만히 바라보았다. 눈이 마주친 도나가 시선을 다급하게 내렸다. 도나는 레제프의 지시로 카예나를 감시하러 온 것이었다.

"슬슬 연회장으로 가 봐야겠다. 연회장에서 무슨 일이 있었던 건 아니지?"

"네. 연회는 차질없이 진행되고 있습니다."

어렵지 않은 질문에 도나가 침착하게 대답했다. 카예나는 고개를 끄덕이며 자연스럽게 떠보았다.

"그렇구나. 아, 레제프는?"

"네?"

도나가 지나치게 당황했다. 왜 그런 걸 묻느냐는 듯이 얼굴 위로 당혹감이 스쳐 지나갔다. 그래도 제법 긴 시간을 궁정 생활을 해 본 궁정인답게 곧바로 표정을 갈무리했다. 그렇다 해도 카예나의 시선을 비껴 날 수는 없었다.

"황자 전하께서는 다른 귀족들과 이야기를 나누고 계십니다."

카예나는 아무것도 보지 못한 사람처럼 미소 지으며 자리에서 일어났다.

"연회장으로 가야겠다."

'애니에게 도나를 감시하라고 해야겠네.'

미소가 건조하게 메말랐다.

─◈◈◈─

첫날의 연회는 그야말로 성공적이었다. 실내 장식, 요리, 음악 등 모든 게 압도적이었다. 특히 카예나의 위상과 참석한 손님의 수준은 그 어떤 때와도 비교할 수가 없었다. 마치 황위 계승식과도 같은 열기였다.

도티 부인은 그러한 수준 높은 연회를 본인 손으로 이끌고 있다는 자부심이 가득한 상태였다. 그녀는 도도하게 콧대를 높이며 허리를 꼿꼿이 세운 채 으스대고 다녔다. 건방진 황녀궁 직속 시녀들이 그간 자신에게 반목하며 살살 신경을 긁어 대서 여간 짜증스러운 게 아니었는데 개운했다.

현재 귀족들 사이에서는 이 모든 성년식 준비가 도티 부인의 솜씨인 것으로 알려져 있었다. 그녀가 그렇게 소문이 나도록 수족까지 부려 가며 열심히 여론을 조성한 덕분이었다.

도티 부인은 황자를 길러 낸 존경받아 마땅한 귀부인다운 화려한 차림으로 내명부를 살짝 둘러보았다.

"오셨습니까, 시녀장님."

시녀장의 측근 중 하나인 궁정인, 바하일이 깍듯하게 예의를 차려 그녀를 맞이했다.

"오늘 아무런 문제가 없겠지?"

바하일은 간사하게 웃으며 얼른 대답했다.

"물론입니다. 시녀장님께서 완벽하게 준비하신 연회인데 문제가 생길 리가 없지요."

그의 아부에 도티 부인이 만족스러운 미소를 지었다. 그녀는 사용인들의 용모나 주력으로 나가게 될 메인 요리의 맛을 보는 등 의례적으로 상태를 확인했다. 그러다 도티 부인이 눈을 치떴다.

"오늘 음식 가짓수가 메인 열 가지 외에는 부족해 보이는 것 같은데?"

"아직 추가 식자재가 도착하지 않아서……."

"뭐야?"

그녀가 바하일을 향해 한 소리 퍼부으려 했을 때였다. 시종 하나가 사색이 된 얼굴로 바하일을 찾아왔다.

"바하일 님! 큰일 났습니다!"

도티 부인은 호들갑스럽게 뛰어온 시종을 보며 이상하게 좋지 않은 예감이 들었다. 그녀가 얼른 시종을 추궁하듯이 물었다.

"무슨 일이냐?"

"마하드 상단에서 식자재 추가분이 도착했습니다만, 오셔서 상태를 보셔야 할 것 같습니다."

마하드 상단이라면 젊고 잘생긴 궁정인, 에밀이 연결해 준 상단 중한 곳이었다.

'뭐지?'

그녀는 얼른 하역장으로 향했다.

하역장의 분위기는 험악했다. 낡은 옷을 입은 자들이 기사들에게 포박당하여 바닥에 무릎을 꿇은 채 벌벌 떨고 있었다.

"저들은 누구지?"

낯선 얼굴들에 도티 부인이 눈살을 찌푸리며 물었다. 하역장에 있던 하인이 대답했다.

"마하드 상단의 노역꾼이라고 합니다."

그녀는 믿을 수 없다는 듯이 노역꾼들을 돌아보며 물었다.

"……이들이?"

며칠간 황궁으로 들어온 노역꾼은 좋은 옷을 입고 면도까지 깔끔하게 마친 자들이었다. 그런데 이들은 낡고 해진 옷에 몰골도 추레하기 짝이 없었다. 물건을 실은 수레도 평소와 달리 당장 어디에 내다 버려야 할 수준이었다. 서늘한 예감이 가슴 한가운데를 뚫고 지나갔다. 그녀가 하역장 하인에게 물었다.

"식자재는? 식자재 상태는 어떻지?"

하인은 참담한 표정으로 수레 덮개를 열었다. 척 보아도 쓸 수 없는 하품 중 하품이었다. 그런 것이 무려 스무 수레나 들어왔다.

"아아……!"

"시녀장님!"

다들 깜짝 놀란 얼굴로 그녀를 불렀다. 도티 부인은 눈앞이 아찔해져 자신이 제대로 숨 쉬고 있는지도 헷갈렸다.

'내가, 이 내가 사기를 당했다고?'

아니다. 절대 그럴 리 없다. 미치지 않고서야 감히 황자의 유모이자 도티 후작가의 안주인인 자신에게 사기 칠 자가 있을 리 없다.

'그래, 뭔가 착오가 있었겠지.'

그러나 도티 부인이 날카롭게 곤두선 감은 자신이 모략에 당했음을 알리고 있었다. 그녀는 이 상단을 연결해 준 자가 불현듯 떠올랐다. 도티 부인이 창백한 낯빛으로 날카롭게 소리쳤다.

"에밀! 에밀 하브론, 그자는 지금 어디에 있느냐?!"

이곳에 있던 이들은 그녀가 난데없이 에밀 하브론을 찾자 의아한 표정을 했다. 그들은 도티 부인이 요즘 가장 총애하는 궁정인이 보이지 않으니 괜히 짜증을 부리는 것쯤으로 이해하고 대수롭지 않게 대답했다.

"에밀 하브론은 휴가라고 나오지 않았습니다만."

그러자 도티 부인은 기가 막혀서 얼빠진 얼굴을 했다가 버럭 소리질렀다.

"연회를 앞두고 휴가를 받는 궁정인이 말이나 되니?!"

물론 말이 되지 않는다. 다만 에밀 하브론이 휴가를 받은 증거가 있었다.

"예? 시녀장님께서 승인하신 휴가라고 알고 있습니다. 휴가증도 받아 왔는걸요?"

"휴가증이라니? 그런 걸 승인해 준 적이 없는데!"

도티 부인이 좀처럼 믿지 않자 바하일이 직접 시녀장의 직인이 찍힌 휴가증을 들고 왔다. 휴가증을 본 그녀는 반쯤 졸도할 것 같은 표정을 지었다.

"이, 이 미친 것이 감히 내 직인을 제멋대로 찍어?!"

그녀는 최근 에밀을 자주 자신의 방으로 초대했다. 또한, 근처에 그가 개인적으로 쓸 방을 주기까지 했다. 에밀이 그녀가 없는 틈을 타 휴가중에 직인을 몰래 찍어 서류를 조작해 제출한 것이다.

"이런 일이 있으면 당장 내게 보고했어야지, 대체 뭘 한 거야!"

"그건……."

'보나 마나 예뻐서 편의를 봐줬다고 생각했지 누가 몰래 그랬다고 생각하겠어?'

바하일은 쩔쩔매는 표정을 지으면서도 속으로는 불만을 쌓고 있었다.

'지금 에밀 하브론이 휴가를 간 게 무슨 상관이야? 그보다 이 폐기물이나 다름없는 식자재들을 어쩔지 생각해야지.'

사태 파악이 끝난 도티 부인이 궁정인들을 향해 빽 소리쳤다.

"당장 에밀 그자를 찾아내라!"

"그런데 에밀은 갑자기 왜 찾으십니까?"

"그자가 내게 사기를 쳤다!"

"사기요?!"

조금도 예상하지 못한 말이었다. 사기라니? 그것도 감히 도티 후작 부인을 상대로?

"어서 찾아와!"

그제야 사태를 파악한 궁정인들이 헐레벌떡 에밀 하브론을 찾으려 발을 놀렸다.

그러나 작정하고 사기 친 자를 찾을 수 있을 리 없었다. 심지어 오늘 도착한 노역꾼들도 갑작스레 고용된 판자촌의 천민들이었다. 더

환장할 사실은, 마하드 상단 본점의 간판이 뜯겨 없어졌다는 것이었다. 누군가가 철저히 그녀를 속여 넘기려 짜 놓은 계략에 속수무책으로 당해 버렸다.

'안 돼, 이럴 수 없어! 내가 에반스 가문한테서 어떻게 승기를 빼앗아 왔는데!'

아찔해졌다. 에반스 가문이 막내, 줄리아가 감히 설쳐 대지 못하는 꼴이 얼마나 우스웠는데!

'이 식자재를 다 어쩌지?'

대금은 일찍이 치른 상태였다. 장부를 조작해 돈을 나눠 가져야 했기 때문이다. 이 형편없는 식자재로 음식을 만들어 내갔다가는 까다로운 귀족들에게 단번에 지적당할 것이다.

'지금이라도 황녀궁에 이 모든 책임을 떠넘기면……? 아냐, 이미 이 식자재들 때문에 불가능해.'

귀족들은 날 때부터 지금까지 늘 최고만 누린 자들이다. 최고의 진미로도 더는 감동을 주기 어려운 그들에게 이런 재료로 음식을 만들어 내갈 수는 없었다.

'숨겨야 해. 이것들을 당장 다 없애 버려야 해!'

그런데 어떻게 없애지? 식자재가 스무 대나 되는 거대한 수레 마차에 한가득 실려 왔다. 이 꼴을 목격한 자는 수레의 수보다 압도적으로 많았다. 그녀의 안색이 완전히 꺼멓게 죽었을 때였다.

"황녀 전하?!"

"─!"

도티 부인은 지금 이곳에서 절대 들려서는 안 될 호칭에 소스라치게 놀라며 뒤를 돌아보았다. 진짜 황녀였다. 정말 카예나 황녀가 연회복을 입은 채 하역장에 나타난 것이다.

하역장에 있던 이들이 하나같이 한쪽 무릎을 꿇으며 정중히 예를 갖췄다.

"황녀 전하를 뵙습니다!"

카예나의 시선이 어수선한 하역장을 한차례 훑었다. 그 무심한 시선에 식은땀이 솟아날 정도였다.

카예나가 도티 부인을 향해 입을 열었다.

"이야기는 이미 들었네."

"……."

차마 입에서 죄송하다느니 하는 말이 나오지 않았다.

'어서 황자 전하를 불러야 해.'

그럼 레제프 황자는 그를 키워 준 유모이자 가장 큰 우호 세력인 도티 후작가의 안주인인 제 편을 들어 줄 것이다.

"내게 할 말이 있을 것 같은데. 시녀장 레르반스 도티."

카예나가 차갑게 일갈했다.

도티 부인은 새파랗게 어린 황녀 앞에서 못 볼 꼴을 보였다는 사실에 모멸감이 차올랐다. 이제 자신의 실패를 비웃겠지? 당장 어떻게든 제게 유리하게 판을 돌리려고 이 사실을 귀족들에게 공개해 버리겠지!

손끝이 차갑게 식었다. 항상 얕잡아 보기만 하던 황녀 앞에서 추태를 보였다는 생각에 온몸의 피가 빠져나가는 기분이었다. 그러자 오히려 독기가 차올랐다.

'황녀의 계략이 분명해. 맞아. 저것이 나와 황자 전하께 위해를 끼치려고 이런 추잡한 수를 쓴 게 틀림없어!'

그녀의 눈이 분노로 번들거렸다.

"할 말이 없느냐?"

카예나는 토지 개간 문제 때문에 일찍이 몸단장을 끝내고 제드 단장과 약식으로 회의하던 중이었다. 그러다 중앙성 주방 하역장을 관리하는 자에게서 식자재에 문제가 생겼음을 보고받았다.

그 보고에 카예나는 조금도 놀라지 않았다. 도티 부인이 주도하는 연회라면 에반스 측이든 하인리히 측이든 손을 쓰리라고 짐작하고 있었기 때문이다.

카예나는 식자재 상태를 하나하나 확인했다. 그것들은 하나같이 신선하지 않았고 심지어 썩은 부분도 있었다.

"이 사태를 어떻게 책임질 생각이지?"

도티 부인은 분노로 딱딱하게 굳은 턱을 억지로 움직여 말을 내뱉었다.

"폐기해야죠. 이 식자재에 사용된 비용은 제가 감당하겠습니다."

뭘 당연한 걸 묻느냐는 듯이 신경질적이기까지 한 태도였다.

"오늘 연회에 나갈 음식은 어제와 같은 수준으로 준비되었느냐?"

"……그렇지 않습니다."

카예나가 한쪽 입꼬리를 올리며 웃었다. 그녀가 천천히 도티 부인의 앞으로 다가갔다. 도티 부인은 순간 그녀의 기백에 움찔하고 몸을 움츠렸다. 카예나가 고개를 내려 도티 부인에게 말했다.

"나랑 장난해?"

"뭐, 뭣⋯⋯?!"

카예나는 조금의 온기도 없는 싸늘한 눈으로 도티 부인을 내려다보았다.

"방만을 눈감아 주니 정말 몰라서 가만히 있는 것 같았지?"

황족답지 않은 가벼운 말투였다. 목소리에는 묘한 웃음기가 묻어났다. 그게 이상하리만큼 폭력적으로 느껴졌다. 자신에게 어떤 위해가 가해질 수 있다는 기이한 위압감에 몸이 움츠러들었다. 도티 부인은 당혹스러워서 무슨 정신인지도 모르고 하얗게 질린 얼굴로 황녀를 불렀다.

"……전하!"

그러자 여전히 서릿발처럼 차가운 목소리가 냉엄하게 귓가로 날아들었다.

"그래. 눈앞의 상대가 이제 전하로 보여?"

"……."

황녀가 마냥 철부지 망나니 같았던 때에도 이런 섬뜩한 눈빛을 하는 걸 본 적 없었다.

이 여자는 분명 철딱서니여야 한다. 그래야 말이 되었다. 레제프보다 못한 누이여야 하는데, 그래야만 하는데…….

무서웠다. 에스테반 황제가 한창때 제국을 호령하던 시절보다도 더.

도티 부인은 뭔가 단단히 잘못되었음을 깨달았다. 황녀는 자신이 알던 그 멍청하고 어린 여자애가 아니었다. 그 멍청한 황녀라면 자신을 진심으로 가소롭다는 듯이, 한낱 피라미처럼 바라본다는 게 말이 안 됐다. 장갑을 낀 곧은 손이 도티 부인의 몸에 닿았다.

"뭐, 뭐 하는……!"

카예나는 여상스럽게 그녀의 흐트러진 옷 장식을 정돈해 주었다.

"내가 이렇게 모욕을 주는 걸 다른 사람에게 들켜도 좋아?"

"……!"

그녀의 입가로 나른한 미소가 피었다. 옷을 매만져 주는 손길이 지나간 곳이 피부 위로 칼을 댄 것처럼 저릿했다. 전혀 우악스럽지 않은 고상하고 느긋한 손놀림이었음에도 목이 졸리는 것 같은 기분이었다.

"미쳐 날뛰도록 무대를 만들어 주었더니 정말 정도를 모르네."

등줄기로 소름이 끼쳤다. 마치 피식자가 된 기분이었다. 황녀의 목소리, 말투, 눈빛까지도 모두 끔찍하고 징그러웠다. 당장에라도 카예나에게 집어삼켜질 것만 같은 착각이 일었다.

도디 부인은 그녀의 손을 쳐내고 싶었으나 상대가 황족이라 감히 손대지 못했다. 턱이 달달 떨렸다. 상대가 제게 손찌검도 하지 못할 정도로 변변찮은 황녀라는 사실을 아무리 되뇌려고 해도 뜻대로 잘되지 않았다. 대신 겁먹지 않은 것처럼 눈을 뾰족하게 치뜨며 날카롭게 말했다.

"아무리 황녀 전하라 할지라도 이런 작은 사고 때문에 황자 전하의 오랜 신하인 저를 이리 핍박하실 수는 없습니다. 정 저를 욕보이시겠다면 재판을 여십시오!"

누구 좋으라고 재판을 열겠는가? 재판에 들어가면 솜방망이 처벌은커녕 도티 부인만 쏙 빼놓고 다른 이에게 모든 책임이 전가될 것이 뻔하다.

"오해받을 소리를 하네?"

카예나가 가소롭다는 듯이 웃으며 작은 목소리로 속삭였다.

"난 당신이 곤란을 겪을까 봐 도와주려는 건데. 젊은 남자의 간계 때문에 일어난 가정불화는…… 좀 그렇잖아?"

도티 부인은 더는 참을 수가 없었기에 카예나의 손을 떨치며 날카롭게 소리쳤다.

"무슨 소리세요!"

그러자 카예나가 퍽 무력하게 한 발짝 떨어졌다. 그녀는 내쳐진 손을 붙잡으며 믿을 수 없다는 듯이 미간을 살짝 일그러트렸다.

"내가 이 잘못 발주된 식자재를 백성에게 나눠 주겠다는데 무슨 짓인가?"

이건 또 무슨 헛소리야? 도티 부인이 얼굴을 와락 구겼다.

"정말이지 여러모로 실망스럽군, 도티 후작 부인. 당신이 그러고도 내명부를 대표하는 시녀장이라는 말인가?"

"……뭐라고요?"

카예나의 말에 주변에 있던 이들이 돌변한 눈빛으로 저마다 수군 거리기 시작했다.

"내 생일을 기념하는 명목으로 이 많은 식자재를 빈민가에 베풀고 자 했더니 이런 식으로 나올 줄이야."

"이거 다 당신이 꾸민 짓이잖아! 내가 모를 줄 알아? 이상한 천것을 붙여 이딴 사기를 당하도록 유도했음이 틀림없어. 천박한 하인리히 따 위에게 빌붙어 황후 자리를 노리는 심산이겠지!"

도티 부인이 이성을 잃고 소리를 빽 지르자 다들 소리 없는 비명을 삼켰다. 공기가 차갑게 내려앉았다. 사람들의 눈빛은 예리한 칼날이 되어 도티 부인을 날카롭게 훑었다. 어떻게 저럴 수가, 믿기지 않는다, 그럼 그렇지……. 여러 가지 감정이 혼합된 끔찍하게 무겁고 냉엄한 분위기가 이곳을 지배했다.

도티 부인은 심판대에 올라 단두대에서 칼날이 떨어지기 직전 군중 을 앞에 둔 죄인이 된 듯한 착각을 느꼈다. 절로 뒷걸음질이 쳐졌다. 등 뒤로 무언가 닿았다. 하품의 식자재를 한가득 실은 수레였다.

'겁먹을 것 없어. 나는 도티 후작가의 안주인이자 황자의 유모다. 나 는 황자에게 외척처럼 힘을 써 줄 유일한 사람이라고!'

자신이 가진 권력이 누군가가 빌려준 것임을 모르고서 도티 부인은 카예나에게 대놓고 반목했다.

그 모습을 지켜보던 카예나가 입술을 떼었다.

"레제프를 지지하는 신하인 자네가 하는 모든 말과 행동이 정말이지 방만하기 짝이 없구나."

그녀는 고개를 내저었다.

"시녀장의 처우에 관련해서는 레제프 황자에게 전적으로 맡기겠다고 전하라."

"명을 받듭니다."

그러자 도티 부인의 얼굴에 화색이 돌았다.

'어리석게도.'

그녀는 레제프가 자신을 도와주리라고 철석같이 믿고 있는 것 같았다.

'에반스 가문이 이 기회를 그냥 넘길 리가 없는데도.'

"레제프 황자의 처분이 떨어질 때까지 시녀장은 근신토록 해라."

그녀의 명에 기사들이 도티 부인을 연행했다. 카예나는 하역장에서 포박된 채로 있던 노역꾼들을 뒷조사해 보라고 명령한 후에 식자재가 가득 실린 수레를 돌아보았다.

"애니."

그러자 조용히 곁을 지키고 있던 애니가 고개를 조아렸다.

"하명하십시오, 전하."

"내 직속 시녀들이 입궁하는 대로 나를 찾아오라고 알려 두어라."

"알겠습니다."

식재료를 실은 수레가 벌써 스물을 넘어 계속해서 추가되고 있었다.

'며칠분 식자재가 한꺼번에 들어오는 건가. 이 정도 양이면 중앙군에 배식하는 것만으로는 소화해 내기 좀 버겁겠는데……'

일전에 올리비아에게 설명했던 대로 중앙군에 식재료를 납품하는 업체에 이야기하여 잠깐 중단시키고 이것을 쓸까 했는데.

"어찌 처리할까요?"

바하일이 안절부절못하며 카예나에게 물었다.

"동원할 수 있는 인력을 다 끌어와서 완전히 사용할 수 없는 재료는 폐기하고 나머지는 끓여라."

"예? 끓이라니……."

"스튜로 만들어 가난한 이들에게 나눠 주자. 명목은 내 성년식을 기념하는 것으로 하면 되겠지."

그러면 이 사태가 귀족들 사이에 소문이 나더라도 그럴싸하게 포장할 수 있을 것이다. 겸사겸사 제국민 사이에 좋은 이미지로 이름을 각인시킬 수도 있고.

그녀는 주방 하인들에게 골라낸 식자재로 국물이 있는 음식을 만들라고 지시했다. 아무래도 대량으로 생산하기에는 스튜가 제격일 것 같았다.

궁정인이 그녀의 계획에 난색을 표했다.

"전하, 연회 준비에도 인력이 꽤 빠듯한지라 조금 어려울 것 같습니다."

스튜를 끓일 인력, 음식을 지정된 장소까지 나르고 근처를 통제할 인력, 배식할 인력 등 사람이 너무나 많이 필요했다.

"제드 총기사단장에게 말해서 토지 개간에 들어갈 인력 중 일부를 빼내야겠다."

그렇다 해도 너무 많은 인력을 이곳에 투입하기는 어려웠다. 당장 내일부터 진짜 토지 개간이 시작되니까. 카예나는 정확하고 빠른 판단으로 아랫사람들이 하는 일에 혼선이 생기지 않도록 했다. 그래야만 인력을 아낄 수 있었다.

"당장 전령을 차출하여 수도 전역에 알려라. 내일부터 지정된 장소에서 정해진 시간에 배식하겠다고."

"이만한 양을 모두 배식하려면 그릇이 모자랍니다만……."

"개인 그릇을 들고 오라고 하면 되지 않느냐."

"아……!"

그러자 다른 이가 눈동자를 데굴데굴 굴리다가 조심스럽게 물었다.

"어, 그러면 그릇의 모양이 다 제각각이지 않습니까? 양이 다 다르게 될 텐데……."

"그릇에 양을 맞추는 게 아니라 국자로 두 술 떠 주는 식으로 하면 되겠지."

"오오, 그렇군요!"

이쯤 되니 카예나는 머리가 지끈거렸다. 어서 자신의 유능한 전속 시녀들이 보고 싶었다. 그러나 이제 막 오늘 연회를 위해 귀족들이 입궁하는 시간이었다. 카예나는 어쩔 수 없이 혼자서 모든 것을 진두지휘해야 했다.

'사람이 더 있으면 좋은데. 인력이 너무 부족해…….'

그때 애니가 카예나를 찾아왔다. 시녀들이라도 온 것인가?

"전하, 키드레이 공작님께서 입궁하셨습니다. 지금 휴게실에 계십니다."

카예나는 애니가 말하는 그 휴게실이 2층 황녀궁 휴게실이라는 것을 알아들었다. 그녀는 걸음을 서둘러 라파엘로에게 배정했던 비밀스러운 휴게실로 향했다.

벌컥!

휴게실 문을 열어젖히자 오늘도 근사한 몸매를 자랑하는 선이 딱 떨어지는 연회복을 입은 라파엘로가 보였다.

"……전하?"

카예나가 절절한 진심을 꺼내 보였다.

"너무나 고맙게도 오늘도 일찍 왔네요."

그녀는 평소와 다르게 빠른 속도로 걸어 라파엘로에게 다가갔다. 그는 거의 뛰어들다시피 다가오는 카예나를 향해 자연스럽게 두 팔을 벌렸다. 그러자 카예나가 마치 품에 안기는 것처럼 그의 양팔 안으로 쏙 들어가 멈춰 섰다. 라파엘로는 어딘가 정신없어 보이는 그녀를 의아하게 바라보았다.

"괜찮으십니까?"

"물론이에요."

라파엘로가 카예나의 등허리를 커다란 손으로 단단히 받쳤다. 제게 스스로 다가온 그녀가 사랑스러워 견딜 수 없다는 듯 애정이 담뿍 묻어났다.

그 달콤함을 즐길 새도 없이 카예나가 입을 열었다.

"저를 좀 도와주셔야겠어요."

"알겠습니다."

그는 무슨 일이냐고 묻지도 않았다. 카예나는 말을 이으려다가 멈칫하고는 어이가 없다는 듯이 말했다.

"무슨 일인지 묻지도 않고 수락하시는 건가요?"

보증이라도 서달라고 하면 어쩌려고. 그럴 리는 없지만, 카예나가 약간 기가 막힌다는 듯이 묻자 라파엘로가 대수롭지 않게 대답했다.

"불에라도 뛰어들까요?"

"……아니요."

그녀가 대단히 상식적인 사람임을 믿고 있다는 말을 다소 과격하게 하자 피식 실소가 터졌다.

"불에 뛰어들지는 마시고 사람을 좀 빌려주세요."

-·※·-

하역장에서 있었던 일은 바로 레제프에게 보고되었다. 그는 지체할 것도 없이 도티 부인을 곧장 제 궁으로 불렀다.

황실 직속 기사단이 그녀를 연행해야 했다. 그들은 대부분 에반스 가문의 사람이었는데, 아무리 세를 놓고 다투는 사이라고 해도 같은 황제파라 그런지 다들 꺼리는 분위기였다. 게다가 도티 후작가에게 밉보일 짓을 하는 것도 내키지 않아 했다. 원래 고래 싸움에 새우등이 터지는 법이지 않은가.

따라서 자연스럽게 그 역할은 제다이어에게 돌아갔다. 그는 대외적으로 제논 에반스의 입김으로 꽂힌 낙하산이었다. 그런데 제논이 죽어 버렸으니 끈 떨어진 연 취급을 당했다.

제다이어는 어쩔 수 없는 척 도티 부인을 황자궁으로 연행하는 역할을 도맡았다. 실은 예이스터가 시킨 일이었다.

'황자궁에 들어갈 수 있는 자연스러운 방법이니까.'

대공자는 이 임무를 완료하는 대로 찾아와 보고하라고 했다.

"모든 건 내 뜻에 따라 진행될 테니까 걱정하지 말고 하인리히 대공자가 어떤 지시를 하든 다 따라 줘."

황녀도 성년식 전에 제다이어에게 미리 일러둔 말이 있었다.

'그 황녀가 한 일이라면 확실히 믿는 구석이 있는 게 분명하지.'

황녀는 아마 제다이어를 자연스럽게 궁 밖으로 내보낼 명분을 쥐려는 것이리라. 그래야만 본격적으로 암흑가에 뛰어들 수 있었다.

제다이어가 침실 앞에 멈춰 서서 말했다.

"황자 전하께 알리시오."

조금 기다리자 침실의 문이 열렸다.

"들어가십시오."

그들은 대기실로 들어갔다. 레제프가 소파에 등을 기대고 머리를 젖히고 있었다. 뒤에서 시종이 황자의 어깨를 주물렀다.

제다이어는 도티 부인을 앞에 세우고 대각선 뒤로 물러났다. 머리를 뒤로 젖히고 있던 레제프가 턱을 천천히 당겼다. 그의 서늘한 시선이 도티 부인에게 닿았다.

"말해 봐."

도티 부인이 바닥에 털썩 무릎을 꿇었다.

"궁정인들이 작당하고 저를 속였습니다!"

그녀는 진심으로 억울하다는 표정으로 호소했다.

"궁정인 하나가 제게 연결해 준 상단이 유령 상단이었고 당사자는 모습을 감춘 상태입니다."

"흐음……."

"전하, 저를 믿으시지요? 일평생 전하를 생모처럼 보필한 제가 그랬다고 생각하시는 건 아니시지요?"

도티 부인은 거의 숨이 넘어갈 듯한 표정으로 말을 이었다.

"이것은 황자 전하의 세력에 타격을 입히려는 자의 간계입니다! 진범을 색출해야 합니다."

"진범이 누구인지 아는 것 같은 말투인데. 짐작되는 자가 있는가?"

도티 부인은 아까 제게 모욕을 주었던 카예나를 떠올리며 주먹을 꽉 틀어쥐었다.

"황녀 전하이십니다."

"누님이?"

"그렇습니다. 이것은 역사적으로도 빈번하게 벌어진 일입니다. 황제를 치마폭에 감싸고 천하를 조종하려, 계획에 거슬리는 저를 쳐내려는 것입니다."

겉으로는 이토록 호소하고 있었지만, 그녀는 걱정하지 않았다. 막말로 재판에 들어가도 금방 무죄 판결을 받을 수 있었다. 그러니 황자의 심기만 상하지 않게 잘 구슬리면 되었다. 또한 카예나와 그의 사이를 확실하게 이간질할 필요도 있었다.

"이상하군. 내가 보고받은 것과는 내용이 상당히 다른데."

"……예?"

"에밀 하브론이라는 자가 에반스 후작에게 가서 자수했다."

그 말에 도티 부인의 머릿속이 새하얗게 변했다.

'그자가 에반스 후작에게 무엇을 자수한 거지?'

말이 되지 않았다.

'이게 에반스 가문에서 획책한 계략이 아니고서야……!'

도티 부인은 그제야 모든 상황이 이해되었다. 이것은 애초에 그녀를 밀어내고 황자파 내에서 영향력을 확보하려는 에반스 후작의 짓이 분명했다.

'그래, 줄리아 그년이 나를 괴롭혀 댔던 것만 봐도 뻔하지!'

"그렇다면 이것은 에반스 후작의 계략입니다. 그자가 도티 후작가를 밀어내려고 벌인 짓입니다!"

"아까는 누님이 한 짓이라고 말하지 않았나?"

"그건……!"

"내 누이와 에반스 후작가가 결탁해서 자네를 밀어내려고 했다는 말이겠지?"

"그렇습니다! 역시, 우리 전하는 참으로 영민하십니다."

레제프가 몸을 일으켜 천천히 도티 부인에게 다가갔다.

"누님이 왜 자꾸 황궁을 벗어나려고 할까 했더니……."

레제프가 벽의 장식 고리에 걸린 검을 빼 들었다.

"너 같은 것이 문제였구나."

"저, 전하……!"

레제프는 무심한 얼굴로 가차 없이 검을 휘둘렀다.

"꺄악!"

도티 부인이 비명을 내지르며 몸을 웅크렸다. 벌벌 떨던 그녀는 어떤 통증도 느껴지지 않자 의아하게 바닥에 처박았던 고개를 들어 올렸다.

챙그랑!

레제프가 검을 집어 던졌다. 도티 부인은 덜덜 떨리는 손으로 바닥을 짚다가 제 드레스가 형편없이 찢겨 있는 것을 발견했다.

"이대로 황녀궁 앞으로 가서 누님께서 용서하실 때까지 무릎 꿇고 빌어라."

그것은 완벽한 서열 정리였다. 앞으로 도티 부인은 사교계에서 고개를 들지 못할 것이다. 사실상 사형 선고나 다름없었다.

"제게 이러실 수는 없습니다, 전하!"

레제프가 뒤에서 가만히 서 있던 제다이어에게 명령했다.

"끌고 나가."

"어찌 제게 이러십니까? 어찌 이리도 비정하실 수 있다는 말입니까!"

레제프는 자신을 붙드는 도티 부인을 팽개쳤다.

"천한 귀족 따위가 황족 놀이를 할 수 있을 것 같아?"

레제프는 신경질적으로 비웃었다.

"내가 허락했기에 가능했던 일이다. 이 어리석은 여자야. 그간 해 왔던 모든 일이 내가 빌려준 권력 덕이라는 사실을 아직도 모르겠느냐?"

도티 부인은 그의 냉혹함에 넋을 놓아 버렸다. 이 모든 일이 도무지 믿기지 않았다.

"누님께 용서받지 못한다면 에밀 하브론이라는 그자를 도티 후작과 나란히 재판장에 세워 주마."

그렇게 된다면 사교계 퇴출은 물론이거니와 수도에서 도망치듯이 떠나야 할 것이다.

"전하! 황자 전하ㅡ!"

도티 부인이 침실에서 끌려 나갔다.

─❈─

예이스터는 성년식 기간 동안 황궁에서 가장 가까운 별저에서 쉬고 있었다. 그가 담뱃갑에서 담배를 꺼내 입술에 물었다. 그러자 바로 곁에 있던 사내가 불을 붙였다. 탁한 연기가 뭉게뭉게 피어났다.

똑똑.

문이 열리고 수행원이 말했다.

"제다이어가 도착했습니다."

"들어오라고 해."

예이스터가 담배를 손가락에 끼워 들더니 휴게실에 들어온 남자를 향해 빙긋 웃었다.

"안녕."

제다이어는 모자를 벗으며 예를 갖췄다.

"대공자님을 뵙습니다."

널찍한 소파에 홀로 앉아 담배를 태우던 예이스터가 맞은편의 일인용 의자를 가리키며 말했다.

"거기 앉아."

"감사합니다."

예이스터는 됐다는 듯이 손을 내저었다.

"레르반스 도티는 어떻게 됐어?"

"황녀궁 앞에서 무릎을 꿇은 채 용서를 구하고 있습니다."

"하하!"

예이스터가 크게 웃음을 터트렸다.

"역시 황자가 미쳤군. 제 살을 스스로 도려내는 짓을 하다니."

그게 썩은 살이기는 했으나 레제프에게 썩은 부위를 치료할 다른 방도가 없다는 게 문제였다. 정말로 제 누이를 철석같이 믿고 있는 걸까?

'황녀가 사라지면 군사 통치권이 황자에게 넘어가니까⋯⋯.'

그것은 레제프가 경거망동하지 못하게 하는 장치이며 동시에 예이스터도 속박하는 장치였다. 황녀가 하는 일들은 알면 알수록 흥미로웠다. 어서 둘만의 시간을 가지고 싶을 만큼 애가 탔다. 예이스터는 담배를 한번 빨아들이더니 소파에 비벼 껐다.

제다이어는 귀족들이 사용하는 물건의 값을 세세히 알지는 못했지만, 저 소파가 상당히 고가라는 사실은 알 수 있었다.

"슬슬 황녀궁 전속 기사로 들어가는 건 어때?"

제다이어는 눈을 천천히 깜빡거렸다.

"어차피 황녀 직속 호위를 맡으려는 기사가 없다고 하던데?"

'……황녀가 말한 게 이거였나?'

제다이어는 마지못한 것처럼 호위로 들어가겠다고 대답했다.

"좋아. 그럼 금주 안으로 좋은 소식 들려주길 바랄게."

그렇지 않으면 어떤 호된 꼴을 당할지도 몰라. 제다이어는 뒷말을 충분히 예상할 수 있었다. 대화는 길지 않았다.

"바쁠 텐데 가 봐."

예이스터의 축객령에 제다이어가 얼른 자리에서 일어났다.

"그럼 이만 물러나겠습니다."

제다이어는 응접실에서 나가다가 맞은편에서 이상한 남자들이 이곳으로 다가오는 것을 발견했다. 후드가 달린 검은 로브를 입은 자들이었다. 어쩐지 느낌이 이상했다. 그가 걸음을 멈칫하자 보좌관이 말했다.

"이쪽으로 오시지요."

목소리에 희미한 경계심이 읽혔다.

"아, 예. 죄송합니다."

제다이어는 고개를 꾸벅 숙이고 보좌관을 따라 천천히 걸음을 옮겼다. 검은 로브를 입은 자들이 근처를 스쳐 지나갈 때, 희미한 피 냄새가 났다. 살갗에 소름이 오소소 돋았다. 고작 희미한 피 냄새에 후드를 뒤집어쓰고 있을 뿐인데도 느낌이 더러웠다.

'새로 고용한 폭력배들인가?'

그렇다기에는 폭력배에게 걸쳐 주기에는 로브의 소재가 상등품이었다.

"제다이어 로스 씨?"

"네, 갑니다."

제다이어는 보좌관이 더 이상하게 생각하기 전에 얼른 그에게 향했다.

'느낌이 좋지 않네. 황녀에게 말해 봐야겠어.'

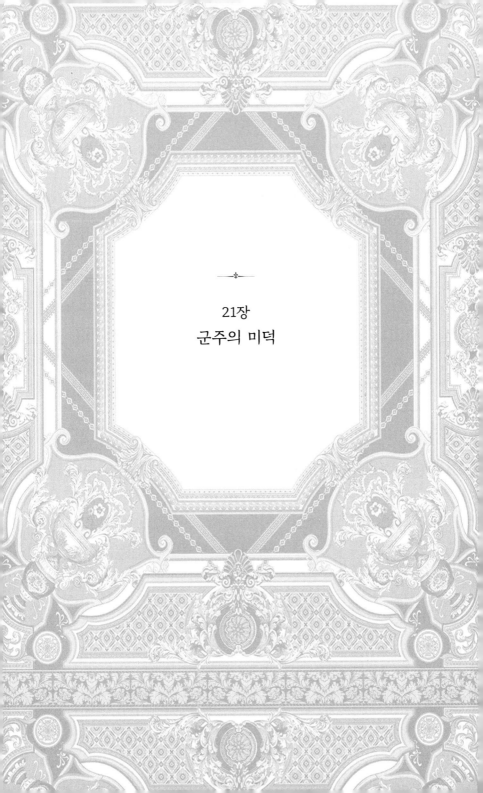

21장
군주의 미덕

승기를 뒤집을 수 없을 때는 숨소리도 내지 않고 때를 기다려라. 그러다 기회가 오면, 반드시 거세게 밀어붙여라.

카예나는 그 이치를 잘 알고 있었다. 그녀는 군량을 납품하는 상단에 이곳에 납품하지 못했던 식자재 중 쓸 만한 것을 모두 보내라고 요청했다. 아예 수도 전체가 들썩일 만큼 한바탕 휩쓸 계획이었다.

라파엘로가 하역장으로 말을 타고 달려왔다.

"수레의 절반은 제가 감당하겠습니다. 윈스턴 자작가에서도 한 손 보태고 싶다더군요."

"윈스턴 자작가라면, 키드레이 대부인의 입김인가요?"

윈스턴 부인의 집에 의탁 중이던 대부인이 친우를 찔러 가담시킨 것 같았다.

"높은 확률로 그렇겠지요. 드뷔시 재상의 뜻은 아닐 테니."

인력이 충원되니 확실히 숨통이 트였다.

"고마워요."

성년식 연회만 아니었더라도 이렇게 정신이 없지는 않았을 것이다.

'연회는 연회대로 아무런 문제 없이 완벽하게 진행되어야 해.'

이번 일이 잘 마무리가 된다면, 대중들이 카예나를 보는 눈이 완전히 바뀔 것이다.

카예나는 라파엘로와 집무실에서 영수증을 작성했다.

"수레에 실린 식자재가 얼마나 되는지에 대한 영수증이 없네요. 우선은 이렇게 처리하는 게 좋겠어요."

카예나가 의자에 앉지도 않고 펜을 들어 약식으로나마 영수증을 작성하는 동안 라파엘로가 뒤로 다가오더니 그녀의 허리를 끌어안았다.

"여기에 아무도 없긴 하지만 좀 조심하는 게 좋을 것 같은데요, 공작님?"

"이런 일을 예상하고 출입을 통제하신 줄 알았습니다만."

카예나가 픽 웃었다.

"쓸데없이 눈치만 빠르시네요."

그녀는 펜을 내려놓고 라파엘로를 돌아보았다. 가벼운 입맞춤을 하고 카예나가 몸을 돌리자 라파엘로는 그녀를 설득하듯 은근한 손길로 지분거렸다.

"내일 당장 빈민가에 인력을 보내야 하는 거 알죠?"

"그래서 물량 공세로 일을 처리한 것입니다. 전하와의 시간을 방해받기 싫어서요."

그의 말에 카예나의 손이 멈칫했다. 시간이라. 그래, 라파엘로가 현명했다. 그는 모르겠지만, 카예나에게는 시간이 없다. 생각해 보면 그를 위한다며 필요한 순간에 적절한 애정을 쏟았다고 믿고 있었다. 그것이 얼마나 건조한 행동인 줄도 모르고.

그래서 라파엘로는 원래 그의 성격이라면 하지 않았을 모습을 카예나에게 보였다. 원작을 떠올려 보면 그는 늘 어른스럽고 침착하고 충분히 온화한 사람이었던 것 같다.

지금 라파엘로가 보여 주는 모습은 그에 비하면 더 솔직하고 저돌적이지만 불안해하고 있었다.

'내가 이 사람을 이렇게 만들었구나.'

그 사실을 깨달은 순간, 카예나는 라파엘로를 돌아보며 그의 목을 끌어안았다.

'이럴 수 있는 시간도 얼마 안 남았는지도 몰라.'

카예나는 이 사람에게 선택권을 줘야 한다고 생각했다.

"내가 내일 당장 죽는다면 당신은 어떻게 하겠어요?"

참 묘한 질문이었다. 단순히 그의 진심을 시험하는 말이라고만 해석하기에는 석연찮았다. 꼭 진짜 일어날 일을 가정하는 것처럼 포장해 묻는 것처럼. 자신이 너무 예민하게 받아들이는 걸까? 그녀가 내일 당장 죽을 수도 있는 사람이라면 그간 보였던 지나치게 초연한 태도가 설명된다.

하지만 라파엘로는 자신의 감을 부정했다. 그런 일은 있을 수 없다고, 있어서는 안 된다고 외면했다. 하나, 만약 그런 일이 일어난다면 악마에게 영혼을 팔아서라도 카예나의 죽음을 막아 내리라.

그는 카예나를 절대 놓지 않을 사람처럼 안았다. 대답은 정해져 있었다.

"영원히 당신을 그리워할 겁니다."

그의 대답에 카예나가 어딘가 장난기 어린 웃음을 지으며 물었다.

"따라 죽지는 않을 거예요? 보통 이럴 때는 따라 죽을 거라고들 하는 것 같던데."

카예나가 농담처럼 한 말에 라파엘로가 말했다.

"얼마든지 그럴 수 있습니다."

이 남자라면 정말 그럴 것 같았다.

"절대 그러지 마요. 꼭 살아요."

카예나는 절대 그러지 말라며 강조했다.

"저를 두고 떠날 것처럼 말씀하지 마십시오. ……두려우니까."

그가 카예나의 품에 얼굴을 묻고 애처롭게 말했다.

"저를 사랑하지 않으십니까?"

"라파엘로……."

"더 솔직하게 저를 원하시면 안 되는 겁니까? ……아니, 아닙니다. 제가 사랑하겠습니다."

그가 미간을 잔뜩 일그러트린 채 속삭이듯 말을 이었다.

"저는 언제든지, 또 얼마든지 준비되어 있습니다. 제 모든 것을 바치거나 버리겠습니다. 저를 이용하십시오. 저는 그 기억으로 살 수 있습니다."

"그럼 당신이 손해 보잖아요."

"그러니 전하께서 저를 불쌍하게 여겨 주십시오."

라파엘로는 카예나의 입술에 닿을 듯한 거리까지 다가가 그녀가 저를 가엾게 여기도록 애처롭게 중얼거렸다.

"저를 안타깝게 여겨 주십시오. 그래서 마지못해 동정하듯 눈길 한 자락 주십시오."

그는 기꺼이 구질구질하게 굴었다. 부끄러움도 없이 그녀의 관심을 구걸했다.

"저는 그거면 됩니다."

카예나는 숨이 막히는 기분이었다. 곧 키스할 것만 같은 거리에서 쏟아지는 고백들이 숨결과 함께 그녀에게로 스며들었다.

"불쌍한 척하면서 가증스럽게 저를 뒤흔들려고 하시나요?"

"이렇게 해서 흔들리셨다면 제게는 기쁜 소식이군요."

"……당신, 정말 낯서네요."

이렇게 여우 같은 사람인 줄 몰랐는데.

라파엘로는 카예나를 가뿐히 안아 들고 책상 위에 앉혔다. 이어 참아 왔던 키스를 나누기 시작했다.

목을 긁는 야릇한 신음이 섞여들 때쯤 라파엘로가 돌연 입술을 떨어트렸다.

"오늘은 저와 첫 번째로 춤춰 주셔야 합니다."

"좋아요."

"정치적인 목적이 아니라 당신의 남자라서 첫 번째로 추는 것입니다."

카예나는 눈을 휘둥그레 떴다.

'음, 이 남자가 언제부터 나를 이렇게 잘 파악했지.'

그렇지 않아도 그와 첫 번째 춤을 추려고 했다. 민심을 얻기 위해 본격적으로 행동하려는 시기였다. 이때 그 어느 세력보다도 제국민 사이에서 인망이 드높은 키드레이 공작가의 수장과 춤을 추는 황녀라니.

그런데 라파엘로가 카예나의 마음을 읽은 것처럼 정치적인 이유가 아니라 연인으로서 첫 번째 춤을 추겠다고 선언했다.

"어머, 물론이죠."

그녀의 대답에 라파엘로의 눈이 살짝 가늘어졌다. 하지만 이내 웃어 버리고는 다시 애정 어린 시선을 나누고 입을 맞췄다.

"자, 이제 다시 일할까요?"

"이렇게 일 중독인 황족은 전하가 처음이자 마지막일 겁니다."

"그래서 싫어요?"

"아니요."

너무 좋아서 탈이지요. 라파엘로는 마지막으로 카예나의 입술에 쪽 소리가 나도록 입을 맞추고 그녀를 내려 주었다. 그는 공증이 필요한 몇 가지 부분만 같이 확인하고 자리를 비켰다. 곧 시녀들이 소식을 듣고 카예나를 찾아왔다.

"전하! 괜찮으십니까?"

도티 부인이 한 막말은 이미 이곳으로 오는 동안 다 들었다. 베라는 분노에 이성을 잃을 지경이었다.

"조금도 괜찮지 않지."

카예나가 태연하게 말을 받으며 그들에게 일을 툭툭 넘겨주었다.

"내가 너희에게 너무 익숙해졌는지, 다른 이들에게 일을 시키다가 몸져누울 뻔했지 뭐니."

그녀의 엄살에 다들 까르르 웃었다.

"전하께서 그리 말씀하실 정도면 정말 심각했나 봐요."

수잔의 말에 카예나는 한숨을 내쉬려다가 참았다.

"지독했지."

그 말에 다시금 웃음이 터졌다. 식자재를 처리하는 일은 그들이 손을 보태자 순식간에 정리되었다.

줄리아가 입을 열었다.

"참, 어제 에밀 하브론이라는 궁정인이 오라버니를 찾아왔었어요. 도티 부인이 최근 계속 데리고 다녔던 그 남자 궁정인이요."

카예나의 입가로 설핏 미소가 스쳤다. 그 남자가 하인리히의 세작이라는 것은 듣지 않아도 알 수 있었다.

'에반스 후작이 레제프에게 부리나케 보고했겠네.'

도티 부인은 지금쯤 레제프와 독대 중일 것이다.

똑똑.

애니가 들어왔다.

"키드레이 공작님께서 보내신 추가 인력이 도착했습니다."

"빠르시기도 하지."

가예나가 쉴 시간을 만들기 위해 물량 공세를 빌인나는 말이 실감 될 정도였다.

키드레이 공작이라는 말에 줄리아가 눈을 반짝였다. 검은 머리카락 과 붉은 눈동자에 눈이 휘둥그레질 미남이라면 너무나 유명해서 모를 수가 없었다. 근사한 외모에 심지어 딱 4살 차이의 연상이라니.

'그런데 왜 예전처럼 두근거리지 않지……'

줄리아는 그런 믿기지 않는 완벽한 조건의 미남을 발견했음에도 레제프에 대한 생각을 떨쳐 버릴 수 없었다. 연회장에서 우연히 본 레제프는 여전히 아름답고 화려했다. 마음이 쓰라렸다.

'왜 금방 포기도 못 하게 잘생겨서……'

얼마 전 카예나의 직속 시녀 넷은 연회 중에 한자리에 모이게 되었다.

그 자리에서 올리비아는 줄리아가 멀리 떨어진 곳에서 다른 귀족들과 어울리고 있는 레제프를 힐끗 보더니 묘한 눈빛을 하며 시무룩해하는 것을 금방 알아차렸다. 맙소사. 올리비아는 깜짝 놀란 얼굴로 얼른 줄리아를 뜯어말렸다.

"저분은 황녀 전하가 아니라면 그 누구도 감당할 수 없어요."

수잔도 거들었다.

"남자는 절대 못 고쳐 써요. 황자에 대한 소문, 알죠?"

줄리아는 알았다며 시무룩하게 고개를 끄덕였다. 베라는 이렇게 말했다.

"후작위를 계승해서 잘생긴 남자를 골라 만나면 되잖아요? 에반스 후작이라면 너도나도 몸과 마음을 다 바치려 들 텐데."

그 말이 맞았다.
'그래. 정신 차리고 작위를 계승해야지.'
줄리아는 후작위를 계승해야겠다는 목표 의식을 한결 더 뚜렷이 했다.

애니가 입을 여는 바람에 줄리아의 회상도 끊겼다.
"그리고 시녀장이 현재 황녀궁 앞에서 무릎을 꿇은 채 전하께 용서를 구하고 있습니다."
카예나는 찻잔을 엄지손가락으로 살짝 쓸었다.
"드레스는 칼에 찢긴 것 같았고 머리 모양도 묘하게 흐트러져 있었습니다."
감히 카예나에게 해악을 끼치는 자라면 제 왼팔이라고 할지언정 가차 없이 잘라 내겠다는 레제프의 경고였다.

그는 상당히 자극적인 경고성 메시지를 밖으로 내보였다. 그 도티 부인이 엉망인 차림으로 황녀궁 앞에서 용서를 빈다니. 더없이 자극적인 광경이 아니던가. 지금쯤이면 오늘 연회에 참석하는 귀족들에게 이 흥미로운 소식이 전달되었을 것이다. 이로써 레르반스 도티는 완벽하게 정리되었지만 여기서부터가 문제였다.

그때 올리비아가 나지막한 목소리로 우려하듯이 말했다.

"이제 곧 2시가 다 되어갑니다."

오후 2시부터는 공식적으로 성년식 기념 연회가 진행된다.

"그랜드 홀에 가실 때 시녀장을 지나칠 텐데, 결단을 내리셔야 하지 않겠습니까?"

그때도 도티 부인을 못 본 척할 수는 없었다.

"감히 황녀 전하께 그따위로 말한 여자에게 용서라니요. 최소한 작위는 몰수해야죠!"

베라가 곰곰이 생각에 잠긴 얼굴로 말했다.

"저도 용서는 말도 안 된다고 생각해요. 하지만 이상하지 않나요? 황자 전하께서 정말 처벌할 생각이었다면 수사권을 요청해 후작가를 뒤집었을 거예요."

"어찌할까요?"

애니의 물음에 카예나가 느긋하게 대답했다.

"모르는 척해야지."

카예나는 알맞게 식은 찻물로 입술을 축였다. 태연해 보이는 겉모습과는 달리 그녀는 머릿속으로 이 사태를 부지런히 정리하고 있었다. 그녀는 이내 피식하고 웃으며 낮게 중얼거렸다.

"역시나 영악하달지……."

고작 18살이 머리를 쓰는 것이라고는 믿을 수 없을 정도로 영악했다. 레제프는 누이의 명예를 지켜내기 위해 제 세력을 모질게 내치는 척하며 실은 카예나를 시험하고 있었다.

'무엇을 선택하든 당신은 그저 차기 황제의 누나일 뿐이니 잘 처신하도록 해.'

레제프는 난도질한 사냥감을 카예나의 목전에 들이밀었다. 숨통을 끊어 버릴 것인지, 아니면 목숨을 붙여 줄 것인지 선택을 종용하면서.

여기서 카예나가 어떤 선택을 해도 레제프에게 나쁠 것은 없었다. 카예나가 이대로 도티 부인을 용서해 주면 그녀는 자연스럽게 레제프 아래의 서열로 확실히 자리매김하게 된다.

지금 이 사태는 결국 말에서 말로 옮겨진 것뿐이다. 확실한 것은 아무것도 없었다. 도티 부인이 에밀 하브론에게 사기당한 것은 카예나의 짓으로 꾸며질 수도 있었다. 그자가 예이스터의 세작이라는 증거를 밝혀내기는 요원한 일일 테니까. 게다가 예이스터라면 낄낄대며 장작을 넣어 줄 게 뻔했다. 그는 카예나에게 최대한 많은 흠집을 내고 싶어 하니 썩 훌륭한 모략이었다.

하지만 잘 짜놓은 모략이라 해도 상대가 걸려야 의미가 있는 것이다.

"걱정할 것 없어."

시녀들은 카예나가 다른 설명 없이 걱정할 것 없다고만 했을 뿐인데도 금방 마음이 놓였다.

'전하께서 저리 말씀하시면 정말로 걱정할 것 없어.'

그간의 학습 효과였다.

"너희가 여기에 오래 머물러 있으면 황녀궁이 작당하고 도티 부인을 조롱하고 있다고 소문날 수도 있으니 이만 나가 보렴."

"네, 전하."

시녀들이 나가고 카예나는 홀로 집무실에 남았다. 그녀는 무언가를 기다리는 사람처럼 조용히 인내했다.

레제프는 이 상황에서 연회장으로 나갔을까?

카예나가 어떤 결정을 내리기 전까지는 침실에 처박혀 절대 나오지 않을 것이 뻔했다. 누이를 아끼는 가련한 황자처럼 보인과 동시에 그녀의 매정한 손속이 보이도록 만들어야 하기 때문이겠지.

"설마 내가 자충수를 두겠니, 레제프."

그 아이는 사람이 소모품이 아님을 여전히 모른다.

"수면 위로 올라올 때라······. 확실히 그럴 때가 되었지."

똑똑.

그때 집무실 밖에서 대기하고 있던 애니가 당황한 기색이 어린 표정으로 말했다.

"황녀 전하, 마일스 도티 후작이 알현을 요청하셨습니다."

"들어오시라고 하렴."

이내 집무실로 홀쭉 팬 볼에 연약해 보이는 남자가 들어왔다. 도티 후작가의 가주, 마일스였다. 깔끔하게 다듬은 머리와 수염, 얼굴에 툭 걸친 안경, 오래된 느낌을 주는 고풍스러운 모양의 예복을 입은 사내는 아내인 레르반스 도티와 완전히 달라 보였다.

"마일스 도티가 황녀 전하께 인사드립니다."

카예나는 자리에서 일어났다.

"이리 앉으시죠."

그는 풍파에 휩쓸리는 것을 극도로 꺼려 뒷방 늙은이를 자처하는 사람이었다. 남들은 참석하지 못할까 전전긍긍하는 황궁 연회에도 얼굴만 잠깐 비추고 돌아가곤 했다. 그런 사람도 가문에 큰 위기가 닥치니 밖으로 나오지 않을 수 없었나 보다.

다만, 그는 아내 대신 용서를 빌며 일을 무난하게 무마하려 찾아온 것이 아니었다.

"저는 파벌을 바꾸고 싶습니다."

마일스 후작이 말했다. 레제프를 버리고 카예나의 편이 되겠다는 뜻이었다. 카예나는 마일스 후작의 성격상 그리하지 않을까 예상은 하고 있었다. 모두가 잊고 있었지만, 마일스 후작은 레제프가 자신을 완벽히 도구로서 대하는 것을 참아 낼 인사가 아니었다.

"그건 후작님의 누님들을 배반하는 생각일 텐데요?"

후작의 첫째 누이는 체임버드 왕국의 왕태후였다. 둘째 누이는 율령 왕국 황제의 남동생인 히란 대공과 결혼했다. 그 두 국가는 엘다임 제국의 이웃 나라며 동맹국으로, 도티 후작가는 그처럼 왕국들과 혈연을 통해 긴밀한 사이로 이어져 있었다. 사실상 제국의 외교관 역할을 하는 셈이었다.

이것이 도티 후작가가 대단한 군사 가문도 아니고 큰 곡창 지대를 가진 것도 아님에도 제국에서 떵떵거릴 수 있는 이유였다. 그의 누이들은 레제프가 제국의 차기 황제가 될 수 있도록 지지하고 있었다. 그것은 해당 왕국들의 선택이라고 봐도 무방했다.

"파벌을 동맹 관계로 여기지 않는 군주는 섬길 수 없습니다."

"상당히 위험한 발언이군요."

도티 후작이 대수롭지 않게 말했다.

"저는 새로운 후계자가 탄생할 수 있다고 생각합니다."

카예나는 그것에는 어떤 대답도 하지 않고 말을 돌렸다.

"레르반스 도티 부인은 어찌 설득할 생각입니까?"

"그 사람은 오랜 황궁 생활과 일련의 사건으로 받은 충격이 클 겁니다. 경치 좋은 곳에서 요양하는 편이 좋겠지요."

격리 조치이자 유배였다. 사실 카예나가 도티 부인의 목숨을 언급하지 않은 것만으로도 후작가의 체면을 세워 준 것과 진배없었다.

"저는 아내를 요양 보내고 황자 전하의 손을 놓을 생각입니다. 이것은 길가의 돌멩이를 줍는 것과 같습니다."

도티 후작은 자신을 먼저 발견하고 주워 가는 사람이 임자라는 듯이 표현했다. 자신의 성을 부수려는 외부 세력이 있다면 새로운 동맹을 맺어 영역을 보호하면 그만이다. 그 행위에 충정 따위는 없었다. 그래서 더 깔끔한 관계를 맺을 수 있으리라. 납득하고 만족할 이득만 제시하면 되니까. 탐색은 이만하면 충분했다.

"레르반스 도티를 데리고 나가세요."

마일스 후작이 자리에서 일어나 고개를 조아렸다.

"전하의 은혜에 감사드립니다."

—❈—

마일스 도티 후작이 제 아내를 끌고 나갔다. 그녀는 친정으로 가겠다며 소리 질렀으나 도티 후작은 묵살해 버렸다.

"내 아내가 과중한 업무로 히스테릭해져 안정이 필요하다. 국정 대리인이신 황녀 전하께서도 그녀가 건강을 회복할 때까지는 정양하도록 독려하셨다."

이 소식은 발 빠르게 퍼졌다. 연회장에 모인 이들이 이 충격적인 소식에 너 나 할 것 없이 입방아를 찧어 댔기 때문이다. 충격적인 소식에 다들 사기당한 식자재가 어떻게 처리되었는지는 관심도 두지 않았다. 레제프는 애초에 연회장에 나타나지 않을 계획이었으나 도티 후작의 돌발 행동에 정말로 나오지 못하게 되었다. 귀족들은 과연 카예나 황녀가 어떻게 나올 것인지에 대해 주목했다.

황궁이 도티 후작가 문제로 달아오를 즈음, 연회장 앞에 키드레이 공작가의 마차가 멈춰 섰다. 그 안에서 바옐이 붉은색 실크 타이와 감색 수트를 차려입은 모습으로 내렸다.

"새 친구를 소개하기에 아주 적절한 분위기인데?"

뒤이어 라파엘로가 내렸다. 사람들은 키드레이 공작가의 엠블럼이 양각된 마차에서 내린 낯선 남자와 라파엘로를 연신 힐끔거렸다. 파트너로 남자를 데려오는 일은 사실 흔한 경우는 아니었다. 사교계에 데뷔한 나이치고 약혼자가 없는 경우가 드물고, 보통 댄스 파트너를 고려해 사전에 짝을 짓기 때문이다. 그래서인지, 아니면 대단한 미남들이 나란히 붙어 있어서인지, 그들은 연회장에 입장하기 전부터 많은 시선을 모았다.

"뭔가 시선들이 좀 이상한데."

바옐이 미간을 찡그리며 투덜거리자 라파엘로가 말했다.

"내가 파트너를 동반해서 연회장에 들어가는 건 처음이니까."

"그래? 인기 많게 생겼는데 의외네."

바옐은 낄낄거리다가도 금방 정색했다. 그것만으로는 제게 달라붙는 시선의 끈적함이 설명되지 않았기 때문이다.

"야, 자꾸 너랑 나랑 이상하게 훑잖아. 진짜 뭐야? 너 뭐 사고 쳤어?"

라파엘로는 지금까지 여성 파트너는커녕 가족과도 연회에 참석한 적 없다. 그런데 첫 파트너가 남자라니. 귀족들의 눈초리가 묘해졌다. 대체 저 남자는 누구일까?

라파엘로가 바엘에게 간단하게 설명했다.

"당신이 내 친구인지 아닌지 의심하는 거겠지."

"친구는 맞는데?"

라파엘로의 붉은 눈동자가 바엘과 마주쳤다.

"그러니까 성교가 가능한……."

"아악!"

바엘은 얼른 귀를 틀어막았다. 이 무슨 끔찍한 소리인가!

"너는 그딴 말을 왜 아무렇지 않게 하는 거야?!"

바엘이 타박하자 라파엘로가 시큰둥하게 대답했다.

"키드레이가의 공작에게 아무렇지 않게 반말하는 사람도 있는데."

바엘은 라파엘로의 말이 못마땅했다. 자신이 가진 마법의 힘이라면 나라를 새로 세우고도 남는다. 이 건방진 인간이 내가 얼마나 존엄한 사람인지 깨달아야 하는데.

"야, 내가 마음만 먹으면……! 아니다. 말을 말자."

바엘은 유치하게 굴려다가 그만두었다. 문득 한숨이 튀어나왔다.

'내 인복의 문제인가? 왜 이상한 애들만 꼬이지?'

끼리끼리라더니, 커플끼리 아주 제 속을 뒤집는 게 비슷했다. 바엘은 눈을 게슴츠레 뜨며 라파엘로의 곁에 붙는 둥 마는 둥 애매한 거리를 유지했다.

라파엘로가 그를 물끄러미 바라보다가 툭 물었다.

"날 의식하는 건가?"

어딘지 부끄러워하는 연인을 대하는 듯한 뉘앙스였다. 바엘은 팔뚝에 솟아나는 소름을 박박 쓸며 그에게 버럭거렸다.

"……남들이 들으면 오해한다고!"

"무슨 말인지 모르겠군."

'얘는 화법에 심각한 문제가 있는 게 틀림없어. 그리고 그 화법은 내 울화통을 터트려서 죽게 할 거야. 분명해.'

그것에 검은 장미를 세 송이 정도 걸 수도 있었다.

그들은 어느새 연회장에 입장했다. 라파엘로가 긴 다리로 거침없이 연회장 안을 이동했다. 바옐은 속으로 다리 긴 놈들을 저주하는 말을 퍼부으며 그를 따라갔다. 능숙하게 괜찮은 자리를 잡은 라파엘로가 바옐을 향해 물었다.

"뭐라도 좀 먹겠나?"

"알아서 할 테니까 제발 나한테 신경 쓰지 말아 줘."

가뜩이나 연회장에 있던 사람들이 그들을 연신 흘끔거리고 있었다. 이런 상황에서 라파엘로와 연인처럼 보일 어떠한 행위도 사양하고 싶었다. 예민해진 바옐과 달리 라파엘로는 여상스럽게 지적했다.

"이제 사람들이 접근할 테니 말투를 바꾸는 게 좋겠군."

바옐은 괜한 반발심에 뭐라고 톡 쏘아붙이려 했다. 그런데 그보다 먼저 말을 거는 이가 있었다.

"흥미로운 손님이군."

바옐이 시선을 돌리다가 미간을 살짝 찡그렸다. 라파엘로보다 조금 더 큰 거구의 은빛 머리 남자가 근처로 다가왔다. 귀족이라기보다는…… 글쎄. 조직폭력배 같은 느낌이 났다.

'이자가 하인리히 대공자인가?'

예이스터는 마치 상품을 품평하듯 바옐을 쭉 훑었다. 그 불쾌한 시선에 바엘은 기가 찼다. 눈빛이 맛이 간 인간이었다.

'늘 이런 놈들이 역사에 남을 사고를 치던데.'

라파엘로가 바엘을 자연스럽게 뒤로 끌며 말했다.

"제 친우입니다, 대공자."

그러니 예의를 갖추라는 뜻이었다. 바엘은 한낱 인간이 자신을 보호해 주었다는 사실에 지도 모르게 헛웃음을 터트렸다. 그러다 괜히 코를 찡그리며 속으로 한숨을 내지었다.

'하여간 이런 인간들을 보면 자꾸 도와주게 된다니까.'

이쯤 되니 카예나와 라파엘로가 자신을 털어먹으려고 작정하고 연민을 자극하는 건 아닌가 의심될 정도였다.

'그래, 그걸 부부 사기단이라고 부르던데.'

예이스터는 라파엘로의 말에 코웃음 쳤다. 씨알도 안 먹힐 성의 없는 변명이었다.

"키드레이 공작님께 이런 친우분이 있다는 이야기는 처음 듣는군요. 수도에서 한 번도 본 적 없는 얼굴이기도 하고."

바엘은 별것 아니라는 태도로 어깨를 으쓱하며 대꾸했다.

"아아, 제가 제국민이 아니라서 그럴 겁니다."

'이건 또 무슨 소리일까.'

율령 왕국을 제외한 주변의 다른 국가는 비슷한 인종이 모여 있었다. 외모로 국적을 분별해 내기가 어렵다는 뜻이었다. 키드레이 공작이 황궁 연회에까지 데려온 외국인이라면 그 신분이 범상하지 않을 것이다. 하나, 이 정도 외모를 지닌 주변국 유명 인사라면 예이스터가 모를 리 없었다.

예이스터는 갑자기 아차, 하는 표정을 지었다.

"이런, 이런. 제 소개를 드리는 게 늦었군요. 하인리히 대공가의 예이스터라고 합니다."

'자, 이제 네 출신을 밝혀.'

예이스터가 비죽 웃으며 바옐을 바라보았다. 얼마나 변변찮은 이름이 나올지 벌써 기대되었다.

근처로 몰려들었던 귀족들도 흥미롭게 이 상황을 관전했다.

바옐이 매력적인 미소를 띠며 손을 내밀었다.

"바옐 크로노스입니다."

'크로노스'라는 말에 주변이 술렁거렸다. 이곳에 모인 이들 중 그게 몰락한 왕국의 성씨라는 것을 모르는 자가 없었다. 그 왕가의 후손이 난데없이 키드레이 공작의 친구로 등장하다니? 다들 어리둥절한 표정을 지었다.

'그 왕가의 씨는 이미 마른 줄 알았는데?'

확실히 놀라운 정체이기는 했다. 그러나 몰락한 왕가라는 점이 애매했다. 왕족은 망해도 3대가 떵떵거리며 산다는 이야기는 있지만, 그것은 재산적인 부분일 뿐 명예는 그렇지 않다. 다스릴 것 없는 지배자가 대체 무슨 의미가 있겠는가?

'이런 기본적인 상식을 공작이 모르지 않을 텐데 친우로 소개하다니. 무슨 꿍꿍이일까.'

게다가 크로노스가를 상징하는 어떤 증거를 내놓은 것도 아니다. 지금 당장은 그저 키드레이 공작가가 지닌 이름값이 신원을 보증하는 전부였다. 예이스터는 깍듯하게 예의를 갖췄다.

"크로노스가의 후손이셨군요. 이거 몰라뵈서 죄송합니다."

그러나 바옐이 내민 손은 맞잡지 않았다. 망한 왕조의 후손과는 손을 잡고 싶지 않다는 뜻이었다. 예이스터의 무례와 조롱은 그것으로 그치지 않았다.

"제가 궁금한 게 있는데, 이제 마드레나 왕국도 없는데 어디에서 지내시는지요? 괜찮으시다면 제 저택에서 머무셔도 됩니다."

예이스터가 빙글빙글 웃으며 바엘을 집도 없이 떠도는 난민 취급했다.

'미법으로 조금 많이 이프게 히는 정도면 더 안 니지 않을까.'

바엘이 심각하게 고민하고 있을 때였다. 라파엘로가 대신해서 말했다.

"하인리히 대공자께서는 왕족을 손님으로 맞아 본 경험도 없으실 텐데 무리하실 것 없습니다."

그는 딱 예이스터가 무례한 만큼 무례하게 말했다.

"……아아."

예이스터가 한쪽 입꼬리를 틀어 올렸다. 적지 않은 기간 동안 수도 생활을 하면서 라파엘로와는 지금까지 크게 부딪쳐 본 적 없었다. 키드레이 공작가가 강력한 힘을 지닌 중립파였기 때문이다. 그런데 재미있게 나오네? 그의 눈빛이 위험하게 번득였을 때였다.

웅성거리는 소리가 가까워지더니 귀족들이 고개를 조아리며 파도처럼 갈라졌다.

"저와 춤추기로 하셨던 분이 여기서 무얼 하고 계시나요?"

설익은 복숭아처럼 풋풋한 색의 드레스를 입고 밝은색의 보석으로 아낌없이 눈부시게 치장한 카예나였다. 그녀가 카트린과 팔짱을 낀 채로 나타나 빙긋 웃고 있었다.

"황녀 전하를 뵙습니다."

다들 그녀를 향해 예를 갖췄다. 카예나도 샤프롱에게서 살짝 떨어져 드레스 자락을 잡고 간단하게 인사했다.

카예나의 등장에 귀족들의 눈빛이 더욱 심상치 않게 변했다. 그도 그럴 것이, 도티 부인이 일을 저지르고 마일스 후작에게 끌려간 게 고작 낮의 일이었다. 심지어 레제프를 비롯한 황자파 핵심 인사들이 연회장에 모습을 보이지도 않고 있었다. 갑자기 등장한 크로노스 왕가의 후손으로 인해 화제가 조금 뒤섞이기는 했으나 어쨌든 여전히 뜨거운 이슈였다.

예이스터가 건들건들한 태도로 카예나에게 말했다.

"키드레이 공작의 친우분과 인사 중이었습니다, 황녀 전하."

카예나가 해명을 요구하는 눈빛으로 라파엘로와 그의 곁에 선 바옐을 번갈아 보았다. 라파엘로가 표정 하나 변하지 않고 천연덕스럽게 소개했다.

"여기는 바옐 크로노스입니다, 황녀 전하."

"바옐 크로노스가 황녀 전하를 뵙습니다."

바옐이 카예나의 손등에 입을 맞추며 제대로 예를 갖췄다.

"어머…… 크로노스 왕가의 후손이신 모양이네요? 반가워요. 카예나라고 해요."

카예나는 그렇게 말하며 은밀히 마법으로 바옐의 명치를 가격했다. 그러나 역시 검은 정원의 주인이라는 건지, 바옐은 낌새를 눈치채고 얼른 막아 냈다.

'아니, 이 황녀가 정말…….'

바옐은 애써 떨떠름해지려는 표정을 수습하며 입을 열었다.

"……과거의 영광일 뿐이죠. 전하께서 환대해 주시니 감사할 따름입니다."

"부디 이 연회가 마음에 들었으면 해요."

"더할 나위 없습니다. 아주 새롭고 신선해서요."

그들의 대화가 조금 길어지려고 하자 라파엘로의 한쪽 눈썹이 슬쩍 올라갔다. 은근한 불만 표시였다. 가상의 남편으로 추정되는 수상한 자와 카예나가 친근하게 이야기하는 게 마뜩잖았다.

'음, 주의를 어떻게 끌지.'

라파엘로가 카예나를 향해 손을 내밀며 말했다.

"오늘 저와 첫 춤을 추기로 하셨지요, 전하."

"네, 그랬죠. 그래서 파트너를 애타게 찾아다녔더니……."

그녀가 바엘을 힐끔 보았다. 대체 이 조합을 어떻게 받아들여야 하나.

"모두 기다리고 있습니다."

무도회는 그 연회의 참석자 중 직위가 가장 높은 사람이 먼저 춤을 추지 않으면 누구도 춤을 출 수 없었다. 아니면 그 높은 사람이 다들 춤을 추라고 허락이라도 내려 주어야 했다. 카예나는 오늘 라파엘로와 첫 춤을 출 생각이었기에 따로 다른 명령을 내리지 않았었다.

"좋아요. 가죠."

라파엘로가 카예나를 데리고 자리를 뜨려고 하자 예이스터가 끼어들었다.

"그렇다면 황녀 전하의 다음 춤 파트너가 될 영광은 제게 주시겠습니까?"

이후에 정해진 댄스 파트너는 없었다. 연회 중에 하인리히 대공자와도 한 차례는 반드시 같이 춤을 춰야 하기는 했다. 피는 조금도 이어져 있지 않지만 어쨌든 가계도상으로는 친인척 관계이니.

카예나가 그러겠노라고 대답하려 했을 때였다. 그녀의 뒤에서 악에 받친 외침이 들렸다.

"천벌을 받아라, 예이스터!!"

증오로 가득한 목소리였다. 근처에 있던 귀족들도 짧게 비명을 내지르며 분위기가 순식간에 혼란스러워졌다. 이런 연회에서 들을 일 없는 종류의 외침에 카예나도 뒤를 돌아보았다. 연회복을 입은 남자가 그녀와 예이스터가 있는 쪽으로 총구를 겨누고 있었다.

살기로 번득이는 눈빛이다. 카예나는 저런 눈빛을 한 사람이 이후에 어떤 짓을 하는지 잘 알았다. 이미 저런 눈빛을 본 적이 있으니까.

총을 발견한 라파엘로가 표정을 와락 일그러트렸다.

"전하-!"

총을 든 자의 위치가 카예나의 바로 뒤였다.

'안 돼!'

카예나의 부릅뜬 두 눈과 정면을 향한 총구만이 눈에 들어왔다. 라파엘로가 손을 뻗었다.

탕-!

굉음이 터져 나왔다.

─◈◑◈─

톡, 톡, 톡…….

소리가 멈췄다. 아비규환으로 뒤덮인 것 같았던 세상도 멈추었다. 카예나가 시간을 멈춘 것이다. 탄환이 가슴 앞에서 멈춰 있었다. 조금만 더 늦었다면 카예나는 이 탄환에 맞았을 터였다.

바옐의 손이 불쑥 들어왔다. 그 손이 호두라도 바스러트리듯이 탄환을 쥐고 가루로 만들어 버렸다.

"적절했네."

그가 마치 욕설을 뱉는 것처럼 말했다. 표정에는 참을 수 없는 분노가 깃들어 있었다.

카예나는 시선을 돌려 총을 쏜 남자를 보았다. 귀족이 분명한 자였다. 그러나 연회복에 놓인 자수가 요즘 유행하는 모양이 아니었다. 돈이 없어서 새로운 연회복을 맞추지 못했거나 유행에 민감하지 않은 사람이라는 뜻이다. 또한 최대한 말끔하게 꾸민 것 같지만 묘하게 어수선한 차림새였다. 사용인이 시중을 들어 준 모양새가 아니었다. 예이스터가 빚을 지워 몰락시킨 수많은 가문 중 한 곳의 가주인 것 같았다.

바옐이 총을 든 남자에게 다가갔다. 시공간의 반발력에 가벼운 정전기 같은 감각이 살갗을 간지럽게 건드렸다.

"탄환이 하나가 다가 아닐 테니 연사할 게 뻔해. 내가 제압할 테니까 마법을 풀어."

카예나가 고개를 끄덕이고 멈춘 시간을 다시 움직였다.

"꺄아악!"

다들 바닥에 몸을 다급히 굽히며 소리 질렀다.

탕! 탕! 타앙-!

바옐의 예상대로 남자는 방아쇠를 연속으로 당겼다. 그러나 이미 손이 붙들린 상태로 위로 들어 올려져 있었기에 애꿎은 천장만 쏘아 댔다.

"이, 이게 무슨……!"

남자는 분명히 정면으로 겨누고 있던 팔이 들려 있음에 당혹을 감추지 못했다.

바옐이 단숨에 총을 빼앗고 남자를 바닥에 포박했다. 어느새 라파엘로는 카예나를 끌어안고 총기 난사범 쪽으로 제 등을 보였다. 총성에 기사들이 연회장으로 들이닥쳤다.

"저자를 당장 체포하여 뇌옥에 가둬라!"

"예, 전하!"

그러자 예이스터가 야차처럼 구긴 얼굴로 버럭 소리쳤다.

"저를 죽이려 한 놈입니다! 대공가의 감옥으로 데려가 제가 직접 심문할 것입니다!"

카예나는 라파엘로에게서 떨어져 싸늘하게 식은 눈으로 예이스터를 바라보았다.

"저자는 대공자에게 원한을 갖고 황궁에서 총을 발포했습니다. 그것도 내 성년식에서."

"저를 노린 것입니다."

"대공자를 노리다 황족이 죽을 뻔했지요."

카예나가 차갑게 일갈했다.

"감히 사사로운 원한이 이곳으로 흘러들어 오도록 처신 하나 똑바로 하지 못한단 말입니까."

예이스터가 이를 빠드득 갈았다. 분하지만 카예나의 말에 틀린 것이 없었다. 그의 부주의한 행실로 인해 황족이 죽을 뻔했다. 카예나는 그에게 죄를 물을 수 있었다.

"오늘 바엘 크로노스 경이 아니었더라면 난 이 자리에 서 있지 못했을 겁니다."

"전하."

"저자가 대공자를 해하려는 척, 실은 나를 공격한 것이라면 어찌하시겠습니까? 이 책임에 대공자가 자유로울 수 있습니까?"

이 일에 과연 예이스터의 책임이 없다고 할 수 있을까? 그가 이 일을 사주했다고 누명을 쓰지만 않아도 다행이었다. 카예나는 무서울 정도로 냉혹한 표정으로 그를 다그쳤다.

"그런데 감히 내 앞에서 범인을 데려가겠다고 소리치다니!"

카예나의 서슬 퍼런 분노에 다들 마른침을 꼴깍 삼켰다. 절로 몸이 움찔하는 기백이었다. 예이스터는 주먹을 꽉 틀어쥐었다가 이내 몸에서 힘을 뺐다. 그는 바닥에 두 무릎을 꿇고 카예나를 향해 엎드렸다.

"소신의 미욱함으로 감히 황녀 전하를 위험에 처하게 하였습니다. 어떤 벌이든 달게 받을 것입니다."

귀족들이 흡, 하고 숨을 들이켰다. 황제도 두려워하지 않던 저 개 망나니가 누군가에게 저렇게 무릎 꿇고 용서를 구하는 것을 처음 보았기 때문이다.

"오늘 받은 충격이 너무 커 이대로 연회를 진행하지 못하겠으니 파장하겠습니다. 내일부터는 연회장에 입장하는 이들의 몸수색을 더 철저히 진행할 것이니 다들 그렇게 아십시오."

귀족들은 이 충격적인 사태에 저마다 웅성거리기 시작했다. 이대로 파장이라니, 아직 파악해 내지 못한 일이 많은데 갑작스러웠다. 카예나가 앞으로 어떤 정치적인 행보를 보일 것인지, 레제프에게 계승과 관련해서 도움을 줄 생각은 없는지 무엇 하나 물어보지 못했다.

난데없는 총기 난사 사건으로 인해.

카예나의 곁에 서 있었던 카트린이 창백한 낯빛으로 파르르 떨었다. 그러나 본분은 잊지 않았다.

"전하, 황녀궁까지 모시겠습니다."

카예나가 고개를 내저었다.

"아니에요. 이모님도 놀라셨을 텐데 이만 돌아가 보세요."

그녀는 기사들을 불러 카트린을 호위하도록 했다.

라파엘로가 완전히 굳은 얼굴로 카예나에게 물었다.

"괜찮으십니까?"

"네. 다행히도 총에 맞지 않았네요."

위험하긴 했으나 그것이 오히려 기회가 되었다. 오늘의 공로를 인정해 바엘에게 작위를 수여할 작정이었다.

총을 맞을 뻔한 카예나보다 라파엘로의 안색이 더 창백했다. 그는 정말로 카예나가 총에 맞는 줄 알고 세상이 무너지는 것 같았다. 자신이 아무리 빠르게 달려가도 쏘아진 총알보다 빠를 수는 없을 테니까.

그런데 카예나를 품에 안은 순간까지도 아무런 일이 없었다. 허공을 향해 난사된 총소리만 시끄럽게 귓전을 울려 대더니 마치 뭔가에 홀린 것처럼 상황이 정리되었다.

바로 옆에 있는 줄 알았던 바엘은 언제 그자를 포박한 거지? 뭔가 이상한 느낌이 들었으나 그것을 깊게 생각할 겨를이 없었다. 당장 카예나의 안위가 더 걱정스러웠기 때문이다.

카예나가 바엘에게 눈빛을 보냈다.

"두 사람은 저를 잠시 보고 가시죠."

그녀는 방금 죽을 뻔한 사람으로는 보이지 않는 모습으로 휴게실을 향해 걸어갔다. 라파엘로에게 배당된 곳이었다. 문이 닫히고 삼자대면이 이루어졌다. 카예나가 뒤를 획 돌아 그들을 번갈아 보았다.

"자, 이제 설명해 주시겠어요?"

바엘이 대꾸했다.

"친구 사이야."

"……?"

라파엘로는 방금 전 총격으로 인한 충격도 잠깐 잊어버릴 만큼 새로운 충격에 휩싸였다. 황녀 전하께 반말을 쓰다니?

"내가 알기로는 두 사람이 친구가 될 이유가 없는데?"

카예나의 추궁에 라파엘로가 이실직고했다.

"팔라딘 수색 반경을 넓히려고 데니안 사제를 찾아갔습니다. 그런데 저 남자가 자신이 사원이 주인이라며 나타났습니다."

이번에는 라파엘로가 카예나에게 물었다.

"저 남자와는 무슨 사이십니까?"

"뭐……. 계약 관계?"

실제로 수명을 대가로 마법의 힘을 거래했으니 계약 관계라는 설명이 더없이 적절했다.

'설마 바엘이 사원 밖으로 모습을 드러낼 줄은 몰랐는데. 언젠가 올리비아와 엮일 수는 있겠다고 생각했지만.'

라파엘로가 굳은 얼굴로 물었다.

"설마 그때 말씀하셨던 가짜 남편을 말씀하시는 겁니까?"

'아, 계약이라는 게 그렇게 들릴 수도 있군.'

바엘이 바락 소리쳤다.

"아니거든!"

"그럼 뭡니까, 당신은?"

라파엘로는 완전히 경계하는 눈빛으로 바엘을 노려봤다.

"일단 가짜 남편 후보는 아니니까 표정 풀어요."

카예나가 아니라고 해명하자 라파엘로의 표정이 금방 풀렸다.

'은근히 단순하단 말이지…….'

"어쨌든 바엘은 상당히 유능한 조력자예요. 당신과 친구가 되었다는 게 참 뜻밖이지만……. 잘 지내봐요."

라파엘로는 별로 잘 지내고 싶지 않았지만, 카예나의 말에 어쩔 수 없이 고개를 끄덕였다.

"난 싫어. 쟤랑 나랑 무슨 오해를 받은 줄 알아? 쟤 애인 취급을 당했다고!"

그 말에 이번에는 카예나가 떨떠름해졌다. 자신과 라파엘로가 그렇게나 얽혀도 어떤 스캔들 하나 나지 않았는데, 그저 동행했을 뿐인 바옐은…….

'나랑 라파엘로가 어울리지 않는다는 거야, 뭐야.'

왠지 바옐에게 진 기분이었다.

"……축하해."

"농담할 기분 아니라고!"

라파엘로는 한숨을 푹 내쉬었다. 이 사람들은 방금 무슨 일을 겪었는지 까마득하게 잊은 걸까? 이쯤 되니 심각하게 받아들이는 자신이 이상한가 의심이 될 지경이었다.

"오늘 꼭 의원에게 진찰받으십시오."

"알았어요."

"따뜻한 차도 충분히 드십시오. 제가 기사를 이끌고 근방을 수색하며 다른 위험이 없는지 확인하겠습니다."

"얼씨구. 차라리 침실로 가서 지키지그래?"

"그럴 수 있다면 진즉 했겠지."

바옐은 괜한 말을 했다는 듯이 표정을 와락 구겼다.

"으, 난 나갈래."

그는 커플 사이에서 더 있기 괴롭다는 얼굴로 휴게실에서 나가 버렸다. 카예나는 고개를 절레절레 흔들다가 라파엘로에게 말했다.

"정말 괜찮으니까 그러지 않아도 돼요. 제게 중앙군 통솔권이 있다는 거, 잊지 않았죠?"

여전히 안심되지는 않았지만, 그는 어쩔 수 없이 고개를 끄덕였다.

"내일부터 해야 할 일이 또 많을 것 같으니 이만 자리 정리해야겠어요. 우리 할 일 있잖아요."

내일부터 빈민촌에 스튜를 배식해야 한다. 오늘 일어난 총기 사건도 심문해야 하니 제법 바쁠 터였다. 카예나는 표정이 좋지 않은 라파엘로를 꼭 안아 주었다.

"아까는 고마웠어요."

라파엘로는 작게 한숨을 내쉬며 카예나를 마주 안았다.

"불안해서 미칠 것 같습니다."

왜 위험한 상황은 이토록 끊이지를 않는지. 그는 카예나가 이대로 계속 황궁 생활을 하는 것이 최선인가에 대해 회의감이 들었다.

카예나는 라파엘로의 등을 토닥였다. 그녀는 마법이 있기에 자신의 안전함을 믿을 수 있지만, 라파엘로의 눈에는 이 모든 상황이 얼마나 불안할까? 카예나는 라파엘로를 안심시키려 부드럽게 웃어 보였다.

"너무 걱정하지 말고 어서 가서 쉬어요."

라파엘로는 떨어지지 않는 발걸음을 억지로 떼었다. 카예나는 휴게실을 나오자마자 호위 기사들의 보호를 받았다. 그녀는 드레스 자락을 잡고 라파엘로에게 인사했다.

"그럼 이만."

라파엘로의 표정이 꼭 떠나가는 주인을 바라보는 강아지 같아서 마음이 좋지는 않았으나 애써 발걸음을 돌렸다.

'뭔가 확신을 줄 만한 일이 필요한 것 같은데.'

마침내 연회의 주인공까지 그랜드 홀을 떠났다.

─❦◈❦─

황녀궁 앞에 익숙한 실루엣이 보였다.

"누님!"

총격 사건을 들은 레제프가 카예나를 찾아온 것이다.

"괜찮으십니까?"

전에 스스로 독을 마셨을 때도 그랬지만, 참 격세지감이 느껴졌다. 카예나를 이용해 제 잇속을 챙기고자 서슴없이 그녀의 입에 독을 들이부었던 게 고작 얼마 전 일인데.

"다행히도 아무 일 없었어."

레제프는 걱정스러운 표정으로 카예나의 곁에서 나란히 걸었다.

"의원을 부를까요?"

"총알에 스치지도 않았으니 괜찮아."

"그렇습니까? 그렇다면 다행입니다."

어느새 침실 앞에 도착하자 문지기 하인이 문을 열어 주었다. 레제프도 안으로 같이 들어갔다. 침실 문이 닫혔다.

탁!

레제프가 카예나의 팔을 붙들고 자신을 돌아보게 했다. 방금까지 짓고 있던 걱정스러워하는 표정은 온데간데없었다.

"나랑 어쩌고 싶은 거야, 누나?"

카예나가 무감한 눈으로 그를 마주 보았다.

"너야말로 어쩌고 싶은 거니?"

그들은 눈빛을 날카롭게 맞부딪쳤다.

"나와 결혼하고 싶어서 애가 탄 이들이 네게 아첨하고 난리였을 텐데, 기쁘지 않았어?"

레제프가 신경질적인 웃음을 내뱉었다.

"하! 기쁜 건 내가 아니라 당신이겠지."

그는 카예나를 붙잡고 있던 손을 풀어 그녀의 턱을 움켜쥐고 위로 들어 올렸다. 믿을 수 없을 만큼 무례한 짓이었다.

그러나 카예나는 눈 하나 깜빡하지 않았다.

"도티 후작과 무슨 이야기를 했길래 그자가 나를 배신해?"

"내가 무슨 이야기를 했다고?"

카예나가 한쪽 입꼬리를 틀어 올렸다.

"말은 똑바로 해야지. 내가 아니라 네가 어떻게 한 거잖아."

"뭐?"

"너는 사람을 도구 취급하는 걸 그만둬야 해. 네가 사람을 그렇게 대하는데 누가 너를 진심으로 믿고 따르겠니."

카예나의 말에 레제프가 으르렁거리며 위협적인 표정을 지었다. 그녀는 제 턱을 붙잡은 레제프의 손을 탁 쳐냈다. 오늘 하루 동안 벌어진 일들에 아닌 척해도 신경이 곤두서 있었다. 아니, 그보다는 시간을 멈췄던 탓인지 머리가 쿡쿡 쑤셨다.

그래도 토혈하거나 쓰러지지는 않아서 다행이었다. 그녀는 두통이 조금이나마 완화되지 않을까 하여 머리에 고정해 놓았던 장신구를 하나씩 풀어냈다. 금빛 머리카락이 부드럽게 흘러내렸다.

"귀족이라는 건 황족을 위한 도구지. 다들 다음 대 황제가 될 후계자를 이루는 부품이 되어 움직이잖아. 안 그래?"

레제프는 누이의 아름다운 머리카락을 손가락 사이에 걸어 꽉 움켜쥐고 말했다.

"그런 도구 따위가 선을 넘으려 들면 주인 된 도리로 당연히 주제 파악을 시켜 줘야지."

탁.

카예나는 마지막 장신구를 테이블에 내려놓았다. 건조하게 가라앉은 목소리가 흘러나왔다.

"그래서 내 유모도 죽였니?"

"······뭐?"

그녀는 어느새 장신구를 모두 풀어낸 모습으로 레제프를 돌아보았다. 불빛이 머리카락에 가려 그녀의 얼굴에 그림자를 만들어 냈다. 평소에는 시리도록 밝았던 눈동자가 섬뜩하게 어두웠다.

"내가 주제 파악을 못 해서 내 유모를 죽였어?"

"어떻게······."

그는 입을 다물었다. 그때 죽였던 수행원이 했던 말이 기억났다. 일찍이 클로렌스 엘리반을 감시하고 있던 이들이 있었고 추격당했다고 했지. 그게 카예나의 세력이었다고?

'아니, 누님이 그럴 만한 세력을 갖고 있지도 않았을 때니 누군가가 알려 준 거야.'

"너는 어떻게 하면 누이가 말을 잘 듣게 만들 수 있을지만 고민하잖아."

"그래서 이러는 거야?"

레제프가 비죽 웃었다.

"10년 전에 헤어져서 기억도 가물가물할 그 여자 때문에 나를 배신하겠다고?"

기가 찼다. 정말이지 어리석은 짓이었다. 진짜 저를 보살펴 줄 사람이 누군지도 모르고 감히 대들다니.

"현실을 직시해. 그딴 건 아무것도 아닌 일이야. 누님은 황족이잖아."

"……."

"피의 무게를 알아야 할 것 아냐!"

그의 다그침에 카예나는 상대할 의지를 잃어버렸다. 이 아이는 정말로 뭐가 문제인지 모르는구나. 손끝이 차게 식었다. 마법을 사용한 여파 따위는 아무것도 아니었다. 끔찍한 감각이 몸에 덕지덕지 달라붙어 자신을 좀먹는 게 느껴졌다. 이건 분노나 슬픔처럼 단순하게 표현할 수 있는 감정이 아니었다.

"피곤해. 쉬고 싶어."

카예나는 그에게 축객령을 내렸다.

"나가."

레제프는 뭐라고 말하려 입술을 달싹이다가 그만두었다.

"……어리석은 생각은 그만두시길 바랍니다. 누님."

그는 그렇게 경고하고 침실에서 나갔다.

조금 뒤에 애니를 필두로 하급 시녀들이 조심스럽게 들어왔다. 그들은 카예나가 바로 잠자리에 들 수 있도록 시중을 들었다.

"피곤하시면 마사지를 좀 해 드릴까요?"

애니의 말에 카예나가 고개를 끄덕였다.

"그래, 부탁하마."

카예나는 애니만 남기고 모두 물렸다.

"도나는 어때?"

그 물음에 애니가 대답했다.

"특별한 움직임은 보이지 않지만, 전과 비교해 확실히 전하의 근처에 머무는 시간이 늘었습니다."

"계속 잘 지켜보렴."

"예, 전하."

카예나는 가만히 입을 다물고 애니에게 마사지를 받으며 침착하게 기분을 정리했다.

그녀는 레제프에게서 특별한 인내심을 기대하지 않았다. 자신을 사람처럼 대해 주리라는 것도 애초에 포기했었다. 자신은 이제 남은 시간이 얼마인지도 모르고 앞만 보고 내달려야 했다. 가진 모든 것을 활활 태워서라도 반드시 결승점에 도달할 작정이었다.

그때 라파엘로가 불쑥 떠올랐다. 솔직해지라고 했던가.

"……애니."

"말씀하십시오."

"나를 좀 도와야겠다."

도와달라고?

애니가 의아하게 눈을 깜빡였다.

─────

"황녀궁 급보입니다."

비밀 통로를 지키고 있던 문지기가 고개를 살짝 갸웃거렸다.

"……황녀궁?"

늘 황녀궁 급보를 전달했던 여자의 목소리가 아니었다. 그러나 이 통로는 철저히 비밀리에 운영되고 있었기에 그는 자신이 모르는 새로운 세작을 심었다고 생각했다. 한동안 급보를 나르던 여자가 오지 않았기에 그 생각에 더욱 확신이 들었다. 그는 로브로 모습을 감춘 여자의 시야를 차단한 채로 정보를 나르는 방으로 들어갔다.

그 안에 대기하고 있던 기사가 제레미를 호출했다. 제레미가 의아하게 되물었다.

"황녀궁 급보라니?"

애니는 세작으로서의 수명이 끝났다. 그녀는 황녀의 사람으로 완전히 돌아섰는데 갑자기 급보라고? 뭔가 이상했다. 함정일 가능성이 있었다.

'이 비밀 통로가 외부에 새어 나갔을 가능성은 적은데…….'

제레미는 여차하면 상대를 베어 버릴 준비를 했다. 세작이 정보를 전달하는 방으로 내려갔다. 차양 너머에 로브로 모습을 감춘 사람이 보였다.

"얼굴을 드러내라."

"기사들은 내보내 주시오."

제레미는 멈칫했다. 어라, 이 목소리 익숙한데?

뭔가 느낌이 묘했다. 그는 평소라면 절대 하지 않았을 일을 저질렀다.

"모두 자리를 비켜라."

방에 제레미만 남고 다들 나갔다. 그러자 여자가 후드를 끌어 내렸다. 반투명한 차양에 가려져 있으나 천을 뚫고도 느껴지는 저 미모를 모를 수가 없었다.

"화, 황녀 전……!"

"쉿."

카예나가 입술에 손가락을 가져다 대더니 다시 후드를 뒤집어썼다.

"공작님을 만나고 싶은데."

제레미는 너무 놀라 벌렁거리는 심장을 붙잡고 얼른 정신 차렸다. 오늘도 라파엘로는 술을 마시고 잠자리에 들었다. 잠자리에 들기는 했으나 아직 자고 있지 않을 가능성이 컸다. 제레미는 몹시 정중하게 카예나를 안내했다.

라파엘로가 사용하는 침실 근처는 원래 사람이 없다. 그가 주변에 사람이 있는 걸 싫어하기 때문이었다.

똑똑.

제레미가 침실 문을 두드렸다.

"주인님, 제레미입니다."

곧 라파엘로가 바지 위에 상의는 가운만 대충 걸친 모습으로 문을 열었다.

"무슨 일이지?"

제레미는 급한 용건이 아니면 라파엘로가 홀로 있는 시간을 방해하지 않았다. 그런데도 이렇게 찾아왔다는 건 뭔가 중요한 용건이 있다는 말이었다.

제레미는 한걸음 물러나며 고개를 꾸벅 숙였다.

"……?"

의아하던 찰나에 문에 가려져 있던 곳에서 로브로 모습을 가린 여자가 나타났다.

"내일 오전에 제가 직접 모시러 오겠습니다."

"뭐?"

그때 모습을 가린 자가 라파엘로의 가슴팍을 밀며 안으로 들어갔다. 라파엘로가 반사적으로 상대를 밀쳐 내려 했을 때였다.

"……황녀 전하?"

후드가 걷히며 빙긋 웃는 카예나의 얼굴이 보였다. 라파엘로는 잠깐 미간을 찡그렸다. 자신이 술을 많이 마셨나? 헛것이라도 보는 건가?

카예나가 로브의 여밈을 풀어냈다. 그녀는 잠옷 차림이었다. 무게 감 있는 옷감으로 만들어진 그 원피스는 걸음걸이에 따라 그녀의 몸을 휘감으며 실루엣을 적나라하게 드러냈다. 라파엘로의 앞에 다가선 카예나가 그의 가운을 잡고 끌어당기며 말했다.

"당신을 원해요, 라파엘로."

그 말이 뜻하는 바는 명확했다. 라파엘로는 당장 카예나를 안아 들어 침대로 향했다. 숨결이 뜨겁게 얽혀 들었다.

─❀─

어스름해진 새벽빛이 카예나를 예민하게 건드렸다. 무겁게 내려앉은 눈꺼풀이 천천히 열렸다. 온기 하나 없는 새파란 바깥을 보니 아침 해가 완전히 떠오르기까지 시간이 남은 듯했다.

옅은 숨이 가느다랗게 흘러나왔다. 시야에 닿은 낯선 색의 차양과 조금 다른 이불의 감촉, 등 뒤로 느껴지는 단단한 몸과 허리를 감싼 남자의 팔이 서서히 현실감을 깨웠다. 이 모든 낯선 상황에 대한 생경한 감상보다도 먼저 든 생각이 있었다.

'오늘도 죽지 않았구나.'

안도인지 뭔지 모를 묘한 기분이었다. 어쨌든 하루는 또 벌었다. 그 사실 자체가 중요했다. 그렇다면 좀 더 많은 일을 할 수 있다.

카예나는 슬슬 황녀궁으로 돌아가기 위해 몸을 뒤척였다. 그러나 마치 그녀가 도망갈 걸 예측이라도 한 것처럼 라파엘로가 품에 가두다시피 그녀를 안고 있었다. 온몸이 뻐근해 몸부림치기도 쉽지 않아 카예나는 금방 포기해 버렸다.

하품이 새어 나왔다. 늦은 새벽까지 라파엘로에게 안겨 몇 번이고 달아오르기를 반복했다. 분명히 늦지 않은 시간에 온 것 같았는데 잠들기 직전에 보았던 시간이 새벽 3시쯤이었던가…….

카예나는 억지로 몸을 돌려 잠든 라파엘로의 얼굴을 찬찬히 바라보았다. 짙은 빛이 잠든 라파엘로의 얼굴에 내려앉아 있었다. 아름다운 음영을 만들어 내는 완벽한 이목구비와 길게 뻗은 속눈썹, 그토록 깨물어댔음에도 야살스럽게 도톰한 입술이 보기 좋았다.

'흐음.'

이렇게 가만히 누워 라파엘로를 보고 있노라니 입가에 절로 미소가 피어났다. 미남이 복지라고 했던가. 삶의 복지가 제대로 되고 있다는 생각이 들었다.

카예나는 고개를 들어 올려 그의 턱 끝에 살짝 입 맞췄다. 이제는 떠나야 할 시간이다. 다른 준비는 필요 없었다. 조심스럽게 그의 품에서 벗어나 잠옷을 다시 걸치고 로브를 손에 들었다. 이 순간에도 라파엘로는 깨지 않았다.

'최근에 계속 잠을 잘 못 잔 것 같은데.'

혼자서 대체 무슨 고민과 걱정이 그리도 많기에 밤잠을 이루지 못하는 걸까?

카예나는 그의 곁으로 다가가 이마에 키스했다.

"라파엘로."

살짝 불러보았음에도 색색거리는 숨소리만 들렸다. 이곳에 방문했다는 사실은 제레미만 알고 있고 그가 오전에 오겠다고 말했으니 카예나가 알아서 황녀궁으로 돌아가야 했다. 어차피 돌아갈 방법은 생각해 두었다.

"거리가 좀 먼데 괜찮으려나."

그녀는 제 침실을 떠올리며 미력을 일으켰다. 공간을 편집해 순긴 이동 할 생각이었다. 명확한 이미지가 떠올랐을 때, 카예나는 이 공간에서 자신을 잘라냈다.

침실에서 카예나의 모습이 온데간데없이 사라졌다. 카예나가 등지고 있던 빛이 라파엘로의 얼굴에 비쳐들었다. 여전히 붉은 기 없이 고요한 두드림이었다. 색색 울려 퍼지던 작은 숨소리가 뚝 멎었다. 기이한 침묵이었다.

"……."

푸른 새벽 속에서 붉은 눈동자가 선명하게 드러났다.

－≫◎≪－

카예나는 늦지 않은 시점에 침실로 돌아왔다. 그녀는 손에 든 로브를 치우고 침대를 적당히 흩트렸다. 혹시 몸에 어떤 흔적이 남았을지도 모르니 엘릭서를 마시는 것도 잊지 않았다. 연회는 고사하더라도 오늘 일찍부터 확인할 일이 많았다.

이런 날이면 카예나가 새벽처럼 일어난다는 사실을 시녀들도 이제 잘 알기에 이른 시간에 침실을 찾을 것이다. 아니나 다를까 곧 도나를 비롯한 하급 시녀들이 시중 하녀와 함께 들어왔다.

"일어나셨습니까, 전하."

카예나는 막 일어난 사람처럼 침대 휘장을 걷었다.

"욕조에 물을 받아 두었습니다."

몇 달 전부터 황녀는 시간을 칼같이 썼다. 황녀궁 소속 궁정인들도 그 패턴에 맞춰 아침 단장할 준비를 해 놓는 것에 익숙해졌다.

슬리퍼를 신고 일어나자 어깨에 보드라운 담비 털 담요가 덮였다. 자고 일어나 몸이 식었을 황녀가 얇은 잠옷 차림으로 인해 고뿔이라도 들면 큰일이었다. 카예나는 앞을 여미며 드레스 룸으로 자리를 이동했다.

시녀들이 침실로 오기 전에 이미 드레스 룸을 사용할 준비를 마쳐 두었는지 안이 환했다. 아직 새벽녘에 가까운 시간이라 빛이 부족하니 램프와 초를 넉넉하게 밝혀놓은 것이다.

폭이 좁고 가로로 긴 테이블에 몸단장할 것들이 차례로 놓였다. 카예나는 환복을 시작하며 미리 준비된 연회복을 힐끔 보더니 말했다.

"연회복은 필요 없다."

그녀는 오늘 그랜드 홀에 갈 생각이 없었다. 어제 총격 사건으로 인해 하루쯤 빠져도 누구도 이상하게 여기지 않을 것이다.

"평민처럼 보이는 옷과 모습을 감출 로브를 준비해다오."

뜻밖의 지시에도 하녀들은 당황하지 않고 금방 적당한 옷을 찾아왔다.

도나가 눈동자를 데구르르 굴렸다. 이 소식을 어서 황자궁으로 나르고 싶었으나 카예나가 먹을 수프를 준비해야 했다. 눈치가 빠른 제 주인은 조금만 늦어져도 금방 이상함을 알아챌 것이다. 도나는 이만하면 충분히 용의주도하게 잘 행동하고 있다고 생각하며 크림을 듬뿍 넣은 호박 수프를 받아 왔다.

카예나는 그릇을 받아 은 스푼으로 수프를 조금씩 떠먹었다.

준비를 마친 카예나는 밤새 심문한 총기 난사범의 정체를 보고받았다.

"케이트 자작이라고, 지방 귀족인데 사병을 꽤 거느리고 있었던 것 같습니다. 그 가문이 빚으로 망하고 지금은 조디악 백작이라는 자에게 흡수된 것으로 파악되었습니다."

조디악 백작은 예이스터의 암흑 세계용 이름이었다. 카예나는 피식 웃었다.

'나도 암흑가에 진출하려면 그런 별명을 하나 만들어야 하나.'

"그래, 조디악이라는 자가 누구인지 확실히 조사해 보아라."

그 끝에 예이스터가 나올 테니.

'조디악 백작이 예이스터라는 사실을 알 만한 자는 로드릭 에반스 후작 정도일 텐데……'

이외에도 오늘 토지 개간에 동원될 중앙군 숫자, 수도 곳곳에 세워질 무료 급식소의 준비 상태 등을 보고받고 있을 때였다.

똑똑.

문이 열리자 황실 직속 기사, 이든이 들어왔다.

"마차가 준비되었습니다."

카예나가 로비로 내려가자 기사단 제복을 말끔하게 차려입은 제다이어가 보였다.

마차에 오르고 문이 닫혔을 때 그녀는 곧장 창을 열었다. 역시나 마차 바로 옆에서 제다이어가 말에 올라타 있었다.

"하인리히 대공자가 뭐래?"

제다이어는 흠칫하다가 그녀가 또 마법으로 소리를 차단시켰으리라고 생각하며 입을 열었다.

"금주 내로 어떻게든 황녀궁 기사가 되라고 했습니다."

제다이어를 황궁에 들여보낸 것부터가 이미 빤한 일이었다.

"흐음, 그래? 그럼 어떻게 황녀궁 기사가 될 작정인데?"

"어제 사건 이후로 황실 직속 기사들이 더욱 몸을 사리고 있습니다. 그들은 다 에반스 후작가의 돈을 받고 있더군요."

"뭐, 손쓸 것도 없이 저절로 황녀궁 소속이 되겠네."

"이대로라면 제가 황궁을 빠져나가기가 요원하지 않겠습니까?"

그가 황녀궁 소속이 되어 자리를 비우는 때가 생기면 자연히 황녀의 지시를 받아 뭔가를 하고 있다는 게 들통날 것이다.

카예나는 대수롭지 않게 말했다.

"예이스터가 훌륭하게 판을 깔아 줘서 다행인걸?"

제다이어가 의아한 표정을 짓자 카예나가 말을 이었다.

"당신, 누가 봐도 수상하게 황녀궁에 들어가고 싶다고 난리 피워 봐."

그러면 모든 일이 저절로 해결될 것이다.

"그러다가 목이 잘리면 어떡합니까?"

추방보다는 수상한 자로 몰려 뇌옥에 갇힐 것 같은데…….

그의 걱정에 카예나가 말했다.

"괜찮아. 당신은 그 자리에서 목이 잘릴 거야."

"……예?"

"예고했으니까 그때 돼서는 너무 놀라지 마."

'아니, 갑자기 내 목이 잘린다는데 어떻게 안 놀라?'

카예나가 웃었다.

"시체는 궁 밖으로 나가잖아. 죽은 사람으로 사는 게 조금 찝찝하겠지만, 어차피 암흑가에서 산 사람 호패가 필요한 것도 아닌데."

"……예에."

대충 무슨 계획인지는 알 것 같았다.

수상쩍게 행동하며 난리를 피우는 제다이어를 심하게 몰아붙여 그 자리에서 처결해 버리고 시체를 치우는 척 밖으로 빼돌리는 계획이었다.

아무리 그래도 산 사람은……. 그는 나지하게 한숨을 내쉬었다.

"당신 동생, 황궁으로 보내 줄래?"

"……예?"

"당신이 일을 모두 처리할 동안 동생이 계속 아픈 상태로 숨 붙이고 있는 거, 너무 가혹하잖아. 그래도 내게는 당신이 필요하니 인질은 있어야겠고."

그래서 제다이어의 동생을 황녀궁 궁정인으로 받을 생각이었다.

"일도 거의 하지 않는 보직에 앉힐 테니 걱정하지 마. 나는 내 사람은 확실히 챙겨 주니까."

제다이어는 입술을 꾹 깨물었다. 아닌 척하고는 있었으나 마음이 상당히 초조했었다. 동생을 예이스터의 눈을 피해 숨겨 놓기는 했으나 그것은 완벽한 방어가 되지 못했다. 게다가 그 아이는 상태가 더 나빠지고 있었다. 그런데 카예나가 동생의 병을 고치고 예이스터의 영향력이 닿지 않는 황녀궁에 데리고 있어 주겠다고 선언했다. 인질극을 벌이겠노라며 무심하게 포장하면서.

사실 이해가 되지 않았다. 황족이 뭐 하러 별거 없는 청부업자 하나를 이렇게 살뜰히 보살핀다는 말인가? 자신이 그렇게 대단한 사람이었나?

제다이어는 코끝이 시큰해져 고삐를 더욱 꽉 틀어쥐었다. 솔직히, 고마웠다. 모든 이해관계를 떠나서 고맙다는 그 말이 그의 진심이었다.

"……감사합니다."

카예나는 그에게 시선 하나 주지 않고 창밖을 멀거니 보며 툭 말했다.

"인질을 잡겠다는데 감사하다니. 이상한 말이로구나."

'아아, 이래서…….'

황녀의 이런 면모로 인해 주변에 계속해서 사람이 모이는 모양이다. 그녀를 믿고 따르는 이들은 특히나 공명심이 있고 면면이 훌륭했다.

제다이어는 이런 사람이 다스리는 나라가 어떨지 감히 상상해 보지 못했다. 이런 지배자를 가져본 적이 없기 때문이다. 이 마음이 혹여 나중에 변할지도 모른다. 하지만 지금만큼은 최선을 다하기로 마음먹었다.

당장 중요한 이슈도 있었다.

"드릴 말씀이 있습니다."

"뭔데?"

"어제 하인리히 대공자 저택에서 이상한 자들을 목격했습니다."

제다이어에게는 남다른 위기 감지 능력이 있었다. 그는 하인리히 대공자가 황성 근처에 마련한 작은 별저에서 본 이상한 무리를 떠올려 보았다. 느낌이 상당히 좋지 않았다. 황녀는 마법사니 무슨 일인지 바로 알아차릴 수도 있지 않을까? 제다이어는 자신이 보았던 것을 상세히 이야기했다.

"검은 로브를 입은 무리라고?"

애석하게도 그런 자들은 카예나도 아는 바가 없었다. 그녀는 미간을 살짝 찡그리며 소설로 보았던 내용을 떠올려 보았다.

'검은 로브를 입은 수상한 무리……. 대공자가 부리는 폭력배에 대

한 정확한 정보는 많지 않아.'

그렇다 해도 그런 특이한 자들에 대한 정보가 없는 건 이상한 일이다. 신경 쓰지 않고 넘어가려고 하니 제다이어의 반응이 찜찜했다.

'미래가 바뀐 걸까?'

바엘이라면 금방 확인해 줄 수 있을 텐데. 카예나는 혹시나 하여 마차 안을 확인해 보았다. 하지만 그 도도한 마법사는 본인이 원할 때가 아니면 도통 모습을 드러내지 않았다.

제다이어가 말했다.

"다 와 갑니다."

마차가 목적지에 들어섰다. 카예나는 후드를 깊게 뒤집어썼다.

─◦◦◦─

수도 엘퀴엠의 이스트 타운.

그러나 사람들은 이곳을 이스트 타운이 아니라 빈민촌이라고 불렀다.

이스트 타운에도 오늘 수도 전역에 세워진 무료 급식소가 설치되고 있었다. 빈민가의 사람들은 낯선 천막이 세워지는 것을 지켜보았다.

그들 사이에 덥수룩한 머리칼에 수염을 기른 남자가 섞여 있었다. 그의 이름은 '발데마르'로, 한때 선황후를 곁에서 보필한 의원이었다. 그녀가 손쓸 틈도 없이 알레르기로 죽기 전까지는.

발데마르는 말과 마차, 기사들과 잡역꾼들을 훑어보았다. 저런 자들이 빈민을 바라보는 시각은 뻔했다. 도시를 갉아먹는 더러운 들쥐.

그런데 가난한 제국민을 위한 무료 급식소라고?

'그것도 카예나 황녀가?'

어린 시절부터 타고난 성미가 포악하기로 유명한 황녀가 미천한 자에게 음식을 나눠 준다는 것을 쉬이 믿을 수 없었다.

하지만 배를 곯는 것은 너무나 고통스럽다. 그들은 음식을 나눠 준다는 말에 경계하면서도 전날 통보받은 장소 근처로 모였다.

그런데 근처로 다가갈수록 좋은 냄새가 진동했다.

"이곳으로 줄 서도록!"

기사들이 그들이 마구잡이로 달려들지 않도록 통제했다. 가장 먼저 줄을 선 사람은 발데마르였다. 그라면 스튜 안에 이상한 게 있을 시 바로 알아차릴 수 있기 때문이었다.

발데마르는 챙겨 온 나무 그릇에 스튜를 넉넉하게 받았다. 국물은 재료가 제대로 우러나와 짙었다. 심지어 국물 위로 건더기까지 푸짐했다. 발데마르가 스튜를 후루룩 마셔 보았다. 입안을 열심히 굴리며 이상한 점을 찾아내려고 했다.

"……괜찮군."

그의 말에 스튜를 받아 온 이들이 그릇에 코를 박고 게눈 감추듯 허겁지겁 먹어치웠다. 그제야 황성에서 음식을 나눠 준다는 게 실감이 났다. 기사들은 남의 것을 강탈하려는 이가 있을까 하여 약자를 위주로 보호해 주기까지 했다. 덕분에 여인도 작은 아이들도 제 몫의 음식을 제대로 먹을 수 있었다. 그릇조차 없는 자들은 황궁에서 준비한 나무 그릇에 스튜를 받았고 그릇값을 하기 위해 지역 청결 유지에 동원되었다.

발데마르는 그 행위 하나하나를 지켜보다 문득 뭔가를 깨달았다. 온몸에 소름이 쭉 끼쳤다.

'단순히 음식을 배분하는 것으로 끝이 아니야. 오늘 일은 이스트 타운을 개혁하려는 첫걸음이다.'

사회적 약자에 대한 인식을 심어 주는 것. 필요한 것을 받았으면 그 대가를 치르는 것. 사는 지역을 청결히 유지하는 것. 이 모든 게 무엇을 뜻하겠는가.

'빈민들이 사회로 돌아갈 수 있도록 재활 훈련을 하려는 거야.'

발데마르는 두 손을 꽉 틀어쥐고 다급히 주변을 두리번거렸다. 역시나. 무료 급시소가 아닌 다른 용도의 천막이 또 세워지고 있었다.

'의료원이다⋯⋯!'

들것, 의약품 등이 천막 옆에 쌓이고 있었다. 발데마르는 다급히 그곳으로 다가갔다. 치료사들이 그가 의약품 앞으로 다가가자 행동을 막아섰다.

"치료가 필요하면 저쪽으로 가시오."

그는 간신히 흥분을 가라앉히고 뒤로 물러났다. 대신 그들에게 조언했다.

"지금 인력이 적은 것은 아니지만 금방 부족해질 겁니다."

치료사들은 의아하게 발데마르를 보았다. 말투나 행동이 예사롭지 않았다.

"사방이 닫힌 천막으로는 어림도 없을 테니 차라리 빛만 가릴 수 있도록 천장만 가리는 게 나을 겁니다."

그는 그렇게만 말하고 자리를 이동했다.

"이쪽으로 눕혀!"

"여기 공간이 모자라!"

곧 발데마르의 조언이 현실이 되었다. 당장 감당해 내기 어려울 정도로 많은 수의 사람이 들이닥쳤다.

"여, 여기! 내 아내부터 좀 봐주십시오! 배를 부딪쳤어요!"

사색이 된 남자가 제 아내를 업어 들고 달려왔다. 발데마르는 바로 옆의 냇가로 뛰어들어 차가운 물에 몸을 닦아 냈다. 그러고는 천막 근처에 쌓인 소독약을 손에 들이부었다.

"이봐! 무슨 짓이야?!"

치료사들이 험악하게 일그러진 얼굴로 뛰쳐 왔다.

"저는 의사입니다. 어차피 지금 손이 부족하지 않습니까? 절대 방해되지는 않을 겁니다."

그들이 머뭇거리는 사이에 발데마르가 환자에게 뛰어가 상태부터 살폈다.

"이봐!"

"비장 파열입니다. 이대로 두면 죽습니다. 당장 개복해야 하는데 뭣합니까!"

발데마르의 외침에 압도당한 치료사가 몸을 흠칫 굳혔다. 그의 말대로라면 당장 출혈을 잡아야 했다. 가장 경험이 많은 의원이 안쪽 천막에서 뛰쳐나왔다.

"무슨 짓입니까?! 여기는 수술 도구가 마땅치 않아요!"

"당장 출혈 혈관을 지혈하지 않으면 반드시 죽습니다."

의원이 곤혹스러워할 때 환자의 남편이 바닥에 납작 엎드려 싹싹 빌었다.

"아이고, 제발! 뭐든 할 테니까 살려 주십시오!"

발데마르가 소리쳤다.

"여기에 말도 있고 말을 탈 수 있는 사람도 수두룩한데 뭐가 문제입니까!"

"그래서 뭐가 필요하죠?"

시선이 휙 돌아갔다. 로브로 모습을 가린 여자가 보였다. 치료사들도 의아해하는 눈치였다.

그녀가 궁정인임을 증명하는 패를 보였다. 바로 곁에는 황실 직속 기사 옷을 입은 남자가 있었다. 그 여자는 바로 카예나였다.

카예나가 말을 이었다.

"당신, 그 환자 살릴 수 있어요?"

"수술 도구와 수혈할 피만 있으면 됩니다. 어시스턴트도요."

"좋습니다. 당장 마련하죠."

이스트 타운에 희망의 불씨가 탁 튀어 올랐다.

─※◎※─

급식소가 세워진 지 사흘째.

발데마르는 치료사들을 도와 환자를 보살폈다. 그는 이 의료진들이 키드레이 공작가에서 보낸 사람이라는 것을 알게 되었다.

'중립파인 키드레이 공작가가 자선 사업으로 황녀와 손을 잡았다면, 황녀가 중립이 되었다는 뜻인가.'

동생인 레제프 황자는 어쩌고? 게다가 이 군대들은 뭘까. 황제의 사병을 이끄는 건 황태자의 권한이다. 그렇다면 황녀가 그에 준하는 권한을 손에 넣었다는 말일까?

'나랑 무슨 상관이겠어.'

자신은 이제 황궁 사람이 아니다. 그는 생각을 털어 냈다.

그때 장정들 사이로 로브를 입은 여인이 눈에 띄었다.

'궁정인이라고 했던가.'

현장에서 바로 의결할 권한을 지닌 수준의 여자 궁정인이라면 뻔했다.

'황녀의 직속 시녀겠지.'

그런 사람이 첫날에 그치지 않고 오늘까지도 빈민가에 꼬박꼬박 나오는 것은 뜻밖이었다. 자꾸만 여자가 눈에 밟혀 결국 그녀를 찾아갔다.

카예나가 발데마르를 돌아보았다.

"무슨 일이죠?"

"비장 파열 환자를 병원에 보내 주셨다고 들었습니다. 감사 인사를 전하고 싶어서요."

"사람 살리는 일인데 당연히 해야죠."

그녀는 빈민을 도시를 갉아먹는 더러운 들쥐가 아니라 사람으로 보고 있었다.

"어제 병원에서 극찬을 늘어놓더군요. 조악한 수술장에서 거의 감염도 없이 깔끔하게 수술했다고. 영입 제안까지 하던데요?"

"과찬이십니다. 저 같은 의사는 널렸습니다."

"전형적인 겸손의 말이네요."

발데마르는 약간 당황하다가 피식 웃었다.

"저는 발데마르라고 합니다."

그러자 카예나가 대답했다.

"메데이아라고 해요."

발데마르는 고개를 꾸벅 숙이고 의료진들에게 돌아갔다.

제다이어가 물었다.

"메데이아는 뭡니까?"

"외국 신화에 나오는 마녀의 이름."

그 외국이 비록 다른 차원에 있지만, 어쨌든 의미상 틀리지는 않으니 상관없지 않을까.

"아버지를 배신하고 선택한 남편에게 배신당하자 결국 제 아이를 죽여 복수하는 마녀였지."

제다이어는 괜한 걸 들었다는 듯이 찝찝하다는 표정을 했다.

"오늘도 연회에는 참석하지 않으실 작정입니까?"

"어차피 마지막 날인데 가 봐야 무슨 의미겠어."

황실 무도회는 오늘로 끝이었다.

"그보다는, 저 남자 어때?"

카예나가 가리킨 곳에는 발데마르가 있었다. 제다이어는 카예나가 말했던 암흑가에 쓸 의사로 그를 눈여겨보고 있다는 것을 깨달았다.

"뒷세계에서 의사라면 항상 공급이 부족하니 더할 나위 없습니다만, 하려고 할까요?"

"궁정식 예법을 쓰는 자였어. 정체를 숨기고 살아야 하는 처지인 거지. 세탁할 신분을 주면 꼬여 낼 수 있을 것 같은데?"

제다이어는 황녀의 진짜 무서운 면이 바로 이런 점이라고 생각했다.

'마법보다 저 머리가 더 무섭다니까.'

아군이면 더없이 든든하지만, 만약 적이 된다면 어떨까? 자신이라면 당장 항복을 외칠 것 같았다.

카예나는 직접 빈민가를 둘러보다가 아이들이 뚱뚱한 나무를 타고 올라가는 모습을 발견했다.

"여기 그네를 매달면 좋겠네."

"기사들에게 시키면 이 동네 나무란 나무에 죄다 그네가 생길 겁니다."

"허풍은."

카예나가 그렇게 말하며 걸음을 옮겼을 때였다.

쿵!

그녀는 거세게 달려오던 아이와 부딪쳐 뒤로 넘어졌다. 후드가 벗겨지고 귀에 걸어놓았던 면사도 한쪽이 힘없이 흘러내렸다. 근처에 있던 빈민가 사람들은 어디에서도 본 적 없는 미인의 모습에 숨을 집어삼켰다. 발라당 넘어진 아이도 멍한 얼굴로 카예나를 바라보았다. 카예나가 넘어진 것을 본 근처의 중앙군 기사들이 경악하여 그녀를 부르려고 했다.

"저, 전……!"

"쉿."

그녀는 얼른 주변에 입단속을 시켰다. 소란 피울 생각은 추호도 없었다. 카예나는 자리를 툭툭 털고 일어났다.

다만 발데마르는 그녀가 누구인지 단번에 알아보고 속으로 비명을 질렀다.

'화, 황녀잖아?!'

카예나가 말했다.

"이만 가지."

그녀가 걸음을 떼려다가 다시 뒤를 돌았다.

"저 나무에 그네를 달아 줘."

제다이어가 웃었다.

"분부대로 하겠습니다."

22장
마법사들

무도회가 끝났다. 하지만 아직 사냥 대회가 남아 있었다. 귀족들은 그것을 대규모 피크닉쯤으로 생각했다. 전문 사냥꾼들이 위험한 짐승이 없는 사냥터를 골라 약한 초식 동물들만 풀어놓기 때문이다. 그들에게 중요한 건 그곳에서 입을 아름다운 피크닉용 옷과 모자, 장신구 같은 것이었다.

사냥 대회 전까지 사람들은 소규모 모임이나 유명한 예술가를 초빙한 정찬회를 열었다. 그게 원래의, 그리고 일반적인 형태의 사교 시즌의 모습이었다. 묘한 일들이 연달아 터지기 전까지는.

사교계를 휩쓴 첫 이슈는 누구나 예상할 수 있는 사건이었다.

'바엘 크로노스가 명예 백작위를 수여받았다.'

이 다음은 예이스터 하인리히에 관한 소문이었다.

'연회장에서 총격 사건을 벌인 남자가 뇌옥에서 심장 발작으로 급사했다.'

이것에 관련해서는 의견들이 분분했다. 혹시 대공자가 뭔가 켕기는 것이 있어서 입막음을 한 게 아니냐, 진짜 발작으로 죽은 것일 수도 있지 않냐…….

그리고 그 모든 이슈를 덮어 버릴 또 하나의 소문 하나가 수도 전역을 휩쓸었다.

'가장 낮은 곳을 밝히는 지도자.'

현재 수도의 모든 클럽, 커피 하우스, 스포츠 경기장에서 가장 이슈가 되는 화제였다. 사람들은 그 별칭을 얻은 사람이 카예나 황녀라는 사실을 알게 되었다.

그것 말고도 황녀가 수도 집값을 내려 제국민의 생활을 안정시키려 한다는 이야기도 퍼졌다. 귀족들은 카예나가 천한 짓을 했다며 은근히 비웃었다. 그러나 민심은 달리 반응했다.

그들은 자신들의 삶을 보살피려는 황녀가 어떤 사람인지 궁금해했다. 카예나에 대한 호기심은 곧 인기가 되었다. 키드레이 대부인이 시기에 맞춰 황녀의 이름으로 자선 사업 단체도 세웠다.

제국민들은 연달아 훌륭한 업적을 이룩해 낸 황녀에 열광했다. 한동안 제국에는 일명 '영웅'이 없었다. 그 빈자리를 카예나가 단숨에 차지해 버린 것이다.

제국민들은 이렇게 말했다.

"그분처럼 좋은 분이 우리의 폐하가 되어 주신다면 얼마나 좋겠나?"

그들은 갈수록 삶이 척박해지는 이유가 군주의 부재라고 생각했다. 황제가 쓰러져 누운 이후로 제국 정세가 급격히 혼란스러워졌기 때문이다. 그랬기에 현명하고 어진 황녀가 이대로 계속 자신들의 군주가 되어 준다면 더 바랄 것이 없겠다고 생각했다.

소문은 그것으로 끝나지 않았다. 총격 사건에서 황녀를 구한 바엘에 대한 소문이 묘하게 비틀려서 퍼졌다.

"다들 그 소식 들었나? 몰락한 마드레나 왕국의 후손이 감히 황녀 전하를 탐내고 있다더군!"

"혹시라도 그자와 결혼하게 되면…… 전하께서 외국으로 나가실 수도 있다는 거 아닌가?"

자신들의 영웅을 감히 깜냥도 되지 않는 자가 노리고 있다는 사실에 제국민은 분노했다.

그들은 자신들의 황녀를 지켜 내야 한다고 생각했다. 황녀가 누군가에게 시집가게 될 운명이라고 생각했기에 내린 판단이었다. 제국민의 생각은 곧 다음 황제가 누가 되느냐로 옮겨졌다.

"후계자 중에 하인리히 대공자가 있지 않은가. 황녀 전하께서 그와 결혼하면 황후 폐하가 되시는 거지."

"오호, 그럼 하인리히 대공자가 다음 대 황제가 되면 되겠군!"

뜻밖에도 이번 사건이 예이스터 하인리히의 지지율을 급등시켰다. 카예나의 지나친 인기가 불러온 참사였다.

정작 소문의 주인공인 카예나는 가만히 이런 동향을 듣더니 피식 웃어 버렸다.

"전하의 인망이 두터워지는 것은 기쁜 일이오나, 하인리히 대공자가 얼결에 지지율이 상승하다니요."

베라가 홍차에 레몬을 띄우다가 어이가 없다는 듯이 말했다.

"이번 일로 에반스 후작의 처지가 난처할 거야. 이것을 기회로 삼아 그의 환심을 사고 레제프와 이간질해야겠어."

"제가 어찌하면 좋을까요?"

"키드레이 공작가의 자선 사업에 동참해 묵은 곡물을 일부 풀라고 하렴."

그러자 올리비아가 감탄했다.

"불미스러운 사건으로 실추된 가문의 명예를 회복하기 좋은 기회기도 하네요."

그러자 줄리아가 의아하게 고개를 갸우뚱 기울였다. 이게 왜 레제프 황자와 에반스 후작 사이를 이간질하는 것인지 이해되지 않았기 때문이다.

베라가 픽 웃으며 설명했다.

"지금 상황에 황녀 전하의 명예가 높아지면 하인리히 대공자가 덕을 보게 되니까요. 또, 마치 다른 세력에 발을 걸쳐 두는 것처럼 비칠 수도 있지요."

수잔도 고개를 끄덕였다.

"에반스 후작은 그걸 알면서도 발을 걸쳐 놓지 않을 수 없을 테고요."

그들의 설명이 끝나자 줄리아가 감명받은 표정을 지었다.

"저는 언니들이 없으면 아무것도 못 할 거예요……. 꼭 저랑 계속 친하게 지내셔야 해요."

"줄리아 양, 여기서는 언니라고 부르면 안 돼요."

"아차."

카예나가 눈을 휘둥그레 떴다. 예상보다 이들의 죽이 잘 맞는 모양이었다. 다행인 일이었다. 오늘 그녀는 직속 시녀들에게 중대한 발표를 할 생각이었기 때문이다. 카예나가 찻잔을 내려놓고 시녀들을 향해 입술을 열었다.

"오늘 이 자리에 너희들을 부른 것은 내 계획을 알려 주기 위함이야."

대부인이 말한 수면 위로 올라올 때.

그때가 바로 지금이었다.

"나는 후계 싸움에 뛰어들 생각이다."

"……!"

시녀들도 그간 카예나가 보인 행보에서 혹시, 하는 마음을 품고 있었다. 그리고 카예나가 오늘 쐐기를 박았다.

그들은 내심 이 순간을 기다리고 있었다. 그들은 자신의 주군으로 카예나가 아닌 다른 사람을 모실 생각 따위는 추호도 없었다. 시녀들이 자리에서 일어나 바닥에 한쪽 무릎을 꿇었다.

"광명이 전하를 비출 것입니다."

"내가 실패하더라도 레제프나 예이스터가 황제가 되는 일은 절대 없을 거야."

그들이 고개를 번쩍 들어 올렸다. 그렇다면 벌써 후계로 생각한 이가 있다는 뜻이리라.

'다음 대든, 다다음 대든 이델 영식이 언젠가는 황위를 잇겠구나.'

카예나가 그러기로 했다면 결과는 그렇게 나타날 것이다.

그들은 확신했고, 신뢰했다.

하지만.

"반드시 전하께서 폐하라 불리는 날을 만들어 낼 것입니다."

그것은 카예나도 마찬가지였다. 그녀는 반드시 승리를 거머쥘 생각이었다.

"이번 사냥 대회가 관건일 거야. 다들 마음을 단단히 먹고 있도록."

"명심하겠습니다, 전하."

엄숙한 표정을 짓고 있던 카예나가 부드럽게 웃음 지었다.

"그러면 다들 이만 물러가 보렴."

직속 시녀들이 침실에서 나가자 카예나는 한숨 돌린 다음 애니를 불렀다.

"부르셨습니까, 전하."

"피를 좀 구해다 줄래?"

"……예?"

카예나가 가끔 이해하기 어려운 지시를 내릴 때가 있었다. 그중에서도 이번 지시는 정말 이해하기 어려운 것이었다.

"짐승의 피 있잖니. 돼지 피라든가."

"혹시, 어떤 연유로 필요하신지 감히 여쭈어도 되겠습니까?"

"오늘 사람이 하나 죽을 예정이라서 좀 극적으로 연출해 볼까 하고."

"……?"

오히려 더 이해하기가 어려워졌다. 그러나 카예나가 허튼 명령을 내리는 사람이 아니니 애니는 곧 고개를 숙이고 침실에서 나갔다. 은밀히 돼지 피를 구해 오는 정도야 일도 아니었다.

똑똑.

"전하, 애니입니다."

곧 애니가 돼지 피가 들어 있는 가죽 수통을 들고 나타났다.

"수고했다."

카예나는 애니에게 금화를 주며 노고를 치하했고, 애니는 침실에서 물러났다.

카예나는 가죽 수통을 테이블에 내려놓았다. 그러고는 아무도 없는 침실에서 향긋한 레몬 홍차를 즐기다가 입을 열었다.

"바엘."

그러자 조금 떨어진 곳에서 치즈 고양이가 나타났다.

-내가 있는 줄 어떻게 알았어?!

바엘은 진심으로 놀란 모양인지 꼬리까지 바짝 세우고 있었다.

카예나가 말했다.

"그냥 불러 봤는데 진짜로 있었네."

—······.

바옐은 분한 마음에 발톱을 세워 카펫을 박박 긁어 댔다.

"이왕 왔으니 나 좀 도와줘."

—뭔데?

"환영 마법을 얼마나 실감 나게 쓸 수 있어? 실체가 있는 것처럼도 가능해?"

—그 정도야 별것 아니지.

그러자 카예나가 비밀 통로 쪽을 바라보았다.

"제다이어."

뚜벅. 뚜벅.

얼떨떨한 표정을 한 제다이어가 태피스트리를 슬쩍 걷으며 걸어 나왔다. 그는 카예나의 지시에 따라 비밀 통로에 숨어 있었다. 바옐에게 제다이어의 생김새를 확인시켜 주려는 이유였다.

제다이어는 치즈 고양이를 곁눈질로 힐끔거렸다. 고양이의 눈이 가늘어졌다.

카예나가 벌떡 일어나 장식 검을 빼 들고 수통을 열었다. 비릿한 피 냄새가 진동했다. 그녀는 자신이 입은 새하얀 드레스와 칼, 하얀 카펫에 돼지 피를 아낌없이 뿌려 댔다.

—뭐, 뭐야? 미쳤어?

"이 남자의 모습을 한 시체를 만들어 줄래?"

—뭐?

"자, 시작한다?"

제다이어는 카예나의 신호에 다시 비밀 통로로 쏙 사라졌다.

–야, 잠깐만……! 뭐냐고, 이거!

카예나는 숨을 깊이 들이마셨다. 그러고는 크게 소리 질렀다.

"꺄아악–!!"

–❦–

황녀의 침실에서 날카로운 비명이 터져 나오자 기사들과 하인들이 황급히 들이닥쳤다.

"무슨 일입니까, 황녀 전하?"

문을 열자 침실 안에서 비릿한 피 냄새가 훅 끼쳤다. 아래를 내려다보니 검은 옷을 입은 남자 하나가 바닥에 쓰러져 있었다.

"아니, 이게 대체……."

남자는 죽었는지 미동도 없이 붉은 피만 잔뜩 쏟아 냈다. 카펫은 피로 흥건했고 옆에는 피가 묻은 칼이 떨어져 있었다. 그리고 그 섬뜩한 광경 사이에 핏물이 밴 하얀 드레스를 입은 황녀가 서 있었다.

"괜찮으십니까, 전하!"

카예나가 파르르 떨며 소리쳤다.

"저자가 내 방에서 갑자기 튀어나왔다!"

"예?"

기사들이 다가와 바닥에 쓰러져 누운 남자의 얼굴을 확인했다.

"제다이어 로스 경이잖아?"

"이자가 왜……?"

카예나는 그들이 정상적으로 사고할 시간을 주지 않았다.

"대체 이자가 멋대로 황궁을 활보하도록 둔 이가 누구더냐! 왜 이런 기사 하나를 통제하지 못하여 나를 해치려 들게 했느냐!"

그녀의 호통에 기사들이 땀을 뻘뻘 흘렸다. 그야, 제다이어는 제논 에반스의 연줄을 타고 들어온 자였다. 제논 에반스가 죽은 자이기는 하나 에반스 가문에서 꽂아 넣은 낙하산이니 누가 뭐라고 할 수 있을까?

카예나가 날카롭게 읊쳤다.

"어서 치워라! 이 카펫도 검도 모조리 다!"

"예, 예!"

그들은 얼른 시체를 카펫으로 둘둘 말아 옮겼다. 하인들도 핏물을 지우려 서둘러 물동이를 이고 방으로 날랐다. 곧 소식을 들은 황실 직속 기사단장, 게일이 찾아왔다. 그는 방에 들어서자마자 카예나를 향해 납작 엎드렸다.

"용서하여 주십시오, 전하!"

카예나가 서늘한 눈으로 직속 기사단장을 내려다보았다.

"그자는 누구의 추천으로 들어왔습니까?"

카예나가 매섭게 묻자 게일 단장이 몹시 당황하여 더듬더듬 대답했다.

"그게…… 제논 에반스 경의 추천서를 들고 왔었습니다."

카예나는 모르는 척 미간을 살짝 찡그리며 말했다.

"에반스 가문의 추천서를 가져온 자가 내게 위해를 끼치려 했다는 겁니까?"

"저, 전하! 그자는 원래부터 좀 수상했습니다. 절대 에반스 가문에서 수작을 벌이려던 것은 아닐 겁니다!"

카예나는 하마터면 웃을 뻔했다. 게일 단장은 전형적인 무인이었다. 그는 서류 보기를 싫어하고 머리를 쓰는 정치, 권모술수에 취약했다.

에반스 형제는 그런 그가 다루기 쉬워 단장직까지 맡겼을 것이다. 덕분에 카예나가 손쉽게 요리할 수 있었다.

"정녕 그리 생각하시나요?"

"물론이지요! 그것은 다 제다이어 로스라는 자가 부덕한 탓입니다!"

"그런 자를 왜 황실 직속 기사로 받아 주었나요?"

"……예?"

게일 단장이 어라? 하는 표정을 지었다. 뭔가 말을 잘못했다는 것이 본능적으로 느껴졌다.

"원래부터 수상한 자라고 하지 않았나요? 에반스 가문은 몰랐다고 하니 그렇다고 믿겠어요. 그런데 게일 단장님은 어찌 그를 받아 주었습니까?"

"그, 그건……!"

카예나는 드레스 자락을 옆으로 정리하는 척 핏물이 튄 부분을 건드렸다. 핏자국을 본 게일 단장의 목울대가 크게 움직였다.

"이번 사건을 게일 기사단장의 범행으로 보아도 되겠습니까?"

게일이 사색이 되어 외쳤다.

"절대 아닙니다, 전하! 오해이십니다!"

카예나가 서늘하게 말했다.

"저는 화근을 남기고 싶지 않습니다."

그 화근이 에반스 가문이 될지, 게일 단장이 될지는 모를 일이었다. 아무리 아둔한 게일이라고 해도 이 말을 못 알아들을 수는 없었다.

"만악의 근원이 황궁 내에 도사리고 있는 게 틀림없습니다. 그렇지 않고서야 이렇게 사건 사고가 끊이지 않을 리 없으니까."

"……."

"과연 범인이 누구일지 궁금하지 않습니까?"

"……예, 예."

카예나가 대대적인 숙청을 예고했다.

게일 단장은 이제야 깨달았다. 상대는 우연히, 혹은 운 좋게 국정 대리인이 된 게 아니다. 그럴 만한 사람이 그 힘을 거머쥔 것이다. 그렇다면 자신은 누구에게 붙어야 하지?

"……기사의 명예를 걸고서라도 반드시 범인을 찾아내겠습니다!"

카예나가 빙긋 웃었다.

"그 말을 믿겠습니다."

—❀—

황실 직속 기사 하나가 황녀의 침실에 숨어들었다는 사실은 금방 황궁 안을 발칵 뒤집었다. 카예나는 모든 초점을 한곳으로 맞췄다.

'배후가 누구인가?'

사람들은 별 볼 일 없는 제다이어 로스라는 남자보다도 그 배후에 주목했다. 높은 확률로 황자파나 대공자파 중 한 곳의 세작이었을 것이기 때문이다. 이번 일로 후계자 싸움의 승패가 갈릴 것이다. 귀족들은 거대한 도박판이 펼쳐진 것을 깨달았다. 그럼 어디에 베팅해야 할까?

때마침 준비한 것처럼 황궁으로 탄원서가 쏟아졌다. 황녀에게 위해를 가한 배후를 속히 찾아내라는 내용이었다. 엘리반 남작이 지식인들을 동원해 발 빠르게 움직인 결과였다.

그것으로 끝나지 않았다. 도티 후작은 황녀의 침실에 들어간 자가 에반스 가문의 낙하산임을 강조하며 귀족 회의를 열었다.

명분도 정황도 모두 카예나에게 있었다. 황녀가 손에 쥔 칼을 어찌 휘두르느냐에 따라 또다시 권력 구도가 지각 변동을 이루리라.

―❄―

로드릭 에반스 후작이 이 날벼락 같은 소식을 듣고 몹시 분개했다.

"제논, 이 빌어먹을 놈이 죽어서도 내 발목을 잡는구나! 대체 그런 근본도 없는 녀석의 추천서를 쓴다는데 아무도 말리지 않고 무얼 한 게야!"

그의 서릿발 휘날리는 분노가 접견실 너머로 쩌렁쩌렁 울렸다. 줄리아는 애꿎은 아랫것들을 쥐 잡듯 하는 중인 오라버니를 찾아갔다.

"오라버니, 드릴 말씀이 있어요."

"지금은 바쁘니 돌아가라."

에반스 후작은 평소처럼 여유로움을 가장하지도 못하는 상태였다. 오라비의 두 눈은 걷잡을 수 없는 분노로 번들거리고 있었다. 순간 줄리아는 몸이 경직되었다. 또 커다란 손바닥이 제 뺨을 후려칠지 모르니까. 하지만 그녀는 주먹을 꼭 쥐고 한 걸음 나아갔다.

"제게 이 사태를 극복할 방법이 있어요."

로드릭이 눈을 휙 치떴다.

"황녀 전하께서 오늘 다과회에서 제게 넌지시 말씀하셨습니다. 에반스 가문에서도 키드레이 공작가가 주최한 자선 사업에 동참하면 더할 나위 없을 것이라고요."

"그래서 내가 얻는 게 뭐지?"

"에반스 가문은 황녀 전하를 존경하고 있으며 오늘 일어난 불미스러운 일과 아무런 관련이 없다는 것을 보여 줄 수 있죠."

로드릭의 입안에 잠깐 감탄이 맴돌았다. 어리석은 막내라고만 생각했던 줄리아가 이런 말을 할 줄 몰랐기에 허를 찔린 기분이었다.

"하지만 추천서라는 증거가 있는데?"

"그 직속 기사는 죽은 자의 이름을 빌린 다른 자의 세작으로 둔갑할 수 있겠지요. 하지만 오라버니도 아시겠지만, 그 일에는 황녀 전하의 지비기 밀요헤요."

"……"

에반스 후작이 아까보다는 훨씬 노기를 가라앉힌 표정을 지었다. 줄리아의 생각은 탁월했다. 또한, 황녀의 태도를 보니 줄리아를 제법 귀애하는 모양이었다. 그러니 제게 손을 보태라는 제안을 던진 것이겠지.

레제프 황자의 포악한 성미는 제논을 통해서 수차례 들었다. 하지만 고작 열여덟 살짜리가 아니던가? 로드릭은 앞으로의 이익을 도모하려면 지금은 황녀와 결탁하는 것이 옳다는 생각이 불쑥 들었다. 그는 줄리아가 결혼시킬 도구에만 그치지 않고 계속 도움될 쓸 만한 것이라고 느꼈다. 꽤 흡족한 기분이었다.

"알았으니 우선 물러가 보아라."

어쨌든 혈족들과 협의 후 일을 진행해야 한다. 그는 줄리아를 내보내고 문을 닫았다.

"……휴."

줄리아는 땀에 젖은 손바닥을 치맛단에 슥슥 문질렀다.

---※---

제다이어가 죽었다는 소식이 세작을 통해 예이스터에게 보고되었다.

"······뭐? 죽어?"

"황녀의 침실에 몰래 침입했다가 걸려서 그대로 죽었다고 합니다. 시체를 확인해 보니 진짜 제다이어 그자였습니다."

"그 미친 새끼가······."

예이스터가 황당함을 감추지 못해 이마를 짚었다가 버럭 소리쳤다.

"황녀의 침실에 숨어들었다가 죽어? 이게 말이 돼?"

"······."

"나와 연결 고리가 있지는 않지? 당장 그 새끼한테 준 저택 처리하고 고용인들 입 막아. 알아들어?"

"예, 대공자님!"

달칵. 그때 집무실로 검은 로브를 입은 남자 셋이 안으로 들어왔다. 예이스터는 그들을 보는 순간 짜증이 싹 달아났다. 입가에 절로 유쾌한 미소가 떠올랐다.

"오오, 기다리고 있었습니다. 이곳으로 앉으시죠."

그가 검은 로브를 입은 자들에게 말하며 수행원을 향해 눈짓했다. 나가 보라는 뜻이었다. 집무실에 아무도 남지 않게 되자 예이스터가 의자에 앉으며 입을 열었다.

"찾으시던 것은 어찌 되었습니까? 제가 한 손 꼭 보태서 도와 드리고 싶었는데······."

검은 로브 아래에서 섬뜩한 목소리가 흘러나왔다.

"인간이 참견할 일이 아니다."

예이스터는 입맛을 다셨다.

"그래도 도움은 되었다."

검은 로브를 입은 자가 마찬가지로 새카만 가죽 장갑을 낀 손으로 주머니에서 무언가를 꺼냈다. 바로 엘릭서였다.

예이스터의 눈이 탐욕으로 번득였다. 저것이 어떤 효능을 내는지 이미 알고 있었다. 역시 자신은 행운아다. 하늘이 자신을 반드시 황위에 앉히려 이 마법사들을 보내 준 게 틀림없었다.

"이 귀한 것을……."

"황궁 안에 우리가 찾는 자가 있다."

예이스터는 눈꼬리를 휘었다.

"이번 사냥 대회에서 볼만한 이벤트가 또 열릴 테니 그때 확실히 원하시는 바를 이룰 수 있을 겁니다."

탁.

로브를 입은 남자는 엘릭서 한 방울이 든 병을 테이블에 내려놓았다.

"기다리지."

그들은 연기와 함께 사라졌다. 예이스터는 벽의 그림을 떼어 내고 안의 금고에 엘릭서를 넣었다. 그러다 문득 중얼거렸다.

"찾는 사람이 황궁에 있다……."

'그럼 내가 먼저 그게 누구인지 찾아내면.'

예이스터의 입가로 비열한 웃음이 떠올랐다.

"더 많은 엘릭서를 받아 낼 수 있는 건가?"

─❧─

사교 시즌이 되면 황립 아카데미의 하교 시간이 더 빨라진다. 귀족가의 자제에게 필요한 것은 배움이 아니라 인맥이기 때문이다.

덕분에 라파엘로는 한산한 황립 도서관을 마음 편안히 이용할 수 있었다. 그는 평소에 즐겨 보는 인문학이나 전술서는 다 제치고 한 번도 걸음한 적 없는 코너에 들어섰다. 책 제목들은 더욱 생소했다.

〈고대의 마법들〉
〈마법사는 왜 사라졌을까?〉
〈엘릭서의 전설〉

라파엘로는 살짝 한숨을 머금었다. 이런 쪽에는 조금도 지식이 없으니 대체 어느 것부터 읽어야 할지 감이 오지 않았다. 어쨌든 모르는 분야인 데다가 자문을 구할 곳도 없으니 손에 집히는 대로 책을 빼내기 시작했다. 그중에 라파엘로의 시선을 건드리는 제목이 하나 있었다.

"〈마법의 정원〉……."

라파엘로는 책 몇 권을 뽑아 든 상태로 잠깐 고민하다가 〈마법의 정원〉까지 집어 들었다.

그는 테이블이 아니라 아카데미에 재학하던 시절처럼 책장 구석에 박혀 바닥에 털썩 앉았다. 어린 시절과 달리 책장과 책장 사이에 다리를 쭉 펼 만큼 공간이 넉넉하지 않았다. 한쪽 다리는 굽혀 세우고 다른 다리는 접어 앉아 책장에 등을 기댔다. 작은 창으로 들어오는 햇살이 환해서 따로 램프가 필요하지는 않았다.

그는 세운 무릎에 팔을 걸친 비스듬한 자세로 책을 훌훌 넘기기 시작했다. 쓸 만한 내용은 많지 않았다. 마법사가 왜 모습을 감췄는지, 그들이 만들어 내는 엘릭서라는 것이 얼마나 대단한지에 모든 초점이 맞춰져 있었다.

"마법사의 피로 영약, 엘릭서를 만든다……."

간혹 약한 마법사는 지배자에게 사로잡혀 엘릭서를 만들어 내다가 과다 출혈로 사망했다는 내용도 나왔다. 라파엘로는 미간을 찌푸리고는 다음 권을 집었다. 〈마법의 정원〉이었다. 책장을 넘기자 뜬금없는 말부터 나왔다.

[강력한 마법사는 자신만의 정원을 가진다. 마력으로 이루어진 꽃을 피우는 그 정원은 생명을 빨아들여 계속해서 새로운 꽃을 피운다.

정원을 가진 마법사는 새로운 마법사를 만들어 낼 수 있는데, 대가는 거래자의 수명이다.

거래하는 수명에 따라 개화하는 마법 능력의 질과 크기가 달라지지만 개인의 재능도 무척 중요한 부분이다.

가끔 바치는 수명에 비해 터무니없이 강력한 재능을 가진 인간이 나타나기도 하는데, 그런 초보 마법사들은 반드시 유의해야 한다.

마법의 힘은 언제나, 틀림없이 수명을 대가로 하니까.]

마법을 얻는 방법? 마법의 정원? 수명? 지금까지 읽은 책들과는 완전히 다른 내용을 다루고 있는 책이었다.

"검은 정원의 주인은 수명을 대가로 마법 능력을 거래한다. 수명을 거래한 마법사의 등에는 검은 장미가 있다……."

그는 서둘러 다음 장을 넘겼다.

[마법사는 크게 세 가지 부류가 있다.

검은 정원의 주인, 타고난 마법사, 수명을 거래한 계약 마법사.

타고난 마법사는 태어날 때부터 마법의 힘을 개화한 인간을 뜻한다. 그들은 감히 '신인류'로 분류해도 부족하지 않다.

그들은 정원의 주인이 될 자격 요건을 갖고 있지만 검은 정원의 주인에게서 정원을 찬탈하는 일은 요원하다.

정원의 주인이 가진 힘은 상상을 초월하는 수준이다. 타고난 마법사가 시공간을 다루는 정도의 마법을 손에 넣지 않는 이상 희망을 버리는 게 좋다.

타고난 마법사들은 보통 강한 전투 능력을 지녔으며, 수명을 거래한 계약 마법사의 계약서인 '장미'를 빼앗을 수 있다. 그럴 경우, 계약을 파기당한 마법사는 죽는다.]

눈가가 뜨거워졌다. 아니, 따끔거리는 건가? 잘 모르겠다. 시야가 어지러운 것 같기도 했다. 영문을 알 수 없는 끔찍한 고통이 전신을 긁어내렸다. 저도 모르게 호흡이 거칠어졌다.

툭!

손에서 책이 떨어져 형편없이 나뒹굴었다. 그는 마른 손바닥으로 두 눈을 꾹 눌렀다. 연회장에서 수십 명과 악수하고 이야기를 할 때보다, 부친이 자신을 경멸스럽게 바라보았을 때보다 더 역한 것이 치밀었다.

왜-! 대체 왜!

아니다. 착각이다. 자신이 잠깐 착각한 것이다. 정면을 향해 쏘아진 총알 따위는 없고 총격 사건의 범인은 처음부터 제압당했던 거다. 그래, 그게 말이 된다. 예이스터의 화약 창고를 털었을 때도 진짜 비밀 호위가 있었겠지. 드디어 완전하게 마음을 나눴다고 믿었던 그날의 그 밤에도……

"……."

라파엘로는 책을 제자리에 모두 꽂아 넣었다. 이런 것들을 빼내서 읽은 적 없는 사람처럼, 시간을 되돌리는 것처럼.

그는 다시 메마른 표정을 걸쳤다. 이런 표정을 가장하는 건 익숙하다. 열 살 때부터 지금까지 늘 해 왔으니까. 그가 웃으면 웃는 대로, 울면 우는 대로 사람들은 힘들어했다. 어머니도, 아버지도, 가솔들도 모두. 그래서 그는 감정을 잃어버리는 게 나았다.

그 사막 같던 삶에 카예나가 나타났다. 그는 그 사람을 절대 포기할 수가 없었다. 나약한 마음은 사태를 해결해 주지 않는다. 그는 그 사실을 잘 알았다. 그래서 끊임없이 대처해 왔고 이번에도 마찬가지였다.

그런데 카예나가 자신의 수명을 거래한 거면 어떡하지?

'아아. 그래서.'

내일 당장 죽는다면 어떻게 하겠냐고 물은 이유가 그것이었나?

그는 무서운 게 없었다. 눈앞에 칼이 날아들어도 두려운 마음은 없었다. 그래서 전쟁 중에는 그의 지독하리만큼 건조하고 냉혹한 태도에 심판자라는 별명까지 붙을 지경이었다. 하지만 이건…… 너무 두렵고 무서웠다.

라파엘로는 조용히 마차에 올랐다. 별저로 돌아가는 내내 혼란스러웠다. 길을 잃어버린 아이라도 된 것처럼 아무것도 알 수 없었다.

행복이라는 것을 이제야 조금씩 알아 가고 있었다. 불안하고 위태롭지만, 그래서 더 소중하고 애틋한 감정이었다. 믿을 수 없을 정도로.

카예나가 계약 마법사고, 수명을 거래했고…… 그 수명을 너무나 많이 거래해서 당장 죽을 수도 있다는 가정만으로 숨이 턱 하고 막혔다.

이제 모든 게 이해되었다. 카예나가 자신을 밀어내고 망설이고 착잡한 표정을 지었던 그 모든 순간의 원인을 알게 되었다.

자신을 활활 태워 복수에 전념하는 그 사람에게 대체 무엇을 해 주어야 하지?

"주인님."

저택에 도착한 라파엘로가 고개를 들어 올리자 곤혹스러운 표정의 제레미가 보였다.

"지금 안에……"

제레미의 말이 끝나기도 전, 라파엘로의 시선이 정원에 선 누군가에게 닿았다. 걸음이 뚝 멈추었다.

"……"

햇살처럼 환한 금발과 하얀 피부, 살짝 처진 눈꼬리와 그 안에 양순하게 담긴 블루 토파즈 색의 눈동자. 중년임에도 대단한 미모를 자랑하는 남자가 정원수에서 시선을 돌렸다.

"왔니?"

목소리를 잃어버린 것처럼 잠깐 아무런 말도 나오지 않았다.

"……아버지."

그의 부름에 레오 프란시스가 빙긋 웃었다. 마치 다정한 아버지처럼.

그가 제게 저런 식으로 웃은 적이 있었던가? 맹세코 단 한 번도 없었다. 부친에게 아버지라고 부르면 늘 술병, 혹은 재떨이 같은 것이 날아들었기 때문이다. 그런데 그런 그가 자신을 찾아 방문하다니.

"여기는 어쩐 일이십니까?"

부친이 대답했다.

"대사원에 들를 일이 있었단다. 내 아버지의 작위 중 하나를 물려받게 되었거든."

부친은 그렇게 말하며 라파엘로에게 한 걸음 다가왔다.

"오랜만에 보는데 차 한잔도 내주지 않는 게냐?"

그는 시종일관 다정다감한 어투였다. 다른 이들에게 듣기로는 원래 부친은 이런 식으로 말하는 사람이라고 했다. 라파엘로에게는 아주 어린 시절부터 데면데면하거나 냉랭하거나 갑자기 미친 듯이 화를 내며 폭언을 쏟아 낼 뿐이었지만.

라파엘로는 조금 피로함을 느끼며 고개를 끄덕였다.

"들어가시죠."

별저의 사용인들은 숨을 죽인 채 손님을 맞이할 준비를 했다.

레오 프란시스는 그 일련의 행동을 가만히 바라보다 의미 모를 미소를 머금었다.

"너도 키드레이는 키드레이인 모양이로구나."

예전과 같은 증오가 담긴 말투가 아니었다. 라파엘로는 자리를 가리켰다.

"편히 앉으십시오."

"……그래."

두 사람이 자리에 앉았다. 레오는 앞에 내놓은 차를 한 모금 마시다가 고개를 갸우뚱했다.

"차 맛이 진하구나."

노아 대부인은 연하게 우려낸 차를 좋아했기에 키드레이 가문의 식솔들은 보통 차를 그렇게 우려냈다. 그런데 진하게 우려낸 차라니.

"입맛에 맞지 않으시다면 다시 내드리겠습니다."

라파엘로의 말에 부친이 고개 저었다.

"아니다. 네가 이런 입맛인 줄 몰랐구나."

그는 꼭 자신의 무심함을 탓하는 것처럼 말했다. 더는 가만히 듣고 있기가 괴로울 정도로 가증스러웠다. 라파엘로는 차에 손도 대지 않고 물었다.

"왜 오셨습니까?"

"말했잖니. 대사원에……"

"그게 아니지 않습니까?"

"……."

부친은 여전히 미소를 머금은 얼굴을 하고는 손에 든 잔을 내려놓았다. 그의 토파즈 같은 아름다운 파란 눈이 라파엘로를 향했다.

"내 진짜 아들을 찾으러 왔단다."

진짜 아들?

그 말에 머릿속이 새하얘졌다. 침착하게 가라앉은 줄 알았던 심장이 점차 불쾌할 만큼 거칠게 뛰기 시작했다. 라파엘로는 너무 늦지 않게 되물었다.

"……진짜 아들이라니, 그게 무슨 뜻입니까?"

그의 표현에 상처를 받았다거나 그런 게 아니었다. 레오 프란시스가 자신과 선황후 사이에 아들이 있다는 것을 알았다는 그 사실이 중요했다.

'대체 어떻게 알았지?'

황제가 분명히 부친은 이 사실을 모른다고 말했다. 모친이 말했을 리도 없다. 부친은 여전히 온화하게 웃고 있었다. 그게 되레 섬뜩하게 느껴졌다.

"네가 조금 당황스러울 수 있겠지. 이해한다. 나도 얼마 전에야 이 사실을 알고 무척이나 놀랐지."

온화하고 부드러운 부친의 목소리가 칼날이 되어 귓가를 난도질했다. 당장 두 귀를 틀어막고 싶었다. 부친은 거기서 말을 멈추지 않았다.

"알다시피 나는 네 엄마와 부부 관계가 썩 좋지 않았지."

그러니 당연히 외도할 만했다는 이야기일까.

"바깥에서 낳은 자식이 하나쯤 있는 건 귀족 사회에서야 흔히 있는 일이지 않으냐."

참 뻔뻔스러운 말이었다. 라파엘로는 이 구역질 나는 이야기를 더 듣기가 괴로웠다.

"그럼 그 아들이라는 사람이 누구인지 아십니까?"

"아아······."

부친은 묘하게 웃으며 소파에 등을 깊이 기댔다.

이제 그의 입술이 다시 열리기를 기다렸다. 아마도 대답 여하에 따라 라파엘로는 오늘 패륜을 저질러야 할지도 몰랐다. 그는 일부러 얇은 봄 코트를 벗지 않고 있었다. 안에 총이 있었기 때문이다.

"글쎄, 아들을 찾을 수 있게 해 준다고만 듣고 와서."

저 말이 사실일까? 자신을 경계하여 진실을 숨기고 있는 건 아닐까?

'누가 알려 준 걸까?'

의구심은 꼬리에 꼬리를 물었다. 부친은 평온하게 말했다.

"하지만 얼굴을 보면 한눈에 알아볼 수 있을 정도로 나와 그 생모를 닮았다고 들었단다."

부친에게 아버지다운 상식이 있으리라고 생각하지는 않았다. 그렇지만 자신의 부정을 자식 앞에서 아무렇지 않게 이야기하는 건 너무나 상식 밖이었다.

"사교계에 추문이 떠돌 수 있습니다. 그래도 굳이 찾으셔야겠습니까?"

"라피."

라파엘로는 그 애칭에 무심코 주먹을 꽉 틀어쥐었다. 듣기 싫었다. 당신은 감히 내게 다정한 척, 친근한 척 따위의 행동을 해서는 안 된다. 부친과 적당히 떨어진 거리라 조금의 접촉도 없는데도 소름이 끼치고 역겨웠다.

충격적인 사실을 알게 된 지 얼마 지나지 않아 다시 자신을 괴롭히는 끔찍한 일이 벌어져서일까? 타인과 함께 같은 공간에 머무는 일이 평소보다도 견디기 힘들었다.

그의 안색이나 표정은 부친에게 보이지도 않는 것 같았다. 레오 프란시스는 그저 라파엘로의 말에 미간을 살짝 일그러트리며 나무랐다.

"네 동생이야. 그렇게 매정하게 말하지 마라."

그 말에 온몸이 차갑게 식었다. 부친의 폭력은 그것으로 그치지 않았다.

"내가 너에게 어디 한번이라도 아쉬운 소리 한 적 있었느냐? 자식 된 도리를 하라고 한 적도 없지 않니? 심지어 이혼 소송을 멋대로 추진해 버린 것에 아무런 꾸지람도 하지 않았지."

"……."

이혼은 양친의 뜻이었고 그게 지지부진했던 것은 프란시스 가문에서 자꾸만 말도 안 되는 위자료를 요구한 탓이었다. 모친은 목에 칼이 들어와 당장 죽을지언정 남편과 남편의 가문에 동화 한 닢도 주기 싫어했다. 그래서 비밀스럽게 재판을 벌였다. 흙탕물 싸움을 지켜보던 라파엘로가 대사원에 어마어마한 기부금을 내고 종결해 버렸는데 그는 지금 그것을 탓하고 있었다.

"아버지, 어떤 작위를 받으셨는지 여쭈어도 되겠습니까?"

부친은 약간 의아한 표정을 지었다가 순순히 말했다.

"앨런 자작위를 물려받았다."

라파엘로는 천천히 눈을 감았다가 뜨더니 입꼬리를 비틀었다.

"제가 당신에게 어디 한번 아버지다운 노릇을 하라며 아쉬운 소리를 한 적 있습니까, 앨런 자작?"

"……지금 아버지에게 무슨 말버릇이냐, 라파엘로!"

"감히 프란시스 가문 따위가 공작령 일부를 위자료로 요청한 것을 최대한 점잖게 재판으로 진행했더니……."

그 사실을 입에 담자 갑자기 웃음이 터져 나왔다.

"너……!"

부친은 방금까지 짓고 있던 온화한 미소를 집어치운 채 다시금 늘 그에게 짓던 악귀 같은 표정을 지었다. 그제야 마음이 편해졌다.

"그것을 빌미 삼아 프란시스 저택에 포탄 하나 쏘지 않은 것에 감사하지는 못할망정, 내 가문에 먹칠할 것을 들고 와?"

라파엘로가 자리에서 일어나 부친의 멱살을 잡고 일으켰다. 자신은 열 살의 꼬마가 아니다. 이제는 부친이 그를 올려다보아야 할 만큼 훌쩍 커 버렸다.

"한때 키드레이 공작이었던 사람이 공작가의 저력을 모른다는 말입니까, 앨런 자작?"

"이것 놔라! 이게 무슨 패륜이냐!"

부친이 살기를 띤 얼굴로 라파엘로의 뺨을 거세게 후려치려고 했다.

탁!

라파엘로는 그 팔을 낚아채 그를 테이블 위로 처박아 포박했다. 안에서 들린 고함과 뭔가가 와르르 깨지는 소리에 보좌관과 기사들이

들이닥쳤다.

"무슨 일이십니까?"

그들은 레오가 라파엘로에게 붙잡힌 채로 고함을 내지르며 버둥거리는 것을 발견했다.

라파엘로가 명했다.

"감히 공작가를 겁박하고 나를 폭행하려 한 자다. 귀족 재판을 열 것이니 이자를 연금해라."

"……예, 각하!"

"이 더러운 키드레이가 끝까지 내 발목을 붙잡다니!"

그는 기사들에게 끌려 나가면서도 라파엘로를 저주했다.

"너나 네 어미나 똑같아! 지긋지긋한 것들!"

라파엘로는 패악을 부리는 부친을 본 척도 하지 않고 제레미를 불렀다.

"프란시스가에 전해라. 혈족을 관리하지 않으면 폐하께 영지전을 윤허받아 지상에서 프란시스 성이 붙은 자는 모조리 없애 버릴 것이라고."

에스테반 황제라면 군대를 지원해 줄 가능성도 컸다. 프란시스 가문은 자신들이 황제의 미움을 받고 있다는 사실을 잘 알았으니 사색이 되어 레오를 암살할지도 몰랐다.

"그리고 최근에 부친에게 접근한 자는 하나도 빼놓지 말고 모두 파악해 와라."

제레미가 고개를 숙였다.

"명을 받듭니다."

-❦-

중앙군은 토지 개간에 차출한 인원 말고도 새롭게 부대를 편성해 보안을 강화했다. 그들은 황녀를 해하려는 자를 찾아내 사지를 찢어 죽일 것 같은 기세를 내뿜고 다녔다. 덕분에 황성은 따스한 봄날에 눈보라라도 몰아친 것처럼 얼어붙었다. 카예나가 뽑아 든 칼이 누구의 목을 벨지 모를 일이었다.

정작 칼자루를 쥔 카예나는 설탕에 푹 절인 레몬 슬라이스를 집게로 꺼내 홍차에 퐁당 담갔다.

"단것만 드시면 안 됩니다."

베라의 말에 좀 더 달게 먹으려고 했던 카예나가 멈칫했다. 보고서를 작성하고 있던 줄리아가 고개를 번쩍 들어 올렸다.

"앗, 오늘 전하께서 식사도 너무 적게 하셨어요!"

카예나가 눈을 가늘게 뜨고 줄리아를 휙 보았다. 고자질한 줄리아의 표정은 당당했다.

"……으음."

그녀는 불만스럽게 집게를 내려놓았다. 시녀들이 유능한 것은 좋지만…….

그때 수잔이 하녀들을 이끌고 침실로 들어왔다. 오늘 카예나가 티 파티에 입고 갈 드레스와 장신구들이 침실에 하나씩 쌓이기 시작했다.

"오늘 레이디 카트린의 티 파티에 이 드레스는 어떠세요? 밝은 색상 천에 은사로 줄무늬가 들어가서 세련되어 보일 거예요."

"그걸로 입어야겠구나."

외숙부인 조나단이 가문을 계승하면서 카트린과 이델은 다른 저택으로 이사했다. 이델도 일찍 하교하여 참석하기로 했으니 오랜만에 얼굴을 볼 수 있을 터였다. 그녀는 이델에게서 생일 선물로 받은 달 모양 펜던트가 달린 팔찌도 착용했다.

"침실에 난입한 자 때문에 모든 파티에 일괄적으로 불참 통보를 보낸 전하께서 유일하게 참석하시는 파티이니 경쟁률이 엄청나겠네요."

베라의 말에 카예나가 피식 웃으며 차를 홀짝 마셨다. 새콤달콤한 레몬 청이 홍차의 쌉싸름한 맛과 어울려 맛있었다.

카예나의 머리카락을 장식하던 수잔이 말했다.

"망아지는 레이디 카트린의 저택으로 바로 보내 두었습니다."

이델에게 선물하려고 수잔에게 부탁했던 망아지 이야기였다.

"고마워."

업무 보고서를 모두 작성한 줄리아는 두근거리는 마음으로 카예나에게 다가가 검사받았다.

"많이 늘었구나."

그 말에 줄리아가 뛸 듯이 기뻐했다. 그녀는 들뜬 표정으로 다음 보고 사항도 말했다.

"그리고 오라버니가 노아 대부인과 접촉했다고 합니다. 자선 사업에 동참하겠다고요."

놓칠 수 없는 기회를 준 것도 맞지만, 줄리아가 그를 잘 설득해 낸 모양이었다. 카예나는 기특하다는 표정으로 줄리아를 칭찬했다.

"네가 이야기를 잘했나 보구나."

줄리아는 몸을 똑바로 세웠다. 그러고는 드레스 자락을 잡고 우아하게 무릎을 살짝 굽혀 인사했다.

"과찬이십니다, 전하. 해야 할 일을 했을 뿐입니다."

그녀의 능청스러울 정도로 잘해 낸 겸양의 인사에 다들 까르르 웃었다.

카예나는 찻잔을 내려놓으며 슬슬 외출 준비를 시작했다. 수잔이 보여 주었던 드레스를 입고 하늘색 리본과 꽃 장식을 단 챙이 넓은 크림색 모자를 써 외출 준비를 끝냈다.

올리비아가 들어오며 말했다.

"미차를 준비해 두었습니다, 진하."

카예나는 시녀들과 같이 침실을 나섰다. 티 파티에 그녀의 시녀들과 다 같이 참석할 계획이었다.

조금 뒤, 복도를 걸으며 재잘거리던 그들은 입술을 꾹 다물었다. 황녀궁 입구에서 레제프가 벽에 등을 기댄 채 비스듬히 서 있었다. 시녀들이 예를 갖췄다.

"황자 전하를 뵙습니다."

레제프가 팔짱을 끼고 있던 팔을 풀고 성큼성큼 걸어와 카예나를 거칠게 붙들었다.

"정말 나랑 해 보자는 거야?"

"전하!"

베라가 화들짝 놀라며 카예나를 보호하려 나섰으나 레제프가 그녀를 거세게 밀쳐 냈다.

"감히 시녀 따위가 나서?"

그의 폭력적인 행동에 다들 사색이 된 채 휘청이는 베라를 뒤에서 부축했다.

"모두 마차로 가 있어라."

"하오나, 전하……!"

그들이 염려하는 표정을 했으나 카예나가 단호하게 말했다.

"명령이다."

그들이 자리를 비키자 레제프가 카예나의 모자에 달린 하늘색 리본을 콱 움켜쥐었다. 리본 자락이 꼭 카예나의 가느다란 목처럼 느껴졌다. 레제프가 입술을 비틀며 물었다.

"황제라도 될 생각이야?"

짝!

카예나는 리본 끈을 붙든 레제프의 손을 매섭게 쳐 냈다. 그러고는 되레 레제프의 타이를 움켜쥐고 아래로 끌어당겨 시선의 높이를 맞췄다. 다른 손으로는 그의 뺨을 부드러이 감싸 쥐었다. 레제프의 눈이 휘둥그레 커졌다. 카예나는 한쪽 입꼬리를 올리며 말했다.

"물론이란다, 레제프."

그녀는 고개를 비스듬히 기울이며 다정한 듯 차가운 목소리로 그의 귓가에 속삭였다.

"가장 바라는 것을 빼앗기는 기분이 어떤 건지 누나가 꼭 알려 줄게."

그 순간 레제프의 표정이 야차처럼 일그러졌다. 그가 씹어 삼킬 것처럼 누이의 이름을 불렀다.

"카예나!"

그녀는 미련 없이 손을 툭 놓아 버리더니 여상스럽게 말했다.

"어머, 시간이 너무 늦었구나. 오늘 파티가 있어서."

"미쳤어? 제정신이야?"

"누나에게 못 하는 말이 없구나, 레제프."

카예나는 상대하기 귀찮다는 듯이 말했다.

이럴 리가 없다. 누이가 미치지 않고서야 이런 행동을 할 리가 없다. 자신이 그녀를 위해 얼마나 많은 것을 참아 주었는가? 자신이 얼마나 귀애했던가? 이것은 명백한 배신이었다.

"이러고도 무사할 것 같아?"

같잖은 협박이었다. 카예나는 진심으로 웃음을 터트렸다.

"레제프. 네 양팔이 잘린 걸 아직도 모르겠어?"

도티 후작가도 에반스 후작가도 이제는 그를 지탱해 주지 못한다. 모래 위에 지은 성, 혹은 키드로 만든 집. 언젠가 무너질 것이 확신했던 그곳에 카예나가 입김 한번 불었을 뿐이다. 그리고 속수무책으로 와르르 무너져 내렸지.

"이 모든 게 다 어리석은 네 탓이란다."

카예나는 당장 그녀를 찢어발길 것처럼 노려보는 레제프를 무시하고 지나쳤다. 레제프를 도발하는 일은 너무나 쉬웠다. 그는 카예나를 다스려야 한다는 생각에 사로잡힐 것이다. 그러면 필연적으로 무리하게 되어 있다.

'가령 황제를 죽이고 내게 죄를 뒤집어씌워 폐위하려 하겠지.'

그러나 카예나에게는 은 스푼을 제작할 때 준비한 도면이 있었다. 여차하면 엘릭서라는 카드도 있다. 그녀는 레제프가 덫에 걸리기만을 기다리기로 했다.

이제 남은 것은 하인리히 대공자였다. 그의 실질적인 무기인 암흑가를 부수고 무력화시키는 것이 필요하다.

'그것에 대해서는 이미 준비해 둔 것들이 있지.'

카예나는 마치 아무 일도 없었던 사람처럼 마차로 갔다.

"괜찮으십니까, 전하!"

카예나는 괜찮다고 말하며 베라의 손을 잡아 주었다.

"나를 위하는 마음은 알지만, 레제프가 조금 더 이성을 잃었다면 당장 칼이라도 휘둘렀을 거다. 조심해야 해."

베라는 레제프의 성격상 충분히 가능한 일이라는 걸 알았다. 그러나 당장 카예나를 어찌할 것 같았던 그를 또 마주하게 된다면 그녀는 자신을 제어할 수 없을 것 같았다.

"이 좋은 날에 우중충한 이야기만 할 수는 없지. 어서 티 파티를 즐기러 가자."

그들은 마지못해 고개를 끄덕이며 마차에 올랐다.

마차가 황궁을 빠져나가 수도에서도 꽤 좋은 자리에 지은 저택 앞에 멈춰 섰다. 고풍스러우면서도 요란하지는 않은 분위기가 딱 카트린다웠다.

카트린의 티 파티에는 이미 수많은 참석자가 있었다. 그들은 카예나가 직속 시녀들과 같이 나타나자 눈빛을 빛내며 벌떡 일어섰다. 어서 황녀에게 인사하고 싶어서 애가 타는 모양이었다.

카트린은 훨씬 밝아진 얼굴을 하고 카예나에게 다가왔다.

"친히 와 주셔서 감사합니다, 황녀 전하."

"그런 말씀 하지 마세요, 이모님. 무척 아름다운 저택이에요."

카트린의 뒤에서 나풀거리는 드레스 셔츠를 입은 은발의 남자아이가 빼꼼히 모습을 드러냈다.

"안녕, 이델?"

카예나는 일부러 손목에 걸린 팔찌가 보이도록 손을 살랑살랑 흔들었다. 팔찌를 발견한 이델의 뺨이 복숭아처럼 달아올랐다. 그는 카예나 앞으로 다가가 정중하게 예를 갖췄다.

"황녀 전하를 뵙습니다."

카예나는 고개를 갸우뚱 기울였다. 어쩐지 이델의 인상이 좀 달라진 느낌이었다.

'키라도 큰 건가? 안 본 사이에 좀 달라진 것 같네.'

"그새 키가 컸니? 더 사내다워졌구나, 이델."

"……놀리지 마세요."

"아니, 정말이야."

카예나는 입술을 불퉁하게 내민 이델이 기여워 그를 끌어안고 머리카락을 슥슥 쓰다듬었다.

시녀들은 카트린과 인사를 나누고 나서 이델을 발견하더니 기웃기웃 그를 바라보았다.

"내 동생, 귀엽지?"

카예나가 이델을 제 앞에 세우며 말하자 다들 입을 틀어막았다. 작은 소년 버전의 카예나다! 그녀들이 이델을 둘러싼 채 연신 감탄을 터트렸다.

"세상에, 정말 전하와 많이 닮으셨어요!"

이델은 그 말이 듣기 좋았기에 괜히 눈을 새초롬히 뜨고 가만히 있었다. 사람들이 이 광경을 모두 지켜보고 있었다.

카예나는 엷게 웃는 표정으로 다시 카트린에게 다가갔다.

"오늘 티 파티를 계획한 것으로 의중을 해석하면 될까요?"

정쟁에 뛰어들 것을 선포한 것으로 받아들여도 되겠느냐는 뜻이었다.

"이미 저는 전하의 배에 올라탔습니다. 여기서 더 물러설 곳도 없지요."

다행이었다. 카예나는 자신의 후계자로 이델만을 염두에 두고 있었다.

"제가 황위에 뜻을 보이면 이델도 동시에 부각될 겁니다."

그들의 친분이 마치 새로운 후계 구도를 짜는 것처럼 비칠 것이다. 그것이 진실이기도 했다.

카예나는 곧 카트린을 황후에 봉할 작정이었다. 이델을 조금의 흠결도 없는 완벽한 적통 후계자로 만들기 위함이었다. 카트린은 공연히 긴장해서 마른침을 삼켰다.

"하멜 백작가는 환영할 거예요. 또다시 그들 가문에서 황후를 배출한 것처럼 가계도가 얽히게 될 테니까."

"……황위 싸움에서 황자 전하와 대공자를 완전히 쓰러트리겠다는 뜻이군요."

카예나가 고개를 끄덕였다.

"레제프의 인내심은 길지 않아요. 곧 황성에서 제대로 사달이 날 거라고 짐작하고 있어요. 이건 시간 싸움입니다."

시간 싸움이라는 것은 카예나 개인의 싸움이기도 했다. 살아 있을 동안 모든 것을 정리해야 한다. 미처 추스르지 못한 부분은 어쩔 수 없이 라파엘로에게 떠넘겨야겠지만…….

'곧 암흑가도 정리할 거니까.'

카예나는 체스판의 킹을 제외한 말을 다 치워 버렸다. 이미 이긴 게임을 넘기는 것이니 라파엘로에게 크게 부담은 없으리라.

그녀는 해가 지기를 기다렸다.

-❊-

한 줌의 빛도 남지 않은 밤.

카예나는 누구도 들어올 수 없게 침실 앞에 엄밀히 보초를 세우고 문을 잠갔다. 그녀는 사람의 손이 닿지 않는 곳에 숨겨 둔 상자를 제 앞으로 소환하고 암흑가로 숨어들 준비를 시작했다. 며칠간 반복한 행동이라 물 흐르듯 자연스러웠다. 온통 검은 옷을 입고 얼굴은 검은 베일로 감쌌다. 정체를 들키지 않기 위함이었다. 모든 준비가 끝나자 카예나는 공간을 이동했다.

팟!

은은하게 촛불을 밝힌 호화로운 침실이 아닌 어둑하고 칙칙한 방이 시야에 들어왔다. 그녀는 익숙하게 발걸음을 내디뎠다.

끼익.

문이 열리자 온통 검은 공단으로 우아하고 엄숙하게 꾸민 공간이 나타났다. 앞에는 토끼 가면을 쓴 남자가 그녀를 기다리고 있었다.

"오셨습니까, 마담 메데이아."

어딘가 뻣뻣한 인사였다. 마치 이 역할 놀이 같은 상황이 낯간지러워 죽겠다는 듯한 어색함이었다.

카예나는 예이스터가 주름잡는 암흑가에 메데이아라는 이름으로 건물을 하나 사들였다. 이곳이 바로 그 건물이었다.

그녀는 토끼 가면을 보더니 작게 웃었다.

"꽤 깜찍하게 잘 만들어졌네."

그 말에 토끼 가면의 남자가 떨떠름하게 가면을 벗어 냈다. 왼뺨의 상흔. 제다이어였다.

"대체 다른 것도 많은데 왜 토끼로 하라고 하신 겁니까?"

그는 제 손에 들린, 두 귀를 쫑긋 세운 토끼 모양의 가면을 힐끗 보며 물었다.

카예나가 꽤 진지하게 말했다.

"여우 가면에 질 수 없거든."

여우 가면은 조디악 백작의 상징이다.

"은빛 털을 가진 여우를 상대하기에 당신은……."

카예나는 제다이어의 외모를 보더니 말을 아꼈다. 아무래도 조연이 주조연의 외모를 이기기는 조금 어렵겠지.

그녀는 제다이어를 독려했다.

"귀여움으로 승부를 본다면 좀 승산이 있을 거야."

"그러니까, 왜 그런 승부를 봐야 하는 겁니까……?"

"재미있잖아."

카예나는 그렇게 말하며 검게 물들인 가죽 소파에 앉았다.

"직접 나서면 위험해질 수도 있는데 이렇게까지 하셔야 합니까? 이러다 정체를 들키면 어쩌려고요."

제다이어의 우려에 카예나가 말했다.

"정체를 들킨다면 열 받은 예이스터가 나를 죽이려 들겠지."

오늘 그녀는 예이스터의 본거지인 '조디악 백작의 저택'을 휩쓸 생각이었다. 예이스터 같은 상대는 침착하게 행동할 수 없도록 들쑤시고 과감해지도록 유도해야 했다. 이 일이 성공한다면 카예나가 좀 이르게 죽더라도 예이스터는 황위에 앉지 못할 것이다.

카예나는 제다이어를 앞장세우며 밖으로 나갔다. 밖에는 갑옷을 지급받은 남자들이 우르르 모여 있었다. 제다이어가 외쳤다.

"조디악 백작을 치러 가자!"

23장
사냥의 계절

수도 엘퀴엠에서도 가장 번성한 유흥가는 '귀족의 밤거리'라고 불리는 곳이다.

그리고 그곳에서도 유독 크고 화려한 저택이 바로 조디악 백작의 저택이었다. 이곳을 방문하는 사람이나 일하는 자들은 하나같이 가면을 썼다.

그곳에 카예나와 제다이어가 숨어들었다. 그들은 가면을 쓴 손님처럼 행세하다가 외쳤다.

"쳐라!"

와아아─!

제다이어가 내린 신호에 함성이 터져 나오며 내부로 사람들이 쏟아져 들어왔다. 갑작스러운 상황에 예이스터의 수하들은 혼란스러워했다.

"막아라! 다 죽여!"

"아악!"

마치 기사처럼 갑옷을 입고 무기를 든 사람들은 예이스터가 이룩한 것들을 부수기 시작했다.

총을 사용한다면 일은 훨씬 수월해지겠지만, 그러면 황궁의 군대가 움직일 수 있었다. 그래서 뒷골목에서는 총을 쓰지 않는 것이 암묵적인 룰이었다.

마치 전쟁터처럼 변한 이곳에서 카예나는 남들보다 훨씬 느려진 세상을 걸었다. 그녀는 사람들 사이를 누비며 등불을 터트렸다. 빛이 줄어들수록 그녀가 활동하기 더 편해진다. 그녀는 아군이 위험한 순간에는 공간을 편집하거나 응축한 시간의 흐름을 화약처럼 터트렸다.

저택 1층의 도박장은 순식간에 아수라장이 되었다. 카예나는 안을 채운 귀족들을 더 빠르게 도망치게 만들고자 손에 든 쇠막대로 램프들을 쓸었다.

와장창―!

일렬로 늘어놓은 램프가 그대로 박살 나며 불꽃이 사방으로 튀었다. 불꽃이 여기저기 떨어지며 저택에 불이 붙기 시작했다.

"불이야!"

가면을 쓴 채 향락을 즐기던 귀족들은 이미 혼비백산해서 비명을 내지르며 밖으로 도망치는 중이었다.

그때 익숙한 목소리가 들렸다.

"내 집에 미친 여자를 초대한 적은 없는데."

여우 가면을 쓴 남자, 예이스터였다.

"네가 그 마담 메데이아라는 여자인가?"

그가 씹어 먹을 듯이 물었다. 그러나 카예나는 대꾸도 하지 않고 예이스터를 향해 무기를 휘둘렀다.

부웅!

그는 설마 그녀가 이렇게 막무가내로 나올 줄 몰랐는지 화들짝 놀라며 뒤로 물러났다.

"―!"

카예나가 시간을 조종하고는 있었으나 특별한 전투 능력을 지닌 건 아니었다. 그녀가 느리게 했음에도 불구하고 예이스터의 반응 속도는 빨랐다.

예이스터는 온통 검은 차림으로 모습을 꽁꽁 감춘 카예나에게 이를 갈며 말을 뱉었다.

"집주인이 나왔으면 인사 정도는 해야 하는 것 아닌가? 요즘 내 거리를 들쑤시고 다니는 것도 봐주었더니."

그는 품에 손을 넣더니 총을 꺼냈다.

'역시. 저 개망나니가 룰을 지킬 리 없지.'

상관없었다. 그가 쏜 탄환보다 빠르게 움직이면 되니까.

탕—!

카예나는 시간이 훨씬 느리게 흐르도록 붙잡으며 앞으로 달려 나갔다. 탄환을 쇠막대기로 쳐 내 버리고 그대로 예이스터의 허리를 후려쳤다.

콰득!

"……아아악—!"

장기가 온통 다 으스러지는 끔찍한 통증에 예이스터가 짐승처럼 괴성을 내질렀다.

"주인님!"

수하들도 품에서 총을 꺼내 카예나를 노렸다. 그러나 제다이어가 조금 더 빨랐다.

탕!

카예나는 일찍이 제다이어에게도 총기를 구해 주었다. 애초에 룰을 지킬 생각이 없었던 것은 예이스터만이 아니었다.

예이스터는 그 와중에도 시뻘겋게 충혈된 눈으로 카예나를 노려보며 총을 들었다.

'근성도 좋지.'

카예나는 총알을 피해 뒤로 살짝 물러나다가 이번엔 총을 쥔 팔을 부러트렸다.

"끄으윽……!"

예이스터가 신음을 삼키다가 소리쳤다.

"터트려!"

콰앙!

어딘가에서 굉음이 터져 나왔다. 폭발음이었다. 저택에 폭약을 설치해 놓은 모양이었다. 화약 창고도 가지고 있던 자니 이런 장치가 되어 있을지도 모른다고 짐작은 했다. 카예나는 베일 안에서 피식 웃었다.

"철수한다!"

공간 마법으로 확장한 목소리가 쩌렁쩌렁 울렸다. 카예나가 비웃음을 머금은 채로 그를 향해 말했다.

"수고를 덜어 줘서 고마워, 예이스터."

이 암흑가를 가져서 무엇 하겠나? 이 저택을 덮친 건 진짜 이 거리의 주인을 바꾸려는 목적이 아니었다. 귀족 사회에 예이스터가 전력을 잃었다는 것을 보여 주기 위함이었다. 그리하여 개돼지쯤으로 여겼던 귀족들이 제게 기어오르는 것을 참지 못한 예이스터가 서둘러 황위를 계승하려고 무리하도록 만들 셈이었다.

"……너!"

예이스터는 이미 여우 가면도 벗겨져 얼굴이 훤히 드러난 채로 카예나를 노려보았다.

"내가 누구인지 알고 이러는 것인가!"

"시끄러워."

카예나는 더는 어울려 주고 싶은 마음이 없었기에 이번에는 다리를 부수고자 쇠막대기를 번쩍 들어 올렸다.

콱!

그때 뭔가가 그녀가 든 쇠막대를 붙잡았다. 의아해져 뒤를 돌았으니 아무도 없었다. 그저 검은 연기 같은 것이 그녀의 쇠막대를 타고 내려오며 부식시키고 있었다. 그 연기가 손에 닿기 전, 카예나는 얼른 손을 놓아 버렸다.

투두둑.

부식되어 녹 가루가 된 막대는 바닥으로 힘없이 떨어졌다. 이건 마법이다.

'다른 마법사가 있어!'

그것도 아주 불길한 기운을 뿜어내는 자다. 아니, 한 사람일까? 여럿일 수도 있다. 카예나는 시간을 멈추려고 했으나 이미 무리한 탓에 날카로운 이명이 들리며 어지러웠다.

"멍청한 년!"

예이스터는 품에서 엘릭서를 꺼내 마시고 다시 멀쩡해졌다. 그는 벌겋게 충혈한 눈으로 카예나에게 주먹을 휘둘렀다. 그러나 카예나는 그것에 미처 신경 쓸 겨를이 없었다.

탁!

고양이 가면을 쓴 남자가 갑자기 나타나 예이스터의 팔을 붙들었다.

예이스터는 조금도 망설임 없이 방해꾼을 발로 차려 했다. 그러나 상대의 모습은 신기루처럼 사라졌다. 그는 그제야 고양이 가면을 쓴 놈이 마법사라는 사실을 깨달았다.

"마법사들이여, 나를 도와주시오! 여기 당신이 찾는 자가 있소!"

고양이 가면의 남자, 바옐은 휘청거리는 카예나의 허리를 붙들고 방어막을 둘러 앞에서 화살처럼 쏘아지는 검은 연기를 막았다.

콰콰쾅!

저택은 빠르게 무너져 내렸다. 그리고 폐허 속에서 검은 로브를 입은 남자 셋이 나타났다. 가운데에 있는 가장 키가 작은 남자가 키들거렸다.

"검은 정원의 주인이 여기까지 나오시다니."

바옐은 식은땀을 흘리며 혼절하다시피 한 카예나를 데리고 사라지려고 했다.

"그 여자는 내 거야."

"개소리 좀 그만해."

바옐의 말에 남자가 모습을 가리고 있던 후드를 벗었다. 광기로 뒤덮인 섬뜩한 얼굴이었다. 그런데 뭔가 이상했다. 남자의 얼굴이 바옐과 닮아 있었다.

"인간사에 끼어들지 않기로 하지 않았어, 형?"

"누가 네 형이야!"

"슬프네. 우리는 하나뿐인 가족인데."

바옐이 이를 빠드득 갈았다.

"아니면…… 검은 정원을 넘기든가."

바옐을 닮은 마법사가 눈빛이 돌변하여 그에게 검은 연기를 폭사했다. 그때였다.

"짜증 나게 하지 마."

콰앙―!

검은 연기가 바옐에게 가까이 다가오기도 전에 폭발해 사라졌다.

비척거리던 카예나가 가느다란 한숨을 흘려보내며 똑바로 섰다. 목덜미로 식은땀이 배어났으나 정신은 더욱 예리하게 다듬어진 채로 돌아왔다. 그녀는 바옐을 닮은 남자를 향해 비소했다.

"하여간 남동생이라는 것들은."

카예나가 그를 향해 손을 뻗어 시공간을 편집해 비틀었다. 그대로 상대를 공간에서 지워 버릴 참이었다.

그러나 상대가 만만치 않았다. 그는 검은 연기를 흩뿌리며 사라지더니 다른 곳에서 모습을 드러냈다.

"아아, 정말로 멋진 능력이잖아!"

그가 환희에 찬 얼굴로 카예나를 향해 박수 쳤다.

"정말…… 당장 내 것으로 만들고 싶어!"

"그만둬라, 카인!"

바옐이 노성을 터트렸으나 바옐을 닮은 마법사, 카인은 아랑곳하지 않고 검은 연기를 거대한 손 모양으로 만들어 크게 휘둘렀다.

파스스.

그 연기에 닿는 모든 것이 순식간에 부식해 녹아 버렸다. 그 순간 카예나는 바옐을 붙들고 공간을 편집했다.

파앗!

그러나 아직 몸 상태가 온전치 않아 저택 밖으로 나온 게 고작이었다. 무릎에 힘이 풀렸다.

"조심해."

카예나가 휘청거리자 바옐이 부축했다.

"……동생을 어떻게 키운 거야?"

그녀가 숨을 거칠게 몰아쉬며 타박하자 바옐이 어이가 없다는 표정으로 말했다.

"네 동생이 더 심각하거든!"

바옐은 억울했다.

"그리고 이제 쟤는 내 동생이 아니야! 마법사는 개별적인 존재라고!"

그러자 검은 연기로 저택을 뒤덮으며 밖으로 나온 카인이 짐짓 슬픈 표정으로 말했다.

"섭섭한 말을 하네, 형. 죽여 버리고 싶게."

바옐은 한숨을 삼키며 카예나에게 말했다.

"내가 상대할 동안 도망쳐."

바옐의 주변으로 하얀 연기가 피어올랐다.

카예나는 마법을 더 쓰면 위험하다는 것을 본능적으로 느꼈다.

팟!

그녀는 서둘러 공간을 이동했다. 마법사가 자신을 노리는 이유가 뭘까? 카예나는 여력이 닿는 대로 정신없이 공간을 이동하면서도 의문을 품었다.

그녀는 자신이 마법사들의 세계에 대한 지식이 없다는 사실을 그제야 깨달았다. 아는 것이라고는 마법사는 상당히 개별적인 존재라는 것뿐이었다. 그래서 바옐을 제외한 다른 마법사와 얽힐 일이 있으리라고는 생각지도 못했다. 그녀가 읽었던 소설에서도 바옐이 아닌 다른 마법사는 등장하지 않았으니까.

'바옐은 카인이라는 남자가 나를 노리는 이유를 아는 것 같았어.'

검은 정원을 넘기라고 했던가? 그것도 황위처럼 찬탈 가능한 것인가 보다. 그리고 그 일에 카예나가 필요한 모양인데, 카인의 행동을 보면 카예나를 살려 둘 생각이 없어 보였다.

'혹시 내 힘을 빼앗을 수 있나?'

어쨌든 지금은 몸을 숨겨 힘을 비축한 후에 침실로 돌아가는 일에 집중해야 한다. 조디악 백작의 저택이 폭파된 탓에 거리가 어지러웠다. 거리는 도망치는 사람과 이때다 싶어 날뛰는 폭력배, 거리를 빠져나가려 미친 듯이 달리는 말과 마차들로 가득했다.

카예나는 누가 보아도 수상히리만큼 모습을 꽁꽁 감추었기에 발각당하기 쉬웠다. 몸이 멀쩡했다면 그 무엇도 두려울 것이 없겠지만, 지금은 상태가 좋지 않았다. 벌써 다리가 후들거리며 눈앞까지 가물거렸다.

이 상태로 연속으로 마법을 쓰는 건 불가능하다. 공간 편집 마법도 멈추고 최대한 어둠에 몸을 숨긴 채 아지트로 돌아가야 했다. 그곳에 도착하기만 하면 된다.

"비켜라! 비켜!"

귀족들을 태운 마차는 앞에 사람이 있건 말건 무자비하게 내달렸다. 카예나가 숨어든 골목으로도 마차가 들이닥쳤다.

"죽기 싫으면 비켜!"

좁은 거리에 마차 여러 대가 한꺼번에 쏟아졌다. 마부들이 매서운 얼굴로 소리치며 말을 몰았다.

탁!

누군가가 카예나를 붙들었다.

"이쪽으로."

나직한 목소리가 머리 위로 내려앉았다.

"……!"

상대는 카예나를 부드럽게 감싸며 마차를 피해 이동했다.

그녀가 고개를 들어 올리자 검은 늑대 가면을 쓴 남자가 보였다.

'오늘 조디악 저택에 있던 남자인가?'

그런데 목소리가 익숙했다. 키나 체격, 그녀를 감싸 안은 손길까지도.

'라파엘로다.'

마침내 아지트 앞에서 멈춰 섰을 때 카예나는 그를 돌아보았다.

"……어떻게 알았어요?"

"마담 메데이아라면 등장했을 때부터 눈여겨보고 있었습니다."

그가 뒷골목에 등장한 폭력배를 눈여겨보고 있었다는 것도 뜻밖이었지만 정체를 파악하고 있었다는 사실도 놀라웠다.

라파엘로는 어이없게도 퍽 익숙하다는 듯이 건물의 숨겨진 위치까지 파악해 문을 열었다.

"들어가시죠."

그녀는 라파엘로가 내민 손을 잡고 부축을 받으며 안으로 들어갔다. 외부의 시야가 차단된 곳으로 들어오자 라파엘로가 가면을 벗고 고개를 휘휘 내저으며 머리칼을 털었다.

"나를 어떻게 알았냐고요."

카예나가 재차 묻자 라파엘로가 검은 베일 너머를 응시하듯 시선을 맞췄다.

"마법이 아니면 설명할 수 없는 일이잖습니까."

그의 말에 카예나가 입술을 다물었다.

'어떻게 마법인 걸 알았지?'

라파엘로는 마법이라는 것이 세상에 존재하는 줄도 모르는 일반인이어야 한다. 그런데 어떻게 마법을 알았으며, 또한 자신이 마법사임을 알았다는 말인가?

설마…….

"그때 잠든 척하고 있었어요?"

카예나가 그를 찾아갔던 그날이 아니면 설명할 길이 없다. 라파엘로는 대답하지 않고 베일로 가린 카예나의 얼굴을 두 손으로 조심스럽게 감싸 쥐었다. 작은 창을 타고 들어온 창백한 달빛이 라파엘로의 얼굴에 스며들었다. 그는 고통스러운 표정을 하고 있었다.

"……."

숨이 턱 막혔다.

심장이 쿵쿵 거칠게 뛰었다.

이 남자는 알고 있었다. 자신이 마법의 힘을 얻기 위해 수명을 거래했다는 것을…….

카예나는 입술을 짓이기다가 조심스럽게 그를 불렀다.

"……라파엘로."

라파엘로는 눈을 꾹 감았다가 다시 천천히 뜨며 표정을 건조하게 굳혔다.

"당신께 남은 시간을 알 수 있습니까?"

'역시나.'

탄식이 쏟아질 것 같았으나 간신히 참아 냈다.

'바옐이 알려 줬을 리는 없고.'

마법에 관련한 자료라도 찾아본 모양이었다. 카예나는 머뭇거리다가 솔직하게 이야기했다.

"수명의 절반을 거래했어요."

그녀는 그렇게 말하며 라파엘로의 손을 겹쳐 쥐었다.

라파엘로의 눈이 일렁거렸다. 카예나는 차라리 이 남자가 참지 않고 자신에게 화내기를 바랐다.

"어떻게 그럴 수 있냐고, 홀로 남아서 살아갈 나는 생각하지 않았느냐고 화내도 돼요."

카예나의 말에 라파엘로가 속눈썹을 아래로 늘어트리며 고개를 내저었다.

"제가 어찌 그럴 수 있겠습니까?"

당신이 왜 그런 결심을 했는지 누구보다도 잘 아는데. 원망하려거든 자신을 탓해야 했다. 클로렌스 엘리반 부인을 지켜 내지 못하고, 그녀의 편지를 카예나에게 전달한 자신을 원망해야 했다.

카예나는 그가 무엇을 두고 자책하듯 그렇게 말하는지 깨닫고 엄한 목소리로 말했다.

"유모는 레제프가 죽였어요. 그 일에 당신은 아무런 잘못도 없어요. 그건…… 오직 나와 레제프의 문제예요. 또한, 황제 폐하의 잘못이죠."

라파엘로는 그렇게 생각할 수 없었다. 이 사람이 이렇게 궁지에 몰리지 않도록 일찍부터 도왔더라면. 자신이 더 과감하게 행동했더라면.

"이제 다 끝나 가요."

카예나는 곧 눈물이라도 떨어트릴 것 같은 라파엘로에게 말했다.

"모든 게 다 끝나면, 내 남은 시간은 모두 당신 거예요."

그러니 조금만 견디면 된다. 하루만 더. 그리고 또 하루만 더 주어지면 된다. 승리만 하면 죽음까지 남는 시간은 온전히 그의 것이다. 그것이야말로 그녀가 바랐던 진정한 자유가 되리라.

검은 장갑을 낀 손이 라파엘로의 뺨을 쓸었다. 그러자 라파엘로가 검은 베일 위로 키스했다. 얇은 베일을 사이에 두고 두 사람이 입술을 겹쳤다.

그가 고개를 살짝 떨어트리며 말했다.

"당신께 승리를 가져다 드리겠습니다."

이제 실패는 그들의 계획에 존재하지 않았다.

─❉─

레제프는 소파에 누운 채 천장만 멀거니 바라보았다.

아무 의욕이 생기지 않았다. 아무것도 즐겁지 않았다. 저처럼 시도 때도 없는 분노에 휩쓸리거나 하지도 않았다. 영혼이라도 잃어버린 듯, 그렇게 빛을 잃은 눈동자로 시간을 죽여 나갔다.

사냥 대회 준비도 귀찮았다. 거기에 가서 뭘 하겠는가? 어차피 예이스터가 준비한 깽판에 휩쓸리지 않으려 노심초사하는 일밖에 더 하겠는가? 그것도 아니면 아무것도 모르는 척, 순진한 척 웃는 누이의 얼굴이나 보겠지.

"야위었구나, 레제프."

다정하게 제 뺨이라도 쓸어 주며 걱정스러운 눈으로 바라봐 줄지도 모르지.

레제프는 손을 들어 자신의 얼굴을 쓸었다. 후회스러웠다. 지난날에 자신이 했던 충동적이고 어리석은 행동이 너무나 후회스러웠다. 섣불리 카예나의 유모를 죽이지 말았어야 했다.

"산 채로 데려와 눈앞에서 죽여 버렸어야 했는데……."

그래야 이지를 상실한 카예나를 보듬어 안으며 인제 그만 제 보호 아래에서 얌전히 있으라고 잘 타이를 수 있었을 텐데.

레제프는 가장 가지고 싶었던 가족을 잃어버렸다. 오직 나만을 사랑하는 가족. 피로 이어져 있어 절대 끊어 내지 못하는, 그 완전한 결속 아래에 이루어지는 단단한 혈맹.

그것의 달콤함을 누이가 알려 주었다. 자신을 위해 뭐든 했고, 안온한 관심을 보여 줬고, 애정을 쏟아 주었다.

"나는 누님만 있으면 아무것도 필요 없는데."

물기라도 어려야 할 것 같은 그 말은 너무나 차갑고 냉혹하게 흘러나왔다.

하지만 그녀는 자신을 배신했다. 당장 가족의 연을 끊고 처단하고 싶은 마음이 컸으나 미련이 사라지지 않았다. 그는 너그럽게 누이를 용서하기로 마음먹었다.

"누님은 내 앞에서 무릎을 꿇고 용서를 빌어야 해."

그렇게 결정하자 안달이 났다. 어서 자신을 괴롭히는 이 상황을 정리하고 싶었다. 가급적 이번 사냥 대회 기간 안에.

"자밀."

그의 비밀 수행원이 어둠 속에서 모습을 드러냈다.

"내 사냥감은 늘 하나였지."

레제프가 자리에서 일어났다.

"사냥 대회 중에 황제를 죽여라."

자밀이 바닥에 한쪽 무릎을 꿇었다.

"명을 받듭니다."

―❦―

조디악 백작이 의문의 마담 메데이아에게 패배했다. 카예나는 되는 대로 돈을 쏟아부으며 암시장을 순조롭게 장악했다. 제다이어는 다음 목표를 위해 세력을 새롭게 꾸렸다. 도시 국가 하임벨을 키드레이 공작령으로 복속시키려는 계획이었다. 그 부유한 도시를 공작가에서 삼키면 한 나라의 수장만큼이나 권한이 강력해질 것이다.

카예나는 소설에서 봤던 하임벨 영주가 야만족으로부터 위협을 당했던 사건을 자세히 써 내려갔다. 그리고 그 내용을 토대로 대략적인 도면까지 그려 냈다.

"이 도면을 따라 들어가면 하임벨 영주를 잡을 수 있다는 말씀이십니까?"

제다이어는 카예나가 그린 하임벨 영주 성의 도면, 침입 경로를 암기하며 물었다.

"그래. 그가 키드레이 공작가로 도망칠 수 있게 마부도 포섭하고."

"그런 일이야 돈만 있으면 가능합니다만……."

제다이어가 걱정스럽게 물었다.

"이러다가 공작가가 갑자기 독립 선언이라도 하면 어쩌려고 그러십니까?"

하임벨 영주를 키드레이 공작가가 잡을 수 있게 해 주는 것은 공작가의 힘을 압도적으로 키워 주는 일이었다.

카예나로서는 강력한 교역로까지 손에 넣은 라파엘로가 차기 후계자로 이델을 밀어 주는 것에 조금의 잡음도 나지 않게 할 장치였으나, 한편으로는 너무 큰 권한을 쥐여 주는 일이기도 했다. 그들이 공국으로 독립 선언이라도 한다면 제국은 골치가 아플 수 있었다.

하지만 카예나에게는 상관없는 일이었다.

"그러면 그렇게 될 운명이었구나 생각해야지."

"이것 참……."

제다이어는 카예나와 라파엘로의 사이를 모르니 뺨만 긁적이다가 고개를 끄덕였다.

"그럼 당장 하임벨로 출발하겠습니다."

그때 카예나가 물었다.

"동생은?"

엘릭서를 마시고 괜찮아졌느냐는 뜻이었다. 제다이어는 입가에 엷은 미소를 피웠다.

"덕분에 씻은 듯이 멀쩡해졌습니다."

"다행이네. 황녀궁은 넓으니 몸이 튼튼해야 잘 돌아다닐 수 있을 거야."

제다이어가 아무리 일을 빨리 마무리하려고 해도 거의 한 달은 제국을 떠나 있어야 한다. 카예나는 그동안 그의 동생을 황녀궁 안으로 데려와 보호할 생각이었다.

제다이어가 침실에서 나가자 몰래 숨어 있던 치즈 고양이가 나타났다. 암흑가에서 벌어졌던 난투극 이후로 며칠 만이었다. 그간 황녀궁으로 오지 못할 사정이 있었던 것 같았다.

"동생이랑 정리는 끝낸 거야?"

그러자 고양이는 한숨을 푹 내쉬었다.

─그 미친 자식, 검은 정원을 가지려고 네 힘을 노리고 있어.

바옐은 타고난 마법사들은 계약 마법사의 몸에 심은 검은 장미를 훔칠 수 있다고 설명했다.

"그렇게 되면 나는 그 자리에서 바로 죽는 거고?"

─그래.

카예나는 당시의 상황을 떠올려 보았다.

"네 동생은 예이스터와 손을 잡은 모양이던데."

─내가 전에 시간을 멈추면 그걸 다른 마법사들이 느낄 수 있다고 했지? 녀석이 그래서 마법 발현지를 찾아온 거야.

"그렇다면 내가 황녀라는 사실은 아직 모른다는 뜻인데……."

─카인은 내가 어떻게든 할 테니 걱정하지 마.

"**든든**히네."

카예나는 곁으로 다가온 바옐의 턱을 긁어 주었다. 바옐은 시건방지게 어른의 턱을 긁는 카예나에게 바락 화를 낼까 하다가 손길이 시원하여 골골거리며 눈을 게슴츠레 감았다.

카예나가 약한 한숨을 머금은 채 입을 열었다.

"그러고 보니 라파엘로에게 마법사라는 사실을 들켰어."

─뭐야?

바옐이 눈을 동그랗게 뜨며 캭, 하고 털을 세웠다.

"눈치가 빠른 사람이라는 걸 간과했지 뭐야. 낌새를 느끼자마자 마법사에 대해 알아본 모양이야."

그녀는 미간을 살짝 찡그리며 라파엘로가 수명 거래까지 알아차렸다고 설명했다. 바옐이 꼬리로 탁자를 탁탁 두들기더니 입을 열었다.

─부부 싸움은 칼로 물 베기래.

나름대로 신경 쓴 위로의 말이었다. 그 말에 카예나가 피식 웃었다.

"우리는 결혼은커녕 약혼도 안 했어."

─뭐, 어쨌든.

이로써 아주 확실한 한 가지 가설이 생겼다.

"이번 사냥 대회에 카인이라는 마법사가 나타나겠네."

확정된 위기였다.

―어떻게 할 생각이야?

"당연히 사냥 대회에 참가해야지."

위기를 뒤집으면 그보다 더 큰 기회는 없으니까. 카예나는 이번 사냥 대회에서 후계자 서열을 정리할 작정이었다.

"시간이 얼마 남지 않았어."

카예나는 중얼거리며 파르르 떨리는 손을 꽉 움켜쥐었다. 잦은 마법 사용으로 인해 몸이 나날이 약해지는 것을 느꼈다.

'조금만 더.'

황위에 다가설 순간이 얼마 남지 않았다.

똑똑.

노크 소리에 바엘이 다시금 투명하게 사라졌다. 이윽고 문이 열리고 애니가 들어왔다.

"전하, 마차를 준비했습니다."

"가자."

오늘은 사냥 대회 장소로 이동하는 날이었다.

'오늘 사냥터 수색부터 사냥 대회가 시작되니 남자 귀족들은 이미 도착해 있을 테지.'

그렇다면 지금 라파엘로도 그곳에 있다는 뜻이다.

'사냥터에서 무슨 일이 벌어질지 모르니 조심하라고 미리 일러두어야겠다.'

―❈―

"도착했습니다."

사냥터는 상당히 넓었다. 카예나는 가장 안쪽에 위치한 좋은 막사로 안내받았다. 막사가 황녀궁의 침실만큼 좋을 수는 없지만, 과연 황족이 쓸 공간답게 완벽하게 준비되어 있었다.

사냥 대회를 위한 막사거늘, 묘하게도 전장처럼 느껴졌다. 이곳에서 어떤 일이 벌어질지 명확하게는 알 수 없지만, 생사가 오가는 위험한 일이 터질 것은 자명했다.

"바엘."

카예나가 혹시나 하고 그를 불러 보았으나 지금은 없는 모양인지 고양이는 나타나지 않았다.

밖으로 나가자 멀지 않은 곳에 키드레이 공작가의 막사가 보였다. 그녀는 마력으로 막사 내부를 훑었다.

'라파엘로 혼자 있네.'

곧 사냥을 나갈 그에게 해 줄 말도 있고 얼굴을 볼 겸 그의 막사로 공간 이동했다.

"라파엘…… 어머."

카예나는 입을 다물었다. 라파엘로가 상반신을 완전히 다 벗은 상태였다. 완벽하게 근육으로 다듬어진 몸매가 언제 보아도 감탄만 나왔다.

라파엘로는 그녀의 시선을 따라가다가 자신이 셔츠를 벗고 있었다는 사실을 깨달았다.

"……아."

인사부터 해야 하는 건지 옷부터 입어야 하는 건지 알 수 없었다. 카예나가 마법사라는 사실을 머리로는 이해했으나 갑자기 허공에서 나타날 줄은 몰랐다. 우선 옷부터 입어야겠다. 라파엘로가 셔츠를 미처 껴입기도 전에 막사 입구 쪽에서 목소리가 들려왔다.

"주인님, 바스턴입니다. 들어가도 되겠습니까?"

"……!"

머뭇거릴 시간이 없었다. 라파엘로는 카예나를 데리고 침대로 갔다. 검은 융단을 걷어 그 안에 카예나를 숨겼다. 두 사람이 눕자 깃털로 된 시트가 푹 꺼졌다.

라파엘로는 입구 쪽에 등을 보인 채 카예나를 끌어안아 몸을 완전히 밀착했다. 가까이 오지 않으면 그의 몸집에 가려 들키지 않을 터였다. 카예나는 그의 벗은 몸에 뺨을 댄 채로 숨을 죽였다.

"들어와라."

라파엘로가 그렇게 말하며 새카만 시트 위로 흩어진 금빛 머리카락을 이불 안으로 정리해 주었다. 몸에 닿는 숨결이 간지러웠다.

바스턴이 막사 안으로 들어왔다.

"곧 사냥터로 나가셔야 할 것 같습니다."

라파엘로가 긴 흉터가 난 조각 같은 등을 내보이고 있자 바스턴의 표정이 미묘해졌다.

"옷은 왜 벗고 계십니까?"

"사냥용 튜닉 셔츠로 갈아입으려다가……."

"그런데 옷은 왜 안 입고 침대에 누워 계십니까?"

라파엘로는 잠깐 고민했다.

"……잠시 쉬고 있었다."

바스턴은 요즘 주인이 좀 많이 이상하다고 생각했다.

"시중을 들어 드릴까요?"

라파엘로는 바스턴을 향해 고개를 돌리지 않고 말했다.

"그럴 필요 없다."

그는 대담하게 자신의 품에 꽉 안긴 카예나의 머리칼을 쓸었다.

'들키면 어쩌려고.'

물론 상태가 바스턴이니 들키더라도 조금 민망한 수준으로 그치겠지만. 그래도 황녀의 체면이 말이 아니지 않은가? 게다가 둘은 약혼한 사이도 아니어서 이런 모습을 보이는 것은 별로 좋지 못했다.

'공간 이동을 했어야 했는데.'

갑작스러운 상황에 당황하느라 미처 다시 제 막사로 돌아갈 생각도 하지 못하고 침대에 누워 버렸다.

"준비하고 나갈 것이니 먼저 채비해 두어라."

"예, 주인님."

바스턴은 아무리 생각해도 지금 주인이 조금 이상했으나 우선 밖으로 나갔다. 기척이 사라지고 정적이 내려앉았다.

"갔습니다."

그의 말에 카예나가 몸의 경직을 풀었다. 머리끝까지 덮었던 검은 담요가 스르르 내려왔다. 라파엘로는 품에 완전히 밀착해 안긴 카예나가 드러나자 저도 모르게 웃으며 그녀의 이마에 입을 맞췄다.

"갑자기 나타나셔서 놀랐습니다."

카예나가 그의 팔을 베며 자세를 편안하게 고쳤다. 그의 허리에 팔을 두르고 가만히 눈을 맞추니 마음이 차분하게 가라앉았다.

"곧 사냥터로 나가잖아요."

"응원해 주시는 겁니까?"

"이런 사냥 대회에 썩 적극적이지 않으셨던 것 같은데."

"전하를 위해서라면 가장 훌륭한 사냥감을 구해 올 수 있습니다."

그의 말에 카예나는 기특하다는 표정으로 입술에 쪽 하고 입 맞췄다. 라파엘로의 눈이 잠깐 커졌다가 부드럽게 휘었다. 카예나는 그의 뺨, 단단한 턱, 조각상 같은 목선을 살살 쓰다듬어 주며 말했다.

"조심해야 할 것 같아서 미리 이야기하러 왔어요."

"하인리히 대공자 때문에 하시는 말씀이시군요."

"맞아요."

"무기는 국가에 신고하지 않은 것들도 넉넉하게 챙겨 왔습니다."

그가 당당히 범법을 저질렀다고 말하자 카예나가 웃었다.

"황녀 앞에서 당당히 말씀하시네요."

그러자 라파엘로가 몸을 일으켜 카예나를 팔 안에 가두며 엎드렸다.

"체포하실 겁니까?"

"내 방에 가둬 두고 싶기는 하네요."

라파엘로는 으음, 하고 미간을 찡그렸다. 그 표정이 상당히 야했다. 그녀가 물었다.

"유혹하는 거예요?"

그러자 라파엘로는 자신의 몸을 더듬는 카예나의 손을 잡아 손바닥에 입을 맞추었다.

"전하께서야말로."

그 행동에 저릿한 긴장감이 몸 안에서 피어올랐다. 그를 받아들였을 때의 감각이 되살아나는 것 같았다. 라파엘로가 고개 숙이며 입술을 붙이자 그녀의 눈이 스르륵 감겼다. 맞물린 입술 사이로 뜨거운 숨결이 토해졌다.

"……이러시면 참기 힘듭니다."

그의 경고에도 카예나는 아랑곳하지 않고 이를 세워 어깨를 콱 깨물었다. 라파엘로는 잠깐 한숨을 내쉬고는 막사 입구를 힐끗 보았다.

'두 시간 정도면 괜찮겠지.'

아쉽지만, 그 정도로 만족하는 수밖에.

───❉───

암흑기의 주인이 비뀌었다.

그 사실은 표면적으로는 귀족 사회와 무관해 보였다. 그러나 다들
뒤에서는 '조디악 백작이 끝났다.'며 수군거렸다. 소수의 귀족들은 조
디악 백작이 예이스터임을 알고 있었다. 감히 대공자를 물 먹인 그 여
자는 누구일까? 사람들은 조디악 백작을 쓰러트린 마담 메데이아가
뭘 하는 사람인지에 주목하기 시작했다.

예이스터가 마담 메데이아를 치고 암흑가의 주인 자리를 다시 거머
쥐더라도 이미 그는 큰 타격을 입었다. 황위라도 거머쥐지 않는 이상
에야 당분간은 그 손실을 회복하기가 어려울 것이다.

예이스터는 핵심 전력이라 부를 수 있었던 밤거리를 잃었다. 그렇다고
지금 상황이 레제프에게 유리한 것도 아니었다. 레제프도 예이스터도 세
력이 터무니없이 약해진 것에 비해 카예나는 승승장구하고 있었다.

"오, 대공자님. 이제 도착하셨습니까?"

예이스터는 사냥 캠프에 도착하여 사람들과 웃으며 인사를 나눴다.

"새로 마련한 사냥 도구들을 챙기다 보니 좀 늦었습니다."

"그렇군요……."

상대는 예이스터의 말에 묘한 미소를 지었다.

'이 하찮은 개돼지가…….'

예이스터의 고개가 살짝 삐뚜름해지며 눈빛이 돌변했다.

"아, 저는 그럼 사냥용 셔츠로 갈아입으러 가 봐야겠습니다."

귀족은 심상치 않음을 느끼고 얼른 달아났다. 예이스터는 자신의 막사로 들어가자마자 꾹 참았던 노성을 터트렸다.

"그 빌어먹을 년을 아직도 못 찾았느냐!"

"죄송합니다, 대공자님."

"하아……. 개돼지만도 못한 것들이 감히 나를 업신여기다니."

그는 머리가 아파 술잔에 브랜디를 콸콸 따르곤 단숨에 들이켰다.

"이번 사냥 대회가 기회야. 준비는 잘 마쳐 두었겠지?"

"염려하지 마십시오. 팔라딘들이 아무리 이 근처를 수색해 봤자 짐승의 흔적은 찾을 수 없을 것입니다."

"투창은?"

"막사 옆에 쌓아 두었습니다."

그 말에 예이스터의 입가로 비릿한 웃음이 떠올랐다. 투창은 시선을 교란하기 위한 겉껍질에 불과했다. 그 안에는 화약 가루가 채워져 있었다.

"이제 메데이아만 찾아내 찢어발기면 되는데."

엘릭서 덕분에 박살 난 몸은 멀쩡하게 돌아왔다. 그러나 엘릭서가 그 고통까지 기억에서 지워 주는 건 아니었다.

마담 메데이아는 그날의 격돌 이후로 밤거리에 모습을 드러내지 않았다.

예이스터는 혈안이 되어 그 여자의 정체를 알아내고자 돈을 쏟아부었다. 그러나 대체 뭘 하던 여자인지, 돈을 아무리 써도 찾을 수가 없었다.

'마담 메데이아……. 대체 넌 누구지?'

당장 그녀가 암흑가에 쏟아부은 돈만 해도 그렇다. 그런 재력을 보유한 자는 많지 않았다. 게다가 난데없이 고양이 가면을 쓴 마법사가 보호해 주지 않았던가?

검은 로브의 마법사가 찾는 자가 그 고양이 가면의 남자였을 가능성이 높았다. 검은 로브의 마법사가 주변을 다 부식시키는 바람에 도망치느라 그들의 대화를 듣지 못한 게 천추의 한이었다.

"마법사들이 찾는 사람이 누구인지 반드시 먼저 알아내야 한다. 오늘 사냥 캠프에 참석한 인물일 가능성이 커."

"샅샅이 뒤지겠습니다."

그는 이대로 있다가는 마법사들이 격돌을 시작했을 때 죽음을 면치 못하리라고 직감했다. 그의 동물적인 감각은 늘 위기에서 목숨을 보전해 주었고, 이번에도 어김없이 예이스터는 살아남았다.

"카예나 황녀만 취하면 모든 게 순조로운데."

그는 혀를 차며 중얼거렸다.

"대체 무슨 헛짓거리를 하고 다니는 건지."

제국민 사이에서 그녀의 인기가 높아지는 것은 그다지 좋은 일이 아니었다. 자신이 그녀를 취하게 되었을 때, 혹시라도 황후가 된 카예나의 힘이 제어하기 어려울 정도로 강력해질 수 있으니까.

"황녀든 미친 마담이든 왜 이렇게 짜증스럽게 구는지."

마담 메데이아는 자신의 정체에도 상관없다는 듯이 안하무인으로 굴었다. 정말 미친 여자거나, 그런 것을 신경 쓸 필요가 없는 사람이라는 뜻이었다.

'키드레이 공작가 사람인가?'

제국의 삼대 가문이 아니라면 황실밖에…….

예이스터가 멈칫했다.

"……황실?"

뭔가 기묘한 예감이 전신을 스쳐 지나갔다. 그가 막 그 생각에 골몰하려 했을 때였다.

"저, 대공자님."

천막 밖에서 그를 조심스럽게 부르는 목소리가 들렸다.

"무슨 일이냐?"

"손님이 찾아오셨습니다."

'손님?'

의아해하는 사이 천막이 걷히고 뜻밖의 사람과 마주하게 되었다. 금발의 푸른 눈의 미인이 빙긋 웃었다. 예이스터는 눈썹을 휙 치올리다가 예를 갖추었다.

"……황자 전하를 뵙습니다."

레제프였다. 레제프는 아름다운 얼굴에 걸맞은 미소를 띤 채 인사했다.

"곧 숲으로 들어가기 전에 인사를 드릴까 하여 찾아왔습니다. 실례한 것은 아니겠지요?"

웃기지도 않는 소리였다. 그들이 언제 하하 호호 웃으며 안부를 주고받는 사이였던가? 그러나 예이스터는 넉살 좋게 손사래 쳤다.

"아아, 그렇지 않습니다. 선의의 경쟁을 하는 사이에 이런 돈독한 시간을 가지는 것도 참 의미 있는 일이지요."

두 사람은 황위를 두고 겨루는 것을 제외하더라도 성격적으로 맞지 않았다. 승리를 거머쥔 쪽은 반드시 상대의 목을 칠 관계였다.

그러다 보니 이렇게 단둘이 자리한 적이 단 한 번도 없었다. 나란히 앉아 서로가 마실 차에 독이라도 타면 큰일이니까. 그런 그들이 사냥을 앞두고 마주 앉았다.

예이스터의 수행원이 차를 끓여 가져왔다. 물론 둘은 입도 대지 않았다.

'황자가 안부나 물으려고 막사까지 찾아올 인간이 아닌데.'

예이스터가 느른하게 뜬 눈으로 말했다.

"사실 뜻밖이기는 합니다. 전하께서 저를 찾으시다니요."

레제프는 고작 열여덟 살짜리다. 그러나 그 교활함과 잔악함은 상식 밖의 수준이었다. 예이스터조차 그와 정면으로 부딪치는 일은 극도로 자제해 왔다. 저 미친 황자는 앞뒤를 재지 않고 제 감정에 충실히 일을 저지르는 타입이었다. 손익 계산을 마치고 행동하는 자신과는 달랐다.

레제프는 앞에 놓인 찻잔과 티스푼을 보았다. 이 티스푼은 정말 은 으로 만든 것일까? 차에 설탕을 넣고 스푼으로 저어 보았다. 스푼에 는 아무런 변화가 없었다.

"제안드릴 게 있습니다."

"제안이라."

레제프는 오늘 예이스터를 찾아온 이유가 있었다.

"대공자께 일시적인 동맹을 제안합니다."

느긋한 척 차를 마시려던 예이스터가 손을 멈췄다.

"……일시적인 동맹이라면, 무엇을 위한 동맹인지요?"

"누님께서 황위에 뜻을 보였습니다."

쨍그랑!

예이스터의 손에서 도자기로 된 찻잔이 박살 났다. 찻물이 손을 흠 뻑 적시며 테이블을 물들였다.

'카예나 황녀가 황위에 뜻을 보였다고?'

"아, 죄송합니다. 깜짝 놀라서 힘 조절을 하지 못했군요."

그렇다면 지금까지의 행보가 전부 후계자가 되기 위함이었다는 건가? 예이스터가 그에게 물었다.

"동맹을 맺고 새로운 후계자의 탄생을 저지하자는 뜻입니까?"

"저는 누님을 폐위시킬 생각입니다."

"……."

미쳤군. 예이스터는 입안에 맴도는 그 말을 삼켰다. 역시 이 황자는 제정신이 아니었다.

그런데…… 그의 계획이 마음에 쏙 들었다.

"황녀 전하를 어찌 폐위시킬 수 있다는 말씀입니까?"

"그거야……."

레제프는 색이 변하지 않은 스푼을 만지작거렸다. 예이스터는 단숨에 계획을 알아차렸다.

'황제를 독살하고 누명을 씌울 생각이구나.'

성공한다면 더없이 좋은 계획이다. 그러나 만약 실패하면? 무심결에 웃음이 튀어나올 것 같았다.

'황녀가 사람 하나를 완전히 미쳐 버리게 했구나.'

가여운 황자. 곧 자신에게 어떤 재앙이 일어날지 모르고 엉뚱한 일에 온 신경을 쏟고 있다니.

예이스터는 얼마 전, 상당히 흥미로운 소식을 접했다. 바로 황자가 선황후와 레오 키드레이 공작 사이에서 태어난 아들이라는 사실이었다.

'지금은 레오 키드레이 공작이 아니라 레오 앨런 자작이지만.'

어쨌든, 그것을 전달해 준 사람이 바로 검은 로브를 입은 마법사들이었다. 이 기쁜 소식은 널리 알려야 마땅했다. 예이스터는 당장 레오와 접촉했다. 당신과 선황후 사이에서 태어난 아들이 있습니다, 라고.

이미 승리한 기분을 만끽 중인 예이스터에게 레제프가 무표정한 얼굴로 말을 건넸다.

"대공자께 일어난 안타까운 소식은 저도 들었습니다."

"……무슨 말씀이신지요?"

레제프가 말을 이었다.

"제 누님이 밤마다 어디론가 사라지시는 것 같았습니다."

카예나는 침실에 들어왔던 괴한을 핑계로 밤마다 황녀궁에 보초를 잔뜩 세웠다. 그러고는 침실에 누구도 들어오지 못하게 감시했다.

레제프는 모든 것을 의심했다. 제다이어라는 남자가 제논 에반스의 추천으로 들어온 자라는 것도, 그자가 상식 밖의 행동을 한 것도, 누이가 그를 죽인 것도.

레제프는 제 누이를 누구보다 잘 알았다. 그녀는 절대 사람을 죽일 사람이 아니다. 심지어 그 헨버튼 길리안도 안 죽이지 않았던가?

"누님께 암시장이 넘어간 것은 아십니까?"

예이스터는 갑자기 머리가 지끈거렸다. 이게 대체 다 무슨 소리지? 생각이 정리되지 않았다. 턱이 딱딱하게 굳고 머리털이 쭈뼛 섰다.

"제가 파악한 것은 이 정도입니다."

이제 곧 말을 끌고 숲으로 들어가야 할 시간이다. 레제프가 자리에서 일어났다.

"그럼 잘 생각해 보시기를."

레제프가 막사에서 나가고 예이스터는 고개를 휙 쳐들어 막사의 천장을 바라보았다.

"황녀가……."

혼란스러웠던 생각이 점차 정리되기 시작했다.

어마어마한 금력을 보유한 여자. 그리고 자신을 향해 무심히 중얼거리던 싸늘한 목소리. 누군가를 떠올리게 하는 섬뜩한 성격.

"하, 하하……."

입술을 비집고 허탈한 듯한 웃음이 새어 나왔다. 그는 커다란 손으로 눈가를 가리며 신경질적으로 웃음을 터트렸다. 지금까지 눈치채지 못한 자신이 한심하기 짝이 없었다. 그는 낄낄 웃다가 어금니를 빠드득 갈았다.

'아아, 내가 왜 몰랐을까?'

마담 메데이아의 정체는 카예나 황녀였다! 당장 캠프를 뛰쳐나가 황녀의 아름다운 금빛 머리칼을 휘어잡고 흙바닥에 그 예쁜 얼굴을 갈아 버리고 싶었다.

'감히 나를 농락해?'

정신이 아찔해질 정도로 걷잡을 수 없는 분노가 예이스터를 뒤덮었다.

황녀.

황녀가 확실했다.

그래, 레제프 황자가 자신이 불리할 계획을 제안하는 것은 말이 되지 않았다. 그는 예이스터가 반드시 분노하리라는 것을 알고 동맹을 제안한 것이다. 교활한 인간다운 짓이었다.

"아아악ㅡ!"

그 계획은 완전히 적중했다. 예이스터는 당장 황녀를 죽여 버리고 싶다는 살의에 뒤덮여 미쳐 버릴 것 같았으니까.

"다 죽여 버릴 거야."

황금색 눈동자가 온통 살기로 번들거렸다.

ㅡ◈ㅡ

막사 안의 열기가 어느 정도 누그러졌을 때 카예나는 침대에서 몸을 일으켰다. 라파엘로도 상체를 일으켜 카예나를 뒤에서 끌어안았다.

"이러다 사냥 대회가 시작하겠어요."

"상관없습니다."

애초에 사냥 대회 자체에는 관심이 없었다.

카예나는 그에게 편안하게 기대어 잠깐 쉬다가 일어났다. 바닥에 널브러진 드레스와 장신구들이 카예나의 의지에 따라 다시 원래의 상태로 되돌아갔다. 그녀는 이곳에 막 도착했을 때처럼 몸단장을 복구했다. 다만 몸은 말끔해졌으나 누적된 피로는 그렇지 못했다. 엘릭서를 마셔야 할 것 같았다.

'이럴 때마다 엘릭서를 마셔야 하는 거 아니야?'

라파엘로의 지나친 체력을 감당하기가 여간 힘든 게 아니었다. 그는 시간이 부족하다며 카예나에게 완전히 열중했다. 이러다 엉뚱한 이유로 단명할지도 모를 일이었다.

"무슨 능력인 겁니까?"

드레스나 장신구가 저절로 다시 착용되는 것을 바라보던 라파엘로가 물었다.

"시공간을 다스리는 마법이에요."

라파엘로는 탄성인지 탄식인지 모를 소리를 내뱉었다. 카예나가 순간 이동을 할 수 있다는 사실은 알고 있었다. 그런데 시공간까지 다스린다니. 가히 신의 영역이라고 봐야 할 만한 능력이 아닌가?

"아, 그리고."

카예나가 손바닥을 펼쳤다. 그러자 무언가를 둘둘 감싼 실크 손수건이 손바닥 위로 툭 떨어졌다.

"사냥을 나가는 연인에게 주는 손수건이에요. 안에 든 건 엘릭서라는 건데……."

엘릭서라는 말에 라파엘로가 미간을 살짝 찡그리며 물었다.

"죽음 직전이더라도 완벽히 살려 내는 영약이요?"

엘릭서에 대한 것이라면 그도 책에서 읽었다. 과다 출혈로 죽을 수도 있다고 했는데 그걸 만들다니.

"……마법 공부를 열심히 했군요."

카예나는 엘릭서를 한 방울 옮겨 담은 병과 손수건을 라파엘로에게 건네며 뺨에 키스했다.

"사냥터에서 예이스터가 미친 척하고 총이라도 난사할까 봐 걱정이에요. 위험한 순간에 꼭 마셔요."

"……네, 전하."

사냥터로 나갈 시간이 임박하자 바스턴이 다시 입구로 다가왔다.

"주인님, 주무십니까?"

한참 동안 라파엘로가 나오지 않으니 잠깐 오수에라도 들었다고 생각한 모양이었다.

"조심해요."

카예나가 속삭이듯이 말하자 라파엘로가 고개를 끄덕이며 입술에 키스해 주었다. 그녀는 공간을 이동해 막사로 돌아갔다.

—◦◦◦—

라파엘로가 말을 끌고 나왔을 때는 이미 참가자들이 각자의 조를 이뤄 떠날 준비를 마친 상태였다. 그는 자신이 속한 적색 깃발 조로 향했다. 그곳에서 그는 익숙한 남자를 발견하고는 예를 갖췄다.

"황자 전하를 뵙습니다."

그 사냥 조에는 레제프도 있었다.

사냥 대회에서는 참가자들이 일정한 수로 나뉘어 각각 다른 사냥터로 이동한다.

에이스터는 다른 조였는데 레제프가 같은 조라니.

"오늘 사냥이 제법 치열하겠네요!"

같은 조에 속한 한 귀족이 너털웃음을 터트리며 말했다. 총 여섯 사람이 적색 깃발 조가 되어 지정된 사냥터로 향했다.

숲속으로 어느 정도 깊이 들어섰으나 간혹 보이는 청설모를 제외하면 사냥감이 없었다.

"어찌 된 게 꿩 한 마리 보이지 않다니."

누군가가 투덜거렸다.

'너무 조용한데.'

뭔가 느낌이 이상했다. 라파엘로는 주변을 휘휘 둘러보았다. 작은 짐승이 돌아다닌 흔적이 없지는 않았다. 다만, 다른 흔적이 더 있었다.

'여기저기 찍힌 커다란 발자국. 발톱의 흔적도 크고……. 고양잇과 포유류인 것 같은데.'

그것도 하나가 아니었다. 작은 사냥감이 하나도 보이지 않는 것은 맹수에 당해서라고 보는 편이 자연스러웠다.

라파엘로는 자신과 한 조를 이룬 자들의 면면을 확인해 보았다. 애석하게도 레제프를 제외하면 전력이라고 할 수 없는 자들뿐이었다.

'함정이군.'

보통 때였다면 이런 편성이 뜻하는 바는 명확하다. 몰아주기였다.

누가 보아도 이 조에서 라파엘로나 레제프가 가장 좋은 사냥감을 차지할 것이 자명했으니까.

하지만 지금은 다르다. 위험 앞에서 속수무책으로 당하기 좋은 전력. 그게 라파엘로의 평가였다. 예이스터가 꾸민 일이 이것이었나? 그런 것치고는 조금 시시한 수준이었다. 위험을 알았으니 더는 숲 안으로 깊이 들어가지 않고 바로 빠져나가면 될 일이었다.

"사냥감이 없으니 장소를 바꾸는 게 좋겠습니다. 밖으로 나가죠."

라파엘로의 말에 레제프를 제외한 이들이 난색을 표했다.

"그러면 조금 더 들어가면 되지 않겠습니까? 사냥감 없이 돌아갔다가는 괜히 사냥터 핑계나 댄다는 말이나 들을 텐데요."

"덩치가 큰 포유류의 흔적이 보입니다. 그것들이 작은 동물을 사냥해서 조용한 것 같습니다."

"예? 그럴 리가……."

대화를 가만히 듣고 있던 레제프가 입을 열었다.

"이상한 핑계를 대는군요, 공작님."

라파엘로가 그와 눈을 마주쳤다.

"무슨 말씀이십니까?"

"이 사냥터에 맹수가 있을 리 없지 않습니까? 게다가 우리에게는 충분한 무기도 있지요. 아니면 돌아가야 할 이유라도 있는 겁니까?"

다른 사람도 아닌 라파엘로가 하는 말이니 께름칙해진 탓에 캠프로 돌아가고 싶어진 자가 여럿이었다. 그러나 황자를 무시할 수도 없는 노릇이라 그들은 적당히 타협점을 찾았다.

"……어, 그러면 조금만 더 들어가 볼까요?"

이후로는 기묘한 침묵이 그들 사이에 내려앉았다. 아니, 긴장감이라고 불러야 마땅했다. 라파엘로의 말대로 맹수가 튀어나와 그들을 찢어발길 수도 있는 노릇 아닌가! 전문 사냥꾼들이 위험하지 않다고 판단하고 이 사냥터를 골랐을 텐데 이게 어떻게 된 일일까?

그들은 아까의 느슨했던 태도와 달리 주변을 바짝 경계하기 시작했다. 누군가가 눈치를 살피다 입을 열었다.

"……정말로 이 포인트에 사냥감이 없는 모양……"

아아아악—!

그다지 멀지 않은 곳에서 섬뜩한 비명이 들렸다.

"……"

그들의 시선이 비명이 들린 곳으로 향했다. 한 사람이 힘겹게 입술을 떼었다.

"……다른 조인 것 같습니다."

이 사냥터에 저런 비명을 지르게 할 만한 사냥감은 없어야 한다. 없어야 하는데…….

하나둘씩 턱을 달달 떨기 시작했다.

"뭐, 뭔가 이상한 거 맞죠? 그렇죠?"

"……돌아갑시다!"

크르르—

이번에는 짐승의 낮은 울음소리였다.

"으아악!"

지레 겁먹은 누군가가 허공에 대고 발포했다.

탕—!

"이봐!"

방금 총을 쏜 남자는 이미 이성을 잃은 듯했다. 죽음을 직감한 자의 표정이었다. 그는 얼른 고삐를 휘두르며 숲 입구 쪽으로 도망쳤다. 그러나 곧 수풀이 푸르르 떨리며 말 울음소리와 함께 사람 비명이 들렸다.

"……저 방향에는 이미 맹수가 있는 게 확실하니 우회하여 이동합시다."

라파엘로가 말했다. 뜻밖의 상황에 레제프도 미간을 찡그렸다. 이 사냥터에 무슨 맹수가 있다는 말인가? 사냥터를 고른 사람은 바로 자신이었다. 분명히 도티 부인의 추천에 따라…….

'예이스터의 세작.'

레제프가 이를 갈았다. 동맹을 맺기로 했지만 그를 믿지는 않았다. 그런데 이런 수고로운 미친 짓을 벌일 줄이야.

타앙-!

레제프는 생각에 잠겼다가 총 소리에 깜짝 놀라 옆을 돌아보았다. 라파엘로가 수렵용 장총으로 어딘가를 향해 발포한 것이었다. 총구가 가리킨 방향에는 깔끔하게 머리를 맞은 표범이 누워 있었다.

"오오, 역시 공작님이십니다! 이제 우리는 괜찮은……"

크르릉.

그때 머리에 총을 맞은 표범이 몸을 꿈틀거렸다. 다들 멍한 눈으로 그곳을 바라보았다. 죽었어야 할 그것이 몸을 일으키고 있었다. 라파엘로가 몇 발 더 쏘았다. 그러나 짐승은 쓰러지지 않았다. 짐승이 감았던 눈꺼풀을 번쩍 뜨자 눈동자가 있어야 할 자리에 보랏빛 안개 같은 것이 어른거리고 있었다.

"아, 악마다!"

게다가 한 마리로 그치지 않고 다른 짐승들도 하나씩 이곳으로 슬금슬금 다가오고 있었다.

'마법인가?'

그렇다면 일반인의 힘으로는 당해 낼 방법이 없다. 라파엘로가
외쳤다.

"다들 도망치십시오!"

❈

탕! 탕탕!

사냥터 쪽에서 총성이 들리기 시작했다. 차를 마시던 귀부인들이
호호 웃었다.

"사냥감이 꽤 많나 봐요. 벌써 이렇게 총성이 많이 들리는 걸 보면."

이곳은 평화로웠다. 악단이 연주하고 귀족들은 피크닉 가방에서 너
도나도 간식을 꺼내 한가로운 티타임을 즐기고 있었다.

카예나는 적당히 자리에 어울리다가 총성이 너무 잦아지자 뭔가 좋
지 않은 예감을 느꼈다.

'……공간 이동으로 잠깐 확인해 볼까?'

그녀는 슬쩍 자리를 이탈했다. 혹시 모르니 사람들의 눈을 피해 막
사 안에서 공간 이동 마법을 쓸 생각이었다.

막사 안으로 들어갔을 때, 그녀는 초대하지 않은 손님을 발견했다.

마법사, 카인이 빙긋 웃었다.

"너였구나?"

카인의 모습이 검은 연기로 흩어졌다가 카예나의 앞에 번쩍 나타났다.

"설마 황녀일 줄은 몰랐는데."

"황녀인 걸 알았으면 행동을 좀 조심하는 게 어때?"

이 사냥 대회에 카인이 반드시 나타나리라고 예상했지만, 그게 설

마 지금일 줄이야. 그러나 두렵지는 않았다.

카예나의 담담한 표정에 카인이 고개를 살짝 기울였다.

이 여자는 뭘까?

새로이 태어난 마법사가 처음으로 시간을 멈췄을 때, 카인은 전율했다. 시공간이 반발하는 그 짜릿한 감각이 잊히지 않았다. 당장 이 능력을 개화한 자를 찾아내 삼키고 싶었다.

'그런데 제국의 황녀라니.'

카인은 눈앞의 여자가 신기하고 재미있었다. 본격적으로 일을 치르기 전의 여흥으로는 상당히 괜찮았다.

그의 어두운 갈색 눈동자가 카예나를 빤히 들여다보자 그녀는 공간을 이동하기 위해 마력을 일으켰다. 이곳에는 사람이 많아 마법을 펑펑 써 대며 싸울 수가 없었다.

"너무 무리하려고 하지 마. 나는 괜찮은 제안을 하나 할까 해서 찾아온 거니까."

"제안?"

카인은 정말로 자신은 무해하다는 듯이 빙긋 웃으며 말을 이었다.

"마법의 장미를 다시 거두어 가는 방법이 있다는 거, 알아?"

"······무슨 소리지?"

"시공간의 마법이 개화할 정도면 엄청난 양의 수명을 거래했을 텐데. 그렇지? 내일 당장 죽을 수도 있을 정도로."

"······."

카예나는 굳이 대답하지 않았다. 그러나 카인은 다 알고 있다는 표정으로 빙글빙글 웃었다.

"어떤 목적을 위해 그런 거래를 했는지는 모르겠지만, 원하는 바를 달성하고 나면 어떻게 할 건데? 그냥 죽어 버리는 건 너무 허망하잖아."

카인의 목소리는 낮고 음험했다. 그는 악마의 유혹처럼 달게 속삭였다.

"그런데…… 내가 마법의 정원을 계승하고 당신의 계약을 무효로 돌리면 거래한 수명이 다시 돌아오는 거 알고 있어?"

몰랐다. 처음 듣는 사실이었다.

"물론 그렇게 되면 검은 정원의 꽃들이 대부분 시들이 버릴 정도로 큰 타격을 입기는 할 거야. 하지만 나는 형처럼 숨어 살 생각이 없어. 그 정도 수명은 새로운 거래로 다시 다 살려 낼 수 있지."

흥미로운 제안임은 틀림없었다. 목적만 달성하고 다시 수명을 돌려받는다니.

"그러니 나와 협력해서 정원만 쟁취하게 해 주면 당신이 다시 멀쩡하게 살아갈 수 있도록 해 줄 수 있다는 뜻이야."

카예나는 복수를 위해, 자신이 지켜 낼 사람들을 위해 마법의 힘을 거래했다. 그런데 이 모든 계획이 끝나고 온전히 살아갈 방법이 있다고? 혹하지 않을 수 없었다.

"당신이 거래 내용을 지키지 않는다면?"

카예나의 말에 그런 의심을 살 줄 알았다는 듯 카인이 손바닥을 펼쳤다. 허공에 검은 깃펜이 만들어지더니 황금빛을 뿌리며 제국어를 쓰기 시작했다.

[마법 계약 내용을 준수하지 않을 시, 세계의 법칙에 따라 계약 내용이 강제 이행되며 계약 내용을 어긴 마법사는 죽는다.]

"이 계약서가 진짜라는 증거는?"

카예나의 물음에 카인이 고개를 돌렸다.

"이게 진짜인지는 형이 말해 주면 되겠는데."

그 말에 카예나의 고개도 옆으로 돌아갔다. 어느새 온 것인지 바엘이 사람의 모습으로 묵묵히 서 있었다. 그가 입을 열었다.

"진짜 마법사 계약서야. 설명한 대로 계약 내용을 지키지 않을 수 있다는 가정은 존재하지 않는, 세계의 규칙으로 이루어진 계약서지."

"들었지?"

카인이 킥킥 웃었다. 그는 명백히 카예나가 선택할 수 있는 최상의 선택지를 제시했다. 형은 그와 똑같은 제안을 하지 못할 것이다.

바엘은 이미 오랜 세월을 검은 정원의 주인으로 지냈고, 단 한 번도 거래한 마법을 거두어 간 적이 없었다. 그는 온정이 넘치는 듯하지만 타고난 마법사였다. 무조건 이치대로만 움직이는 냉혈한.

카인은 그에 비해 상당히 인간적이라고 할 수 있는 욕심을 겸비한 마법사였다. 그는 카예나가 당장 검은 깃펜을 쥐고 계약서에 서명할 것을 믿어 의심치 않았다. 인간들은 다 똑같다. 가장 높은 신분을 가진 자든, 가장 미천한 신분을 가진 자든 간에 항상 결과는 같았다. 그들은 자신이 취할 수 있는 최대 이익을 좇는다.

그때 카예나가 입술을 열었다.

"너는 이걸 왜 보고만 있어?"

그녀는 바엘을 향해 물었다. 바엘이 멈칫했다.

"이런 어처구니없는 계약 현장을 발견했으면 잘난 마법 능력으로 뒤엎어 버려야지, 뭐 해?"

카예나의 지적에 바엘의 두 눈이 화등잔만 하게 커졌다. 사실 카인만큼이나 바엘도 카예나가 계약서에 서명할 것을 믿어 의심치 않았다. 거절할 이유가 없지 않은가?

바옐이 그녀의 말대로 카인을 저지하지 않은 이유는 있었다. 확인하고 싶었다. 그간 생긴 묘한 유대감에 대한, 아주 오랜만에 '친구'라고 불러도 손색없을 만한 인간이 어떤 선택을 할 것인지 보고 싶었다.

카예나는 제 앞에 둥둥 떠 있는 펜을 매섭게 쳐 내 버렸다.

"나는 신뢰힐 수 없는 자와 거래하지 않아. 특히 그게 말을 듣지 않는 남동생이라면 더더욱."

그녀의 말에 카인의 표정이 점점 험악하게 일그러지기 시작했다.

"멍청하고 어리석은 인간 같으니······!"

감히 자신의 제안을 무시하다니, 믿기지 않았다.

"결국 죽이고 장미를 쟁취하는 수밖에 없나?"

카인은 그녀의 어리석음을 비꼬며 검은 가시 채찍을 소환했다.

휘리릭!

채찍이 몸에 닿기 전에 카예나가 공간을 이동했다.

팟!

시야가 바뀌었다. 막사를 줄줄이 지은 장소와 꽤 떨어진 곳이었다. 바로 옆은 사냥터가 있는 숲이었다.

"바옐!"

혹시나 하는 마음에 그녀는 허공을 향해 바옐을 불렀다. 응답은 없었다. 아직 자신이 있는 곳까지 바옐이 오지 않은 모양이었다.

탕-!

귀족들이 진입한 사냥터 가까이에 오니 요란한 총소리가 더 선명하게 들렸다. 비명 같은 섬뜩한 소리도 메아리처럼 들려왔다.

"······!"

카예나는 뭔가 이상한 예감에 숲 쪽을 바라보았다.

크륵.

그것은 짐승의 소리였다. 한 번도 들어 본 적 없는 소리였으나 확신할 수 있었다. 몸집이 큰 맹수다.

카예나의 걸음이 천천히 뒤를 향했다.

'이 사냥터에 맹수가 있을 리가 없는데?'

사냥 대회에서 예이스터가 무슨 수작을 부리리라고는 충분히 짐작하고 있었다. 그러나 맹수라니? 이런 수고로운 짓을 한 이유가 뭐지?

"레제프를 노린 건가……?"

'아수라장이 된 사냥터에서 맹수에게 당해 죽은 황자라.'

나쁘지 않은 시나리오였으나 카예나가 바라는 그림은 아니었다. 그녀의 동생은 그런 식으로 죽어서는 안 되었다. 가질 수 있다고 확신했던, 가장 바라던 것을 눈앞에서 허망하게 잃어버려야만 했다. 다른 누구도 아닌 카예나, 자신에 의하여.

크르르!

숲에서 검은 형체가 흔들거렸다. 맹수가 자신이 있는 방향으로 달려오는 것을 발견한 카예나가 손을 뻗었다. 카예나는 마법으로 시공간을 응축시켰다가 팽창시키며 작은 폭발을 일으켰다.

콰앙!

폭발에 휩쓸린 검은 맹수가 날카로운 비명을 터트리며 뒤로 날아갔다. 그런데 그것이 금방 몸을 일으켰다.

'뭐지?'

분명히 즉사할 강도의 폭발을 계산했다. 그런데 바닥에 쓰러진 짐승이 비척거리며 간신히 살아 움직이는 것도 아니고 멀쩡하게 일어나다니?

크르륵!

그것은 믿기지 않는 속도로 다시 달려왔다. 카예나는 우선 새카만 짐승을 피해 공간을 이동했다. 그제야 숲 밖으로 나온 그것을 제대로 확인했다.

"이게……."

짐승은 이미 제대로 된 형태기 아니었다. 온몸이 이그러진 생대었는데도 되는대로 바닥을 짚고 내달리고 있었다. 마치 괴수 같았다.

타앙—!

총성이 울리자 카예나를 향해 달려오던 괴수가 쓰러졌다.

"전하."

라파엘로였다. 카예나는 그의 이름을 부르려다가 멈칫했다. 장총을 든 그는 이미 괴수에게 몇 번 당한 모양인지 피를 뚝뚝 흘리며 넝마가 되어 있었다. 카예나가 딱딱하게 굳은 얼굴로 그에게 달려갔다.

"엘릭서는 안 마셨어요?"

"이 정도는 괜찮습니다. 겉보기에만 이렇지……."

그가 설명하려고 했으나 카예나의 심상치 않은 표정에 입을 다물었다.

"엘릭서를 아낄 필요 없어요. 아직 한참 남았다고요."

"알겠습니다."

라파엘로는 카예나의 걱정에 엷게 웃더니 품에서 엘릭서를 꺼내서 마셨다. 금세 몸이 멀쩡해졌다.

"다른 사람들은요?"

"모두 흩어졌습니다. 레제프 황자 전하도 도중에 갈라졌고요."

카예나가 미간을 찡그리며 또 궁금한 것을 물었다.

"혹시 저런 괴수가 더 있는 거예요?"

대답은 라파엘로에게서 나오지 않았다.

"물론입니다, 황녀 전하."

카예나가 뒤를 돌아보았다.

"제가 키운 괴수가 마음에 드십니까?"

예이스터가 그들을 향해 총을 겨눈 채 괴이하게 웃고 있었다. 총을 겨눈 예이스터의 뒤로 검은 로브를 입은 남자 둘이 나타났다. 카인을 필두로 양옆에 서 있던 그 마법사들이었다.

예이스터와 완전히 결탁하여 오늘 사냥 대회를 휩쓸기로 작정한 듯싶었다.

'확실히 믿는 구석이 있으니 더더욱 과감하게 구는 모양이네.'

카예나는 라파엘로를 뒤로 끌어당겼다. 여차하면 이 남자를 데리고 이곳에서 달아날 작정이었다.

예이스터는 자신이 완전히 승기를 잡은 상황이라고 확신했다. 마법사가 둘이나 협력해 주니 저런 일반인쯤은 눈 깜짝할 새에 바스러질 것이다.

"설마 그 마담 메데이아라는 미친 여자가 황녀 전하셨을 줄은 몰랐습니다."

미친 여자라는 표현에 라파엘로의 눈썹 한쪽이 획 치켜 올라갔다.

'저 새끼가……'

라파엘로가 당장 총으로 예이스터를 쏴 버리려고 했으나 카예나가 그의 팔을 꽉 붙들었다.

예이스터는 카예나가 메데이아라는 사실만 알고 있을 뿐, 마법으로 격돌을 벌였던 모습은 보지 못했다. 그랬기에 그녀가 마법사라는 사실을 모르고 저렇게나 방자하게 구는 것이었다.

"맞은 게 간지러웠나 봐?"

가볍게 도발하자 예이스터의 표정이 돌변했다. 그가 눈을 매섭게 치뜨자 카예나가 약 올리는 것처럼 빙긋 웃었다. 마치 "또 때려 줄까?" 하고 묻는 듯한 표정이었다.

"지금 사태 파악을 전혀 못 하시는 모양입니다, 전하."

그는 비열하게 웃으며 곁에 선 마법사를 힐끗거렸다. 카예나의 시선도 마찬가지로 양옆의 마법사들에게 닿았다. 카인은 검은 연기로 변할 수 있고 주변에 물리력을 끼칠 수 있었다. 그 연기에 닿으면 마치 황산에 닿는 것처럼 모든 게 녹거나 부식했다. 저들도 그런 공격력 높은 마법을 쓸 수 있을지도 모른다.

"그때 전하를 도와주었던 고양이 가면의 마법사는 어디 있습니까? 도와 달라고 소리라도 치셔야지요."

라파엘로의 눈이 가늘어졌다. 그 고양이 가면의 마법사가 어쩐지 검은 정원의 주인일 것 같았다. 라파엘로가 추측하는 사이 카예나가 피식 웃었다.

"글쎄, 응답이 없군."

카예나는 주변을 물리화해 방어막을 둘렀다.

예이스터가 눈을 부릅떴다. 그는 주변에 일렁거리며 생성된 투명한 막을 믿지 않는다는 눈으로 보았다. 마법이지 않은가!

"……당신이 마법사였어?"

카예나가 마담 메데이아인것도 모자라 마법사이기까지 하다고?

'그렇다면 마법사들이 찾던 사람이 바로 황녀인 건가?'

골치가 아팠다. 다 이긴 게임이라고 생각하고 완전히 적대시했는데 상대가 마법사일 줄이야.

'여기서 황녀를 처리하지 못하면 난 끝장이야.'

예이스터는 품에서 작은 피리를 꺼내 힘껏 불었다.

삐익―!

숲에서 괴수들이 하나둘씩 튀어나오기 시작했다. 척 봐도 열은 넘었다.

공간 이동으로 도망칠 수는 있지만 그러면 막사에 포진한 귀족들이 속수무책으로 죽어 나갈 것이 분명했다.

그때 막사 쪽에서 폭발음이 들렸다.

콰아앙!

불길한 연기가 피어오르고 있었다.

"제가 준비한 폭죽을 터트리기 시작한 것 같군요."

예이스터가 낄낄 웃었다. 투창처럼 보이는 겉껍질 아래로 채워 둔 화약에 불을 붙여 근처를 초토화하는 계획이었다. 그의 말이 끝나기가 무섭게 두 번째 폭발음이 터졌다.

카예나가 차갑게 굳은 표정으로 입을 열었다.

"저곳에 당신을 지지하는 귀족들도 있을 텐데?"

"대를 위한 소의 희생은 늘 필요한 법이니까요, 전하."

"네 머리 위에 왕관이 올라갈 일은 결코 없을 것이다."

카예나의 말에 예이스터가 눈을 번득였다.

"여기서 살아남으면 내가 왕관을 쓰게 되겠지!"

예이스터는 카예나를 보호하는 막을 깨려고 사정없이 총을 쏘아 댔다. 라파엘로는 보호막 내부에서는 외부로 공격이 가능한 것을 깨닫고 총을 쏘았다.

'검은 정원의 마법사라는 사람이 도와주지 않는 건가?'

라파엘로는 태어나서 처음으로 무력감을 느꼈다. 초월적인 존재들 사이에서 그는 그저 힘없는 인간일 뿐이었다.

그 순간 지금까지 보았던 것과는 비교할 수 없는 섬뜩한 검은 기운이 느껴졌다.

카앙!

순식간에 카예나의 방어막에 실금이 그어졌다.

"사냥 대회라는 거, 꽤 재미있네?"

카인이 검은 연기 속에서 모습을 드러냈다. 라파엘로가 미간을 찡그렸다. 그의 모습이 바엘과 많이 닮았기 때문이었다.

카예나가 한숨처럼 물었다.

"……당신 형은 어쩌고?"

"아아. 우리 형은 저기 폭발을 수습하느라 애쓰고 있지 뭐야? 당신을 도와주려고 허튼짓을 하고 있다니까."

카인이 고개를 절레절레 흔들었다.

"그러게 아까 나와 계약했다면 좋았잖아. 그럼 이런 난리는 없었을 텐데."

카예나는 방어막을 뚫으려고 정신없이 달려드는 괴수들 사이로 보이는 카인을 단단히 경계했다. 그는 괴수가 다치든 말든 상관할 바 아니라는 듯이 모든 것을 부식시키는 검은 연기를 카예나에게 휘둘렀다.

캬오오!

괴수들이 끔찍한 몰골로 여기저기서 녹기 시작했다.

카예나는 시공간을 폭발시키는 것으로 계속해서 마법사들을 견제했으나 이것도 한계가 있었다. 그녀의 공격력이 저들에 비해 터무니없이 낮았다. 애초에 공격형 마법이 아니기도 했고.

게다가 카인의 힘이 너무 강력했다. 카예나도 더 강력한 마법을 발현하고 싶었으나 벌써 몸의 한계가 느껴졌다. 여기서 더 무리하면 정신을 잃을지도 몰랐다.

카예나는 입술을 잘근 깨물었다. 보호막은 점점 거미줄처럼 금이 가기 시작했다.

'라파엘로라도 피신시켜야 해.'

카예나가 그렇게 결심했을 때였다.

"장난은 여기서 끝이야."

카인이 아까와 비교할 수 없는 수준의 검은 마력을 정면으로 쏘았다.

콰장창!

보호막은 기어이 깨지고 말았다. 카예나는 라파엘로와 함께 공간을 이동했지만 힘이 부쳐 멀리 달아나지 못했다.

라파엘로는 카예나가 한계에 다다랐음을 깨달았다. 자신이 조금이라도 시간을 벌어 준다면 카예나라도 도망칠 수 있지 않을까? 그는 망설임 없이 카예나의 앞을 막아서며 카인의 공격을 받아 냈다.

카예나의 두 눈이 커졌다. 광포한 마력이 라파엘로를 갈가리 찢으려 드는 것이 보였다. 고통에 일그러지는 얼굴, 터져 나오는 핏방울, 그를 집어삼키려 드는 검은 안개. 그녀는 허물어지는 그를 끌어안으며 비명을 내질렀다.

"라파엘로!"

톡, 톡, 톡…….

검은 안개가 멈췄다. 라파엘로의 몸이 부식하는 것 또한 멈췄다. 카예나가 시간을 멈춘 것이었다.

카인은 그 어느 때보다 강력한 시공간의 반발력에 억지로라도 움직이려다가 몸이 갈라지는 것을 느꼈다. 정말 미친 능력이지 않은가? 바엘을 제외하면 누구도 상대하지 못하는 자신에게 이 정도 제약을 줄 만큼 강력한 마법이었다.

카예나는 그 속에서 홀로 움직였다. 그녀는 라파엘로에게서 검은 기운을 몰아내고 엘릭서를 입가에 흘려 넣었다. 초조함에 손이 떨릴 지경이었다. 끔찍했다. 자신이 살해당하는 것과는 완전히 다른, 미칠 것 같은 기분이었다.

다행히 상처가 사라지며 안색이 돌아오기 시작했다. 그러나 라파엘로가 공격당했다는 사실이 지워지는 것은 아니었다.

시간이 다시 돌아왔다. 땅이 부서지고 날카로운 비명과 연속적인 폭발음이 들려왔다. 괴수의 시체가 바닥에 처박히는 아수라장 속에서 카예나 홀로 라파엘로를 품에 안고 있었다.

"어째서······."

그녀가 바스러질 것처럼 작은 목소리로 중얼거렸다. 그러나 주변의 소음 때문에 누구에게도 들리지 않았다.

카인은 그녀가 시간을 멈추느라 상당히 무리한 것을 알았다. 그가 입술에 비열한 미소를 지었다. 이건 다 이긴 게임이다. 이제 저 여자에게서 장미를 갈취하면 된다.

그렇게 생각했을 때였다.

콰아앙―!

모든 것이 아래로 푹 꺼졌다.

"······?"

카인은 영문도 모르는 채 바닥에 두 무릎을 꿇었다. 뭔가 그를 내리누르는 것만 같았다. 내려앉은 것은 그만이 아니었다. 주변에 있던 수십 개의 막사가 모두 바닥이 푹 꺼지며 무너졌다. 허공에 흩날리던 분홍빛 꽃잎은 천근의 추라도 된 것처럼 바닥에 처박혔다. 세상의 무게가 달라졌다. 카예나가 이 일대의 중력을 크게 높인 것이었다.

"우욱-!"

예이스터는 자신의 몸을 보호할 마법 능력이 없었다. 그래서 그는 바닥에 찌그러진 채 속을 게워 냈다. 그는 억지로 고개를 돌려 바닥에 주저앉은 채로 라파엘로를 끌어안고 있는 황녀를 보았다. 그녀는 이 난장판 속에서 너무나 멀쩡했다. 돌아 버린 것 같은 표정을 제외한다면.

카예나와 라파엘로가 있는 곳을 제외한 모든 곳이 높은 중력에 짓눌려 있었다.

예이스터는 전신에 소름이 쭉 끼쳤다. 저게 바로 황녀의 본모습인가? 부드러운 미소를 걸친 채 여유로운 척, 온화함을 가장하고 있던 가면 뒤에 저런 악녀가 숨어 있었다. 아니, 지배자의 얼굴이었다. 그녀는 정말로 모든 것을 지배하는, 세상의 주인처럼 보였다.

급한 상황을 수습하고 뛰어온 바옐이 거센 반발력을 뚫으며 그녀를 불렀다.

"카예나, 그만둬!"

이것은 인간의 능력이 아니다. 다시 말해서, 이 능력을 계속 사용하면 카예나가 위험하다.

반면 카인은 황홀경에 젖었다. 정말이지, 저 여자는 미친 게 분명했다. 어떻게 이런 능력을 발현할 수 있을까! 저게 진짜 그냥 인간이라고?

"하하하! 대단해, 대단해!"

몸이 터질 것 같은 느낌에 그가 광소를 터트렸다. 그리고 옆에 있던 마법사들을 붙잡았다.

"캬아악!"

그들은 온몸을 부들부들 떨다 점차 몸이 부식됐다. 카인에게 흡수 당한 것이다.

"하아……."

그는 길게 숨을 내쉬었다. 이제야 좀 살 만해졌다. 카인은 바닥에 주저앉은 채로 세상을 가라앉히는 중인 카예나를 향해 한 발짝씩 다가갔다. 저 등에 손을 얹기만 하면 된다. 그러면 시공간 마법을 흡수할 수 있다. 그러나 카예나에게 가까이 다가가자 다시 피부가 쩍쩍 갈라지기 시작했다.

"크윽-!"

그는 얼른 뒤로 물러났다. 손에 핏물이 송골송골 맺히며 새빨갛게 물들었다.

"재미있니, 카인?"

부드러운 웃음기가 묻어나는 목소리였다. 카인이 고개를 들어 올렸다. 막사에서도 생각했지만, 정말 지독하게 아름다운 여자다. 카예나는 그 아름다운 얼굴에 걸맞은 그림 같은 미소로 카인에게 물었다.

"네가 원하면 뭐든 손에 넣을 수 있을 것 같았어?"

"뭐라는……"

"왜 남자들은 다 똑같은 생각을 하는 걸까?"

카인은 입을 다물었다. 이 상황과 전혀 어울리지 않는 저 평온한 목소리와 태도에서 심상치 않음을 느꼈다.

"뺏고, 죽이고, 휘두르고……."

카예나는 짐짓 안타깝다는 듯이 중얼거렸다. 그녀의 손이 혼절한 라파엘로에게 닿았다. 그녀는 그의 뺨부터 몸으로 천천히 쓸어 내려갔다. 그 손길에 따라 엉망이던 옷차림이 다시 멀쩡해지기 시작했다.

라파엘로의 모습이 말끔해지자 카예나의 시선이 카인을 향했다.

"아직도 내 앞에 서 있었니?"

그 말이 끝나기가 무섭게 카인이 땅에 처박혔다.

"커헉!"

이게 뭐지? 방금 마법사 두 명의 힘까지 흡수했는데, 왜……?

카예나가 숨을 길게 내쉬자 일대를 짓누르던 중력이 돌아왔다. 대신 모든 힘이 카인에게 집중되었다. 그녀는 공간을 조종해 카인이 공손하게 부복하도록 만들었다.

"이이익……!"

카인은 두 눈을 부릅뜬 채 온몸에 마력을 둘러 힘을 주었다. 어떻게든 이 지배를 이겨 내고 몸을 일으키려 했으나 몸이 찌부러질 듯 짓눌렸다. 몸에 실핏줄이 터지기 시작했다.

"이…… 건방진 년이……!"

짝!

무형의 기운이 카인의 뺨을 거세게 올려붙였다. 입술이 터졌다.

"말조심해."

카예나는 마치 가볍게 훈육하는 듯한 어투로 나무랐다.

"감히 내게 이러고도 무사할 것 같아?"

카인이 노기에 가득 차 악을 썼다.

"감히?"

카예나가 피식 웃었다. 그 웃음에는 섬뜩한 살기가 어려 있었다.

"말을 함부로 지껄이는구나."

카인의 몸이 뒤틀리듯 결박되었다.

"감히."

"아아악!"

바엘은 카인이 저렇게 일방적으로 당할 수 있다는 사실에 살갗이 저릿해질 지경이었다. 카인은 마법사들 사이에서도 처결 대상 1순위로 이름이 올라 있었다. 그러나 가진 힘이 너무 강력하여 누구도 섣불리 그를 처단하지 못했다. 심지어 바엘조차도 선뜻 카인과 정면으로 부딪칠 생각을 하지 못했다. 그런데 카예나는 마치 장난이라도 치는 것처럼 카인을 다루었다. 소름 끼치는 재능이었다.

그때 카예나가 바엘을 불렀다.

"바엘, 카인의 처리를 맡겨도 될까?"

"……마법사들 사이에서도 재판이라는 게 있어. 카인은 이미 처결 대상이야."

"멀쩡한 동네라 다행이네."

카예나는 완전히 찌부러트릴 듯이 결박한 카인을 바엘에게 넘겼다. 바엘은 어느새 혼절한 카인을 보고는 한숨을 내쉬었다.

"……당분간 마법은 쓰지 마. 오늘 너무 무리했어."

그 말에 카예나가 짤막한 미소를 지었다.

곧 바엘이 카인을 데리고 사라졌다.

카예나는 시야가 가물거리는 것을 느끼고 엘릭서를 마셨다. 어느새 엘릭서가 바닥을 보였다. 많이 남은 줄 알았더니, 마법을 사용할 때마다 마셔서 빠르게 줄어든 모양이었다.

그녀는 자리에 앉은 채로 눈을 지그시 감았다. 어마어마한 능력을 사용한 직후라 모든 감각이 예민하게 깨어나 있었다. 이곳으로 대규모의 팔라딘 부대가 다가오고 있었다.

카예나는 미간을 일그러트렸다. 곧 눈가에 눈물이 그렁그렁 맺히더니 아래로 굴러떨어지기 시작했다.

"저기에 사람이 있다!"

라파엘로의 모습은 말끔하지만, 카예나는 몸단장이 완전히 다 흐트러져 엉망인 꼴이었다. 그녀는 일부러 모습을 다듬지 않았다.

곧 사냥터 근처까지 수색 반경을 넓혔던 팔라딘들이 카예나가 있는 곳까지 말을 타고 달려왔다. 그들은 황녀가 엉망인 모습으로 쓰러진 누군가를 끌어안은 채 바닥에 주저앉아 있는 것을 발견했다. 다들 경악한 표정을 지었다.

"황녀 전하!"

그뿐이 아니었다. 예이스터는 바닥에 총을 쥔 채 쓰러져 있었고 주변엔 끔찍한 몰골의 짐승들이 널브러져 있었다. 팔라딘들은 몹시 당혹스러웠다.

카예나가 가냘픈 목소리로 파르르 떨며 말했다.

"대공자가 피리로 괴수를 조종했다. 이상한 자들이 싸우더니 지금 키드레이 공작님이 둔기에 맞고 쓰러지셨다!"

그 말에 팔라딘들의 표정이 완전히 굳었다.

"막사 근처의 폭발도 예이스터의 짓이다. 당장 붙잡아 진상을 조사해야 할 것이다!"

"예, 전하!"

귀족 재판보다 훨씬 더 강력하고 가차 없이 상대를 처벌하는 것이 신성 재판이었다.

그들은 끔찍한 사태에 집중한 나머지 카예나가 왜 사냥터 근처에 있는지 누구도 의문을 갖지 않았다. 그저 이 무서운 공간에서 엉망이 된 꼴로 애처롭게 눈물을 떨구는 황녀를 어떻게든 보호해야겠다는 생각만 할 뿐이었다.

카예나는 곧 팔라딘들의 보호를 받으며 마차에 올랐다. 마차가 황성으로 출발했다.

"레제프는 잘 도망쳤을까……?"

어느새 눈물은 멎어 있었다.

24장
진실 공방

사냥 대회에서 있었던 일은 순식간에 퍼졌다. 특히 괴수와 이상한 힘을 가진 자들이 등장했다는 사실이 수도를 발칵 뒤집었다.

그것이 예이스터가 벌인 짓이라는 것도 귀족 사회를 술렁이게 했다.

"이것은 신성 모독이오!"

죽음을 거스른 괴수에 대사원은 분노를 감추지 못했다. 여론은 하나로 모였다. 당장 예이스터를 화형에 처해야 한다고 목소리를 높였다.

예이스터가 반박했다.

"그날 있었던 모든 일은 황녀가 저지른 짓이다! 황녀가 마법사이며 모두를 죽이려고 했다!"

하지만 그 말은 조금도 설득력이 없었다. 그가 투창 안에 화약을 채워 넣은 증거도 발견되었다.

키드레이 공작가는 의식을 잃은 채 돌아온 자신들의 주인을 보고는 분노했다.

―야.

라파엘로가 눈을 감은 채 미간을 찡그렸다.

툭. 툭.

―야, 인제 그만 눈떠.

'……뭐지?'

한 번도 들어 본 적 없는 이상한 목소리였다. 뭔가 말랑한 것이 제 얼굴을 치는 것 같기도 했다. 그는 천천히 눈꺼풀을 들어 올렸다. 시야에 치즈 고양이 한 마리가 들어왔다. 고양이가 역정을 부렸다.

–일어나. 지금 세상이 뒤집혔어. 잘 때가 아니라고.

"……."

아직 꿈인가 보군. 라파엘로는 다시 눈을 감았다.

–일어나라니까!

퍽! 퍽!

라파엘로는 도무지 꿈이라고 여길 수 없는 선명한 고양이 발바닥의 감촉에 몸을 벌떡 일으켰다. 주변을 돌아보니 자신의 침실이었다. 침대 위에 있는 것은 진짜 고양이가 맞았다. 그럼 지금 이 고양이가 말을 한 건가? 라파엘로는 고양이를 휙 들어 올렸다.

–캭! 내려놓지 못해!

"뭐야, 이건?"

어딘가 익숙한 건방짐이었다. 누군가를 떠올리게 하는 말투인데…….

"……바엘?"

–그래! 내려놓으라고, 멍청한 공작 놈아!

그가 표정을 찡그렸다.

"원래 고양이였어?"

–고양이겠냐!

똑똑.

그때 침실 문이 열리고 제레미가 들어왔다. 라파엘로와 바엘의 고개가 동시에 문으로 향했다.

"아, 깨어나셨습……!"

제레미의 눈이 휘둥그레졌다. 주인님이 드디어 일어나서 기쁘기는 한데…… 웬 고양이지?

─냐, 냐앙.

라파엘로는 바엘을 무릎에 내려놓았다. 그러고는 바엘의 머리와 등을 긁어 주었다.

'음, 애도 손맛이 괜찮네.'

바엘이 눈을 게슴츠레 감았다.

"무슨 일이지?"

"아."

제레미가 그제야 정신 차리더니 다시 걱정스러운 표정을 하고는 라파엘로에게 다가갔다.

"몸은 어떠십니까?"

"괜찮은데."

그러다 라파엘로의 뇌리에 정신을 잃기 직전의 상황이 떠올랐다.

'카예나!'

이상한 마법사가 그녀를 죽일 듯이 공격했었다.

"황녀 전하는?"

라파엘로가 답지 않게 몹시 다급하게 물었다. 제레미가 공손히 대답했다.

"그렇지 않아도 지금 황녀 전하께서 전령을 보내셨습니다. 몸이 회복하는 대로 황궁으로 방문해 달라십니다."

카예나는 무사한 모양이었다. 그는 짤막하게 한숨을 내쉬었다.

"의원에게 진찰받고 채비하신 후에 가시지요."

"그러지."

제레미가 의원을 부르러 나가자 다시 침실에는 라파엘로와 바옐만이 남게 되었다. 라파엘로는 잠깐 생각을 정리한 후에 입을 열었다.

"네가 검은 정원의 주인인가?"

―그래. 내가 그렇게 대단한 존재라고.

"그런데 왜 내게 정체를 드러낸 거지?"

―할 말이 있어서 왔어.

바옐이 말했다.

―너, 황녀를 황제로 만들 생각이지?

"그것은 내 의지와는 상관없어."

―하지만 네 힘이 대세에 큰 영향을 끼친다는 것은 확실하지.

그건 사실이었다. 라파엘로는 무슨 이야기가 하고 싶은 거냐는 표정으로 바옐을 바라보았다.

―황녀가 황제가 되기까지 시간이 얼마나 걸릴 것 같아?

바옐은 라파엘로가 쓰러진 사이 생겨난 일들을 말해 주었다. 라파엘로는 황위 계승 후보에서 예이스터의 이름을 지웠다.

"대공자의 약점이라면 내 쪽에서도 몇 가지 갖고 있어. 지금까지는 그것이 치명적이지 않았지만……."

지금 화약 창고와 조디악 백작에 관련한 증거를 대사원에 넘긴다면 예이스터는 완전히 회생 불가능해질 것이다. 이제 그에게서 특별한 이득을 기대할 수 없게 된 대공가 사람들이 가만두지 않을 테니까.

―그럼 카예나가 바로 황위를 계승하는 거야?

"그건 아니야. 레제프 황자가 남아 있는 데다가……."

라파엘로는 말을 멈췄다. 문제가 있었다. 바로 레제프의 출생에 관런한 문제였다. 이 사실이 밝혀지면 타격을 입는 것은 레제프만이 아닐 것이다.

"선황후를 폐위하려는 자들이 반드시 나올 텐데……."

부정을 저지른 선황후가 폐위되면 레제프만이 아니라 카예나도 정통성을 잃게 된다.

라파엘로는 상황을 정리해 보았다. 최근 카예나가 레이디 카트린의 영향력을 키워 준 참이다. 그녀를 황후로 책봉할 계획임이 분명했다.

그렇다면 그 시기를 좀 더 앞당겨 카트린이 황후가 된다면 어떨까? 그리고 카예나를 그녀의 아래로 입적한다면? 그녀가 정통성을 잃게 될 걱정은 하지 않아도 된다.

'하지만 이건 모두 황제의 동의가 필요한 일이지.'

라파엘로는 에스테반 황제가 살아 있는 동안 어서 일을 진행해야 함을 깨달았다.

―카예나에게 시간이 얼마 남지 않았어.

바옐이 오늘 찾아온 이유가 바로 그것이었다.

―지금 황녀는 너무 빠르게 생명력을 태우며 마법을 쓰고 있어. 가뜩이나 내일 당장 죽을지도 모르는 수명 계약을 해 버렸는데…….

"……."

―내가 마법 계약을 무르면 수명이 제법 많이 돌아올 거야. 하지만 그 전에 죽어 버리면 나도 어쩔 도리가 없어.

바옐은 자신이 입을 타격에 대해서는 굳이 말을 꺼내지 않았다. 어차피 카인을 마법 재판에 넘겼다. 당장 그를 위협할 무언가는 존재하지 않으니 마법의 정원이 약해지더라도 천천히 회복해 나가면 된다.

라파엘로는 입술을 잘근 씹었다. 이 모든 과정을 아무리 빠르게 해도 몇 달의 시간이 필요하다.

"레제프 황자를 얼른 처리해야겠어."

그때 다급한 노크 소리가 들리며 제레미가 다시 침실로 들어왔다. 아까와 달리 사색이 되어 있었다.

"주인님, 황제 폐하께서 독살당하셨습니다! 그리고 그 범인으로 황녀 전하께서 지목되셨습니다!"

"당장 황궁으로 간다."

—※◈※—

황제가 죽었다!

카예나 황녀가 선물한 은 스푼이 변색하지 않았다. 그런데도 차를 마시다가 피를 토하고 그대로 쓰러졌다.

의원들이 달려와 황제를 진단했다. 아주 희미한 숨이 붙어 있었으나 그들은 황제가 죽었다고 진단했다. 그것은 레제프의 지시이기도 했다. 에이스터가 몰락했으니 그가 황위를 계승해야 마땅했다.

그러나 외부에서는 카예나 황녀가 그럴 리 없다며 거세게 반발했다. 그녀의 손을 들어 주는 이들이 하나같이 만만치 않았다. 키드레이 공작가, 도티 후작가, 엘리반 남작가……. 후계 구도를 뒤집어 버릴 수도 있을 정도의 조합이었다.

사람들은 직감했다. 이번 일이 뒤집히면 후계 구도도 뒤집힌다는 것을. 가히 일촉즉발의 상황이었다.

우선 황녀가 진상한 은 스푼이 가짜 은으로 밝혀지자 카예나는 유력한 용의자가 되어 황녀궁에 유폐되었다. 외부인과의 접촉은 일절 금지되었다. 고요한 황녀궁으로 루든 시종장이 찾아왔다.

"황녀 전하를 뵙습니다."

카예나는 엘릭서를 챙겨 황제를 찾아가려다가 멈칫했다. 루든 시종 장이 그녀를 향해 작은 함을 내밀었다. 열어 보니 안에 낡은 일기장 이 들어 있었다.

"선황후 폐하의 일기입니다."

"……이것을 왜 내게 주느냐?"

"판을 뒤집을 증거입니다. 어떻게 사용하실지는 전하의 손에 달렸 습니다."

판을 뒤집는다? 카예나는 루든 시종장이 그녀의 손을 들어 주려 한다는 사실을 깨달았다. 그러나 이 일기장이 무슨 효력을 가졌기에 판을 뒤집는다는 것인가? 심지어 이 일기장은 원작 소설 속에서도 나 오지 않았었다.

카예나는 의아한 얼굴로 일기장을 펼쳤다.

[국력 ○○년 ○월 ○일

레오가 설마 나를 버리고 그 여자와 결혼하겠다고 할 줄은 몰랐다. 그는 그게 나를 지켜 줄 방법이라고 했다. 가문의 뜻을 거스르는 것은 어리석은 행동이라며 날 설득했다. ……그게 정말일까?]

"……레오?"

카예나는 일기를 훌훌 넘겼다. 계속 레오라는 남자에게 배신당한 충격에 휩싸인 내용이었다.

[레오와 그 여자 사이에 아들이 태어났다고 한다. 믿을 수가 없다. 나는 정말로 버림받았다.]

레오, 레오. 카예나는 입안에서 그 이름을 계속해서 굴려 보았다. 누구인지 생각이 날 듯 말 듯했다.

[아버지는 내가 에스테반 황태자와 결혼하게 될 거라고 말씀하셨다. 장차 엘다임 제국의 황후가 되는 거라고, 제국에서 가장 존귀한 여인이 되는 거라고 하셨다. 하지만 난 황궁도 황태자도 무섭다…….]

[날 향한 애정이 식고 새로운 여자를 찾아 행복한 결혼 생활을 하는 줄 알았던 그가 다시 나를 찾아왔다.
노아 키드레이와 결혼한 것이 너무나 후회된다고, 여전히 나를 사랑한다고 말했다.
그 말을 듣는 순간 왜 그렇게 눈물이 났을까?
황제는 나를 사람이 아니라 후계자를 낳을 도구로 취급할 뿐이다. 애정을 바라는 나를 차갑게 바라본다. 너무 지쳤다. 나는 사랑받고 싶은데…….]

"레오 키드레이 공작……!"
모친의 연인이 바로 레오 키드레이인 모양이었다.
'그럼, 공작이 바람을 피운 상대가 설마 어머니라는 건가?'
머리가 쿡쿡 쑤셨다. 미간에 절로 깊은 골이 생겨났다.

[딸이 태어났다. 황제를 닮은 것 같다…….]

[황궁의 공기가 너무 무겁다. 내 죽음을 바라는 이가 있는 것 같다. 클로렌스는 그런 생각 하지 말라고 나를 다독여 주었다. 내게는 그녀밖에 없다.]

선황후는 상당히 유약한 사람이었다. 도저히 황궁과는 어울리지 않았다. 그녀가 그나마 버틸 수 있었던 이유로 계속해서 클로렌스 엘리반이 언급되었다.

카예나는 유모에게 죄책감을 느꼈다. 이 사람은 부족한 내 어머니를 이토록 챙겨 주었구나. 게다가 또 그 딸로 인해 희생되었구나.

[요양을 핑계로 남부로 내려왔다.]

[레오가 남부로 왔다. 아내와 아이는 어쩌고? 그는 곧 이혼할 거라고 내게 말했다. 정말일까? 레오는 클로렌스에게 우리의 밀회를 들키면 그녀가 황제에게 고발할지도 모른다고 했다. 클로렌스에게 거짓말을 하기가 힘들다. 그녀는 내 유일한 이해자인데.]

[이상하다. 월경이 시작되지 않는다.]

"……."

나는 순간 이 일기장을 덮어 버리고 싶었다. 다음 장을 넘기기가 불안했다.

[아이가 생겼다. 클로렌스가 먼저 알아차렸다. 그녀는 레오가 남부에 숨어들어 나와 밀회를 나누고 있다는 사실도 이미 알고 있었다.

우리는 그날 하염없이 울었다. 절대 들켜서는 안 된다. 그녀는 레오를 남부에서 내쫓았다. 임신 사실을 들키지 않도록 주변도 철저히 단속했다.]

[황제 폐하께서 남부로 내려왔다. 배가 조금 나왔지만, 붕대로 감으니 크게 티 나지 않았다. 품이 넓은 드레스를 입었다.]

카예나는 다음 장을 넘기고는 숨을 멈췄다.

[들킨 것 같다.]

일기는 그것으로 끝이었다.

머리가 깨질 것처럼 아팠다. 가슴이 콱 막힌 듯 답답해져 숨이 가빴다.

레제프는 황제의 아들이 아니다.

"그래서 그랬던 건가?"

부왕이 그토록 레제프에게 냉혹했던 이유를 알았다. 카예나는 소파에 주저앉으며 머리를 감싸 쥐었다.

'레제프는 모르겠지.'

카예나는 엘릭서가 담긴 병을 보았다. 두 방울이면 끝인 양이 들어 있었다. 그녀는 미리 준비했던 도안을 챙겼다. 카예나가 침실에서 나오자 애니와 도나가 벌떡 일어났다. 카예나가 말했다.

"중앙군을 불러와 길을 터라. 황제 폐하께 갈 것이다."

그러자 도나가 어깨를 크게 움찔했다. 카예나는 서늘하게 경고했다.

"도나, 지금 나를 방해한다면 네게는 용서받을 여지 따위는 없을 것이나. 나를 배반하고도 무사힐 깃 긑으냐?"

그녀의 말에 정신이 번쩍 들었다. 도나는 사색이 되어 바닥에 엎드렸다.

"용서하여 주십시오, 전하! 양친을 죽이겠다는 겁박이 두려워 어리석은 선택을 하였습니다!"

카예나는 도나를 내려다보았다. 굳이 용서할 필요는 없겠지만, 누군가를 처벌하는 것도 피로했다.

"그간의 정을 보아 너를 처벌하지는 않겠다."

"은혜에 감사드립니다!"

도나는 당장 화를 모면했다는 사실에 기뻐했다.

애니와는 다르다. 카예나는 이 아이는 측근으로 쓰기 부적합하다고 판단했다. 그녀의 손짓에 도나가 물러났다.

애니가 중앙군을 호출하기 위해 비밀 통로를 통해 밖으로 나갔다.

지금 황녀궁을 점거한 이들은 황실 직속 기사들이었다. 그들 대부분은 레제프를 지지하고 있으니 카예나의 명령에 바로 비켜서지 않을 것이다. 무력을 쓸 마음은 없으나 그녀가 가진 힘을 보여 줄 필요는 있었다.

애니의 연락을 받은 중앙군이 본성으로 진입해 들어왔다. 카예나의 은혜를 입은 중앙군에게는 그녀의 말이 곧 황제의 말이며 황법이었다. 제드 총기사단장을 비롯한 중앙군은 황실 직속 기사들과 대치했다. 카예나는 황녀궁 입구로 걸어가 황실 직속 기사들을 향해 담담하게 말했다.

"피를 보고 싶지 않다면 물러나라. 진범을 가리러 가는 길이니."

그때 기사들 사이에서 드뷔시 재상이 나타났다.

"이것은 반역입니다!"

카예나의 고개가 기울어졌다.

"내가 무엇에 반기를 든 것인가, 재상?"

드뷔시 재상은 카예나가 자연스럽게 쓴 하대를 눈치채지 못하고 노성을 터트렸다.

"황녀 전하께서 진상한 은 스푼은 가짜 은으로 밝혀졌습니다. 그런데 어찌 무력으로 일을 해결하려 드십니까! 이것을 위해 폐하께서 전하께 중앙군 통솔권을 내리신 것이 아닙니다!"

"아직도 상황을 이해하지 못한 모양이로구나."

카예나는 고개를 절레절레 흔들었다.

"폐하께서 위기에 빠지셨다. 그럼 그분 다음의 통솔자가 누구지?"

재상이 입을 딱 다물었다. 그거야 당연히 국정 대리인인 카예나였다.

"은 스푼은 사원에 공증받은 것이었다. 그런데 그것을 두고 가짜 은이라? 그 말은, 사원이 폐하를 시해했다는 것으로 간주해도 되겠는가?"

"그, 그게 무슨 말도 안 되는 말씀이십니까!"

"드뷔시 재상."

카예나가 싸늘하게 말했다.

"죽기 싫으면 비켜라."

"……."

드뷔시 재상은 주먹을 파르르 떨며 한 걸음 물러났다. 그에게는 황녀를 저지할 힘이 부족했다.

카예나가 군대를 이끌고 황제의 처소로 향했다. 그 걸음을 막을 수 있는 자는 아무도 없었다.

"황제 폐하를 진단한 의원과 시종들을 모두 포박해 오라."

"명을 받듭니다!"

처소의 문이 무력으로 열리자 그곳에서 가짜 눈물을 흘리던 이들이 비명을 내질렀다. 카예나는 아수라장을 뚫고 대기실을 지나 침실 앞에 섰다.

달칵.

문이 열리자 침대에 가만히 누운 부왕이 보였다. 카예나는 침실에 누구도 들어오지 못하도록 막았다. 그러고는 서두르지 않고 천천히 다가갔다.

부왕의 몸에 손을 대자 아주 미약한 고동이 느껴졌다. 아직 죽지 않았으니 엘릭서를 먹으면 회복할 것이다. 그녀는 엘릭서를 품에서 꺼내 협탁에 내려놓았다. 그러나 그것을 부왕에게 바로 먹이지 않고 옆의 의자에 앉았다. 그저 가만히 잠든 사람의 곁을 지키는 것처럼.

카예나가 엘릭서가 담긴 병을 손가락으로 쓸다가 입술을 떼었다.

"아버지."

그녀는 죽어 가는 부친을 바라보며 하고 싶었던 말을 꺼냈다.

"왜 그러셨습니까?"

격정적이지도, 암담하지도 않은 담담한 물음이었다.

"당신께서 무슨 짓을 저지르셨는지 아십니까?"

카예나는 친모의 일기와 지난 삶을 돌이켜 보며 모든 정보를 조합

했다. 모친과 레오 키드레이 사이에서 레제프가 태어났으며 그 사실을 에스테반 황제에게 들켰다. 그래서 황제는 견과류 알레르기가 있는 모친에게 견과류를 먹여 죽이고 부정의 산물인 레제프를 제 아들로 둔갑시켜 거두었다. 그러나 황후의 핏줄이니 꼴도 보기 싫었던 게 분명했다. 카예나도 같은 이유로 외면당한 것일 테고.

"어쩐지 키드레이 공작가와 사이가 좋지 않더라니."

뭔가 이상하다 생각했던 것들이 딱딱 맞아떨어지기 시작했다. 이곳으로 다시 돌아왔을 때 황제를 흡족하게 할 행동을 했더니 그가 금방 마음을 풀었던 것도 그녀가 친자식이기에 가능했던 일이다.

그에 비하면 레제프는 끊임없이 시험당했다. 진실을 알기 전에는 그저 아들을 견제하는 못난 지배자의 전형적인 모습이라고 생각했다.

"왜 제가 레제프를 마음 편하게 미워하지도 못하도록 그러셨습니까?"

카예나는 타고나기를 온정이 있고 따뜻한 사람이 아니었다. 그녀의 온화함은 지난 생의 학습을 통한 것이었다.

그러나 그것이 감정을 느끼지 못한다는 뜻은 아니었다. 카예나는 태어나서 이토록 강렬한 분노, 허탈감, 죄책감을 느낀 적이 없었다.

"그 아이는 이미 용서받을 수 없습니다."

이것을 노리셨던 겁니까?

황제는 여전히 아무런 말이 없었다. 카예나는 죽어 가는 부친을 바라보며 표정을 일그러트렸다.

"그러면 차라리 거두지 말고 죽이시지 그랬습니까?"

레제프는 부왕의 아들은 아니지만, 여전히 자신의 동생이었다. 우습게도 그 아이는 라파엘로의 동생이기도 했다.

"제가 레제프를 어찌하면 좋겠습니까?"

이제 모든 것을 마무리할 일만 남았다. 카예나는 잠시간만 황위를 계승하여 정세를 회복하고 이델의 대관식을 치른 다음 여생을 살 생각이었다.

하지만…….

"차라리 도망칠걸."

도망치다가 실패해서 죽어 버리든, 헨비든 길리인에게 납치되어 또 똑같이 살다가 죽어 버리든, 예이스터에게 이용당하다가 죽어 버리든. 그냥 죽어 버릴걸.

허탈하고 우스웠다. 웃음이 피식 새어 나왔다.

에스테반 황제는 죽어서도 마음이 흡족할 터였다. 레제프의 몰락을 지켜볼 테니.

카예나는 빛이 꺼진 눈으로 황제를 바라보았다.

"저는 정말로 악녀가 되어야겠군요."

그녀는 황제를 살릴 생각이 없었다. 그래서 황제가 죽기를 기다렸다. 엘릭서는 살아 있는 자에게 투약하면 모든 병과 상처를 낫게 한다. 그리고 방금 숨을 거둔 자에게 투약하면 죽기 직전의 상태로 얼마간 더 살 수 있도록 숨을 붙여 준다.

카예나가 차갑게 식은 눈으로 막 숨을 거둔 황제의 입술에 엘릭서를 흘려 넣었다.

"이제 황위를 물려주셔야겠습니다."

카예나는 에스테반 황제에게서 벗겨진 왕관이 어디로 향할지는 말하지 않았다. 그 일을 결정하기에는 아직 정리하지 못한 일이 있었다. 혹시라도, 제 마음에 조금이라도 동생을 용서하고자 하는 연민이 든다면 어떡하지?

카예나는 자신이 여전히 어리석은 황녀라고 생각했다. 대국은 승리로 이끌었으나 개인의 문제에서는 완전히 패배한 기분이었다.

그녀는 황제가 거친 숨을 토하는 것을 확인하고는 자리에서 일어났다.

벌컥!

침실 문을 열고 카예나가 말했다.

"폐하께서 살아 계시다!"

그 말에 장내가 술렁거렸다. 황제가 죽은 게 아니었다니! 다들 충격받은 얼굴을 하고 카예나를 바라보았다.

카예나가 냉엄하게 명령했다.

"감히 죽음으로 위조해 부왕을 시해하려 한 자들을 모조리 처단할 것이다!"

카예나를 보좌하며 따라왔던 제드 총기사단장이 큰 목소리로 외쳤다.

"모두 하옥해라!"

황제가 타계했다는 소식에 대사원에서 대사제를 비롯한 고위 사제들이 황궁을 찾아온 참이었다.

"황제 폐하께서 살아 계시다니요!"

황제가 죽은 줄로만 알고 황궁을 찾았다가 경악할 사건이 벌어지자 그들은 혼란스러워했다.

"고위 귀족을 비롯하여 모두 대회의장으로 모이시오."

카예나는 긴급 회의를 열었다. 그녀는 대회의장에서 사원의 공증을 받은 은 스푼 도면과 황제를 죽게 한 가짜 은 스푼을 비교했다.

"여기 도면과 다른 점이 있습니다!"

사원에서 축성받은 은 스푼에 문제가 있으면 곤란하니 사제들은 눈에 불을 켜고 도면과 가짜 은 스푼을 비교했다.

"보석 뒤에 글씨가 음각되어 있어야 하는데 이 은 스푼에는 그런 흔적이 전혀 없습니다!"

카예나가 의뢰했던 은 스푼에 달린 보석 뒤에 글씨가 음각되어 있었다는 사실을 레제프의 수하가 미처 파악하지 못했던 것이다.

누군가가 황녀를 음해하려 했다는 정황이 드러나자 사태는 훨씬 심각해졌다.

각자 처소에 연금되어 있던 카예나의 직속 시녀들이 풀려나며 카예나를 찾아왔다.

카예나가 그들에게 말했다.

"이 은 스푼을 조작했다는 것을 황자파에서도 다 알았을 것이다. 줄리아, 로드릭을 끌어내릴 때가 바로 지금이다."

"예, 전하!"

"베라, 수잔. 너희가 줄리아를 도와주어라."

"분부대로 하겠습니다."

카예나가 마련한 장치들의 톱니바퀴가 조금의 어긋남도 없이 착착 맞물려 움직였다. 그러나 카예나는 스스로도 대체 무슨 이유로 움직이는지 알 수가 없었다. 그저 계획을 실행했다. 마치 누군가가 조종하는 마리오네트처럼.

카예나가 지시를 마치자마자 올리비아가 다가왔다.

"키드레이 공작님께서 오셨습니다."

정처 없이 파도에 출렁이는 부표처럼 있던 카예나가 제게 다가오는 남자를 발견했다. 그는 자신이 필요로 할 때마다 그녀의 마음을 읽기라도 한 것처럼 황궁을 방문했다. 든든한 아군의 등장에 카예나가 나직하게 그의 이름을 입에 담았다.

"라파엘로……."

라파엘로는 카예나의 표정을 보는 순간 고통스럽게 얼굴을 일그러트렸다. 이렇게 완전히 길을 잃어버린 듯한 그녀를 보는 건 처음이었다.

그가 카예나에게 다가가 주변의 시선 따위는 신경 쓰지 않고 그녀를 품에 안았다. 카예나에게 줄곧 하고 싶었던 말이 있었다. 라파엘로는 이제야 그 말을 입 밖으로 꺼냈다.

"이곳에서 도망치세요."

"……."

"제가 당신을 숨겨 드리겠습니다. 제가 다 감당하겠습니다. 이 모든 일은 제가 수습할 테니까…… 여기서 도망치십시오."

자신을 안은 너른 품과 다 버리고 도망치라는 말이 스스로 부숴 버렸던 마음의 어떤 부분을 다독이는 것만 같았다.

모두 복수가 덧없다고 한다. 일리 있는 말이다. 복수하고 나면 카예나는 황위와 안위를 거머쥐겠지만 가장 중요한 감정적인 만족감은 더 이상 들지 않을 것이다.

"당신은 어떡하려고요?"

"저는 괜찮습니다."

카예나의 손이 그의 등을 토닥거렸다.

"나도 괜찮아요. 그러니까 너무 걱정하지 마요."

그러나 라파엘로는 카예나가 조금도 괜찮은 상태가 아니라고 생각했다. 그녀에게 시간이 얼마 남지 않았으리라는 생각에 초조했다. 카예나에 비하면 황위 다툼 따위는 중요한 문제가 아니었다. 라파엘로가 몸을 떨어트리며 이곳으로 온 용건을 꺼내려 할 때였다.

"전하."

제드 총기사단장이 엄중한 표정을 하고 그들에게 다가와 고개를 꾸벅 숙였다.

"레제프 황자를 침실에 유폐하였습니다."

카예나의 독살을 주장한 것이 레제프 황자파였다. 결과가 뒤집혔으니 그를 심문하는 것은 당연한 절차였다.

'심문할 내용은 그게 아니지만.'

독살은 중요하지 않다. 레제프와 풀어야 할 일은 따로 있었다. 단장의 보고에 카예나가 고개를 끄덕였다.

"제가 직접 심문하지요."

"동행하겠습니다."

라파엘로는 상당히 불안한 표정이었다. 꼭 카예나가 물거품으로 흩어지기라도 할 것처럼. 카예나는 그의 손을 꼭 잡아 주었다.

"괜찮아요. 이건…… 우리 남매가 반드시 이야기해 봐야 할 일이기도 하고."

엉망진창인 가족사에 그를 끌어들이고 싶지 않았다. 비록 그가 반쯤은 이 이야기에 걸친 사람이기는 하지만……. 굳이 마주할 필요는 없는 일이었다.

게다가 카예나는 루든 시종장의 생각과 달리 레제프의 출생을 밝힐 생각이 없었다. 이미 모든 정황이 카예나의 편이다. 그러니 그런 지저분한 일까지 터트릴 필요는 없다. 참 미련한 말이지만, 레제프에게 마지막 연민이 들기도 했다.

"다녀올게요."

둘의 심상치 않은 분위기에 근처에 포진해 있던 기사들이 소곤거렸다.

카예나가 황자궁으로 향했다. 올리비아가 곁을 따르며 그녀를 보필했다. 올리비아가 물었다.

"황자 전하를 폐위하실 생각이십니까?"

"그리해도 모자람 없는 일이지."

카예나가 하고자 한다면 레제프를 당장 사형에도 처할 수도 있었다.

올리비아는 카예나의 옆얼굴을 힐끗 보았다. 카예나답지 않은 깊은 고뇌, 혹은 번민 같은 것이 느껴졌다.

"끊어 내야 할 관계라고 제게 말씀하셨었습니다."

카예나가 올리비아에게 그렇게 말했었다. 그래, 그때까지만 해도 이런 비화를 조금도 상상하지 못했다. 레제프를 용서할 마음은 없다. 그러나 마음 한구석에서는 그래도 동생이니까, 그 애도 피해자니까 하는 마음이 들었다.

가느다란 한숨이 흘러나왔다. 마음이 어지러웠다. 카예나는 이미 실패했던 이유를 다시 붙잡았다. 미련한 짓일 수 있다. 헛수고일 수도 있다. 하지만 아예 그런 기회조차 주지 않기에는 레제프가 가여운 것도 사실이었다.

달칵.

기사들이 지키고 선 침실 문이 열렸다. 그 안에서 레제프는 창으로 들어오는 햇살을 받으며 카예나를 바라보고 있었다.

그가 입을 열었다.

"제가 한 것이 아닙니다."

카예나보다 조금 더 짙고 화려한 색의 파란 눈동자가 곧 눈물이라도 맺힐 것처럼 일렁거렸다.

"에반스 후작을 조사해 보시면 됩니다. 그자가 저지른 짓입니다."

혹시 모를 상황에 대비해 뒷공작도 해 놓은 모양이었다. 카예나는 가만히 그가 하는 말을 들었다. 레제프는 천천히 한 걸음씩 카예나를 향해 다가갔다.

"에반스 후작이 저를 버리고 하인리히 대공자와 결탁하려 한 증거도 있습니다. 전에 도티 부인을 이용해 성년식을 망치려고 한 남자 궁정인을 기억하십니까?"

"……에밀 하브론이었지."

"그렇습니다. 그자가 하인리히 대공자의 세작이었습니다. 사냥 대회부터 우리는 예이스터의 수작에 놀아난 것입니다."

그는 붕대를 감은 제 팔을 내밀었다. 사냥 대회에서 다친 것이었다.

"제가 어리석었어요. 제게 속삭이는 간악한 이들의 말을 따르면 안 됐어요. 그렇게 엘리반 부인을…… 그래서는 안 됐는데."

타고난 착하고 온순한 얼굴에 슬픔을 걸치니 마음이 아릿해질 정도로 가엾고 애처로웠다. 여기서 그를 탓하는 말 한마디라도 나오면 되레 탓하고 의심하는 사람이 가해자처럼 보일 지경이었다.

"올리비아, 잠깐만 자리를 비켜 줄래?"

카예나는 제 뒤에 바짝 붙어 선 올리비아에게 말했다. 올리비아는 카예나와 레제프를 번갈아 보더니 조용히 뒤로 물러났다. 올리비아가 대화가 들리지 않을 정도로 떨어지고 레제프와 카예나만이 남았다.

"우리 솔직해지자."

"무슨 말씀이십니까, 누님?"

"레제프, 너는 내게 졌어."

그러자 레제프가 시선을 툭 떨구었다.

"누님은 저를 용서할 생각이 없으시군요……."

"레제프."

"저는 정말 다 필요 없습니다. 이제 황위에도 관심 없어요. 그냥, 그냥 누님만 제 곁에 남아 주시면 됩니다."

그게 지금까지 레제프가 한 말 중 가장 진실에 가까웠다.

"정말 그렇게 생각하니?"

레제프가 카예나의 앞으로 다가가 바닥에 한쪽 무릎을 꿇었다. 그러곤 그녀의 손끝을 두 손으로 쥐고 조심스럽게, 또 공손히 입을 맞추었다.

"그렇습니다, 나의 폐하."

그는 완전히 복종하는 것처럼 보였다. 그러나 카예나의 눈에는 이게 진심이 아니라는 허점들이 속속들이 보였다.

카예나도 마찬가지로 한쪽 무릎을 꿇어 그와 시선을 맞췄다. 그러자 레제프가 동요했다. 그녀는 참고 참았던 뜨거운 무언가를 토해 내는 것처럼 입을 열었다.

"레제프, 내 동생."

"……."

뭔가 느끼기라도 한 것처럼 레제프가 간교하게 속살거리던 입술을 다물었다.

"우리가 어쩌다 이렇게 되어 버렸을까?"

카예나는 독을 마시고 깨어난 그날부터 한 번도 자신의 일에 눈물 흘린 적이 없었다. 눈물은 어쩔 수 없는 생리적인 경우나 연기가 필요한 순간에만 흘렸다. 그 외의 일에는 카예나의 삶이 너무 메마르고 건조하여 눈물이 나오지 않았다. 그녀는 이 삶에 돌아온 이후 처음으로, 자신과 레제프가 가여워서 눈물을 떨어트렸다.

레제프의 두 눈이 흔들렸다. 레제프가 카예나의 뺨을 적시는 눈물을 닦아 주었다.

"울지 마십시오, 누님. 괜찮습니다. 다 괜찮아요."

다독거리는 목소리가 나직하고 부드러웠다. 레제프는 누이의 어깨를 안으며 품에 기대게 했다. 그러더니 돌연 카예나의 허리를 안아 들어 일어서더니 침실의 문 쪽으로 그녀의 몸을 돌려세웠다.

"홋! 전하⋯⋯!"

자밀이 올리비아를 붙들어 목에 칼날을 바짝 붙이고 있었다. 그녀의 목에 핏물이 배어 나왔다. 다른 비밀 수행원들도 카예나를 향해 총을 겨누었다. 그는 처음부터 이럴 작정이었다. 레제프는 카예나가 스스로 덫에 들어왔다고 생각했다.

"현명하고 아름다운 나의 누님. 당신이 여기서 선택만 잘하면 됩니다."

레제프가 그녀를 품에 옭아매며 귓가로 속삭이듯 말했다.

"이 모든 사건을 다른 곳에 씌울 시나리오는 제가 마련했습니다. 그러니 당신은 그렇게 나를 가엽게 여기는 마음으로 장단을 맞추면 됩니다."

"⋯⋯."

"나는 당신을 용서하기로 했으니까."

그의 손에는 총이 들려 있었다. 그것이 카예나의 머리에 닿았다.

"아니면 이상한 자들이 침입해 황족을 시해했다는 안타까운 이야기의 주인공이 되고 말겠지요."

카예나는 눈물에 젖은 얼굴로 웃음을 터트렸다. 허리라도 접어 크게 웃고 싶었으나 레제프에게 결박당한 상태였기에 불가능했다. 그녀가 웃음을 간신히 멈췄다.

"너는 그냥 너로구나, 레제프."

안타까운 비화와 폭군 사이에는 밀접한 관련이 있으나, 둘은 다른 문제였다. 구제 불능의 개망나니. 그게 바로 레제프였다.

"어서 말해!"

그가 윽박질렀다.

"허튼 생각 하지 말고 내게 용서를 구하고 빌어. 그리고 내 누이로서 살아가면 되는 거야."

"너는 이번 사냥 대회에서 일어난 그 모든 일이 예이스터만의 짓인 것 같니?"

"……뭐?"

카예나의 말이 끝나기가 무섭게 레제프와 수행원들의 손에 들린 무기가 사라졌다.

쿵! 쿵!

"크윽-!"

자밀을 포함한 모든 레제프의 사람이 강한 충격에 정신을 잃고 바닥에 쓰러졌다. 카예나는 공간 이동으로 레제프의 품에서 빠져나왔다. 레제프는 이게 무슨 상황인지 파악하지 못한 표정이었다.

"나는 정말 무서웠단다."

카예나는 마찬가지로 놀란 표정을 지은 올리비아에게 다가가 손수건으로 목을 지혈해 주었다.

"혹시라도 너를 용서해야 하는 상황이라도 생길까 봐. 그래서 너무 무서웠어, 레제프."

카예나가 품에서 한 방울 남은 엘릭서를 꺼내 올리비아에게 건넸다.

"상처가 사라질 거야."

올리비아는 그것을 조심스럽게 받아 들고 마셨다. 정말로 목의 상처가 사라졌다. 레제프가 믿을 수 없다는 표정으로 그 광경을 바라보았다.

"내 유모를 죽인 것을 알고서도 내가 가만히 있을 것 같았니? 나는 네가 가장 원하는 걸 꼭 뺏고 싶더구나."

그녀는 덤덤한 얼굴로 말을 이었다.

"그래서 마법의 힘을 손에 넣었지. 황위를 계승하는 건 내게 일도 아니었어. 실제로 곧 내 머리 위에 왕관이 씌워지겠지."

아까 레제프의 손에 들려 있던 총이 카예나의 손바닥 위로 소환되었다. 그녀는 묵직한 감각에 그것을 꽉 틀어쥐었다.

철컥.

안전장치가 풀렸다. 카예나는 총을 들어 총구를 들여다보며 중얼거렸다.

"그런데 네가 원하는 게 바로 나였네."

"누님."

"움직이지 마."

레제프가 한 발짝 움직이려고 하자 카예나가 총을 겨누었다. 그가 우뚝 멈춰 서자 카예나가 곧잘 지었던 부드러운 미소를 띠었다.

"착한 아이구나."

카예나는 일기장을 이곳에 소환했다. 모친의 일기장이 바닥에 툭 떨어졌다. 그다음에는 올리비아의 손을 잡았다. 올리비아가 뭔가 직감한 것처럼 입술을 열었다.

"전······!"

말이 이어지기 전에 카예나가 그녀를 안전한 곳으로 이동시켰다.

침실 문이 스스로 활짝 열렸다. 갑자기 열린 문에 밖에서 웅성거리는 소리가 선명하게 들려왔다. 그러나 레제프의 귓가에는 아무것도 들리지 않았다. 그는 오직 찢어질 듯이 크게 뜬 눈으로 카예나만을 바라보았다. 카예나가 하는 행동들이 이상했다. 꼭 이대로 사라질 사람처럼.

"누님, 어리석은 짓 하지 마십시오."

"모든 톱니바퀴가 나 없이도 굴러가도록 해 두었던 것이 참 다행이지."

카예나는 작동만 시키면 되는 사람이었다. 자연스럽게 그녀가 계획한 결과가 도출되도록 모든 것을 설계해 두었다.

"무슨 말을 하는 거야?"

레제프가 매섭게 물었다. 카예나는 대답하지 않고 손에 쥔 총을 바닥에 버렸다. 그것을 본 레제프가 곧장 카예나를 향해 달렸다.

"누님!"

그의 손이 카예나를 붙잡아 당겼다. 어디론가 도망치지 못하게. 카예나가 레제프에게 붙잡힌 채로 마지막 인사를 남겼다.

"안녕, 레제프."

그녀가 신기루처럼 사라졌다.

25장
악녀가 사라진 세계

카예나가 사라졌다. 눈앞에서.

분명히 내가 두 손으로 그녀를 붙들었는데.

그런데 버려졌다.

레제프는 그것을 이해하기까지 꽤 오랜 시간이 필요했다.

"황녀 전하는 어디에 계십니까?"

멱살이 잡혀 거칠게 끌어당겨졌다. 레제프가 텅 빈 눈동자로 시선을 들어 올리자 라파엘로의 잔뜩 일그러진 얼굴이 보였다. 주체하지 못해 넘쳐흐르는 분노가 피부로 느껴졌다. 주위의 공기마저 뜨거워지는 것 같은 강렬한 분노였다.

그제야 주변이 서서히 눈에 들어왔다. 병장기가 부딪치는 소리, 끌려나가는 수행원들, 비명을 내지르는 궁정인들, 울부짖는 목소리들…….

그 가득한 소란 속에 오직 카예나만 없었다.

"어디로 숨겼어?"

레제프의 입술이 떨어졌다.

"누님을 어디에다가 숨겼냐고!"

그녀가 홀로 사라졌을 리가 없다. 필시 눈앞의 이 빌어먹을 새끼가 꼬드겨 같이 일을 벌였을 게 뻔했다. 카예나는 언제나 자신이 원하는 대로 모든 것을 작동하게 해 준다. 지금도 그래야 했다.

"네가 누이를 황궁에서 도망치게 했잖아. 네가 아니었다면 누님이 나를 떠났을 리가 없어!"

부릅뜬 두 눈이 벌겋게 달아올랐다. 악귀처럼 일그러진 얼굴과 표독스럽게 내뱉는 말들에 가시가 잔뜩 돋쳐 있었다.

"내놔ㅡ!"

레제프가 악에 받쳐 라파엘로를 향해 주먹을 휘둘렀다.

"내놔, 내놔, 내놓으라고!"

완전히 이성을 잃어버린 채로 휘두르는 주먹질 따위가 라파엘로에게 유효할 리 없었다.

"당장 내 앞에 누이를 데려다 놔!"

라파엘로는 억지로 노기를 삼키며 주먹을 피하다가 결국 레제프의 얼굴을 후려쳤다.

빠악ㅡ!

잔뜩 힘을 실은 주먹에 얻어맞은 레제프가 카펫 위로 뒹굴었다. 라파엘로는 거기서 그치지 않고 아예 레제프에게 올라타 그를 가격했다. 라파엘로가 분노에 차 경어 따위는 집어치우고 그에게 소리쳤다.

"너잖아. 네가 황녀를 도망치게 했잖아!"

라파엘로는 이제 상대가 황자든 말든 상관없었다. 레제프의 반응을 보니 카예나가 사라진 게 확실했다. 그녀는 자신이 할 수 있는 최고의 복수를 선택한 것이다.

카예나의 선택은 탁월했다. 레제프는 자신이 버려졌다는 사실을 깨닫자마자 견디기 힘들어했다.

"왜 나 때문이야!"

레제프는 목에 핏대를 세우고 악쓰며 소리 질렀다.

"왜 다 나 때문이야? 왜!"

라파엘로는 질려 버린 얼굴을 하고 뒤로 물러났다. 머리가 깨질 것처럼 아팠다. 카예나가 사라져 버렸다는 사실에 세상이 무너지는 것 같았다. 그녀가 그런 선택을 할 수밖에 없었다는 사실에 걷잡을 수 없이 화가 났다. 그러나 돌이킬 수 있는 게 없었다.

레제프는 잡히는 대로 뭐든 내던지며 노성을 터트렸다.

"내가 뭘 했는데? 왜 다 내 탓이라고 하는데!"

흉포한 분위기에 기사들을 비롯한 궁정인들이 침실 밖으로 물러났다. 침실에는 동시에 카예나를 잃어버린 두 사람만 남았다.

그때, 라파엘로는 바닥을 나뒹구는 일기장 하나를 발견했다. 이곳에 어울리지 않는 물건이었다. 그는 묘한 예감으로 그것을 주워 들었다. 안을 펼치자마자 탄식이 흘러나왔다.

선황후의 일기였다. 이것으로 카예나가 모든 전말을 알게 된 것이다.

"내 옆에만 있으라고 했잖아. 그러면 내가 다 들어준다고 했잖아. 대체 왜 내 말을 안 들어!"

라파엘로는 발악하는 레제프의 앞에 일기장을 던졌다.

"읽어."

분노에 젖어 있던 레제프가 아래를 내려다보았다. 아까 카예나가 소환했던 일기장이었다. 이게 카예나가 사라진 이유인가?

그는 그것을 얼른 펼쳐 들었다. 새파란 눈동자가 빠르게 내용을 훑어 내리기 시작했다. 그리고 눈동자가 점차 떨리더니 일기장을 쥔 손에 점차 힘이 꽉 들어갔다. 그는 그것을 찢어 버릴 듯이 다음 장, 또 다음 장으로 넘겼다.

"······들킨 것 같다."

일기는 그것으로 끝이었다.

잠시 가만히 멈춰 서 있던 레제프는 일기장을 벽으로 집어 던졌다. 날아간 일기장은 벽난로 위의 장식품들을 쳐 내다 벽에 맞고 바닥에 나뒹굴었다.

"아아악!"

짐승 같은 울부짖음이었다. 그는 소리를 지르고, 물건을 부수고, 눈앞에 있는 것들을 찢어발겼다. 상처로 뒤덮인 손에서 피가 나든 뺨이 유리에 긁히든 아랑곳하지 않았다. 그러다 이제는 자신을 말리러 올 누이가 없다는 사실을 절절히 깨달았다. 그는 바닥에 털썩 무릎을 꿇었다.

카예나가 왜 그렇게 말했는지, 왜 갑자기 눈물을 보였는지, 왜 자신을 가엾게 여겼는지 이제야 이해했다. 그녀가 지금까지 그토록 바꾸려고 했던 모든 순간을 자신의 손으로 직접 다 깨트려 버린 것이다. 묵직한 것이 목을 꽉 틀어쥐었다. 머리는 깨질 듯했고 눈은 불에 지진 것처럼 뜨거웠다.

"잘못했어요······."

용서를 빌어야 할 상대는 이미 이곳에서 사라져 버렸다. 레제프는 눈물을 카펫 위로 툭툭 떨어트리며 간절하게 빌었다.

"잘못했어요, 누님······."

레제프는 아이처럼 빌었다. 또 애원했다.

제가 다 잘못했어요.

제발 용서해 주세요.

이대로 사라지지 마세요.

제발······.

그러나 아무리 빌어도 누이는 눈앞에 나타나지 않았다.

진짜로 사라져 버린 것이다.

이곳에서 완전히.

라파엘로는 두 손으로 마른세수하며 얼굴을 감싸 쥐었다. 돌아 버릴 것 같은 건 그도 마찬가지였다.

그러니 라파엘로는 입안의 살을 씹으며 간신히 이성을 유지했다. 카예나가 마련한 무대의 등장인물들이 각자의 역할에 맞추어 움직이도록 해야 했다. 라파엘로의 역할은 명확했다.

"황제 폐하께서 깨어나셨습니다!"

그는 레제프를 감시하도록 보초를 세우고 황제를 알현하러 떠났다.

황제의 침실을 지키는 문지기가 라파엘로의 걸음을 막았다.

"황제 폐하께서 막 의식을 차리셨습니다. 다음에 방문하심이……"

라파엘로는 문지기의 말을 무시하고 침실로 향했다.

"고, 공작님! 이러시면 안 됩니다!"

다들 경악하여 얼른 그를 저지하려 검을 뽑아 들었다. 라파엘로의 수행원들이 흉흉한 기세를 드러내며 그들에게 맞섰다.

라파엘로는 침실 문을 열고 들어갔다. 안에는 막 죽음에서 깨어난 황제를 진찰 중인 의원과 루든 시종장이 있었다. 그는 황제의 침대로 성큼성큼 걸어갔다. 누구도 미처 말릴 틈 없이 검을 뽑아 들어 황제가 베고누운 베개에 푹 꽂아 넣었다. 은빛의 검신에 황제의 옆얼굴이 비쳤다.

"공작!"

다들 비명을 내질렀다.

황제가 메마른 손을 들어 올리며 저지했다.

"다들 나가 보아라."

"하, 하오나 폐하!"

"황명이다."

다들 혼란스러워하면서도 어쩔 수 없이 황명을 따랐다.

라파엘로가 싸늘하게 말했다.

"황녀 전하를 음해하려고 한 것도 모자라 그분을 실종시킨 악독한 레제프 황자를 폐위하십시오."

"하, 하하하……!"

생명력이 거의 꺼져 가는 몸에서 흘러나오는 웃음에는 활기가 없었다. 힘없이 몸을 들썩이다가 기침을 토하더니 비열한 미소를 띠며 말했다.

"황자를 폐위하라고? 글쎄. 공작, 짐이 왜 그리해야 하는가?"

거칠게 갈라진 탁한 목소리가 흘러나왔다. 그 안에는 선명한 생기가 어려 있었다. 아니, 생기가 아니라 광기였다.

라파엘로가 이를 드러내며 낮은 목소리로 으르렁거렸다.

"이건 권유가 아닙니다, 폐하."

황제는 눈을 가늘게 접었다.

"짐은 황자를 의심하고 싶지 않다, 공작."

개소리였다. 의심하고 싶지 않은 게 아니라 미쳐 날뛰도록 풀어 두고 싶은 것이겠지!

"지금 당신의 딸에게 생긴 변고는 중요하지 않다는 겁니까? 황녀 전하는 당신을 살렸습니다. 그런데도 그따위 말을 할 수 있는 것입니까!"

"라파엘로 공작. 자식은 부모를 봉양해야지. 그 아이는 효를 다한 걸세."

저 밑에서부터 살의가 치밀었다. 방금과는 비교도 되지 않는 무엄하고 날 선 비난들이 혀끝까지 기어올라 왔다. 라파엘로는 손에 쥔 검의 손잡이를 이대로 내려 버리면 어떨까 생각했다. 그럼 개소리를 지껄이는 입이 뚝 멈추겠지. 그러나 아직은 황제가 해야 할 역할이 있었다. 그렇기에 카예나가 황제를 살린 것이리라.

황제가 교만하게 웃었다.

"레제프가 다음으로 어떤 행동을 할지 짐작이 되는가? 그의 생부가 레오 프란시스라는 사실이 세간에 알려지면 레제프는 어찌할 것 같은가?"

아마 레제프는 생부를 세상에서 지워 버리고 처음부터 없었던 것처럼 굴지도 모른다. 아니, 분명히 그렇게 할 것이다.

황제는 희열을 느꼈다. 아들의 손에 죽음을 맞이하는 최후라니. 완벽한 복수의 마무리 않은가!

"……그럼 다음 이야기로 넘어가죠."

라파엘로가 베개에서 검을 뽑아내며 냉담하게 말했다.

"카트린 하멜을 황후로 맞이하여 이델 영식을 정식 후계자로 책봉하십시오."

"하하하!"

황제는 승리에 도취한 역겨운 웃음을 터트리다가 라파엘로에게 말했다.

"고맙네. 진심으로 고맙네, 공작."

라파엘로는 대꾸도 하지 않은 채 뒤돌아서 침실을 나왔다. 머리가 깨질 것처럼 아팠고 비명을 내지르고 싶은 기분이었다. 그러나 라파엘로는 착실히 모든 일을 수행해 냈다. 그는 카트린의 저택에 그들을 보호할 기사단을 배치했다.

카예나가 마련한 안배의 흐름대로 움직이고 나서 라파엘로는 막 마지막 심지를 태운 초가 된 것처럼 툭 꺼져 버렸다. 전부를 잃은 기분이었다. 라파엘로의 정신은 진창을 굴러 엉망이 되었다. 과연 이 상태를 회복할 수 있을까? 미지수였다.

그가 공작저로 돌아와 침실 문을 열었을 때였다.

"......?"

지금 자신은 환상을 보고 있는 것일까? 카예나가 그의 침대에서 금빛 머리카락을 퍼트린 채로 곤히 잠들어 있었다.

라파엘로는 소리가 나지 않도록 아주 조심히 문을 닫았다. 그러고는 한 걸음, 한 걸음씩 조심스럽게 침대로 걸음을 내디뎠다.

마침내 침대 머리맡에 다다랐을 때, 그는 숨을 멈췄다.

진짜 카예나였다. 다 버리고 훌쩍 사라져 버린 줄 알았던 여자가 그의 침실에 잠들어 있었다. 그 사실을 실감한 순간, 내내 속을 찢어발길 듯하던 어두운 감정이 고요해졌다.

라파엘로는 잠깐 머뭇거리다가 창으로 다가가 커튼을 쳤다. 침대 차양도 내리고 침실 문도 잠가 버렸다.

라파엘로는 바닥에 두 무릎을 꿇고 침대에 살짝 기대어, 잠든 카예나를 가까이서 바라보았다. 어스름한 빛에 반짝거리던 금빛 머리카락과 흰 피부가 잿빛으로 물들었다. 얕은 어둠에 잠긴 모습이 꼭 안식을 취하는 것처럼 보였다. 이불을 덮은 그녀의 몸이 숨을 마시고 내뱉을 때마다 작게 들썩였다. 그 모든 것이 너무나 경이로웠다.

아직 늦지 않았구나. 다행이다. 돌이킬 시간이 남아 있어서 정말로 다행이야.

라파엘로는 카예나가 이곳에 존재하며 살아 있음에 미치도록 감사했다. 그는 두 손을 그러모아 꼭 쥐었다. 맞잡은 주먹에 이마를 기댄 채 기도했다. 전장에서도 신을 찾은 적 없었건만 이 순간만큼은 더없이 간절하게 빌었다. 신이시여, 이 사람을 가엾게 여기신다면 부디 숨을 앗아 가지 마십시오. 이 사람의 존재 가치가 그저 이용당하기만 하는 것이 아니라면 이렇게 혹독하게 시련을 내리지 말아 주십시오.

그때 카예나가 뒤척이더니 천천히 눈꺼풀을 들어 올렸다. 어둠에 잠겨 여느 때와 달리 무거운 빛을 띤 눈동자가 라파엘로를 가만히 응시했다. 그녀의 손이 이불 안에서 스르륵 움직여 두 손을 맞잡은 채 기도하는 라파엘로의 손을 붙잡았다.

"⋯⋯."

두 사람의 시선이 고요하게 마주쳤다. 풀어야 할 이야기가 많았다. 상의하여 도모할 일도 많았다. 아픔을 감싸 안고 위로하며 서로를 다독이는 일도 필요했다. 그러나 둘은 아무것도 하지 않았다.

라파엘로는 기도하던 손을 풀어 카예나의 이마를 짚어 주고 흘러내린 머리카락을 쓸어 넘겨 주었다.

"벌써 장미가 다 지고 날이 무더워진 것을 아십니까?"

그가 낮고 단단하지만 부드러운 목소리로 말을 이었다.

"좀 더 주무십시오."

아직 잠이 묻어나 가물거리는 눈꺼풀 위를 커다란 손으로 덮어 주며 나직하게 말했다.

"지금은 쉬어도 괜찮습니다."

손 아래로 가려지지 않은 도톰한 입술이 작게 달싹거리려 했다. 라파엘로가 다정하게 속삭였다.

"제가 계속 이곳에 있겠습니다."

그러자 손바닥에 속눈썹이 스르르 감기는 간지러운 감촉이 느껴졌다. 쉬어도 된다. 지금 카예나에게 가장 필요한 말이었다.

이내 새근거리는 소리가 들렸다. 라파엘로는 천천히 손을 떨어트리고는 이불을 고쳐 덮어 주었다. 라파엘로는 원래도 침실 근처에 사람을 두지 않지만, 지금은 제레미와 바스턴에게 근처를 완전히 통제하도록 지시했다.

그는 그녀의 얼굴에 빛이 닿지 않게 주의하여 램프를 밝히고는 잠깐 드레스 룸으로 자리를 옮겨 실내용 옷으로 갈아입었다. 실내용 바지 위에 매듭이나 단추를 엮을 필요도 없는 검은 가운을 대충 걸쳤을 때였다.

똑똑.

"제레미입니다."

제레미가 쟁반에 간단하게 먹을 수 있는 것들을 챙겨 왔다.

"오늘 아무것도 드시지 않으셨잖습니까?"

"괜찮아."

"안 괜찮으니까 그렇지요."

라파엘로가 제레미의 어깨를 툭툭 두드려 주었다.

"고맙지만 나중에 챙겨 먹겠다. 중요하게 할 일이 있으니 바스턴도 너도 이 복도로는 오지 말아라."

"어……."

제레미는 멍한 표정으로 그대로 굳었다.

'어라, 먼저 누군가에게 접촉하신 적이 없었는데……?'

그 라파엘로가 남과 다를 바 없이 평범하게 부하를 격려하며 어깨를 두드린 것이다. 제레미는 얼른 주인의 안색을 살폈으나 이상한 점을 찾지 못했다. 게다가 라파엘로는 자신이 무슨 행동을 했는지 자각하지 못한 것 같았다.

'뭐지?'

제레미는 혼란에 잠겨 쟁반을 든 채로 멍하게 밖으로 나갔다.

라파엘로는 얼른 침실로 돌아갔다. 그는 카예나가 잠들어 있는 모습을 확인한 후에 침대 옆자리에 작은 테이블과 의자를 끌어왔다. 그의 시선은 잠깐 눈을 떼면 날아갈 나비를 보는 아이 같았다.

노을이 사라지고 달빛이 카펫 위로 흰 지 고을 민들이 빌 때까지 라파엘로는 카예나의 곁에서 벗어나지 않았다.

이곳에 있기로 했으니까.

'그러고 보니 바엘은 어디에 있지? 어서 계약을 회수해야 할 텐데.'

초조하지 않으려 애썼지만, 어쩔 수 없이 마음이 조급해졌다. 라파엘로는 미간을 꾹꾹 누르다가 카예나가 몸을 뒤척이자 숨을 멈췄다. 그녀가 다시금 몸을 고쳐 누우며 새근거렸다. 괜히 부스럭거려 그녀를 깨운 줄 알았다.

"……후."

라파엘로는 고개를 들어 올리며 안도의 한숨을 내쉬었다.

지금쯤 바깥은 끓는 용광로처럼 난리였다. 키드레이 공작저도 비상사태에 바짝 긴장하고 있었다. 그들은 주인이 이 중요한 시기에 침실에 틀어박혀 있는 것을 이해하지 못했다.

그러나 라파엘로는 그 어느 때보다도 중요한 시간을, 가장 평화로운 시간을, 또한 누구보다도 목이 바싹 마르는 시간을 보내고 있었다.

'아무런 힘이 없는 파수꾼이 된 기분이군.'

입가로 메마른 미소가 힘없이 떠올랐다가 바스러졌다. 지켜야 할 것은 명백한데 그것을 지켜 낼 검 한 자루도 없다. 그게 지금 그의 상태였다.

그의 시선이 깊은 잠에 빠진 카예나에게 다시 닿았다가 떨어졌다.

붉은 눈동자 위로 노란 불빛이 수심처럼 어른거렸다.

라파엘로는 적막에 잠겨 시간을 죽여 나갔다. 적막만큼 그가 사랑한 것도 없었는데 이 순간만은 그것만큼 무서운 게 없었다.

부디 이 숨소리가 끝없이 이어지기를.

그는 진심으로 바랐다.

❈

이건 꿈이다.

카예나는 천천히 눈을 뜨며 그렇게 생각했다.

내리쬐는 햇살은 새하얗고 피부 결을 어른거리는 바람은 보드라웠다. 그러나 이불의 감촉이 황녀의 처소에서 쓰는 종류가 아니었다. 코끝에 걸리는 향도 제 침실의 것이 아니었다. 그렇다고 해서 라파엘로의 침실도 아니었다.

그럼 여기는 어디지?

잠깐 눈을 깜빡이고 있을 때, 익숙한 목소리가 들렸다.

─깼으면 후딱후딱 일어나야지 뭘 꾸물거려?

건방진 말투의 고양이가 세상에 둘이 있는 게 아니라면 저것은 바엘이었다.

"너, 날 납치했니?"

─깨자마자 무슨 헛소리야!

바엘은 바락 역정을 내더니 한숨을 쉬었다. 그래 봤자 고양이의 모습이라 우습고 귀여울 뿐이었다.

카예나는 침대에서 일어났다. 신성하리만큼 새하얀 공간 속에서 그녀는 침대 아래에 놓인 폭신한 슬리퍼를 신고 바엘이 있는 테이블로 향했다.

카예나가 물었다.

"여기는 꿈속이야?"

―잘 아네.

바엘은 퉁명스럽게 대꾸하더니 하얀 테이블 위로 예쁘장한 모양의 티 세트를 소환했다.

"고양이가 준비해 주는 차는 처음 마셔 봐."

―고양이 모습인 거지, 진짜 고양이가 아니라고!

카예나는 들은 척도 하지 않고 바엘의 맞은편에 앉았다. 예쁜 꽃이 그려진 하얀 주전자가 그녀의 앞에 놓인 찻잔에 차를 따랐다. 향기로운 차향이 느껴졌다. 꿈속인데 별게 다 선명하다고 생각했다.

차는 오직 카예나 앞에만 놓였다.

"너는 고양이라서 차를 안 마시니?"

바엘은 고양이가 아니라고 버럭 하려다가 말았다.

카예나가 찻잔을 손으로 쓸었다. 우윳빛의 새하얀 찻잔은 살짝 오므린 꽃송이처럼 생겨서 귀여웠다.

"나만 마시는 걸 보니 특별한 차인가 보네."

'하여간 저 황녀는······.'

저 귀신같은 눈치는 도통 익숙해지지가 않았다. 바엘은 혀를 내두르며 말했다.

―그래. 계약을 해지하는 마법의 차니까.

카예나는 특별한 반응은 보이지 않았다. 여상스럽게 고개를 끄덕일 뿐이었다.

—이제 그만할 때도 됐잖아. 원하는 건 다 이룬 거 아니야?

"원하는 걸 다 이루었나……?"

언젠가는 자유였고 언젠가는 복수가 된 그것은 과연 이루었다고 할 수 있을까?

자신이 바꾼 세상은 과연 어떨까? 이 이야기에서 카예나는 악녀였다. 동생은 폭군이고 둘은 비참한 최후를 맞이해야 했다. 그러나 카예나가 돌아온 이후부터 이야기는 바뀌었다. 엉망으로 어그러진 것들을 억지로 펴고 이어 붙였다.

그녀가 그려 낸 이야기는 분명히 꽤 괜찮았다. 괜찮은 무대, 괜찮은 역할을 골고루 부여받은 등장인물들. 자신이 봐도 그럴듯한 이야기가 완성되리라고 생각할 정도였다.

그러나 이건 애초에 악역이 행복할 수 없는 이야기였다. 누구나 불행하다. 완전한 행복은 환상이다. 염세적이지만 현실적으로 생각해 보려고 했다. 그런데 왜 그 현실적인 생각이 오히려 현실 도피를 하는 것처럼 느껴지는지 모를 일이었다.

"계약을 회수하면 장미의 정원에 큰 타격이 간다고 카인이 그랬는데?"

바엘은 작게 카인을 욕했다. 계약 마법사에게 누설해서는 안 될 금기였기 때문이다.

카예나는 찻잔에서 손을 떼며 바엘에게 물었다.

"계약을 해지하면 바엘, 당신은 어떻게 되지?"

—…….

설마 그런 걸 물을 줄 몰랐기에 그는 선뜻 입을 열지 못했다. 어떻게 되기는 뭐가 어떻게 되느냐고 면박을 줬어야 했는데 이미 저 황녀는 이 잠시간의 침묵에서 많은 정보를 읽어 냈을 것이 분명했다.

-원래대로라면 정원의 힘이 크게 약해지겠지. 그러면 또 카인 같은 놈이 날뛰어 대서 정원을 찬탈당할지도 모르고.

카예나는 바옐이 말한 '원래대로라면'에 주목했다. 그렇다면 지금은 상황이 달라졌다는 뜻일까?

-마법사들끼리 회의를 했어. 카인은 마법사 협회에서 척결 대상 1순위였지만 가진 힘이 강력해 섣부르게 제압할 수 없었지. 그런 카인을 네가 처리한 거야.

바옐의 꼬리가 살랑살랑 움직였다.

"그래서 마법사 협회에서 뭔가 해 줬다는 말이겠네?"

-맞아. 우리는 현상금 명목으로 네가 원한다면 마법 계약을 해지해 주기로 했어. 그에 따른 리스크는 다 같이 나눠서 짊어지기로 했고.

마법 세계의 생리가 어떻게 돌아가는지는 알지 못했지만 카예나를 상당히 배려한 것은 느껴졌다. 아마도 바옐의 입김이 컸을 것이다. 카예나는 입술을 가만히 다문 채 그의 말을 계속해서 들었다.

-그 차를 마시면 계약은 해지되고 넌 더는 마법사가 아니게 될 거야. 수명도 돌아올 거고, 이전처럼 평범한 사람으로 살아갈 수 있을 거야.

그 말에 카예나의 시선이 아래로 떨어졌다. 장밋빛 차가 매혹적인 향을 내뿜고 있었다.

-이왕이면 살아. 살아남아서 좀 더 생각해 봐.

"……코끝이 찡해지는 말이네."

-하여간 너는 좀 진지해질 수 없어?

"진심이야."

바옐은 카예나의 항변을 믿지 않았다. 고양이는 샐쭉하게 뜬 눈으로 카예나를 흘기다가 짤막하게 한숨지었다.

—이제 내 설득은 끝났어. 선택은 네 몫이야.

바엘은 거기까지 말하고 모습을 감췄다.

카예나의 손이 찻잔의 표면을 천천히 쓸었다. 우아한 곡선을 그리는 찻잔 손잡이를 쥘지 말지 알 수 없는 손길이었다. 그녀는 나직하게 중얼거렸다.

"선택은 내 몫이지."

그녀의 손가락이 찻잔 손잡이를 쥐었다.

—❊—

에스테반 황제는 루든 시종장의 부축을 받으며 몸을 일으켰다.

"독은 모두 해독했습니다만, 많이 쇠약해지셨습니다."

루든 시종장이 걱정스럽게 하는 말에 황제가 웃었다.

"목숨을 보전한 것만으로도 어디인가? 게다가 요즘 마음이 좋으니 전보다 덜 아픈 것 같구나."

실제로 에스테반 황제는 되살아난 이후로 기력은 많이 약해졌으나 안색은 더 좋았다.

"레제프는 아직 레오 프란시스를 찾아가지 않았느냐?"

"예. 황녀 전하를 찾는 일 때문에 정신없는 것 같았습니다."

"그래……."

황제는 긴 시간 동안 레제프를 다뤄 오며 그의 성정을 잘 알고 있었다. 레제프는 분명히 자신의 정통성을 위협하며 거슬리게 하는 레오를 가만두지 않을 것이다. 친아들의 손에 죽는 레오라니. 더없이 흡족했다.

"슬슬 카트린과 이넬도 궁으로 들어와야지. 후계자 자리가 공석이라 마음이 편치 않아."

황제가 넌지시 말하자 루든이 곧장 알아듣고 고개를 조아렸다.

"서둘러 황후 책봉을 진행하겠습니다."

그의 말에 에스테반 황제가 미소 지었다.

"카예나가 사라졌다지?"

그는 마치 남의 이야기처럼 말했다.

"황자 전하의 처소에 들어간 직후로 갑자기 사라졌다고 합니다. 어찌 된 일인지 알아보고는 있으나 도통 영문을 알 수 없습니다."

"그것 참 이상한 일이로구나."

황제는 그 말을 끝으로 간단하게 차린 식사를 했다. 딸이 사라진 것에 별다른 유감스러운 감정은 들지 않았다. 친딸이기는 해도 그 몸에 흐르는 절반의 피는 선황후의 것이니까.

다만 물거품이 되어 사라진 공주처럼 갑자기 흔적도 없이 모습을 감춘 것은 참 이상했다.

더 이상한 것은 자신의 상태였다. 사망 진단이 거짓이라 할지라도 독을 마신 것은 확실했다. 그런데 정신을 차리니 중독되었던 흔적조차 남아 있지 않았다.

'대체 뭘까?'

어제 라파엘로는 카예나가 자신을 살렸다고 했다. 그게 단순히 누명을 뒤집고 사망 진단을 내린 자들을 물리쳤다는 뜻이 아니라 다른 조처가 있었다는 것일까?

루든 시종장이 말했다.

"하인리히 대공자가 계속해서 황녀 전하가 마법사라고 주장하고 있습니다. 갑자기 사라진 것도 마법의 힘이라고 하더군요. 근거가 없으니 모함에 불과합니다만……."

"마법?"

황제도 사냥 대회에서 일어났던 일들을 보고받았다. 악마의 힘이 발현했다고 대사원에서 오랜만에 신성 재판을 준비하며 난리를 피워 대니 모를 수가 없었다.

예이스터가 괴수를 불러내는 사특한 피리를 갖고 있었다. 정황상 사냥 대회에서 벌어진 그 일은 예이스터의 짓으로 좁혀졌고 자연스럽게 그의 말은 성의 없는 모함으로 치부되었다.

"카예나가 마법사라고……?"

마법사라니, 뭔가 묘한 예감이 스쳤다. 예이스터가 당장 부닥친 상황을 모면하고자 얼토당토않은 소리를 하는 자던가? 그렇지 않다.

씻은 듯이 사라진 중독의 흔적과 예이스터의 주장이라…….

'고대 제국에서는 마법사의 피로 모든 병을 낫게 하는 영약을 만들었다고 했지.'

자신이 괜찮아진 것은 그 영약, 엘릭서를 마셨기 때문일지도 모른다. 억측일 수 있지만 알아볼 가치는 충분했다. 그것이 사실이라면 모든 지배자가 꿈꾸던 영생에 가까운 삶을 실현할 수 있지 않겠는가?

제 딸이 영약이라니.

에스테반 황제의 입가로 비릿한 미소가 떠올랐다.

"역시 카예나만큼 쓸 만한 것이 없구나."

황제가 시종장에게 말했다.

"중앙군을 모두 동원하여 반드시 카예나를 찾아내라."

그러자 루든이 아뢰었다.

"중앙군 통솔권이 황자 전하께로 넘어가 이미 황녀 전하를 찾는 일에 총동원했습니다."

"통솔권이 넘어가?"

황제가 미간을 찡그렸다. 그러고 보니 카예나가 그녀가 말없이 사라지고 하루가 지나면 군사 통솔권이 레제프에게 이임되도록 해 놓았다는 사실이 떠올랐다. 당시에는 상당히 영리한 방법으로 레제프가 경거망동하지 못하도록 제어했다고 생각했는데 지금은 영 거슬렸다.

"쯧, 중앙군이 하는 일은 그대로 두되 황자의 권한은 박탈해라. 짐이 직접 진두지휘할 것이다."

"명을 받듭니다, 폐하."

에스테반 황제는 긴 숨을 내뱉으며 나른한 만족감에 젖어 들었다.

'이로써 나의 정의를 실현했다. 당장 목을 쳐 죽여도 시원찮을 것들에게 관대하게 징벌을 내린 수준이지만.'

남은 것은 레제프의 손으로 레오 프란시스를 처리하는 것을 보는 일이었다. 마음이 편안해지니 몸 상태도 여느 때보다 나은 것만 같았다.

황제는 느긋하게 시간을 보냈다. 오직 황제에게만 평화로운 시간이었다.

—⁂—

그 무렵 황녀가 사라졌다는 소식이 기름에 붙인 불처럼 수도 전역에 파다하게 퍼졌다.

카예나를 지지하는 귀족들이 목소리를 높였다.

"황녀 전하께서 사라지신 장소가 황자 전하의 처소인데, 어찌 그게 가능하다는 말입니까!"

일각에서는 레제프가 카예나를 죽여 놓고 사라진 것으로 둘러대는 것이 아니냐고 주장했다.

"황녀 전하께서 말없이 사라진 채 하루가 흐르면 군사 통솔권이 황자 전하께 넘어가지 않습니까?"

이것은 황자파 사람들에게도 딜레마 같은 일이었다. 눈엣가시 같은 황녀가 사라진 것은 좋지만 그 때문에 황자가 유력한 용의자로 의심받았다. 이제 카예나만 치워 버리면 레제프가 사실상 단일 황위 계승권자였기 때문이다.

심지어 엎친 데 덮친 격으로 레제프가 황제의 소생이 아니라 실은 선황후와 레오 사이에서 태어난 사생아라는 이야기까지 흘러나왔다. 꼭 누군가가 상황을 지켜보며 일부러 순서대로 소문을 흘린 것 같은 모양새였다.

어쨌든 이 모든 난리는 황제와 하등 상관없는 일 같았다. 그런데 갑자기 새로운 문제가 터졌다.

"황제 폐하!"

늘 사람 좋은 미소를 짓던 루든 시종장이 당혹스러워하며 황제의 침실로 들어왔다.

"무슨 일이냐?"

루든이 난처한 표정으로 고개를 숙이며 말했다.

"사교계에 선황후를 견과류 알레르기로 죽인 진짜 범인이 폐하라는 소문이 퍼졌다고 합니다."

"뭐라!"

그뿐만이 아니었다. 황제가 그간 레제프를 지속적으로 학대한 증거까지 만천하에 드러났다. 사교계는 이 끔찍한 사실들에 경악을 금치 못했다. 가뜩이나 신성 재판으로 바빴던 대사원도 아연해지고 말았다. 아내를 죽이고 자식을 학대한 아비라니……. 수도의 여론이 하루아침에 뒤집혔다. 레제프 황자는 악마 같은 황제에게 학대당한 가엾은 피해자가 되었다.

황제가 거센 노성을 토했다.

"대체 이게 무슨 돼먹지 못한 소리더냐!"

그는 노호를 내지르다가 온몸이 찢기는 듯한 기침을 내뱉었다. 하지만 이깟 고통은 중요한 문제가 아니었다. 이 사실이 대체 왜, 어떻게 새어 나갔는지가 중요했다.

'라파엘로 공작인가?'

하지만 라파엘로가 레제프에게 유리한 여론이 조성되도록 할 이유가 뭐란 말인가? 그가 가장 증오해야 할 사람이 바로 레제프인데! 그런데 루든 시종장의 표정이 심상치 않았다. 다른 문제가 또 터진 것인가?

"일각에서는 대공자가 주장하는 악마가 실은 황녀 전하가 아니라 황제 폐하가 아니냐는 이야기까지 나오고 있습니다."

"뭣!"

시종장의 말은 그것으로 끝나지 않았다.

"게다가…… 황자 전하께서 황녀 전하께 위해를 끼쳤다는 듯이 소문난 것도 폐하께서 그리 둔갑시킨 것이라고…….."

"미치지 않고서야 누가 그딴 망발을 지껄인다는 말이냐!"

황제는 갑자기 눈앞이 아찔해졌다. 일순간 숨이 턱 하고 막혀 앞이 깜깜해졌다. 루든은 황제가 비틀거리자 얼른 그를 부축해 침대에 눕히며 소리쳤다.

"의원을 들라 하라!"

에스테반 황제는 격통에 시달리면서도 아득바득 말했다.

"이 말도 안 되는 이야기로 감히 짐을 기만하는 자가 누구인지 당장 밝혀라!"

분명 얼마 전까지만 해도 천하를 손에 쥔 것 같았다. 그런데 하늘이 하루아침에 뒤집혔다. 동정할 게 없어서 레제프를 동정한다는 것인가? 화가 나다 못해 기가 막혔다.

"그러고 보니……."

이 모든 여론이 너무나 레제프에게 유리하게 돌아가고 있었다. 절로 이가 빠드득 갈렸다. 황제는 냉혹하게 명했다.

"레제프를 끌고 와라."

이 사건의 주범은 레제프가 확실했다.

곧 침실로 레제프가 들어왔다. 평소와 달리 레제프는 머리카락을 말끔히 넘기거나 모양도 내지 않고 축 늘어트린 채였다. 옷차림도 마찬가지로 전혀 신경 쓰지 않은 티가 역력했다.

그의 드리워진 금빛 머리카락 사이로 보이는 텅 빈 눈동자가 대충 어딘가를 향하다가 이내 황제에게 닿았다. 황제는 레제프를 찢어 죽일 듯이 노려봤다.

"이 짐승만도 못한 것-!"

에스테반 황제는 손에 잡히는 것을 되는대로 레제프에게 집어 던졌다. 다만 기력이 받쳐 주지를 않으니 그 패악질은 얼마 가지 못했다. 그가 숨을 헐떡이다가 포효했다.

"지금껏 거둬 주고 먹여 주었더니 감히 은혜를 원수로 갚아? 감히 내게!"

"……."

레제프는 아무런 대꾸도 하지 않았다. 평소처럼 두 무릎을 꿇으며 부왕을 향해 거짓된 용서를 구하지도 않았다. 그는 영혼이 빠져나간 인형이라도 된 것처럼 보였다.

그러나 걷잡을 수 없는 분노에 휩싸인 황제에게는 그딴 것은 보이지도 않았다. 그에게 눈앞의 것은 사람이 아니고 짐승이었다. 감히 주제도 모르고 기어오르는 천박한 짐승. 그게 바로 레제프였다.

황제는 단 한순간도 그를 아들로 여긴 적 없었다. 제 아래로 레제프를 입적한 것을 몇 번이고 후회했다. 그나마 레제프가 음험하기 짝이 없는 예이스터를 잘 견제해 주어 꽤 쓸모 있는 도구라고 여겼다.

저것이 이렇게 살아 숨 쉬며 황족의 성을 받아 호사를 누리는 것은 모두 천하의 주인인 자신이 보살폈기 때문이다.

그런데 감히 도구 따위가 주인의 뒤통수를 친 것이다.

"귀가 있으니 사교계에 떠도는 네 천한 태생에 대해 들었겠지? 그것이 헛소문인 줄 아느냐? 이래서 천한 핏줄을 거두는 게 아니었거늘!"

황제는 주름진 얼굴 위로 악귀 같은 표정을 띄웠다.

"너는 짐의 친자가 아니다! 진짜 황족도, 반쪽짜리도 되지 못한 너 따위는 짐이 선황후와 함께 한순간에 폐위할 수 있음을 모르느냐?"

레제프는 무감한 눈빛으로 황제를 바라보기만 했다. 그 눈빛이 역겨울 정도로 불손하게 느껴졌다.

"세상을 뒤집는 건 결국 힘이다. 짐의 손에 중앙군이 있거늘, 감히 네놈 따위가 어찌할 수 있을 것 같으냐!"

중앙군을 일으키면 눈앞의 레제프는 물론이고 프란시스 가문도 한순간에 멸문할 수 있었다.

"네놈과 네놈의 생부는 결코 편히 죽지 못할 것이야!"

그때 레제프가 어딘가 멍한 표정으로 중얼거렸다.

"시끄러워."

"……뭐?"

황제는 자신이 잘못 들은 줄 알고 미간을 찡그렸다. 그러자 레제프가 고개를 들어 올리며 또박또박 말했다.

"입 좀 닥치라고."

아무리 찾아도 카예나가 보이지 않는다. 이런 날을 위해 제국의 전역에 황녀의 초상화를 뿌렸는데 그녀를 본 사람이 아무도 없었다. 그 얼굴이 감춘다고 해서 감춰질 것이 아닌데도.

시간이 너무 무심하게 흘렀다. 고통스럽고 저주스러운 날들의 연속이었다.

수도를 뒤흔들고 있는 소란스러운 소문들엔 관심도 없었다. 카예나만 찾으면 된다.

그는 누이를 찾아냈을 때 뭘 해야 하는지도 알지 못한 채 그저 그녀를 찾아야 한다는 그 사실 자체에 지배당했다. 레제프는 비로소 두려움이 무엇인지 절절히 깨달았다.

카예나를 찾지 못할지도 모른다는 숨 막히는 가정이 뇌리를 스칠 때면 미칠 것 같은 분노와 폭력성이 끓어올랐다. 그러나 또 그녀가 흘린 눈물을 떠올리면 분노가 차갑게 식어 지독한 상실감이 그를 파도처럼 덮쳤다.

다 죽여 버리고 싶어. 없애 버리고 싶어. 황궁도, 제국도 다 불태워 재로 만들어 버리고 싶어.

그러면 카예나가 나타나지 않을까?

그러다가 다시금 분노의 불씨가 탁 튀면 그런 생각이 들었다.

나는 대체 누구를 탓해야 하지?

레제프는 끝없는 나락으로 계속해서 떨어져 내렸다.

"이 주제도 모르는-!"

한때 친부라고 믿었던 자가 불같이 화를 냈다. 아까부터 뭐라고 자꾸만 시끄럽게 지껄이는 통에 카예나를 생각하는 일을 방해받았다. 레제프가 맛이 간 눈으로 황제를 삐딱하게 바라보았다.

"그래. 생각해 보면 이 모든 일이 내 탓이 아니었어."

레제프는 항상 문제의 원인을 자신이 아닌 다른 곳에서 찾아 왔다. 이번에도 그는 손쉽게 외부에서 원인을 찾아낼 수 있었다. 선황후, 레오 프란시스, 그리고 에스테반 황제가 바로 카예나를 사라지게 한 원인이다.

"너 같은 새끼가 문제야."

그가 황제를 향해 천천히 걸음을 내디뎠다. 진득한 살기가 어린 목소리에 황제는 등골이 서늘해짐을 느꼈다.

레제프가 얼마나 포악한지는 일찍이 알고 있었다. 그러나 제 앞에서는 감히 발톱을 드러내지 못할 하찮은 것에 불과했다. 그렇기에 황자가 제아무리 개망나니라고 할지라도 감히 자신의 권위에는 도전하지 못하리라고 확신하고 있었다.

황제는 저도 모르게 뒷걸음질 쳤다. 레제프가 광기로 얼룩진 얼굴로 활짝 웃었다.

"누님을 찾아내지 못하는 이유가 여기에 있었잖아?"

그가 황제를 향해 쏜살같이 달려들었다. 황제가 비명처럼 호위를 부르려 했다.

"호위…… 으읍-!"

에스테반은 침대에 몸이 처박혔다. 상황을 제대로 인지하기도 전에 얼굴이 베개에 뒤덮였다. 숨이 막혔다. 아무것도 보이지 않고 악의와 살의에 찬 힘만 느껴졌다. 그는 살고자 미친 듯이 발버둥 쳤다.

카예나만 찾으면, 딸만 찾아내면 엘릭서의 힘으로 다시 전성기 시절의 모습을 되찾을 텐데! 그럼 이런 주제도 모르는 벌레 새끼는……!

"읍! 으읍!"

힘껏 버둥거리던 몸이 점차 힘을 잃어 가더니 이내 축 늘어졌다.

"……."

잠잠해졌다. 레제프는 침실 안을 채우던 나직한 소란이 사라지니 마음이 조금 편안해졌다.

레제프는 베개를 치웠다. 볼썽사납게 죽은 황제를 보니 웃음이 났다.

똑똑.

"황제 폐하, 루든입니다. 들어가도 되겠습니까?"

심상치 않음을 느낀 루든 시종장이 침실 문을 두드렸다. 레제프가 문 앞으로 걸어가 문을 활짝 열어 버렸다.

"―!"

그는 루든 시종장을 끌어당겨 문을 다시 닫은 후 옆에 놓인 황동 촛대로 머리를 후려쳤다. 두꺼운 장식용 촛대에 머리를 거세게 맞은 시종장이 그대로 즉사했다. 순식간에 시체 두 구가 생겨났다.

레제프는 피에 젖은 황동 촛대를 바닥에 버리고 밖으로 나갔다. 밖에는 그가 끌고 온 친위대가 충성스럽게 기다리고 있었다.

"내부를 정리하고 폐하께서 타계하셨다고 알려라."

"명을 받듭니다!"

일이 순조로웠다. 누이가 황궁에 있었던 때와 달리 그를 막으며 귀찮게 구는 게 없었다.

"레오 프란시스가 지금 어디에 있는지 알아 와."

이제 레오를 제거할 차례였다. 레오 프란시스의 행적은 찾고자 하니 금방 알아낼 수 있었다. 그의 행적을 알아낸 수행원이 레제프의 곁으로 다가가 고개를 조아리며 말했다.

"키드레이 공작가에서 수도 외곽의 저택에 연금해 놓은 상태입니다. 어찌할까요?"

레제프는 손을 까딱하며 하인에게 로브를 가져오라고 지시했다.

"그곳으로 간다."

허리춤에는 총이 있었다. 그는 생부를 발견하자마자 머리에 총을 바로 쏴 버릴 생각이었다.

수행원은 레제프를 말려야 할지 고민했다. 키드레이 공작가에서 직접 감시 중인 곳을 뚫고 들어가 그곳에서 레오 프란시스를 처리하면 정체를 발각당할 수밖에 없다.

귀족 간의 살인은 무조건 사형에 처하는 중범죄였다. 거기다 레오 프란시스는 부정을 저질렀다고는 해도 그의 친부였다. 체면을 중시하는 귀족 사회에서 이런 패륜을 용서할 리 없었다.

앞서 레제프가 죽인 에스테반 황제의 죽음은 괜찮다. 쉽게 조작할수 있다. 그는 어차피 살날이 얼마 남지 않은 환자였으니까. 시종장도 실종 처리하여 황제의 짓이라고 현장을 조작하면 된다.

그러나 레오 프란시스의 경우는 다르다. 은밀해도 모자랄 일이거늘 그곳은 심지어 키드레이 공작가가 지키고 선 곳이 아니던가?

그러나 수행원은 끝내 레제프를 말리지 못했다. 충언이랍시고 섣불리 입을 놀렸다가는 황제나 시종장 꼴을 면치 못할 것이었다.

'그렇다고는 해도…… 사지로 걸어 들어가는 꼴인데.'

수행원들은 부디 키드레이 공작가에서 자신들을 발견하지 못하기를 바랐다.

레제프는 말에 올라타 수도 외곽으로 달렸다. 한적한 곳에 지어진 조그마한 저택이 서서히 눈에 들어왔다. 그는 저택에서 멀찍이 떨어진 곳에서 내렸다.

탁!

"수색해."

뒤따라온 수행원들이 우르르 내려 저택 근처로 접근했다. 이상하게 공작가의 기사들이 거의 보이지 않았다. 아니, 아예 없다고 봐도 무방한 수준이었다. 설마 레오 프란시스가 그새 다른 곳으로 이동한 걸까? 수행원들은 의아해하며 능숙하게 저택 안으로 침입했다. 그들은 곧 어느 방 근처에 보초가 선 것을 발견했다. 가만히 숨죽이며 기다리자 보초들이 저들끼리 뭐라고 말하고는 자리를 비웠다. 수행원들은 얼른 레제프에게 돌아갔다. 지금이 절호의 기회였다.

레제프는 손쉽게 저택에 들어와 생부가 있을 방 앞에 섰다. 그가 마침내 문고리를 잡았다.

달칵.

문이 부드럽게 열리며 썰렁한 방이 시야에 들어왔다. 그리고 그 안에서 한 남자가 창밖을 바라보고 있는 것을 발견할 수 있었다. 금빛의 머리카락과 자신을 돌아보는 선명하게 푸른 눈동자. 약간 처진 눈꼬리가 인상적인 정석적인 미남이었다. 필시 젊은 시절은 더 대단했을 미모였다.

레제프는 굳이 소개받지 않아도 저 남자가 레오 프란시스라는 사실을 알 수 있었다. 자신과 무척 닮았기 때문이다.

"……레제프 황자 전하?"

그것은 레오도 마찬가지였다. 그는 서부의 공작령을 거의 벗어난 적 없었기에 황자나 황녀의 생김새를 몰랐다. 그런데 눈앞의 남자는 그를 찾아와 진짜 아들이 있음을 알려 준 자들의 말대로 한눈에 알아볼 수 있을 만큼 그와 닮아 있었다.

그가 두 눈을 크게 뜬 채로 믿을 수 없다는 듯이 레제프를 바라보았다. 사교계에 황자의 출생이 사실 어떻다더라 하는 소문이 돌고 있음은 그도 얼핏 전해 들어 알고 있었다. 아, 이렇게 자신을 찾은 것은 저 아이도 역시 생부를 만나고 싶었기 때문이겠지.

"저와 그녀를 빼닮으셨군요."

그는 황자를 향해 감격에 젖은 얼굴로 나직하게 말했다. 저 아이가 바로 자신의 진짜 피붙이다. 저주스러운 검은 머리도 붉은 눈동자도 아니다. 자신처럼 금발에 아름다운 푸른색 눈동자를 지니지 않았는가! 감히 지아비를 천대하며 납작하게 굴지 않는 도도한 노아 키드레이와는 달리 유순한 선황후도 많이 닮아 있었다.

너무나 감격스러운 재회였다. 레오는 아들을 향해 따스한 미소를 지으며 다가갔다.

"이런 머저리가 내 생부라니."

멈칫.

레오의 발걸음이 뚝 멈췄다.

"……지금 뭐라고 하셨……."

"나를 그딴 역겨운 눈으로 보지 마, 벌레 새끼야."

철컥.

레제프는 허리춤에 찬 총을 빼내 안전장치를 풀었다.

레오는 그 모든 과정을 믿을 수 없다는 듯이 멍한 눈으로 바라보다가 경악했다. 친아들이 자신을 죽이려 하다니?

레제프는 현실을 일깨워 주기라도 하듯 총구를 레오에게 들이밀었다. 레오가 표정을 와락 일그러트렸다.

"전하!"

이것은 그가 조금도 고려해 보지 않은 그림이었다. 자신이 레제프를 곧바로 친아들로 여기며 마음을 연 것처럼 그도 똑같이 그러리라고 믿어 의심치 않았다. 혈연은 그런 것이지 않은가?

그러나 레제프의 얼굴에 떠올라 있는 표정 어디에도 온기는 스며 있지 않았다. 꼭 물건을 바라보듯 무감하기 짝이 없는 눈빛으로 레오를 바라보고 있었다. 레제프는 마땅히 해야 하는 임무처럼 방아쇠를 당기려고 했다.

"꺄악–!"

난데없는 비명이 뒤에서 들렸다. 의아하게 뒤를 돌아보니 우아한 차림새의 귀부인과 남자 귀족 여럿이 서 있었다. 몇 사람은 얼굴이 눈에 익었다. 아아, 프란시스 가문의 후계자였던가?

그들이 경악으로 물든 표정을 지은 채 레제프와 그가 든 총, 맞은편의 레오를 번갈아 보았다.

"이게 무슨 짓입니까, 황자 전하!"

메일런 프란시스 경이 외쳤다. 그들은 키드레이 공작가의 연락을 받고 레오 프란시스를 데려가려 이곳에 막 도착한 참이었다. 그런데 이런 터무니없는 상황이 벌어지고 있다니…….

"귀족 살해는 중죄입니다. 모르시지 않을 텐데요!"

레제프는 그 말에도 여전히 총을 내리지 않았다.

"황자 전하!"

그때였다.

척! 척! 척!

훈련받은 자들의 딱 맞아떨어지는 발걸음 소리가 이곳으로 가까워졌다. 이내 프란시스 가문 사람들 뒤로 완전무장한 기사들이 보였다. 그들 사이에 익숙한 사람도 있었다.

라파엘로 키드레이였다.

라파엘로가 건조하게 통보했다.

"총을 내리십시오."

레제프는 최근 공작저에서 두문불출했던 라파엘로가 뜬금없이 이곳에, 그것도 이 시간에 기사단을 끌고 나타난 것을 보고 깨달았다.

아, 이거 함정이었구나. 저 새끼가 파 놓은 덫이었어. 상황이 하나하나 피부로 스며들듯 순식간에 이해되기 시작했다. 실의에 잠겨 제집에 처박혀 있는 줄 알았더니 이런 중상모략을 준비하고 있었던 모양이다.

이후로 자신에게 닥칠 상황은 불 보듯 뻔했다. 그간 수도를 휩쓸었던 레제프에 대한 동정의 여론이 쏙 들어갈 것이다. 이쯤에서 한발 물러나면 협의의 여지가 있다는 사실도 잘 알았다. 하지만…….

"내가 왜?"

레제프는 레오를 향해 방아쇠를 당겼다.

탕-!

귀가 찢어질 듯한 총성이 섬뜩하게 공간을 울렸다. 총에 맞은 레오가 피를 흩뿌리며 그대로 바닥에 쿵 하고 쓰러졌다.

"꺄아악! 레오-!"

라파엘로는 레제프가 총을 쏘자마자 튀어 나갔다.

탕!

레제프가 뒤를 돌아 곧장 두 번째 발포를 시도했으나 라파엘로의 저지에 의해 엉뚱한 곳을 쏘았다. 비명과 혼란이 뒤섞인 와중에 기사들이 밀려들어 와 레제프를 제압했다.

라파엘로가 제압당한 채로 바닥에 엎어진 레제프를 무심히 내려다보다가 명령했다.

"끌고 가라."

－❦－

카예나가 잠에서 깨어나지 않는다. 라파엘로는 그녀가 이틀, 사흘, 나흘이 넘어서도록 깨어나지 않자 미쳐 버릴 것 같았다.

황궁에서 돌아와 제 침실에서 잠든 카예나를 발견한 첫날은 안도감이 컸다. 이튿날은 좀처럼 깨어나지 않는 그녀를 바라보며 불안을 홀로 삭였다. 사흘째. 카예나는 미동도 없었다. 그는 카예나가 그저 단순히 잠들어 있는 것이 아니라는 것을 직감했다.

그러나 그는 이 현상이 마법과 관련이 있으리라고 막연하게 추측하는 것 말고는 아무것도 할 수 없었다. 그렇다고 그녀가 깨어나기를 가만히 기다릴 수는 없었다.

그는 카예나의 안위를 보호하기 위해 믿을 수 있는 가신으로 조직을 결성했다. 이후, 긴 시간 동안 사라져도 주변의 의심을 받지 않을 수 있는 실력 있는 의원을 알아보았다.

제레미가 보고했다.

"이스트 타운의 발데마르라는 자가 오래전에 선황후 폐하의 주치의였다고 합니다. 지금은 신분을 숨긴 채 빈민으로 위장하여 살고 있습니다."

게다가 카예나와 접촉했던 적이 있으며 그녀의 암흑가 세력과 교섭히기도 했었다고 한다. 라파엘로는 당장 그를 포섭했다. 발데미르는 비밀리에 키드레이 별저에 도착했다.

"사흘이나 주무시고 계시다고요?"

그는 카예나를 진찰해 보았으나 이상을 찾을 수 없었다.

나흘째. 라파엘로는 저택 내 담벼락에 둘러싸여 은밀히 감춰진 별채를 개방했다. 카예나를 계속해서 침실에 숨겨 두기가 어려웠기 때문이다. 별채에 소수의 사용인을 채우고 비밀 통로의 경계를 강화했다.

그러는 동안에도 카예나는 여전히 깨어나지 않았다. 점차 절망감이 몸을 짓이기듯 뒤덮었다.

"주인님."

그때 제레미가 그를 찾아왔다.

"베라 렉턴 영애와 올리비아 그레이스 영애가 뵙기를 청하고 있습니다."

방문하기를 기다리고 있던 손님들이었다. 라파엘로는 잠든 카예나를 힐끗 보았다. 그녀가 언제까지 잠들어 있을지는 모르겠다.

그러나 라파엘로는 그녀를 숨겨 주고 상황을 다 수습해 주겠다고 했었다. 황제의 복수를 망가트리고 레제프를 폐위시키리라. 그는 메마른 표정을 한 채 별채를 나와 응접실로 향했다.

"어서 오십시오."

"공작님을 뵙습니다."

세 사람은 간단한 인사만 나누었다.

베라는 곁에서 모시던 황녀가 사라지는 초유의 사태가 벌어졌음에도 놀라울 정도로 침착했다. 그것은 올리비아도 마찬가지였다. 그들 역시 라파엘로가 결성한 조직의 일원이었기 때문이다.

"전하께서는 무탈하십니까?"

베라는 그것부터 물었다. 라파엘로는 짤막한 한숨을 머금었다. 대체 그 상태를 무탈하다고 해야 할지 심각하다고 해야 할지 감이 오지 않았다.

"건강에는 이상이 없습니다."

그렇게 말하는 것이 최선이었다. 베라는 뭔가 미심쩍음을 느꼈으나 추궁하지 못했다.

라파엘로가 피로감에 젖은 표정을 감추며 용건을 꺼냈다.

"에반스 후작가는 어떻게 되고 있습니까?"

"에반스 가문의 혈족들이 모여 로드릭을 끌어내리는 것으로 의견을 합치했습니다. 하인리히 대공자의 세작이 후작가에 머물러 있었던 것이 직격타였어요."

베라의 말에 라파엘로가 고개를 끄덕였다. 한창 신성 재판으로 난리니 예이스터와 얽힐 가능성을 차단하는 것은 당연했다.

라파엘로는 카예나가 깨어나기만을 손 놓고 기다리지 않았다. 그녀를 대신해 상황을 전부 수습하겠다는 말은 허튼 것이 아니었다.

그가 할 일은 명확했다. 황제의 비정한 행동들을 속속들이 밝혀내는 것. 다행인지 불행인지는 모르겠으나 그간 에스테반 황제가 레제프 황자를 학대해 왔던 증거가 많아서 밝히기 쉬웠다. 아내를 살해하고 자식을 학대하는 것은 치명적인 일이다. 대사원의 교리에 완벽히 어긋나는 짓이기 때문이다.

라파엘로는 카예나가 사라진 것도 황제가 선황후 폐하를 용서하지 못해 저지른 일로 둔갑시켰다. 예이스터가 그토록 주장하던 황녀가 마법사라는 소문을 이용해 실은 그 악마가 황제였다고 중상모략을 한 것도 그였다.

사람들은 진실보다도 자극적인 거짓을 더욱 믿었다. 황제가 그토록 간악한 사람이니 악마인 것도 이해가 간다며 다들 입 모아 말했다.

이렇게 황제의 부덕함을 만천하에 드러내 레제프를 동정하는 여론을 만들어 낼 생각이었다.

베라가 말을 이었다.

"사교계에도 소문이 빨리 퍼지도록 조치했어요."

"공작가에서도 불을 붙이고 있으니 곧 황제의 귀에도 들어갈 겁니다."

황제가 길길이 날뛸 것을 어렵지 않게 짐작할 수 있었다. 아마 군대라도 이끌어 자신을 기만하는 것들을 처단하려 들지 않을까?

황제는 자신을 기만하는 일을 용서하지 않는다. 그의 복수는 자신을 기만한 것들을 모두 엉망으로 망가트리는 것으로 완성되어야 했다. 그러나 라파엘로가 판을 뒤집어 버린 것이다.

이것은 카예나를 위해 라파엘로가 한 복수였다. 모든 정황이 황자에게 더없이 유리하니 황제는 레제프를 가장 먼저 의심할 것이다.

'그렇게 되면 황자 성격에 황제를 죽여 버릴 가능성이 크지.'

만약 예상과 달리 죽이지 않는다면 라파엘로가 직접 황제를 처리할 생각이었다.

그러나 이렇게 될 시 발생하는 맹점이 있었다.

'자칫 레제프 황자가 여론을 등에 업고 황위를 계승하게 될 수도 있지.'

그렇게 둘 생각은 추호도 없었다. 라파엘로는 카예나만큼 레제프에 대해서 잘 알지는 못하지만, 그래도 그를 꽤 잘 알고 있었다.

레제프는 거슬리는 레오 프란시스를 죽이려 할 것이다. 그때를 위해 라파엘로는 부친을 작은 저택에 연금해 두었다. 레제프를 유인하기 위한 덫이었다.

레제프가 부친을 죽이려고 하는 순간을 귀족들에게 직접 목격시키면 그간 형성되었던 동정의 여론이 엎어질 것이다.

라파엘로는 새롭게 후작이 될 줄리아 에반스를 포함하여 세력을 통합하고 레제프 황자의 비정함을 이유로 탄핵할 생각이었다.

올리비아가 말했다.

"레이디 카트린과 이델 영식을 황가의 일원으로 입적하는 절차는 최대한 빨리 처리할 수 있도록 손써 두었습니다."

계획은 한 치의 어긋남 없이 완벽하게 마련되었다.

이제 카예나만 깨어나면 된다.

카예나가 만든 무대는 완벽하게 기능했다. 그녀가 쥐여 준 권한을 쥔 등장인물들이 제대로 역할을 해냈다.

그녀를 향한 은밀한 별명이 문득 떠올랐다.

황자의 마리오네트.

지금은 누가 그녀를 마리오네트라고 부를 수 있을까? 모두가 그녀의 마리오네트라고 봐도 무방하지 않을까?

카예나가 깨어나지 않는 지옥 같은 시간이 계속해서 흘렀다. 라파엘로는 익숙하게 자신의 침실이 아닌 카예나가 누워 있는 별채로 향했다. 그가 카예나의 손을 쥐고 조심스럽게 입을 맞추었다. 간절한 바람이 담긴 입맞춤이었다.

'내일은 일어나 주십시오.'

내일이 아니어도 좋으니 일어나 주십시오.

지독한 밤이 또 하루 흘러갔다.

카예나의 눈꺼풀이 서서히 열리며 시리도록 푸른 눈동자가 드러났다. 침실의 차양을 걷자 창 너머로 보이는 햇살이 눈부셨다.

얼마나 잠들어 있었지?

잠깐 잠이 깼을 때 라파엘로가 무척 자상하게 다독여 준 기억이 떠올랐다.

'그런데 여기는 라파엘로의 침실이 아닌 것 같은데……'

비밀스러운 공간으로 옮긴 모양이었다.

카예나의 고개가 옆으로 향했다. 침대에 상체를 불편하게 기댄 채 잠든 라파엘로가 보였다. 손을 뻗으면 닿을 거리였다.

그녀는 잠든 라파엘로에게 손을 뻗어 부드러운 검은 머리카락을 살며시 쓰다듬어 주었다. 잠깐이지만 이 사람을 두고 갈 생각을 했다는 것이 미안했다.

'그간 얼마나 마음고생이 심했을까?'

카예나의 손길을 느낀 라파엘로가 몸을 움찔하더니 잠에서 깨어났다. 그가 고개를 번쩍 들어 올렸다. 휘둥그렇게 커진 눈동자가 상황을 파악하듯 카예나를 향했다.

"일어났……"

카예나가 아침 인사라도 하려던 찰나에 라파엘로가 그녀를 와락 끌어안았다. 죽음에서 돌아온 사람을 맞이하는 것 같은 포옹이었다.

마치 결박이라도 하듯 깊은 포옹에 카예나가 잠깐 당황하다가 이내 그의 등을 안으며 토닥토닥 두들겨 주었다.

"갑자기 사라져서 미안해요."

라파엘로는 아무런 말도 하지 못하고 카예나를 안은 채 그녀의 목덜미에 고개를 파묻었다. 곧 울음이라도 터트릴 것 같았다.

'이러다 진짜 울겠네.'

그런 생각을 하기가 무섭게 라파엘로가 눈물을 툭툭 떨어트리기 시작했다. 카예나는 몹시 당황하여 몸을 일으켰다.

"라파엘로."

그의 붉은 눈동자가 눈물에 잠겨 있었다. 인제 보니 뺨도 수척했다.

카예나가 그의 두 뺨을 쥐고 눈물을 닦아 주자 라파엘로가 그 손을 조심스럽게 쥐었다.

"이대로 깨어나지 않으시는 줄 알았습니다."

낮게 잠긴 목소리에는 사람의 마음을 망치로 때리는 듯한 호소력이 깃들어 있었다. 차마 미간도 찡그리지 못한 채로 눈물만 뚝뚝 떨구는데 그 모습이 가슴을 미어지게 했다.

"제가 오랫동안 잠들어 있었어요?"

그 물음에 라파엘로가 말했다.

"일주일 동안 잠들어 계셨습니다."

카예나는 저도 모르게 탄식을 흘렸다.

'일주일이나 잠들었다니.'

아주 잠깐 꾼 꿈인 줄 알았더니 그게 아닌 모양이다. 카예나는 완전히 죄인이 된 기분으로 라파엘로를 끌어안았다.

"제가 너무 늦게 일어났네요. 정말 미안해요……."

"아닙니다."

라파엘로는 카예나가 마침내 긴 잠에서 깨어났다는 사실만으로도 충분히 감사했다.

카예나는 그를 꼭 안은 채 입술을 떼었다.

"꿈에서 바옐을 만났어요."

그러자 라파엘로가 흠칫했다.

"마법 계약을 해지하자고 하더라고요."

"……."

라파엘로가 천천히 몸을 떨어트리며 떨리는 눈으로 카예나를 바라보았다.

"해약했어요."

꿈속에서 카예나는 장밋빛의 차를 마셨다. 그리고 차를 마시자마자 꿈에서 깨어났다.

그녀가 눈물을 뚝뚝 흘리며 슬피 우는 아이에게 말하듯 다감하게 그를 달랬다.

"이제 시한부에서 벗어났네요. 다행이죠?"

라파엘로는 말없이 카예나를 품에 안았다. 카예나는 작게 웃으며 폭 안겼다. 말하지 않아도 이 사람이 지금 얼마나 안도하고 있는지 온몸으로 느껴졌기 때문이었다.

"황궁에서 도망치면 당신이 저를 숨겨 준다고 했잖아요. 그래서 왔어요."

그랬다. 라파엘로가 황궁에서 카예나를 보자마자 그렇게 말했었다.

"나 좀 숨겨 줘요, 라파엘로."

라파엘로가 안도 섞인 희미한 웃음을 지으며 말했다.

"얼마든지요."

26장
함께

제다이어는 습관적으로 흉터가 있는 왼뺨을 긁다가 멈칫했다. 볼에 아무런 흔적도 남아 있지 않았기 때문이다.

―꾸물거리지 마, 둔탱아.

어느새 곁으로 다가온 고양이가 그에게 쏘아붙였다. 제다이어는 무심결에 어깨를 흠칫했다. 사람 말을 하는 고양이라니, 여전히 적응이 안 됐다.

―곧 하임벨 영주성을 털어야 하는데 정신을 빼놓고 있으면 어떡해?

"……그렇죠. 죄송합니다."

제다이어는 엘다임 제국 서부 공작령에서 국경선을 넘어 하임벨에 도착한 상태였다. 쉬지 않고 이동해도 2주는 걸릴 거리였으나 그는 출발한 지 고작 하루 만에 하임벨로 진입할 수 있었다. 고양이…… 아니, 바엘 덕분이었다.

제다이어가 막 떠나려고 했을 때, 바엘이 그의 앞에 나타났다. 그는 "하임벨로 가면 되냐?"라고 묻더니 질풍처럼 가속해 이동을 시작해 단 하루 만에 국경선 앞에 도착했다. 너무 빠른 이동에 제다이어가 몸살을 앓고 누우니 꾸물거리지 말라며 뺨을 찰싹찰싹 때리기까지 했다. 그러고는 엘릭서를 먹여 주었는데 그 덕에 왼뺨의 오래된 흉터마저 사라졌다.

－후딱후딱 해치우자, 후딱후딱.

제다이어는 바옐의 말투가 뒷골목 깡패 같다고 생각했지만 입을 열지는 않았다. 괜히 입을 잘못 놀렸다가 자신이 담금질당할 수도 있으니까. 대신 다른 걸 물어보았다.

"저기, 왜 저를 도와주시는 겁니까? 그 귀한 엘릭서까지 주시고……."

바옐은 제다이어의 물음에 퉁명스레 대답했다.

－이게 다 친구를 잘못 사귀어서 그래. 너는 꼭 사람 가려서 사귀어. 아, 이미 늦었나?

그 대답에 제다이어는 눈을 깜빡거리다가 입가에 희미한 미소를 지었다. 바옐도 카예나에게 매료되어 그녀를 도우려는 것이 틀림없었다.

제다이어는 하임벨 영주 성 근처의 은밀한 장소에 매복한 채 다시금 계획을 되짚어 보았다. 그러자 바옐이 말했다.

－흥, 그런 조잡한 계획 따위 필요 없어.

고양이의 두 눈동자가 새파랗게 빛났다. 그러자 영주 성 근처로 안개가 스멀스멀 끼기 시작하더니 불길한 분위기가 조성되었다.

－영주쯤 되는 녀석들은 꼭 인간이 아닌 형체를 알 수 없는 무언가가 자신을 해치는 것을 굉장히 두려워하더란 말이지. 구린 짓을 많이 해서 그런가?

그러니 그 두려움에 부응할 수 있도록 잔뜩 겁을 줄 생각이었다. 바옐은 낮은 목소리로 영주 성을 바라보며 말했다.

－어린아이들을 야만족에게 매매해 왔다고 했지? 그 원혼이 얼마나 무서운지 깨닫게 해 주지.

제다이어도 딱딱하게 굳은 얼굴로 고개를 끄덕였다.

―가자.

그들은 하임벨 영주 성으로 진입했다.

―◈―

카예나가 긴 잠에서 깨어난 다음 날 아침, 황제가 서거하고 황자는 생부를 살해했다는 소식이 들려왔다.

대사원은 이때다 싶어 목소리를 높이고 귀족들은 급격히 변화하는 정세에 혼란스러워할 때, 공작저의 주방도 혼란에 잠겼다. 바스턴이 주방으로 가서 한 말 때문이었다.

"주인님께서 보양식과 달콤한 간식을 준비하라십니다."

건강하기 짝이 없는 라파엘로가 보양식을 찾는 것은 둘째 치고, 생전 단것은 입에도 대지 않더니 갑자기 달콤한 간식이라니?

"달콤한 간식이라니요? 혹시 잘못 들은 게 아니신지요?"

그들이 믿을 수 없다는 의구심 섞인 눈빛으로 바라보자 바스턴이 단호하게 말했다.

"달콤한 간식을, 종류별로! 준비하라십니다."

더 믿을 수 없는 말에 그들이 눈을 게슴츠레 떴다.

"종류별로……?"

"그렇다니까요."

혼란은 주방에서만 일어난 것이 아니었다. 바스턴이 떨떠름한 표정으로 보좌관실로 들어가 불쑥 물었다.

"주인님께서 갑자기 꽃을 두고 깊은 고심에 잠기셨는데, 여기 꽃 좀 잘 아시는 분 계십니까?"

"……우리가 정원사도 아닌데 어떻게 압니까?"

꽃이라는 것은 공작저의 위용을 과시하기 위한 수단일 뿐, 라파엘로의 개인적인 취향이나 취미와는 거리가 멀었다. 그러니 손님을 맞이할 때가 아니면 굳이 실내에 꽃을 장식해 놓지 않았다. 그런데 라파엘로가 갑자기 관상용 꽃을 두고 고민한다니? 라파엘로는 제 집무실 화병의 꽃이 매일 바뀌고 있는 것도 모를 사람이었다.

바스턴은 신입 보좌관으로서 누구보다도 주인을 잘 모시고 싶었다.

'아니, 황녀 전하께서 여기에 머물고 계시다는 사실을 절대 들켜서는 안 된다고 그렇게 신신당부해 놓으시고는…….'

지금 라파엘로가 누구보다도 티 내고 있었으니, 이걸 뭐라고 말해야 할지 고민스러울 지경이었다.

"봄이로구나, 봄이야."

바스턴의 중얼거림에 동료가 어이없다는 표정으로 말했다.

"지금 여름이야, 이 사람아."

"거참, 시를 모르는 기사는 무식한 근육 덩어리에 불과하다는 것 모르나?"

"뭔 소리를 하는 건지…….."

하여튼 봄이다. 엉망으로 할퀴며 지나간 줄 알았던 그 봄은 가짜였고 이곳의 봄이 이제 시작하고 있었다.

똑똑.

바스턴은 라파엘로의 침실 문을 두드렸다.

"주인님, 바스턴입니다. 말씀하신 것들을 모두 준비해 두었습니다."

달칵.

문이 열리고 라파엘로가 나왔다. 그는 검은 상복을 입고 있었다. 오늘은 황제의 서거일이라 곧 밖으로 나가 보아야 했기 때문이다.

라파엘로의 눈이 바스틴이 끌고 온 카트를 한차례 훑었다. 덮개를 씌운 보양식과 간식, 테이블 장식용으로 화사하게 꾸민 생화 장식은 그의 안목에도 썩 나쁘지 않았다.

"수고했다."

그의 담담한 칭찬에 바스틴은 소름이 오소소 듣는 것 같았다.

'아니, 왜 갑자기 안 하던 칭찬이시래?'

고작 식사와 간식, 꽃만 준비했을 뿐이다. 그간 바스틴이 해 온 고강도의 업무에서도 이런 칭찬은 드물었다. 사랑이 사람을 변하게 한다고는 하지만, 헛웃음이 날 것 같았다.

그들은 은밀히 숨겨진 작은 별채로 향했다. 이 별채는 원래부터가 불순한 용도로 지은 곳이라 외부 시야에서 차단되어 있는 것은 물론이고 근처로 누군가가 침입할 수도 없었다. 뒤편으로 물길이 꽤 넓게 흐르는 산책로를 조성해 놓았기 때문이다.

그 깊숙한 곳에 라파엘로가 들어섰다. 별채 바깥의 테라스에 카예나가 나와 주변을 감상하고 있었다. 그녀를 발견한 라파엘로가 입가에 미소를 그렸다.

이내 인기척을 느낀 카예나가 고개를 돌렸다. 두 사람의 시선이 마주쳤고 카예나도 눈꼬리를 휘며 웃었다. 그림 같은 날의 그림 같은 두 사람이었다.

청명한 녹음이 우거진 공간을 다시금 힐끗 본 카예나가 깊고 고요한 음색으로 말했다.

"정부를 숨겨 놓기 좋은 은밀하고 로맨틱한 장소네요."

"……쿨럭!"

바스턴은 설마 이 흐뭇한 상황에서 저런 말이 나올 줄 몰랐기에 헛바람을 집어삼키다가 기침을 토했다.

라파엘로가 고개를 끄덕이며 가볍게 긍정했다.

"그런 용도로 자주 써 왔다고 들었습니다."

"역시. 그럴 것 같았어요."

봄은 착각이었나……?

바스턴은 이 연인의 대화에서 어떤 사랑의 달콤함을 느껴야 할지 알 수가 없었다.

카예나는 아침이라 서늘한 기온에 얇은 가운을 여미며 테라스에 놓인 테이블에 앉았다. 곧 둘이 먹기에는 과한 양의 조찬과 보기만 해도 눈이 즐거운 색색의 간식들이 테이블에 올랐다.

바스턴은 뒤로 한 걸음 물러서서 예를 갖췄다.

"그럼 저는 물러나 보겠습니다."

곧 모든 사용인이 주인과 특별한 손님을 위해 자리를 비웠다.

라파엘로가 스튜를 그릇에 덜어 카예나 앞에 놓아 주었다. 카예나는 푹 끓여 낸 스튜를 한술 떴다.

"맛은 괜찮으십니까?"

그의 물음에 카예나가 고개를 끄덕였다. 예의를 차리려고 한 게 아니라 정말로 맛있었다. 따뜻한 음식을 먹어서인지 아니면 오랜만에 평온한 아침을 맞아서인지 몰라도 마음이 어느 때보다도 차분했다. 평범한 아침이란 이런 거구나.

그녀는 새벽같이 일어나는 것에 익숙해서 일찍부터 테라스에 나와 계속 바깥을 바라보고 있었다.

사실 아무것도 하지 않고 시간을 보내는 것은 꽤 불편하고 불안한 일이었다. 그녀는 그동안 누구보다 일찍 일어나 빠르게 움직이고 느지막하게 잠드는 사람이었기 때문이다.

가만히 여명을 바라보는 일 따위는 평생 하지 못할 사치스러운 일이라고 생각했었다. 아니, 사실 그녀는 그런 일을 이해하지 못하는 사람이었다. 해는 언제나 떠오르고 지지만 일은 때를 놓치면 실패한다.

카예나는 실패를 용납받을 수 있는 삶을 살지 못했다. 그래서 실패할 수 없었다. 실패한 순간들의 말로는 죽음뿐이기도 했고.

쪼르륵.

라파엘로가 은으로 된 잔에 차갑게 식힌 음료를 따랐다.

카예나는 스튜를 한술 더 뜨다가 시선을 들어 올렸다. 아까부터 라파엘로가 음식은 먹지 않고 계속 자신을 바라보고 있었다.

"이건 저보다는 당신이 먹어야 할 것 같은데요?"

그러자 라파엘로가 바람 빠진 것 같은 웃음을 지었다.

"저는 이미 다 먹은 것 같은 기분입니다."

카예나는 그의 얼굴을 가만히 바라보았다.

저 사람, 지금 행복하구나.

상대의 행복감을 이렇게나 선명하게 느낄 수 있다는 것이 놀랍기까지 했다. 그녀의 마음에도 곧 잔잔한 바람이 불었다. 달콤 쌉싸래한 무언가를 실은, 묘한 바람이었다.

카예나는 라파엘로의 옷이 상복임을 알았지만, 아무것도 묻지 않았다.

그녀가 긴 잠에서 깨어난 후, 발데마르는 건강에 문제는 없지만 하루는 안정을 취하라고 권고했다. 안정을 위해 라파엘로와 길게 같이 있지는 못했으나 바깥 상황이 어떻게 돌아가고 있는지 물을 시간은 있었다.

그러나 카예나는 아무것도 묻지 않았다. 이미 상복 하나만으로도 부왕이 죽었다는 사실을 알 수 있었다. 그 과정에서 벌어졌을 숱한 사건을 짐작하는 것도 어렵지 않았다.

"무슨 생각을 그렇게 하십니까?"

라파엘로가 그녀를 차분한 시선으로 바라보며 물었다. 카예나는 스튜를 뒤적이다가 말했다.

"이 남자는 언제쯤 내게 키스하려나…… 그런 생각?"

"……예?"

그녀의 놀림에 라파엘로가 깜짝 놀란 표정을 지으며 당황했다. 드러난 귀 끝이 붉었다.

"벗은 몸도 다 본 사이에 고작 그거에 이렇게 당황하는 거예요?"

라파엘로는 민망하다는 듯한 표정으로 미간 근처를 꾹꾹 누르며 시선을 살짝 피했다.

"그게 아니라…… 혹시 무리하게 될 수도 있으니까요."

살짝 작아진 목소리에 담긴 뜻은 명확했다. 카예나가 피식 웃으며 놀리기를 멈추지 않았다.

"자제가 안 될까 봐 그래요? 의원이 나더러 기력이 부족하다고 말한 것 때문에?"

라파엘로의 목덜미까지 붉게 달아올랐다. 한심하기 짝이 없는 짐승이 된 기분이었다. 억지로 그녀와 나누던 시간과 감각을 떠올리지 않으려 애쓰는데도 부드러운 체향을 인식하자 자제가 어려웠다.

이제 막 시작한 연인이기도 했고, 그들은 달콤한 시간을 충분히 누리지도 못했으며, 욕구를 자제하기에 라파엘로는 너무나 젊었다.

일단 시작하면 한두 번으로 그치지 않는 게 문제였다. 그녀의 체력이 좋지 않은 것을 고려해서 최대한 무리하지 않으려고 무던히 노력하기는 했다. 애석하게도 그것이 전혀 지치지 않는 라파엘로의 기준이라 객관적이라고 보기가 어렵다는 게 문제였다.

욕구를 자제하지 못하면 짐승과 다를 바 없다. 사람이라면 당연히 욕구를 제어할 수 있어야 한다.

'머리로는 알지만   .'

아침부터 낮 뜨거운 짓이 하고 싶은 걸 보면 자신은 한참 모자란 사람인 모양이었다.

라파엘로는 미약한 한숨을 머금으며 자신을 놀리는 카예나에게 변명처럼 말했다.

"그런 것은 아닙니다. 아니…… 맞기는 하지만……."

그는 어쩐지 바보가 된 기분으로 말을 제대로 정리하지 못하다가 결국 순순히 인정했다.

"네. 전하를 간절히 바라고 있습니다."

가진 색깔만큼이나 뜨거운 열망을 품은 붉은 눈동자가 카예나의 서늘한 눈동자를 마주했다. 곧 그 열기가 옮겨붙기라도 할 것처럼 집요하고 진득한 시선이었다.

그러나 이내 열기는 착각이었던 것처럼 금방 사라졌다. 라파엘로는 이제 이성이 돌아온 듯 지저분하게 널려 있던 기분과 갈망을 정리했다.

카예나는 내심 그의 인내심에 감탄했다.

'기특하다고 해야 할지.'

그녀는 스푼을 내려놓고 라파엘로의 곁에 의자를 끌고 가 바짝 붙어 앉았다. 카예나가 몸을 붙이자 그의 어깨가 움찔했다. 카예나는 그의 어깨에 머리를 기댔다. 연인들이 흔히 시간을 같이 보낼 때 그러듯이.

라파엘로도 카예나와 이런 평범한 시간을 보냈던 때가 거의 없었다는 사실을 깨달았다.

착잡했다. 그 모진 풍파를 정면으로 맞으며 한가로운 시간 한번 보낸 적 없었을 카예나가 안쓰러웠다. 자신이 뭐라도 할 수 있다면 좋을 텐데.

바깥은 여전히 폭풍이 불어닥치고 있었다. 거칠고 위협적인 칼바람은 멈출 생각을 않고 덩치를 더욱 거세게 불려 갔다. 미처 폭풍우를 대비하지 못한 사람들은 그 비바람에 휩쓸려 흔적도 남기지 못하고 사라질 것이다.

라파엘로는 카예나의 머리카락을 살살 쓰다듬었다. 결 좋은 금빛 머리카락이 손가락 사이로 흘러 들어와 차르르 흘러내렸다.

"돌아와 주셔서 감사합니다."

카예나는 입술을 다물었다. 그녀는 굳이 그게 무슨 뜻이냐고 묻지 않았다. 마법 계약을 해지하고 꿈에서 깨어난 일을 두고 한 말임을 모를 수 없었다.

"당신께 마법의 힘을 포기하는 일이 쉽지 않은 선택이었으리라고 생각합니다."

라파엘로가 느끼기에, 카예나는 삶에 특별한 애착이 없는 사람 같았다. 그런 사람이 계획했던 일을 다 이루었다. 어떤 회의감이나 무기력함이 그녀를 찾아왔을지도 모른다.

그런데도 카예나가 삶을 선택한 것은 남아 있는 사람들을 위한 배려일 것이다. 만약 그대로 해약하지 않았다면 영원히 깨지 않을 잠에 빠졌을 테지.

"예전에 제가 말씀드렸었지요. 저는 별로 좋은 사람이 아닙니다."

그는 이득을 위해 누군가를 모함하는 일에 특별한 죄책감을 느끼지 않는다. 그러니 딱히 그런 일에 주저하지도 않는다. 가진 무력도 충분하다. 폭력을 보일 필요가 있다면 그것도 서슴없이 휘두를 수 있다. 납치 사건 때처럼, 혹은 레제프에게 주먹을 날렸던 것이나 황제를 위협했던 것처럼.

"솔직하게 말씀드리자면, 저는 욕심이 많습니다. 당신을 독점하고 싶다는 그 지열한 욕망도 여진히 떨치지 못했습니다."

그는 자신을 숨김없이 드러냈다.

"하지만…… 당신이 슬퍼할 만한 일만큼은 죽어도 하지 않을 겁니다."

카예나는 그가 그녀의 어깨를 감싸고 다른 손으로는 그녀의 손을 살며시 맞잡는 것을 느끼며 숨죽였다.

"저는 어떤 형태로든 당신 곁에 남고 싶습니다."

그 말에 카예나의 고개가 천천히 어깨에서 떨어졌다. 고요하지만 진심이 짙게 밴 목소리가 이어졌다.

"저와 평생을 함께해 주세요."

그것이 결혼의 형태든, 은밀하게 감춰진 형태든 상관없었다.

라파엘로는 이게 자신이 욕심부릴 수 있는 최대치라고 생각했다. 그녀에게 부담을 주고 싶지도 짐이 되고 싶지도 않다. 든든한 아군이자 친우, 연인으로 평생을 함께하고 싶었다. 그는 카예나를 절대 놓을 수 없었다.

"그러니까 지금 결혼해 달라고 생떼를 쓰고 있는 거네요?"

카예나의 일축에 라파엘로가 실소했다. 그래, 거추장스러운 말 따위는 다 집어치우고 핵심만 말하자면 그러했다.

"네. 결혼해 주신다면 제 바람이 가장 완벽하게 이뤄지기는 합니다."

"정부로 두면 내 죄책감을 콕콕 찌를 테고?"

"그렇지 않습니다."

그를 정부로 만들어 버린 다른 남자가 조금 위험에 빠질지는 모르겠지만.

"귀족 사회에서 결혼하지 않고 계속 홀로 지내거나 연인만 두는 것은 큰 흠이기도 하죠."

"사회적인 시선이 거슬리면 어디든지 전하께서 원하는 곳으로 도망쳐 버리실 것을 알고 있습니다."

카예나의 눈이 가늘어졌다.

"흐음. 마음에 들지 않네요."

그녀가 왼손을 쭉 펼쳤다.

"날 만나겠다고 건물을 기부하던 사람이 청혼 때에는 왜 아무것도 없어요?"

"부담스러워하실까 봐요."

"방금까지 정성스럽고 조심스럽게 저를 협박하던 사람이 그런 것도 신경 써요?"

카예나의 놀림에 라파엘로가 고개를 살짝 내젓더니 품에서 상자를 하나 꺼냈다. 척 보아도 반지 케이스였다. 카예나가 황당함을 감추지 못하고 물었다.

"아예 작정하고 온 거예요?"

"그렇지는…… 않습니다. 원래는 이렇게 충동적으로 말씀드릴 생각이 아니었거든요."

언젠가 청혼하려고 하기는 했지만, 이렇게 이르게 할 생각은 없었다. 그러나 카예나가 깨어나지 않을지도 모른다는 불안감을 안은 채 보낸 일주일이 그의 생각을 완전히 바꿔 버렸다.

케이스를 열자 사각형의 손톱만 한 블루 다이아몬드로 장식한 심플한 백금 반지가 모습을 드러냈다. 모양은 심플하지만 가격은 전혀 그렇지 않으리라. 카예나는 이만한 크기의 블루 다이아몬드 반지가 어디서 그냥 뚝딱 튀어나왔으리라고 생각하지 않았다.

"그럼 이 반지는 뭐예요?"

"언제고 드려야 할 때가 있을 것 같아서 준비하고 있었습니다."

실은 카예나의 성년식 선물 중 하나로 준비해 둔 청혼용 반지였다. 어쨌거나 그녀의 성년식이 결혼을 위한 것임은 확실했고 혹시라도 이상한 남자와 결혼할까 내심 마음을 졸였었다.

'이를테면 바엘이라든가.'

카예나는 어이가 없어서 작게 웃다가 화려하게 세공한 케이스 안에 담긴 반지를 보았다. 라파엘로가 반지를 빼내어 카예나의 왼손 약지에 천천히 끼워 주었다.

"만약 전하께서 황위를 물려받으시겠다고 하시면 저는 따르겠습니다."

카예나가 언제든지 왕관을 쓸 수 있도록 모든 조치는 해 두었다. 남은 것은 그녀의 선택뿐이었다.

그가 청혼은 했으나 꼭 명확한 형태를 갖출 필요가 없다고 한 이유가 바로 그 때문이었다.

"꼭 사원의 공증을 받은 결혼일 필요는 없습니다."

카예나는 가만히 반지를 만지작거렸다. 약간 헐렁한 반지가 꼭 제게 어떻게 할 건지 묻는 것 같았다. 이대로 숨어서 한가로운 일상을 지내도 괜찮을 거야. 그렇게 되면 라파엘로를 비롯해 다른 이들이 조금 고생하겠지만.

자, 이제 어떻게 할래?

카예나는 피식 웃었다. 이건 이미 답은 정해져 있었고 결정만 하면 될 문제였다.

"당신에게 남편을 만들어 달라고 했던 게 생각났어요."

그랬었다. 라파엘로도 당시가 떠올랐다. 그 질문을 들었을 때 얼마나 황당했던가? 그게 벌써 아주 먼 옛일처럼 느껴졌다.

"당신이 내 남편이 되어 줘요, 라파엘로."

대답을 들은 라파엘로가 안도의 미소를 짓더니 카예나를 끌어안고 이마에 키스했다. 고마움과 기쁨, 충만한 행복이 느껴졌다.

"다만 아직은 우리가 해야 할 일이 많아요."

그 말에 라파엘로는 카예나의 마음에 결심이 섰다는 것을 알았다.

"이델이 성년식을 치를 때까지만 기다려 줘요."

그때가 되면 왕관을 벗고 기꺼이 카예나 키드레이 공작 부인이 되리라.

회귀 전에 그토록 꿈꿨던 라파엘로와의 결혼이었는데 이렇게 이루어질 줄이야. 카예나는 참 알 수 없다고 생각했다.

'물론 내가 황제가 되는 게 가장 뜻밖이지.'

카예나는 라파엘로를 꼭 끌어안았다.

"이제 가죠?"

품 안에서 몸을 기댄 채 고개를 들어 올린 모습이 비현실적으로 느껴질 정도로 예쁘고 사랑스러웠다. 라파엘로는 미간을 살짝 찡그리며 짤막하게 한숨을 내쉬었다.

아직은 해야 할 일들이 있다. 황제가 서거했으니 대귀족으로서 황궁에 일찍 들러 조의를 표하고 대사원으로 가야 한다. 게다가 내일은 신성 재판도 열린다. 라파엘로도 배심원으로 신성 재판에 참석할 예정이었다. 그러나 도무지 걸음이 떨어지지 않았다. 라파엘로는 아쉬움을 담아 그녀의 허리를 안고 짧게 키스했다.

"빨리 돌아오겠습니다."

스스로 내뱉고서도 참 마음에 드는 말이었다. 돌아와서도 카예나가 자신의 집에 있으리라는 생각에 심장이 기분 좋게 뛰었다. 그녀의 온화한 향취가 듬뿍 밴 침대에 나란히 누워 품에 안고 하루를 마무리할 수 있다는 것이 그에게는 큰 축복이다. 자제할 필요가 없는 밤도 얼른 찾아오면 더 좋겠지만.

"기다리고 있을게요."

카예나의 대답에 참을 수 없어진 라파엘로가 그녀의 머리카락 사이에 손을 얽어 넣고 숨을 깊게 섞기 시작했다. 말캉한 살을 살짝 깨물고 집요하게 쫓다가 점점 짙어진 손길로 얇은 원피스 위를 쓸어 만졌다.

"으음."

'아, 이런.'

그는 카예나가 목 안에서 잠긴 듯한 소리를 내는 것에 정신이 번쩍 들었다. 정신은 들었는데…… 움직임을 멈추는 게 쉽지 않았다. 이대로 카예나를 안아 들고 침대로 직행하고 싶다는 충동이 그를 뒤흔들었다. 조금 더, 조금 더……. 스킨십의 수위가 가파르게 높아지기 시작했다.

"아, 라피……."

그녀에게서 오랜만에 애칭을 들은 라파엘로가 멈칫했다.

'하…….'

이쯤 되니 어쩐지 시험에 든 기분이었다. 그는 억지로 정신을 붙잡았다. 여기서 한발만 더 나갔다간 자제하지 못할 것 같았다.

"……죄송합니다."

그는 간신히 그녀에게서 몸을 떨어트리며 사과했다.

"죄송할 것까지야."

카예나는 살짝 숨을 고르다가 약간 상기한 얼굴에 미소를 그렸다. 그게 매혹적으로 보이는 이유는 아마 제 마음의 문제일 것이다.

라파엘로는 괜히 차가운 음료를 들이켰다. 음료가 어느새 미지근해져 있었다. 그제야 정말로 나가 봐야 할 시간이라는 게 실감 났다.

카예나가 그의 양 볼을 붙들고 입술에 여러 번 짧은 키스를 하고 자리에서 일어났다. 그녀도 슬슬 라파엘로를 보내야 한다는 것을 알았다.

"앞으로 우리에게는 시간이 많잖아요."

수명을 되찾았으니 전처럼 시간이 모자라지 않았다. 침대 위에서 질리도록 뒹굴 때가 언젠가는 찾아오리라.

'그 시간조차 모자랄 것 같기는 하지만.'

라파엘로는 굳이 그 생각을 입 밖으로 내지는 않았다.

그들은 손깍지를 끼고 별채의 입구로 향했다. 카예나가 그를 떠나보내기 전에 마지막으로 다정한 입맞춤을 한 뒤 손을 흔들었다.

"다녀와요."

라파엘로는 떨어지지 않는 발걸음을 억지로 옮겼다.

─❧─

라파엘로는 황궁에 그 흔한 국화 한 송이조차 준비해 가지 않았다. 황제는 가장 비참한 말로를 맞아야 한다. 그의 폭력이 아니었다면 세상이 이렇게까지 엉망진창이 되지 않았을 테니까.

'하지만 왜 이렇게 되어야만 했을까?'

누군가에게 그 답을 묻고 싶었다.

라파엘로는 황궁에 도착해 마차에서 내렸다. 이미 몇몇 귀족이 상복 차림으로 대기하고 있었다. 그들 사이로 어머니가 보였다.

검은 베일로 얼굴을 가리고 있었지만 꼿꼿하게 세운 허리와 한 치의 흐트러짐 없는 차림에서 풍기는 분위기 때문에 금방 알아차렸다. 어머니도 부친이 레제프기 쓴 충에 맞고 즉시했다는 소식을 들었으리라.

"왔구나."

그녀는 한결같은 음성으로 아들을 바라보지도 않고 말했다. 라파엘로는 어머니가 부친의 죽음에 조금도 유감을 느끼지 않으리라 확신할 수 있었다.

황제의 시신은 침실에 정리된 모습으로 누워 있었다.

"사원에서 장례를 치르겠다고 합니까?"

황제가 마법사 아니냐는 소문이 돌고 있으니 사원에서도 섣불리 일을 정할 수 없을 것이다.

노아 대부인이 대답했다.

"장례 문제는 내일 신성 재판까지 보류하자더구나."

"……그렇군요."

그렇다는 것은, 신성 재판에서 명확한 판결을 내리겠다는 뜻이다.

라파엘로는 잠깐 생각에 잠겼다. 미엘른 대사제는 부패한 종교인이다. 그는 이미 황자파와 대공자파를 박쥐처럼 오가며 여기저기서 돈을 받아 챙겼다.

'그런 자가 돈줄이 다 끊겼는데 가만히 있을 리 없지.'

마침 황위도 후계자 자리도 다 공석이 된 상태다. 자신이 주무를 수 있는 황제를 세워 제국을 조종하려 들 게 뻔했다.

그렇다면 이델을 노릴까?

'아니. 틀어쥘 약점이 있는 레제프에게 손을 내밀겠지.'

레제프는 지금 별채에 갇혀 있었다. 이목을 끌지 않고 그곳을 은밀하게 방문해서 모종의 대화를 나눌 수 있을 것이다. 내일 신성 재판에서 레제프의 발언으로 마법사가 누구인지 가려지리라.

'카예나가 그 악마라고 인정하면 판을 뒤집을 수 있겠지.'

하지만 순순히 당해 주기에는 라파엘로도 사원을 견제하고 있었다. 그는 황제가 죽은 것을 확인하고 그대로 황궁을 벗어나 데니안 사제가 있는 사원으로 향했다.

"사전에 기별도 없이 어쩐 일이십니까?"

데니안 사제는 여느 때와 같이 사람이 없는 고요한 사원 안에서 홀로 기도하고 있었다.

'저 사람은 신을 믿을까?'

갑자기 그런 의문이 불쑥 들었다가 사라졌다.

"도움을 요청하러 왔습니다."

"대귀족이신 공작님이 제게 두 번이나 도움을 구하실 줄은 몰랐군요."

데니안 사제가 그에게 자리를 권유했다. 라파엘로는 자리에 앉지 않고 생각한 바를 말했다.

"대사제가 되십시오."

"……."

둥글게 휘어 있던 데니안 사제의 눈에서 점차 웃음기가 사라졌다.

"대사제라……. 뜻밖의 요청을 하시는군요."

"미엘른을 끌어내릴 생각입니다. 저는 당신이 대사제가 되었으면 합니다."

"저는 그렇게 대단한 사람이 아닙니다."

"미엘른 대사제도 대단한 사람이라고 생각하지 않습니다만."

"으음."

데니안 사제의 말문이 막혔다.

"특별히 대단한 신앙심을 가진 사람이어서라거나 가진 능력이 상당해서 하는 말이 아닙니다. 저는 그렇게까지 당신을 잘 알지 못합니다."

라파엘로의 말에 데니안 사제가 헛웃음을 지었다.

"신랄한 말씀이시군요."

그러나 그 말이 불쾌하지 않았다. 차라리 그 귀족적이지 않은 적나라한 화법이 마음에 들었다.

"제가 믿을 수 있는 이로 안전망을 구축하고 싶을 뿐입니다."

"저를 잘 알지 못하시는데 믿을 수는 있다는 말씀입니까?"

"바엘을 믿으니까요."

데니안 사제의 눈이 게슴츠레해졌다. 벌써 그런 신뢰를 쌓은 건가? 조금 의아하기는 했으나 생각해 보면 바엘의 행동도 뜻밖이기는 했다.

그는 인간사에 그다지 얽히고 싶어 하지 않는 사람이었으니까. 그런데 인간 친구들을 사귀게 된 모양이었다. 그것도 상당한 거물들을.

데니안 사제는 잠깐 생각하는 듯하더니 자리에서 일어났다. 그가 벽에 걸린 교리가 쓰인 판을 내리자 네모로 홈이 파인 벽이 드러났다. 벽을 누르자 바로 옆에 있던 다른 판에서 탁! 하고 풀리는 소리가 났다. 그 판을 열자 안에 금고가 보였다.

곧 금고가 열리고 데니안 사제가 서류와 책 같은 것을 빼냈다. 그는 그 자료들을 모두 라파엘로에게 건넸다.

"제가 모아 둔 미엘른 대사제의 비리입니다."

라파엘로가 자료를 확인해 보았다. 하나같이 결정적인 비리들이 정리되어 있었다.

데니안 사제가 다시금 부드럽게 웃었다.

"이 또한 신의 뜻이라고 생각합니다."

라파엘로가 고개를 끄덕였다.

"곧 연락드리죠."

27장
귀환

레제프는 황궁 별채에 갇혔다. 별채 바깥에는 기사들이 울타리처럼 서서 그를 감시했다. 예전이었다면 칼을 뽑아 들고 감히 주제넘은 짓을 한다며 피를 보았을 상황이었다.

그러나 레제프는 아무것도 하지 않았다. 무기력했다. 잠깐 끓어올랐던 살의는 황제와 생부인 레오를 죽이고 나서 잠잠해졌다.

지독한 공허감이 다시 그를 붙들고 늘어졌다.

오늘이 며칠이지? 누이는 언제 사라졌지?

기억이 흐릿해 아무것도 제대로 생각나는 것이 없었다. 손에 잡혔던 드레스의 감촉과 눈물로 흠뻑 젖은 눈동자만이 방금 일어난 일처럼 선명했다.

카예나가 어디로 갔을까?

라파엘로의 저택을 가장 먼저 조사해 보았으나 흔적을 찾을 수 없었다. 아니면 그가 심은 세작이 힘을 쓰지 못한 것일 수도 있다.

제대로 더 알아보기도 전에 황제가 군사 통솔권을 박탈해 버려서 정보가 미미했다.

카예나가 사라진 후, 처음에는 후회스러웠다.

"우리가 왜 이렇게 되어 버렸을까?"

카예나가 했던 말이 가슴에 사무쳤다. 이후로 끔찍한 죄책감에 뜬 눈으로 밤을 지새우다 까무룩 잠들었다. 그리고 악몽에 소스라치게 놀라며 깨어났다. 촛불의 심지처럼 빠르게 마음이 마르고 정신이 피폐해졌다.

그러다 분노가 솟았다. 꼭 그렇게 매정하게 자신을 떠나야만 했나? 그는 태어나서 단 한 번도 누이에게 양보하거나 그녀를 배려해 본 적 없었다. 항상 양보하는 척, 원하는 대로 다 들어주는 척하며 결국 자신이 원하는 대로 했다.

그렇지만, 그럴 수도 있잖아. 대신 내가 화려한 드레스, 아름다운 보석을 줬잖아. 파티를 열어 주고 마음껏 놀고먹게 해 주었잖아.

어차피 누이는 할 줄 아는 게 아무것도 없었으니까.

'그래서 내가 그녀를 좀 더 쓸모 있게 만들어 준 것뿐인데.'

그런데 카예나가 갑자기 그에게 말했다. 도구 취급은 그만하라고.

'대체 뭐가 마음에 안 드는 건데?'

어떤 위기에 맞닥뜨렸을 때, 레제프는 그것을 이겨 낼 방법을 빠르게 찾아내는 사람이었다.

그런데 지금은 아무것도 이해할 수 없고 알 수 없었다. 다 해 주겠다는데도 싫다고 하니 미쳐 버릴 것 같았다. 더 생각하기도 싫고 화만 치솟았다.

그는 익숙하게 카예나를 탓했다. 그녀가 잘못했다. 피해자는 자신이다.

그렇게 생각하다가 이제는 그 주인 없는 원망도 관두었다.

자신이 다 잘못했다.

그러면 안 되는 건데, 양보할 필요가 없고 배려할 이유가 없어서 그랬어.

나는 그렇게 해도 되는 줄 알았어.

계속 용서해 줄 줄 알았어.

당연히 내 곁에 있을 줄 알았어.

레제프는 눈가를 손으로 감싸 쥐고 작게 중얼거렸다.

"내가 잘못했어……."

잘못했어요. 용서해 주세요.

공허하게 같은 말을 반복해 보았지만 그 말을 들을 사람은 아무도 없었다. 이미 늦었다. 만회하고 싶은데 돌이킬 수 있는 일이 없다. 카예나는 떠났다. 아마도 돌아오지 않을 것이다. 레제프는 별채에 갇힌 채 다 끝났음을 완전히 실감했다.

똑똑.

그 순간 누군가가 별채를 찾아왔다. 문이 열리고 미엘른 대사제가 들어왔다. 대사제는 성호를 그으며 자애로움을 가장한 탐욕스러운 눈빛으로 레제프를 바라보았다.

"황자 전하, 참회는 하셨습니까?"

대사제의 말에도 레제프는 천장을 향한 시선을 내리지 않았다. 꼭 미엘른을 투명 인간 취급하는 것 같았다.

미엘른은 조금도 불쾌하지 않았다. 오히려 그는 지금 상당히 기분이 좋은 상태였다. 민중에게 강력한 지지를 받던 황녀가 사라졌다. 레제프는 생부를 죽여 정통성은 물론이거니와 동정의 여론도 싹 걷혔다. 게다가 예이스터는 신성 재판을 앞두고 있다.

'마침 황제도 딱 죽었지.'

그에 반해 사원은 신성 재판을 준비하며 그 어느 때보다도 권위가 드높아져 있었다.

미엘른은 부패할 대로 부패한 사제답게 이것을 기회로 여겼다. 그간 그는 에반스 후작가와 하인리히 대공가에서 어마어마한 액수의 뇌물을 받으며 풍족한 생활을 누려 왔다. 그런데 최근 수도에서 벌어진 일련의 사건들로 로드릭과 예이스터가 동시에 실각했다. 돈줄이 사라져 버린 것이다.

그래서 그는 이번엔 약점투성이인 레제프에게 손을 내밀어 허수아비 황제로 만들 생각이었다.

'내가 제국을 집어삼킬 수 있는 절호의 기회다.'

미엘른이 레제프 근처로 다가갔다.

"실은 전하께 긴히 제안드릴 것이 있습니다."

그가 은밀한 목소리로 덧붙였다.

"황위 계승과 관련한 문제입니다."

이렇게까지 말했는데도 레제프는 여전히 대사제를 향해 시선을 주지 않았다.

미엘른은 레제프가 지금 상황에 무척 상심한 상태라고 이해했다.

"황녀 전하께서 사라지시고 황제 폐하께서도 서거하셨으니 어서 차기 황제를 세워 제국을 안정시켜야 하지 않겠습니까?"

카트린은 황후로 책봉되기 전이다. 따라서 이델도 아직 공식적으로 황자가 되지 못했다. 지금으로서는 레제프가 황위를 계승할 유일한 후계자였다. 그러니 황녀만, 황녀만 저지하면 된다. 미엘른은 눈앞의 욕심에 애가 달았다.

"귀하신 분이 이렇게 별채에 갇혀 계시면 안 되잖습니까? 세간에 떠도는 불미스러운 소문은 제가 수습해 드릴 수 있습니다. 그저……."

사교계에 떠도는 소문은 사원의 힘으로 틀어막으면 그만이다. 대신 레제프가 반드시 해야 할 일이 있었다.

"내일 열리는 신성 재판에 참여하여 하인리히 경의 주장에 동의하십시오."

그제야 레제프의 고개가 미엘른을 향해 움직였다. 예이스터가 주장하는 것. 바로 카예나가 마법사라는 이야기였다. 레제프도 그녀가 마법을 쓰는 것을 정면에서 지켜보았다. 그 힘으로 그의 눈앞에서 흔적도 없이 사라져 버리기도 했다.

대사제가 간교하게 말을 이었다.

"정말 쉽지 않습니까? 그저 황녀가 악마라고 말하면 되니까요. 그 한마디면 전하께서 제국의 주인이 될 수 있습니다."

"……."

레제프가 다시금 고개를 젖히다가 시선을 바로 하고는 자리를 툭툭 털고 일어났다. 직전과 달리 잘 정리된 표정을 짓고 있었다. 그가 대사제에게 말했다.

"신성 재판에 참석하겠습니다."

미엘른의 입가로 승리의 미소가 떠올랐다.

─◈─

대사원에서 신성 재판이 열렸다.

어차피 귀족을 상대로 하는 재판은 짜고 치는 카드 게임 같은 것이다.

이미 피고인이 유죄일지 무죄일지 정하고 하는 재판이라는 말이었다.

예이스터는 후계 싸움에서 진 패자니 죄가 인정되어 처형될 예정이었다.

재판에는 내로라하는 귀족들이 배심원으로 참석했다. 배심원 중에는 막 에반스 가문의 주인이 된 줄리아도 있었다. 줄리아는 라파엘로를 먼저 알아보고 정중하게 인사했다.

"키드레이 공작님을 뵙습니다."

"에반스 후작님을 뵙습니다."

라파엘로가 손을 내밀었다.

"재판장까지 에스코트하겠습니다."

줄리아가 후작위를 계승한 것은 그녀의 힘이 컸다기보다는 상황에 의해 얼렁뚱땅 이뤄진 일에 가까웠다. 그렇다 보니 혈족들이 줄리아 개인의 역량을 의심하고 자칫 그녀를 이용하려 들 수 있는 상황이었다.

라파엘로는 그녀와 친분이 있음을 과시하며 줄리아에게 힘을 실어 주려 했다.

물론 줄리아는 제국에서 가장 잘생긴 남자가 에스코트하겠다고 하니 그 사실만으로 신이 났다.

"어머…… 고맙습니다, 공작님."

요즘 늙고 못생기고 심술궂은 남자들만 주야장천 상대했더니 눈이 피로했던 탓이었다.

"준비는 되셨겠지요?"

라파엘로의 말에 좋았던 기분은 싹 날아갔다. 대신 결연한 긴장감이 줄리아를 휘감았다.

"……물론이죠."

오늘 신성 재판에서 미엘른 대사제를 끌어내리는 역할은 줄리아가 맡게 되었다. 배심원으로 참석한 귀족들에게 제대로 출사표를 던지려는 의도였다.

곧 배심원석에 사람이 꽉 들어찼다. 라파엘로는 시선을 들어 가장 높은 자리에 앉은 미엘른 대사제를 바라보았다. 그는 엄숙히 표정을 굳히고 있었으나 묘하게 안색이 밝았다.

'역시 레제프와 손잡은 건가?'

레제프는 정녕 이대로 제 누이를 악마로 규정하고 왕관을 차지하려는 걸까?

그때 약간 소란이 일더니 문이 열리고 예이스터가 모습을 드러냈다. 그는 결박된 채로 팔라딘에게 이끌려 재판장의 한가운데에 섰다. 완전히 죄인으로 낙인을 찍은 채 시작하는 재판이었다.

"예이스터 하인리히 경. 악마와 거래하여 사특한 마법으로 괴수를 부린 것이 사실이오?"

"……."

고위 사제의 물음에 예이스터는 고개를 푹 숙인 채 대답하지 않았다. 어차피 대답은 필요 없었다. 고위 사제는 다음 질문을 했다.

"갑자기 사냥터 일대를 내려앉게 한 힘도 그대의 짓이오?"

그러자 넋이라도 나간 듯했던 예이스터의 눈에 광기가 맺혔다.

"카예나아아―! 그 악마를 당장 붙잡아라! 당장―!"

배심원들은 그 광포한 외침에 화들짝 놀라 몸을 떨었다. 예이스터는 당장에라도 이곳을 뛰쳐나가 무슨 일이라도 저지를 기세로 계속해서 소리쳤다.

"그년이 악마다! 내 두 눈으로 직접! 똑똑히 봤다고!"

"커흠, 정숙하는 게……."

미엘른 대사제는 딱히 그 말을 막을 생각이 없었기에 미미하게 말리는 시늉만 했다. 예이스터가 배심원들을 돌아보며 목에 핏대를 세우고 말했다.

"이 개돼지만도 못한 무지렁이들아. 사냥터에서 있었던 일을 벌써 잊었느냐! 당장 황녀가 여기에 나타나 이곳을 무너트리고 네놈들을 다 압살할 수 있다는 걸 모르냐고!"

그 무엄한 말에 사람들의 표정이 대번에 불편해졌다.

탁, 탁!

그제야 미엘른 대사제가 정숙하라며 테이블을 내리쳤다.

"대공자의 말을 완전히 무시할 수도 없으니 그 자리에 같이 있었다는 증인을 모셔 왔다."

대사제가 손짓하자 곧 예이스터가 나타났던 문 반대편 문이 열렸다. 그곳에서 레제프가 걸어 나왔다.

"증인 레제프 힐, 신께 맹세코 한 치의 거짓도 없이 사실만을 말할 것을 맹세합니다."

그는 맹세를 끝내고 증인석에 섰다.

미엘른 대사제가 기대감을 잔뜩 품은 얼굴로 입을 열었다.

"황자 전하께서 말씀해 보시지요. 하인리히 경의 말대로 정말로 황녀 전하가 마법사입니까?"

재판장에 모인 모든 이의 시선이 레제프에게 닿았다.

"누님은……."

그의 말 한마디에 상황이 뒤집히리라는 것을 모두 직감했다. 줄리아는 입술을 꼭 깨물며 어제 라파엘로가 건네주었던 미엘른 대사제의 비리가 적힌 서류를 집어 들었다.

이윽고 잠시간의 침묵이 끝나고 레제프의 입술이 열렸다.

"카예나 힐 황녀는 마법사가 아닙니다."

레제프의 말에 장내가 크게 술렁거렸다. 미엘른 대사제가 자리에서 벌떡 일어났다.

'약속했던 것과 다르잖아!'

그는 어제의 대화를 다시 떠올려 보았다. 그러고 보니 황자는 재판에 증인으로 참석하겠다고만 말했지, 카예나 황녀가 마법사라고 말하겠다고 하지는 않았다.

'저, 저 천지 분간도 못 하는 머저리 같은 황자 새끼가……!'

절로 이가 갈렸다. 이렇게 해서 대체 얻는 게 뭐지? 황위를 제 발로 차는 짓이 아니던가! 설마 단순히 카예나를 보호하기 위해 그런 말을 지껄였다고 생각하지는 않았다. 그렇게 생각하기엔 그간 레제프가 황녀를 어떻게 다뤄 왔는지 잘 알았기 때문이다.

'자신이 처한 상황의 돌파구가 무엇인지 알아보지 못하고 자포자기한 건가?'

상황이 이상하게 돌아가고 있었다.

"개소리를 지껄이는구나, 레제프 황자!"

예이스터는 분노로 파르르 떨며 레제프를 당장 잡아다 족칠 것처럼 으르렁거렸다. 사실 지금 레제프의 말에 가장 분개한 사람은 대사제가 아닌 예이스터였다.

레제프의 시선이 무심하게 그에게 향했다. 꼭 '어쩌라고?' 하며 묻는 듯한 표정이었다.

"황녀는 마법사다! 네놈의 침실에서 사라진 것도 마법의 힘이거늘 감히 거짓말을 해?!"

"내 누이는 갑자기 나타난 이상한 자들에게 붙들려 사라지셨다. 아마도 황제 폐하께서 보낸 사람들이었겠지……."

레제프는 안색 하나 변하지 않고 처연하게 거짓말을 했다.

이대로는 안 되겠다고 생각한 미엘른 대사제가 성서를 내리치며 이목을 끌었다.

쾅! 쾅!

"모두 정숙하세요!"

미엘른이 레제프를 뚫어질 듯이 노려보며 말했다.

"증인 레제프 황자. 황자 전하께서 하신 말씀 중 거짓이 없음을 정녕 신께 맹세할 수 있습니까?"

레제프는 신을 걸고 한 협박에도 전혀 아랑곳하지 않고 말했다.

"아까도 맹세했잖습니까?"

"그……!"

미엘른은 분통이 터져 미칠 지경이었으나 지금 이 자리에서는 티낼 수도 없으니 돌아 버릴 것 같았다.

예이스터가 버럭 소리쳤다.

"황자, 네놈이 내게 암흑가에서 미쳐 날뛰던 메데이아가 바로 황녀라고 하지 않았나!"

그 말에 다시금 장내가 들썩거렸다. 그들도 암흑가의 마담 메데이아를 알았기 때문이었다.

"황녀가 사라지고서 그 메데이아 그년도 사라졌지. 그년이 내 저택을 부수고 마법사들과 결탁하는 걸 봤단 말이다!"

그때 라파엘로가 손을 들었다. 무표정하게 굳은 얼굴이었으나 분노가 은밀하게 숨겨져 있었다.

이 진땀이 나는 상황에 뻘뻘 땀 흘리던 고위 사제는 라파엘로를 발견하고는 그에게 발언권을 주었다. 라파엘로가 예이스터에게 말했다.

"황녀 전하를 향한 모함은 작작 해라, 예이스터."

예이스터의 고개가 라파엘로를 향해 휙 돌아갔다.

"조디악 저택에 설치된 최약과 네놈의 최약 창고에서 나온 최약이 같은 것이라는 증거가 내게 있다."

"그건─!"

사람들의 눈빛에 곧바로 불신이 서렸다. 저런 무도한 자가 하는 말이니 그럼 그렇지, 하는 눈빛이었다. 여론이 뒤집히려 하고 있었다.

미엘른 대사제는 이대로 있다가는 자신이 계획한 일이 다 어그러지리라고 직감했다. 이럴 땐 얼른 선수 쳐야 한다.

"난장판이 따로 없군요!"

대사제의 호통에 다시 시선이 그에게 모였다. 미엘른은 엄숙함을 가장한 표정과 목소리로 말했다.

"오늘 신성 재판은 여기서 마무리하고 다음에 다시 열겠습니다."

대사제의 지시에 따라 팔라딘들이 예이스터를 끌고 나갔다. 레제프도 죄인의 신분이었기에 팔라딘의 감시 아래에 밖으로 이동했다.

상황이 정리되는 것 같으니 사람들도 이만 나가려고 할 때, 줄리아가 자리에서 벌떡 일어났다.

"재판을 이대로 끝낼 수 없습니다."

"……?"

그녀는 다들 당황한 틈을 타서 배심원석에서 나와 앞으로 나섰다. 손에는 밤새도록 정리한 서류가 들려 있었다.

'카예나 황녀 전하셨다면.'

줄리아는 눈을 천천히 감았다가 뜨며 생각했다. 만약 카예나였다면 어떤 목소리와 말투로 사람들을 사로잡았을까? 어떻게 이 사람들을 설득했을까? 줄리아의 입에서 마치 남의 것처럼 낯선, 침착하지만 단단한 목소리가 흘러나왔다.

"이 자리에서 새로운 재판을 청구합니다."

그녀는 고위 사제들이 일렬로 앉은 테이블에 다가가 서류를 나눠 주었다. 배심원들에게도 똑같은 자료가 배부되었다.

"지난 십수 년간 거액을 횡령해 온 것도 모자라, 청렴해야 할 사제면서 여러 가문에서 꾸준히 부정 청탁과 뇌물을 받아 온 미엘른 대사제와 사원의 수뇌부들을 구속하기를 청원합니다."

"말도 안 되는 소리!"

대사제는 그간 사원에서 저지른 일을 상세히 기술한 서류를 힐끗 보더니 와락 구기며 반박했다.

"어디서 감히 나를 모함하는 것이오, 에반스 후작!"

"부끄럽게도."

줄리아는 그의 살기 어린 눈빛을 정면으로 받으며 말을 이었다.

"에반스 가문은 꾸준히 대사제를 비롯한 사원의 수뇌부에 뇌물을 써 왔고 각종 청탁도 했습니다. 로드릭과 제논이 그간 헌금을 핑계로 바쳤던 뇌물 내역이 쓰인 장부와 가문 내의 관계자들도 이미 확보해 둔 상황입니다."

설마 줄리아가 가문에 직격타가 될 일을 들고 나올 줄 몰랐던 대사제와 수뇌부가 사색이 되었다.

"내가 이딴 모함을 그냥 넘어갈 것 같소!"

어차피 상대는 힘없고 어린, 막 가문을 계승하여 지지 기반도 위태로운 후작에 불과하다. 에반스 후작가의 위상은 제논과 로드릭으로 인해 예전 같지 않다. 대사제가 팔라딘들에게 명령했다.

"팔라딘들은 당장 사원을 보호하라!"

뜻밖의 사태에 당황하던 팔라딘들이 대사제의 명령에 척척 움직이며 줄리아 앞을 가로막았다. 무장한 남자들이 위협적으로 다가오자 줄리아가 움찔했다.

그러나 이 일을 일찍이 계획했던 게 바로 라파엘로였다. 제국에서 가장 강력한 군대를 보유한 것이 바로 키드레이 공작가가 아니던가?

라파엘로가 손짓했다. 바스턴이 그 손짓을 보더니 재판장 문을 활짝 열며 소리쳤다.

"키드레이의 기사들이여! 제국을 지켜라!"

"와아아!"

바깥에서 대기하던 기사단이 재판장 내부로 침입하며 팔라딘을 비롯해 사제들을 향해 무기를 들었다.

미엘른 대사제가 눈을 부릅뜨며 고함쳤다.

"키드레이 공작!"

사원과 전쟁을 벌일 게 아니라면 지금 이 행동은 상당히 위험한 짓이었다. 그러나 라파엘로는 전혀 두렵지 않았다.

"순순히 재판을 받아들이십시오, 미엘른 대사제. 진실 여부를 가리고 난 이후에 팔라딘을 일으켜도 될 것 같습니다."

라파엘로가 앞으로 나서며 줄리아를 제 뒤로 당겨 주었다. 그리고 부끄러운 줄도 모르고 여자를 곧바로 위협하려 들었던 팔라딘들을 경멸스럽게 훑었다.

"정황을 기술한 서류를 본 척도 하지 않고 무력으로 상황을 무마하려고 하다니. 너무 수상쩍은 행동이 아닙니까?"

"그게 무슨 말 같지도 않은 소리요! 신을 모시는 사원을 핍박하려드니 그런 것 아니겠소? 저 줄리아 에반스가 사특한 뜻을 품고 이런 일을 벌인 게 틀림없소!"

"제가 보기에는 가문이 입을 타격을 무릅쓰고서라도 정의를 실현하려는 용맹한 전사 같습니다만."

대사제는 제정신이냐고 소리 지르고 싶었다. 이건 사원만 타격 입고 끝날 일이 아니었다. 어디 사원과 결탁하여 비리를 저지른 가문이 에반스 후작가와 하인리히 대공가가 전부던가! 그는 당장 자신에게 동조해 줄 귀족을 찾으려 배심원을 둘러보았다. 그런데 배심원 구성이 뭔가 이상했다. 대사제가 자주 보았던 귀족들이 보이지 않았다.

그제야 등골이 서늘해지며 식은땀이 흘렀다. 상황이 명확히 이해되고 있었다. 처음부터 짜 놓은 각본이었다. 미리 손써서 대사제의 편을 들어 줄 귀족은 배심원으로 참석하지 못하도록 한 것이다.

라파엘로도 같이 주변을 한차례 훑어보다가 말했다.

"이제 대화할 준비가 되셨습니까?"

그 모습이 꼭, 죽을 준비는 마쳤냐고 묻는 악의 심판자 같았다.

─ ※ ─

데니안 사제가 모았던 비리 증거는 너무나 정확했다. 횡령이나 뇌물은 차라리 죄질이 가벼운 비리였다. 사원이 예이스터를 도와 귀족 가문의 주인을 저들 입맛대로 바꾼 것은 귀족 사회에 어마어마한 충격을 안겨 주었다. 괜한 일에 휘말리기 싫어 뜨뜻미지근하게 굴던 귀족들마저도 완전히 분개했다. 썩을 대로 썩고 곪을 대로 곪았던 제국에 심판의 낫이 퍼렇게 날을 세워 부패를 제거했다. 점차 제국에 드리우고 있었던 어둠이 걷혀 갔다. 그야말로 대격변이 일어나고 있었다.

"귀족들 사이에서 다음 황위를 이을 자를 찾는 움직임이 있습니다."

라파엘로가 공작저의 별채에서 카에나와 차를 마시며 바깥의 이야기를 전달했다.

"현재로서는 이델 님이 가장 유력합니다."

황위를 이을 혈족 중 가장 직계에 가까운 자가 바로 이델이었다. 다만 여기에는 문제가 있었다. 카에나가 찻잔에 든 찻물을 빙글빙글 돌리며 말했다.

"에스테반 황제가 이대로 악마로 규정되면 그 후손의 정당성 등을 꼬투리 잡을 자들이 있다는 거죠?"

"그렇습니다."

이대로 황조가 뒤바뀔 수도 있다는 뜻이었다.

"지금은 황권이랄 게 없는 상황이니 별수 없는 일이죠."

카에나는 남의 이야기를 하는 것처럼 대수롭지 않게 대꾸하고는 차를 한 모금 마셨다. 진하게 우려낸 홍차 맛에 그녀의 입가에 미소가 떠올랐다.

"너무 걱정할 것 없어요."

그녀가 마치 예언처럼 말했을 때였다.

"주인님."

제레미 보좌관이 그들의 시간을 방해해서 대단히 죄송스럽다는 듯이 다가왔다.

"바옐 크로노스 백작님이 방문하셨습니다."

코빼기도 보이지 않던 자가 이 시기에 갑자기? 라파엘로의 시선이 카예나에게 닿았다. 시선에 담긴 뜻은 명확했다.

'뭔가 꾸미셨습니까?'

카예나는 차를 한 모금 마시며 어깨를 으쓱했다. 그녀라고 모든 일을 다 꾸미는 것은 아니었다.

'친절한 고양이가 혹시 한 발 보태 줄까 기대하기는 했지만.'

어쨌든 카예나가 한 일은 아니었다.

라파엘로는 홀로 바옐을 만나러 본관에 갔다. 응접실에 들어서자 어느새 익숙해진 밝은 다갈색 머리의 바옐이 눈을 치뜨며 라파엘로를 바라보았다.

"손님이 왔으면 빨리 좀 와라."

바옐은 혼자서 오지 않았다.

"공작님을 뵙습니다."

먼저 제다이어가 깍듯하게 그에게 인사했고…….

"으어어……."

엉망인 꼴로 포박된 남자가 거의 눈을 뒤집고 서 있었다. 옷이 구깃구깃하기는 했으나 상당히 부유한 자라는 것을 한눈에 알아볼 수 있었다.

"저건 뭐지?"

라파엘로의 물음에 바옐이 대답했다.

"선물."

저게 선물이라고? 라파엘로가 고개를 살짝 갸웃했다.

"고양이는 보통 쥐를 잡아 오지 않나?"

바옐은 뭔 소리냐고 되물으려다가 또 자신이 고양이 취급당했다는 사실을 깨달았다.

'아주 그냥…… 다음번에는 코뿔소쯤으로 모습을 바꿔야 정신을 차리지!'

정체를 숨기기 쉽고 기동성도 좋아서 고양이를 선택한 것이지 원한다면 당장 위협적인 큰 동물로 변신할 수도 있었다. 바엘의 심기가 불편해진 것을 눈치챈 제다이어가 재빨리 붙들어 온 남자의 정체를 밝혔다.

"이 사람은 하임벨 영주입니다."

'하임벨 영주……?'

라파엘로의 시선이 다시 그 남자에게 닿았다. 보통 영주가 바뀌면 서로 안면을 트고 친목을 도모하며 우호적인 관계를 다지는 작업을 한다.

그러나 라파엘로는 작위 계승 후 서부 공작령에 들르지 못해 주변국의 지배자들과 안면을 틀 일이 없었다. 하임벨 영주의 얼굴도 오늘 처음 보았다.

그는 카예나가 예전에 데니안 사제의 신전에서 말해 주었던 계획을 떠올렸다.

"여기 상황은 대충 정리해 두고 서부 공작령으로 가는 게 좋을 것 같아. 하임벨을 흡수하려면 시간이 좀 걸릴 테니까."

바엘이 손가락을 튕기자 하임벨 영주의 모습이 온데간데없이 사라졌다.

"황녀는 깨어났어?"

그의 물음에 라파엘로가 고개를 끄덕였다.

"차를 마신 모양이네."

바엘의 검은 정원은 최근 카예나의 생명력을 잔뜩 빨아들여 날카로우리만치 생기를 뿜어내고 있었다. 그러던 정원의 상태가 갑자기 시들해진 것을 보며 카예나가 차를 마셨다는 사실을 짐작하고는 있었지만 이렇게 실제로 들으니 이제야 안심되는 기분이었다.

"아, 근데 공작아."

"그냥 라파엘로라고 불러라."

"그래, 라파엘로야. 혹시 너희 집 좀 크냐?"

이건 대체 무슨 의도를 담은 질문이지? 라파엘로는 미간을 살짝 찡그리며 대답했다.

"황성만큼 크지는 않아도 현존하는 귀족의 성 중 가장 클 거다."

바엘이 만족스럽게 손뼉을 짝짝 쳤다.

"다행이다. 그럼 나 건물 하나만 줘."

"……내게 맡겨 놓은 건물이라도 있는 건가?"

"너 때문에 데니안이 대사제가 되면 내가 머물 곳이 사라지잖아!"

라파엘로는 못마땅해졌다.

"하지만 내 어머니는 고양이 털 알레르기가……"

"캬! 고양이 아니라니까!"

그래도 영 내키지 않았다. 그곳은 나중에 카예나와 자신의 신혼집이 될 텐데 군식구까지 데리고 살아야 한다니. 사실 아직도 바엘을 향한 은근한 견제가 남아 있었다.

라파엘로의 눈빛이 이상하다는 것을 느낀 바엘이 눈살을 찌푸렸다.

"야, 설마 너……."

바엘이 떨떠름한 표정으로 더듬더듬 말을 이었다.

"너 진짜로 나한테 무슨 마음이 있는 건 아니지……?"

성년식에서 라파엘로가 아무렇지 않게 했던 그 성…… 뭐라는 단어에 받았던 충격이 여전히 생생했다. 가뜩이나 황녀도 이상하기 짝이 없는데…….

'저 새끼도 정상은 아니야.'

그 말에 라파엘로가 고개를 끄덕였다.

"바보 고양이 하나쯤은 내 집에 머물게 해도 될 것 같군."

"뭐라고? 이 공작 놈이!"

제디이이는 그응히 입을 더 물고 있다기 생각했다.

'귀족이나 마법사나 다 좀 이상한 사람들이네…….'

역시 이런 높은 사람들의 생각은 자신처럼 평범한 소시민은 이해하기가 어려운 것 같았다.

"별채로 자리를 옮기지."

라파엘로는 그렇게 말하며 바옐에게 다가가 손을 내밀었다. 바옐이 그 손을 물끄러미 내려다보며 짧은 고뇌에 빠졌다.

'……에스코트인가?'

근데 그거 남자한테도 하는 거였나? 인간 세상에 나오지 않았던 사이에 예법이 바뀐 건가? 무슨 뜻이냐고 물으려니 자존심이 허락하지 않았다. 왠지 유행에 뒤떨어진 늙은이가 되어 버린 느낌이 들었기 때문이다. 바옐이 그 손 위로 제 손을 턱 얹었다.

"……."

"……?"

라파엘로는 어이가 없다는 표정을 지었다가 이내 참지 못하고 웃음을 터트렸다.

"왜, 왜!"

뭔가 이상하다는 것을 깨달은 바옐이 후다닥 손을 떼며 얼굴을 벌겋게 물들였다.

"여기서 바로 별채로 이동시켜 달라고 손을 내민 거였는데."

"그, 그런 거면 말로 했어야지!"

바엘은 괜히 예법에 밝은 척, 유행에 뒤처지지 않는 척, 안 늙은 척하려다가 창피를 당하고 말았다. 그가 씩씩거렸다.

"그리고 난 순간 이동할 때 접촉할 필요 없거든!"

마법도 모르는 무식한 놈! 바엘이 그렇게 매도하듯 호통치자 라파엘로가 순순히 인정했다.

"아, 내가 잘 몰라서."

"이익……!"

더 약이 올랐다. 저 건방진 공작 놈에게 뭐라고 혼쭐을 내고 싶었으나 솔직히 이길 자신은 없었다. 바엘은 괜히 진 빼지 않고 손가락을 튕겼다.

딱!

응접실에 있던 세 사람이 순식간에 카예나가 있는 별채로 이동했다. 카예나가 바엘을 향해 손을 흔들었다.

"안녕, 바엘."

"흥!"

심통 난 바엘은 카예나의 인사를 받아 주지 않았다. 카예나가 쟤왜 저러냐는 표정으로 라파엘로를 바라보았으나 그는 모르겠다는 듯이 시치미를 뗐다.

제다이어를 제외하고 테이블에 둘러앉았다. 제다이어는 황녀, 공작, 마법사 사이에 같이 껴서 앉기에는 신분 차이가 너무 컸다.

제다이어가 가만히 서 있는 것을 본 카예나가 빈자리를 가리켰다.

"당신은 여기에 앉아."

그냥 넘어가도 될 일이었는데 카예나가 신경 써 주자 제다이어는 살짝 놀라며 고개를 숙였다. 지배 계층이 이런 사소한 일을 신경 써 주는 것은 대단한 배려였다.

"감사합니다."

다들 자리에 앉자 바옐이 말했다.

"히임벨 영주는 잡이 됐어. 이제 어떻게 처리할 건지 정하는 일만 남았는데, 어떻게 할래?"

카예나가 말했다.

"생각한 시기보다 일이 너무 빨리 처리됐어."

원래대로라면 제다이어가 하임벨 영주를 키드레이 공작 성으로 피신시키기까지 한 달을 보았다. 수도로 그 소식이 전달되려면 또 보름에 가까운 시간이 필요하리라고 예상했다. 빨리 처리해서 나쁘다는 뜻은 아니다. 다만 상황이 무르익을 필요가 있었다.

"황위를 두고 왈가왈부하는 이들이 생기며 좀 더 엉망이 됐을 때 공작가에 하임벨이 흡수되었다는 소식이 퍼져야 해."

카예나가 그리는 그림은 그리 복잡한 것은 아니었다. 레제프는 이미 실각했고, 현재 귀족들은 다음으로 유력한 이델에게 관심을 보이는 중이다. 이런 상황에 라파엘로가 이델의 가정 교사였다는 사실이 드러나면 그들을 견제할 이가 수두룩했다. 이델은 어리고 공작가의 힘은 강력하다. 어린 황제를 세워 섭정하려는 게 아니냐며 탄원할 수도 있었다.

'혹은 공작가보다 훨씬 만만한 이델을 공격하거나.'

카예나는 후자의 가능성이 압도적으로 높다고 생각했다.

"이 기회에 부패한 귀족들이 작당해서 그들 입맛에 맞는 방계 황족으로 황조를 바꾸려 들 거야. 그때를 노려야 해."

그렇게 썩어 빠진 제국을 수술대 위에 올려놓고 대대적으로 개선할 생각이었다.

"하임벨의 부유함을 공작가에서 흡수했다는 점과 이로써 율령 왕국과 국경선이 맞닿게 되었다는 사실이 귀족들에게 경각심을 주겠지."

키드레이 공작가가 더는 제국의 3대 가문 중 하나가 아니라 독보적으로 득세한 가문이 될 것이다. 나중에 그녀가 라파엘로와 결혼하게 된다면 공작가로는 격이 낮으니 자연스럽게 대공가로 격상할 발판도 마련할 수 있다.

가만히 이야기를 듣던 바옐이 말했다.

"결론은 무력과 재력으로 깽판 치겠다는 뜻이잖아? 거기까지는 이해했는데, 그래서 그 이델인가 뭔가 하는 애가 몇 살인데?"

"열세 살이야."

"열세 살짜리를 황위에 앉히겠다고?"

카예나가 피식 웃었다.

"그러면 너무 가혹하겠지. 이델이 성년식을 치를 때까지는 내가 제국을 통치하려고 해. 그러는 편이 귀족들도 훨씬 말을 잘 들을 거고."

그녀가 황제로 등극하면 카트린을 황태후로, 이델을 황태제로 삼을 생각이었다. 제국의 체질 개선까지 가이드라인이 다 잡힌 상황이었다. 여기서 남은 문제는 카예나였다.

"그럼 너는 어떻게 황위에 오르려고?"

"나야 뭐, 그냥 짠 하고 다시 황궁에 들어가도 상관없지. 나는 여전히 국정 대리인이니까. 하지만 그렇게 등장하면 재미없잖아?"

'대체 뭐가 재미없다는 건지.'

바옐은 괜히 머리가 아플 것 같아 묻지도 않고 테이블에 놓인 간식을 집어 들었다. 머리가 복잡할 때는 역시 달콤한 것이 최고였다.

"윽."

그런데 달아도 너무 달았다.

"이거 뭐야? 이게 쿠키야, 설탕 덩어리야?"

"설탕 쿠키야."

"……그래."

바옐은 입을 다물었다. 라파엘로가 달지 않은 간식이 담긴 접시를
바옐에게 건네주며 카예나에게 말했다.

"그렇지 않아도 이델 영식에게 공작가를 정식으로 방문하라고 말
해 두었습니다. 그때 전하께서도 영식과 만나 보시겠습니까?"

"제가 갑자기 사라진 것을 걱정할 것 같은데……. 공작가를 방문하
면 별채에서 잠깐 보면 좋겠네요."

"그럼 그렇게 하겠습니다."

카예나는 바옐이 불평했던 설탕 쿠키를 한 입 먹었다.

'적당히 달고 맛있는데.'

어쨌든 이제 필요한 건 시간이었다. 단, 전처럼 하루빨리 무언가를
해낼 시간이 아니었다. 카예나가 기다리는 반응들이 끓어올라 폭발
할 시간이었다.

─❊❉❊─

레제프는 이변 없이 유배형을 선고받았다. 사형에 처할 수도 있었
다. 그러나 라파엘로는 그러지 않았다. 신성 재판에서 레제프가 카예
나를 보호했던 일 때문이었다.

다만, 딱 거기까지다. 레제프에게 베풀어 줄 수 있는 관용은 그게 적정한 수위였다.

황제는 죽고 황녀는 사라지고 황자는 유배형을 선고받았다. 황좌를 언제까지고 비워 둘 수도 없다. 민중은 지배자의 부재를 국력 약화라고 해석한다. 그렇게 되면 필연적으로 전쟁이 벌어진다. 민심을 다스릴 필요가 있다.

카예나가 예상한 대로 귀족들은 차기 후계자로 가장 유력한 이델에게 시선을 집중했다. 카예나의 외가인 하멜 백작가는 카트린을 가문에 입적했을 뿐인데 온갖 이득을 취할 유리한 고지에 서게 되었다.

황녀의 외숙부인 조나단은 눈치 볼 사람이 아무도 없으니 벌써 제국의 주인이라도 된 양 굴었다. 이대로 잘 풀리면 자신이 황제의 외숙부가 되는 것이다. 조나딘은 사교계를 활발하게 누비며 세력을 모으기 시작했다. 사람들이 모인 자리에서 자신이 조카가 된 이델을 원할 때 언제든 볼 수 있는 사이라고 강조하는 것을 빼먹지 않았다.

"제가 바쁘다 보니 이델을 못 본 지도 꽤 되었군요. 친척 간에 교류가 잦아야 가정이 화목해지는 법인데 말입니다."

그 속내가 빤한 말에 사람들은 겉으로 미소만 지었다. 그때 한쪽 입꼬리만 휙 올려 웃던 노신사가 점잖게 말했다.

"이델 군은 키드레이 공작가에 들르느라 외숙부보다 더 바쁜 듯하던데……. 굳이 그렇게 죄책감을 느끼실 필요는 없겠습니다."

그의 일침에 주변에 있던 신사들이 킥킥 웃음을 터트렸다. 조나단의 얼굴이 벌겋게 달아올랐다.

"그리고 황녀 전하야말로 하멜 백작의 친조카가 아닙니까? 뭐, 찾는 시늉도 하지 않는 걸 보면 그다지 화목할 의지가 없으신 모양입니다."

"말씀이 지나치십니다!"

노신사는 어깨를 으쓱했다. 이곳에 모인 이들은 이델을 내치기로 한 자가 대부분이었다. 가뜩이나 강력한 키드레이 공작가의 힘이 독보적으로 강해지면 곤란하다. 그들은 새 황조와 새로운 3대 가문이 탄생할 때가 도래했다고 판단했다.

"정말 세간의 말대로 에스테반 황제 폐하께서 악마가 맞는 것 아닙니까? 그렇지 않고서야 그분의 장례가 이토록 조촐하게 치러졌을 리가 없지요."

사람들은 황제의 부덕함, 그가 마법사라는 소문, 실제로 부실하게 치러진 장례를 두고 여론을 조성하려 했다.

"그런 분의 핏줄이라니……. 또 똑같은 사태가 벌어지지 않으리라는 법도 없고, 솔직히 우려스럽습니다."

"이, 이델은 마법사가 아니에요!"

조나단은 몹시 당혹스러워하며 극구 부인했다. 그러면서도 마음속에 슬그머니 불안감이 들었다. 이대로 있다가는 자칫 악마의 핏줄과 엮인 가문이라고 같이 규탄받을 수도 있는 노릇이었다.

하멜 백작은 그 모임 직후 카트린을 하멜 백작가에서 제명했다. 매정한 처사에 다들 혀를 끌끌 찼으나 이해는 했다. 혹시 악마의 아들이라고 땅땅 확정 나 버리면 그때는 하멜 백작가도 연대 책임을 지게 될 테니까.

귀족들은 연합처럼 뭉쳐 열심히 불온한 소문을 조장하고 이델을 궁지에 몰았다. 또한 키드레이 공작가가 어린 이델을 데리고 섭정하려 한다며 압박을 넣기 시작했다. 모두 카예나가 예상했던 그대로였다.

그 무렵 중대한 소식이 수도를 강타했다. 하임벨이 키드레이 공작령에 복속하게 되었다는 소식이었다. 가뜩이나 강대한 군대를 보유한 가문이 어마어마한 금력까지 가지게 되었다. 더불어 율령 왕국과 국경선이 맞닿게 되며 키드레이 공작령의 역할이 더욱 중요해졌다.

키드레이 공작가가 사실상 제국에서 가장 강력한 가문이 된 것이다. 그 사실을 깨달은 수많은 귀족이 꿀 먹은 벙어리가 되었다. 여기서 입을 잘못 놀렸다가는 지도상에서 그들 가문이 흔적도 없이 사라지리라는 사실을 직감했기 때문이다.

이대로 이델이 황제가 되고 키드레이 공작이 실질적인 지배자가 되겠구나. 다들 그렇게 생각했다. 그러나 이상하게도 키드레이 공작가에서는 이델을 황위에 올리려는 움직임을 보이지 않았다. 마치 무언가를 기다리는 듯한 태도였다.

─❀◈❀─

황제가 죽고 후계자도 없이 지낸 지도 벌써 두 달이 넘어갔다. 민중은 새로운 통치자가 없다는 사실에 불안에 잠겼다. 곧 다른 국가에서 이때를 기회 삼아 제국에 쳐들어올 것만 같았다. 그렇게 되면 제국은 사분오열로 갈라져 자신들의 터전이 사라져 버리겠지. 전쟁에 가장 먼저, 가장 많이 고통받는 것은 다른 누구도 아닌 민중이었다.

그들은 이 상황이 일촉즉발, 세상이 무너지기 전 잠깐의 고요함 같다고 생각했다. 불안에 잠긴 민중은 이대로 가만히 있을 수 없다고 생각했다.

"카예나 황녀 전하를 찾아라!"

제국민들은 자발적으로 일어나 사라져 버린 자신들의 영웅을 찾기 시작했다.

황녀의 초상화는 따로 제작할 필요가 없었다. 이미 제국 전역에 황녀의 초상화가 뿌려져 갤러리라도 차린 것처럼 곳곳에 전시되어 있었기 때문이었다.

제국이 한창 황녀 찾기에 혈안일 동안 공작저의 별채는 손님들로 북적였다. 카예나의 직속 시녀들이 찾아온 것이다.

"전하!"

그들은 지금껏 카예나가 괜찮다는 이야기만 듣고 얼굴을 보지 못해 속앓이했다. 그런데 오늘 보게 된 카예나는…… 너무나 편안해 보였다.

"다들 오랜만이구나."

카예나는 그들을 반갑게 맞아 주었다. 그간 급변하는 제국 정세에 휩쓸리지 않고 애쓴 이들이 기특하고 고마웠다.

"수고들 많았다. 이제 다들 마음 놓아도 돼."

카예나가 마음을 놓아도 된다고 하면 정말 상황이 끝난 것이다. 그들은 이제야 자신들이 승리했음을 실감할 수 있었다.

"그간 수고가 많았습니다, 줄리아 후작."

카예나의 경칭에 줄리아가 화들짝 놀랐다. 그러더니 막 황궁에 들어왔을 때와는 비교도 되지 않는 굳건한 표정과 태도로 카예나를 향해 예를 갖췄다.

"이 모든 것이 전하 덕분입니다. 저는 앞으로도 평생 전하를 주군으로 모시며 곁에서 보필할 것입니다."

다들 줄리아를 흐뭇한 눈으로 바라보았다.

"그리고 부디 말씀을 낮춰 주세요. 언니들도요."

그들은 서로 다독이며 그간의 안부를 묻는 등 이야기를 풀었다. 대화 주제는 곧 최근 제국민들이 황녀를 찾는 것으로 흘렀다. 수잔이 진지한 얼굴로 말했다.

"이참에 건국 신화는 비비지도 못할 새로운 신화를 만들어 내는 게 어떨까요?"

베라가 대꾸했다.

"하늘이 내린 군주, 카예나 황제 폐하! 이런 느낌이요?"

카예나의 눈이 가늘어졌다. 그러나 다들 이 주제가 마음에 쏙 들었는지 한마디씩 거들기 시작했다. 올리비아는 하늘이 내린 군주라는 말에 아, 하고 말했다.

"하늘에서 구름 계단을 타고 내려오셨다고 하면 신의 딸 같으면서 신비롭지 않을까요?"

줄리아가 말했다.

"어디서 보니까 알에서 태어난 왕도 있대요. 황금으로 된 알도 괜찮을 것 같아요!"

"할 거면 차라리 꽃이 낫죠. 거대한 꽃송이에서 짠 하고 나타나는 거예요."

"붉은 망토를 두르고 백마를 탄 채 기사들을 이끌고 나타나시는 것도……."

카예나가 가만히 있다가 입을 열었다.

"……다들 재미있니?"

그 물음에 다들 까르르 웃었다. 카예나만 고개를 절레절레 내저을 뿐이었다.

"언제쯤 황위를 계승하실 생각이신가요?"

베라의 물음에 카예나가 입가에 가느다란 미소를 지으며 어딘가 착

잡하게 말했다.

"……레제프가 수도를 떠나면."

다들 카예나의 심정을 이해한다는 표정을 했다.

올리비아는 침실에서 일어난 참상을 직접 당하고 목격한 사람으로서 마음이 쓰라렸다. 그녀가 카예나의 손을 꼭 잡아 주었다. 그러자 카예나가 고맙다는 듯이 눈을 힘없이 휘며 손을 마주 잡았다.

유배형을 선고받은 레제프가 곧 수도를 떠난다. 카예나는 그가 이곳을 떠나면 세상에 모습을 드러낼 생각이었다.

'레제프…….'

모든 게 다 해결되었다. 그러나 그 문제만큼은 카예나에게 평생 풀지 못할 숙제로 남을 것 같았다. 그녀는 모든 일에 정답이 있다고 생각하지 않았다. 다만 언제나 정답에 가깝게 살려고 했다. 그게 뜻처럼 잘 풀릴 때가 있고 그렇지 않을 때가 있다. 카예나는 레제프가 그런 잘 풀리지 않는 문제라고 생각했다.

그때 베라가 말했다.

"전하께서 선택하신 게 옳아요. 저는 그렇게 믿어요."

한 치도 의심할 것 없다는 듯이 확신에 찬 음성이었다. 뒤이어 수잔과 줄리아도 동조했다.

"가장 최선의 선택을 하셨다고 생각해요."

카예나는 그들의 말이 고마웠다. 이들을 모을 때만 해도 이렇게 끈끈한 우정을 나누리라고 짐작했었던가? 절대 아니었다.

'그래. 이게 삶이구나.'

지금까지 살아온 생은 성공과 실패가 뚜렷했다. 승리와 패배가 거듭되었다. 마치 성적표 같은 삶이었다. 하지만 지금은 좀 달랐다. 뚜

렷한 성공도 실패도 아닌 애매한 상황이 처음으로 삶에 흔적을 남긴 것이었다. 그게 레제프였다.

사람들은 이렇듯 해결되지 못할 고민을 모래주머니처럼 달고서 현재를 살아가고 있는 게 아닐까? 지금까지의 인생에서 절대 있을 수 없었던 형태였다.

"다들 고맙구나."

카예나는 자신을 옥죄며 조종하던 실에서 이제야 완전히 벗어난 듯한 기분을 느꼈다.

'그래. 이제야.'

이제는 자신의 의지대로 살아간다고 말할 수 있다.

베라가 카예나에게 물었다.

"키드레이 공작님은 아직도 서부 공작령에 계시나요?"

라파엘로는 하임벨을 공작령에 복속시키기 위해 바엘과 함께 서부로 떠난 상태였다. 얼마 전에 수도로 하임벨이 복속하였다는 소식이 도착했으니 아마 거의 마무리 단계일 것이다.

"한동안은 그곳에 머물러야겠지. 나도 슬슬 공작령으로 출발해야 할 테고."

카예나가 서부 공작령으로 간다는 말에 다들 의아한 표정을 지었다. 수잔이 고개를 갸웃했다.

"벌써 살림을 차리러 가시는 건 아니시죠?"

"수잔."

너무 거침없는 질문에 베라가 얼른 그녀를 만류했다. 카예나가 피식 웃으며 고개를 저었다.

"살림은 7년 후에 차리겠지."

그 말에 다들 눈을 반짝 빛냈다. 뉘앙스가 심상치 않았기 때문이었다.

"설마 청혼받으신 거예요?"

카예나는 의미심장한 미소를 띠더니 가느다란 목걸이를 풀어 거기에 달린 블루 다이아몬드 반지를 보여 주었다.

"어머!"

다들 입을 틀어막았다.

"진짜로 결혼하시는 거예요? 그럼 키드레이 공작님이 국서로……?"

공작이 국서가 되면 키드레이 가문은 어떻게 되는 거지? 그들이 혼란스러워하자 카예나가 설명했다.

"결혼은 내가 황위를 이델에게 물려준 다음에 하기로 했어."

"아아!"

"와, 그러면 최소 7년은 연애한 다음에 결혼하시는 건가요?"

카예나가 긍정하자 누구보다도 크게 탄성을 내지른 것은 줄리아였다.

"너무 로맨틱해요……!"

사실 귀족 사회에서 그렇게 오랜 시간 연애한 후에 결혼하는 일은 없었다. 보통 집안이 맞아서 곧바로 약혼하고 결혼하는 식이기 때문이다. 카예나도 그 점이 참 재미있다고 생각했다.

"나도 내가 연애결혼을 하게 될 줄은 몰랐는데."

제 생에 결혼은 팔려 가는 결혼 아니면 가상의 남편을 만들어 낸 가짜 결혼이 전부일 거라고 생각했다.

수잔이 히죽 웃었다.

"전하를 두고 앞으로 키드레이 공작님이 애가 많이 타시겠어요."

그건 다들 공감하는 바인지 고개를 끄덕이며 동조했다.

"그러게요. 부마 경쟁도 치열했는데 국서 경쟁이라니."

"그래도 키드레이 공작님이 곁에서 두 눈 부릅뜨고 있으면 누가 그 자리를 넘보겠어요?"

"7년이면 국서 자리를 노리고 덤벼들 사람이 적어도 한둘은 분명 있을 것 같기는 해요."

그들은 한마디씩 보태다가 라파엘로가 고생할 것은 자명하다는 결론을 내렸다.

"공작령은 왜 가시는 건지 여쭈어도 될까요?"

올리비아의 물음에 카예나가 대답했다.

"키드레이 공작가에서 하임벨을 삼킨 것을 율령 왕국이 두고 볼 리가 없지. 그들은 지금 엄청난 비상사태거든."

"그렇겠네요. 갑자기 제국과 국경선이 맞닿게 되어 버렸으니까."

"게다가 야만족은 키드레이 공작님을 두려워한다고 들었어요. 그들은 이제 자연스럽게 율령국을 약탈하겠네요."

베라가 정확하게 분석했다. 야만족은 서부 공작령이 침체기일 때 야금야금 영역을 넓히다가 라파엘로에게 한 번에 정리당했다. 그 후로 야만족은 라파엘로가 있는 공작령은 얼씬도 하지 않았다. 대신 하임벨을 위협하며 약탈해 왔다. 그런데 하임벨이 공작령에 흡수된 것이다. 베라의 말대로 그들은 이제 라파엘로를 건드리는 대신 율령 왕국으로 시선을 돌릴 것이다. 올리비아가 뒤이어 말했다.

"그러면 율령 왕국에서 접촉을 시도하겠군요. 협상이든 협박이든 하려고 하겠지요."

"그런 곳에 전하께서 가시겠다고요? 위험하지 않을까요?"

혹시 율령 왕국에서 군대라도 끌고 와서 뒤엎으려 들면 어쩌려고 그곳에 가겠다는 것일까?

"전쟁을 들먹이며 시비를 걸어올 게 뻔한데 국정 대리인이 당연히 나가 줘야지. 내가 자연스럽게 복귀할 좋은 상황도 만들어질 테고."

키드레이 공작가가 제아무리 강대한 가문이라고는 해도 타국의 왕족을 상대하는 건 자격이 부족했다. 카예나는 황족이며 국정 대리인이니 그녀가 국가 간의 협상 자리에 참석하는 쪽이 타국에 대한 예를 지킴과 동시에 책잡힐 가능성을 원천 차단히는 일이 될 터였다.

카예나가 공작령에 가려는 이유는 그것으로 끝이 아니었다. 하임벨이 키드레이 공작령에 흡수되면서 제국의 귀족들은 부수적인 이득을 얻었다.

'예를 들어 교역로를 이전보다 훨씬 낮은 수수료로 이용할 수 있다든가.'

그런데 율령 왕국에서 황금알을 낳는 거위인 하임벨을 가로채려 하면서 전쟁을 거론한다? 욕심 많은 제국의 귀족들이 용납할 리 없었다. 그들은 어떻게든 하임벨이 제국에 소속되길 바랄 것이고, 그 과정에서 황실이 개입해 하임벨에 대한 권한이 키드레이 공작가에게만 쏠리지 않도록 중재해 주길 바랄 터였다.

쉽게 말해서 황실에서 총대 메고 '하임벨에서 볼 이득을 다른 애들한테도 나눠 줘라.'라고 말해 주길 바란다는 뜻이었다.

카예나의 설명에 그녀들의 표정이 환해졌다.

"전하께서 환궁하시는 날만 기다리고 있겠습니다."

그때는 세상의 주인이 바뀌게 되리라.

며칠 뒤, 바스턴이 별채를 찾아왔다.

"레제프 황자의 유배지가 결정되어 오늘 마차에 실려 떠난다고 합니다."

"……알려 줘서 고맙구나."

카예나가 조용히 대답했다. 바스턴은 깍듯하게 예를 갖추었다.

"그럼 저는 나가 보겠습니다."

수도의 공작저 별채에서 죽은 사람처럼 존재감 없이 지내는 것도 이제 끝이었다. 마법의 힘이 사라진 이상 무모한 짓을 하기보다는 그저 이대로 완전히 고리를 끊어 내는 편이 좋겠지. 카예나가 입술을 열었다.

"바옐."

그녀의 부름에 이제는 친숙하기까지 한 치즈 고양이가 등장했다.

—마침 타이밍 좋네.

"왜?"

바옐이 말했다.

—율령국에서 보낸 사절단이 공작성에 도착했거든.

얼추 때가 비슷하게 맞아떨어지리라고 생각했다. 카예나는 자신의 차림새를 확인했다. 별채에서는 많은 사용인을 부리며 호화롭게 지낼 수 없으니 옷차림은 단출하게 유지했지만 사절단 앞에까지 평민이나 다름없는 차림으로 등장할 수는 없었다.

"으음, 드레스가 필요한데. 어떻게 안 될까?"

카예나의 말에 바옐이 혀를 끌끌 차더니 꼬리를 바닥에 내리쳤다.

탁!

그러자 발아래에서부터 새하얀 빛무리가 그녀의 몸을 감싸며 위로 올라왔다. 그 둥근 빛무리가 지나간 자리부터 카예나의 옷차림이

변하기 시작했다. 슬리퍼는 공단으로 덧입혀 보석을 달아 놓은 구두로 바뀌었고 연두색 원피스는 우아한 형태의 검은 드레스로 탈바꿈했다. 황제가 죽은 지 얼마 지나지 않았으니 상복을 입는 게 좋겠다고 판단한 듯했다. 금빛 머리카락도 깔끔하게 위로 틀어 올려져 장신구로 고정되었다.

기에니는 별채 안에 있던 기울로 제 모습을 확인해 보았다. 완벽한 예복 차림이었다. 마치 이전 생에서 읽었던 동화에서 신데렐라가 왕실 무도회에 참석하기 위해 요정 대모의 도움으로 아름답게 변신했을 때의 그 장면 같았다.

"꼭 요정 대모 같네. 아니, 요정 고양이인가?"

─흥, 헛소리할 시간 없어. 방금 율령국 사신이 도착했다고.

탁!

말이 끝나기가 무섭게 시야가 바뀌었다.

─괜찮아?

바옐의 말에 카예나가 고개를 갸우뚱 기울였다.

"뭐가?"

─몸이 아프거나 하지는 않아?

"아무렇지도 않은데."

그러자 바옐의 눈이 가늘어졌다. 마법으로 공간을 이동할 때 카예나가 공간을 편집해서 붙여 넣었다면 바옐은 실체가 아주 빠른 속도로 이동을 하는 방식이다. 그랬기에 순간 이동하는 거리가 멀어질수록 그 반발력으로 인해 평범한 인간은 심하게 앓아눕는다.

'그런데 아무런 여파가 없는 것처럼 멀쩡하다고? 계약 마법사였기 때문인가……'

바옐도 이런 현상에 대해서는 아는 바가 없었기에 뭐라고 딱히 결론짓지는 못했다.

─뭐, 어쨌든 지금 중요한 건 그게 아니니까.

그는 카예나를 데리고 능숙하게 성안을 누볐다. 곧 아무도 없는 방에 들어서더니 그가 앞발로 벽에 달린 줄을 가리켰다.

─저걸 당기면 그 제레미인가 뭔가 하는 자가 올 거야.

카예나는 바옐의 설명대로 줄을 몇 번 잡아당긴 후 잠시 기다렸다.

달칵.

제레미가 문을 열고 들어왔다가 카예나를 발견하고는 깜짝 놀란 표정을 지었다.

"황녀 전하를 뵙습니다."

"반가워요, 제레미 경."

카예나는 창가로 다가가 바깥을 보았다. 붉은 깃발 행렬이 눈에 보였다.

"율령국에서 누가 왔죠?"

"아…… 뤼힌 왕태자와 사히르 왕녀가 방문했습니다."

'왕녀?'

이런 자리에 왕녀를 데리고 왔다는 것은…….

'결혼 동맹을 원하는 건가?'

라파엘로는 아직 미혼이며 약혼자도 없다. 전쟁으로 협박하는 것보다는 아름다운 왕녀를 들이밀며 결혼으로 설득하는 편이 훨씬 낫다고 생각했을 것이다.

"왕태자가 아예 머리가 없는 편은 아닌 모양이네요."

"아하하……."

제레미는 황녀의 신랄한 말에 억지로 웃었다. 아무리 그래도 강대국의 왕태자를 두고 저렇게 말하다니. 등골이 다 서늘했다.

'역시나 담이 남다르시다고 해야 할지.'

"지금쯤 다들 다이닝 룸에 도착하셨을 겁니다. 그곳으로 모실까요?"

카예나가 고개를 끄덕였다.

"지금 당장 가죠."

—❊❈❊—

키드레이 공작가로 붉은 용이 그려진 깃발을 매단 거대한 행렬이 물밀듯이 밀려들어 왔다. 모두 율령국의 사신이었다. 선두에 휘황찬란한 장식이 돋보이는 마차가 보였다. 이내 마차가 공작가 앞에서 멈춰 섰다.

마차의 문이 열리고 가무잡잡한 피부색을 가진 거대한 몸집의 30대 남자가 내렸다. 초콜릿빛이 감도는 검은 머리카락과 선이 짙은 이목구비를 가진 남자였다. 그가 바로 율령국 왕태자, 뤼힌이었다.

율령은 왕국이지만 어마어마한 부를 축적한 나라였다. 제국에 비하면 부족하다고는 해도 대륙에서 손꼽히는 강한 군대를 소유하기도 했다. 엘다임 제국 바로 다음이라고 해도 조금도 부족하지 않았다.

"뤼힌 왕태자 전하의 방문을 환영합니다."

뤼힌은 제게 정중히 예를 갖추는 남자를 바라보았다. 엘다임 제국의 허여멀건 남자들은 하나같이 비리비리했다. 진정한 남자라고는 하나도 없는 곳이었다. 그러나 눈앞의 라파엘로만큼은 인정해야만 했다. 건장한 체격의 뤼힌과 견주어도 조금도 뒤처지지 않는 키와 체격, 게다가 외모도 아름다웠다.

"키드레이의 새로운 주인이 되신 것을 축하하오, 공작."

뤼힌의 입가로 흡족한 미소가 떠올랐다.

"아, 내 손아래 누이도 동행했는데 에스코트를 부탁해도 되겠소?"

곧 왕태자가 내린 마차 바로 뒤편의 마차 문이 열렸다. 그 안에서 키가 훌쩍 크고 육감적인 몸매의 미인이 내렸다.

"처음 뵙겠습니다. 라파엘로 키드레이입니다."

여자가 시원스러운 미소를 지으며 인사했다.

"처음 뵈어요, 키드레이 공작님. 율령 왕국의 제5 왕녀 사히르라고 해요."

사히르 왕녀가 등장하자 역시나 다들 눈을 휘둥그레 뜨며 나직하게 탄성을 내질렀다.

'무식하게 전쟁으로 협박하는 건 하수나 하는 짓이야.'

뤼힌 왕태자는 미인계를 이용해 키드레이 공작을 회유할 생각이었다.

'엘다임의 제1 황녀가 그렇게 미인이라고 했던가?'

하지만 지금은 어디론가 사라져 버렸다고 했다.

'그리고 이제 고작 스무 살 된 애송이가 아니던가?'

뤼힌 왕태자는 대수롭지 않게 생각했다.

곧이어 라파엘로가 성안으로 안내하기 위해 사히르 왕녀에게 팔을 내밀었다. 사히르가 눈가를 휘며 매력적인 미소를 지었다. 자신이 어떻게 하면 아름다워 보이는지 잘 아는 사람의 행동이었다.

라파엘로는 무심코 살짝 웃었다. 갑자기 카예나가 생각났기 때문이었다. 그는 카예나만큼 미모를 무기로써 적절히 잘 휘두르는 사람을 본 적이 없었다.

'미모보다는 지략으로 상대의 무릎을 꿇리는 것을 더 잘하시지만.'

예비 아내가 될 분이 워낙 호락호락하지 않으시니 혹시라도 심기를 거스르지 않도록 정신을 똑바로 차려야겠지.

바로 곁에서 라파엘로의 흐드러지게 핀 미소를 본 사히르의 뺨이 살짝 달아올랐다. 어릴 때부터 키드레이 공자의 미모가 남다르다는 이야기는 들었으나 실물은 상상 이상이었다.

'이 남자와 결혼한다면⋯⋯.'

사히르는 자신이 오늘 이 자리에 왜 동행했는지 잘 알았다. 그녀는 제 미모가 통하지 않는 순간을 경험해 본 적 없었다. 그랬기에 이 그림 같은 남자가 운명처럼 순식간에 자신에게 사랑에 빠지리라는 것을 확신했다.

사히르가 그의 팔을 조금 더 깊이 붙잡았다. 그러자 라파엘로의 몸이 살짝 움찔했다. 그 미세한 떨림을 느낀 왕녀가 입가로 옅은 웃음을 머금고 살짝 위를 올려다보았다. 라파엘로의 붉은 눈동자와 그대로 마주쳤다.

흠칫.

사히르의 입가에 지었던 미소가 한순간에 사그라들었다. 대신 불쾌한 긴장감에 심장이 쿵쿵 뛰었다. 자신을 바라보는 라파엘로의 눈빛이 무감하다 못해 냉혹했다. 너무나 이상한 일이었다. 이럴 리가 없었다. 자신에게 이런 눈빛을 보내는 남자는 단 한 번도 본 적 없었다.

곧 그녀가 착각이라도 한 것처럼 라파엘로는 특유의 건조한 표정을 지었다. 그러고는 다이닝 룸의 문고리를 잡고 말했다.

"안으로 드시지요."

"⋯⋯아, 네."

사히르는 다시 정신을 차리고 안으로 들어갔다. 넓은 창으로 바깥의 아름다운 조경이 한눈에 들어오는 멋진 다이닝 룸이었다. 라파엘로는 연회라도 벌일 듯한 규모의 정찬 대신 내밀한 분위기를 선택했다. 어차피 하하 호호 웃고 떠들자고 마련한 자리가 아니다.

뤼힌 왕태자는 키드레이 공작가가 율령 왕국의 스파이처럼 비치도록 행동하고 있었다. 사히르 왕녀를 데려온 것도 속내가 뻔했다.

'황제가 죽고 후계자도 없는 상황에 이런 식의 접촉은 제국 내의 내 평판을 떨어트리는 일이기도 하니.'

이 자리는 어디까지나 약식이며 공식적인 자리가 아니라는 사실을 저들에게 인식시켜 줄 필요가 있었다.

모두 자리에 앉자 먹음직스러운 음식이 차려졌다. 뤼힌은 은근한 미소로 라파엘로에게 말했다.

"제가 듣기로는 키드레이 공작이 아직 미혼이라고 했던 것 같은데. 약혼자도 없다고 들었습니다."

"그렇습니다."

사히르는 그의 무덤덤한 대답에 아까 보았던 서늘한 눈빛이 떠올랐다. 어쩐지 예감이 좋지 않았다.

"내 동생이어서가 아니라, 사히르 왕녀의 미모는 율령에서 최고로 손꼽힙니다."

"그렇군요."

뤼힌은 라파엘로가 상당히 무관심하게 대꾸하고 있다는 사실을 눈치채지 못했다.

"키드레이 공작의 짝으로 율령의 왕녀라면 더할 나위 없는 조건이기도 할 테고."

"죄송하지만 저는 이미 마음에 둔 정인이 있습니다. 이런 이야기는 불편하니 거두어 주십시오, 왕태자 전하."

그의 말에 뤼힌의 눈썹이 휙 치켜 올라갔다. 갑자기 정인이라니? 정인이 있는데 왜 약혼도 결혼도 하지 않았다는 것인가? 말이 되지 않았다.

"……공작에게 정인이 있는 줄은 몰랐군요."

라파엘로는 싸늘해진 분위기에도 아랑곳하지 않고 말을 이었다.

"예. 카예나 황녀 전하이십니다."

뤼힌이 헛웃음을 터트렸다.

"허, 설마 지금 나를 놀리는 것인가?"

왕태자의 표정이 험악하게 구겨졌다. 그가 손에 쥔 나이프를 꽉 움켜쥐고 눈빛을 날카롭게 빛내며 말했다.

"그렇지 않고서야 내 앞에서 사라진 황녀 이야기를 할 수가 없지 않겠습니까?"

분위기가 상당히 험악해질 무렵이었다.

똑똑.

라파엘로의 보좌관인 제레미가 문을 두드린 후 잰걸음으로 들어와 공손하게 아뢰었다.

"마지막 손님이 도착하셨습니다."

"마지막 손님이라고?"

뤼힌이 불쾌감을 숨기지 않은 채 역정 내듯 물었다.

"감히 율령의 왕태자가 직접 방문했는데 다른 손님을 들여?"

그가 당장에라도 전쟁을 일으킬 것처럼 노기를 흘렸을 때였다.

"늦어서 미안하군요."

신장감을 단숨에 흩트리는 청아한 음성이었다. 사뿐거리는 발걸음 소리와 함께 고아한 검은 드레스 차림의 여인이 등장했다. 얼굴을 반쯤 가린 망사를 걷자 그려 낸 듯 완벽한 미형의 외모가 드러났다.

"아니……."

뤼힌이 당장 집어 던질 듯이 꽉 틀어쥐고 있던 나이프를 테이블 위로 툭 떨어트렸다. 사히르도 도무지 믿기지 않는다는 표정으로 상대를 바라보았다. 자신과 비견해도, 아니, 비교하기도 싫을 정도로 압도적인 미모의 여자였다.

카예나가 빙긋 웃었다. 자신이 어떻게 웃으면 가장 아름다운지 잘 아는 확신에 찬 미소였다.

"엘다임 제국의 제1 황녀이자 국정 대리인, 카예나 힐입니다."

라파엘로는 당장 카예나를 끌어안고 입을 맞추고 싶은 기분을 억지로 눌렀다. 대신 다정한 애정이 뚝뚝 떨어지는 표정으로 그녀에게 다가가 손등에 입을 맞췄다.

그 모습에 사히르는 찬물을 맞은 것처럼 깨달았다. 라파엘로가 자신의 손등에는 입을 맞추지 않았다는 것을.

뤼힌은 눈으로 보고 있으면서도 믿기지 않을 정도로 아름다운 카예나에게 완전히 홀린 듯한 표정을 했다. 그러다가 카예나가 말한 '국정 대리인'이라는 말에 정신이 번쩍 들었다. 황제가 사라진 지금, 국정 대리인인 카예나가 제국의 주인이나 다름없었다. 얼른 정중하게 예를 갖춰야 마땅했다. 그가 얼른 자리에서 일어나 카예나의 앞으로 다가갔다.

"율령의 왕태자, 뤼힌이 인사드립니다."

뒤이어 사히르 왕녀가 예를 갖췄다.

"제5 왕녀, 사히르가 카예나 황녀 전하께 인사드립니다."

카예나의 시선이 사히르 왕녀에게 닿았다.

'흐음, 사히르 왕녀라……'

원작에서 사히르 왕녀가 크게 다뤄지지는 않았지만, 분명 뤼힌 왕태자 쪽 사람은 아니었다. 그런데 이 조합은 뭐지?

'감시역인가? 그렇다는 건 뤼힌을 물 먹이는 일에 도움을 줄지도 모르겠네.'

카예나는 쓸 만한 카드가 하나 손에 들어왔음을 직감했다.

"만나서 반가워요."

뤼힌은 카예나의 아름다움에 흠뻑 취하다가도 의아해졌다.

"황녀 전하께서 갑자기 사라지셨다고 들었습니다만…… 이곳에서 뵙게 될 줄 몰랐군요."

그는 상대가 정말 황녀가 맞는지, 대체 왜 이곳에 있는지 의심스러웠다. 그랬기에 의구심을 담아 그렇게 말했다.

카예나는 청산유수처럼 미리 준비했던 대로 말했다.

"위기의 순간에 여기 라파엘로 공작님이 저를 구해 주셨어요. 덕분에 공작령에서 안전하게 몸을 숨기고 있을 수 있었습니다."

카예나는 가련한 모습으로 속눈썹을 늘어트리며 말을 이었다.

"황가의 치부를 이렇게 제 입으로 꺼내야 한다는 사실에 마음이 쓰리네요……."

그러니까 무례하게 남의 가정사를 더 캐묻지 말렴. 딱 그런 뜻이었다.

"아아, 제가 실례했습니다."

뤼힌도 그 뜻을 알아듣고 한발 물러났다. 이제 막 성년이 된 황녀가 국정 대리인이 되었다는 소식을 들었을 때 처음에는 의아했다. 그런데 이렇게 대면하니 알 수 있었다.

'얌전한 척하지만, 그 속에 발톱 이상의 것을 품고 있구나. 과연 허투루 국정 대리인이 된 게 아니라는 건가?'

재미있는 여자였다. 외모도 처신도 마음에 쏙 들었다. 그때 잠깐 카예나와 시선이 부딪쳤다.

멈칫.

뤼힌은 순간 제 눈을 의심했다.

'뭐지? 비웃는 것 같았는데.'

그러나 지금은 우아한 미소를 띠고 있었다. 뤼힌은 왠지 느낌이 이상했지만, 기분 탓이라고 생각하고 넘겼다.

카예나가 여유롭게 테이블을 가리켰다.

"그럼 이제 식사를 좀 들까요?"

순식간에 주도권이 카예나에게 넘어갔다. 마치 그녀가 이 정찬을 준비하기라도 한 듯 자연스러웠다.

라파엘로는 그것을 당연하게 받아들이며 카예나를 극진히 에스코트했다. 아까 사히르 왕녀를 에스코트하던 딱딱한 모습과는 완전히 달랐다.

뤼힌은 자리에 천천히 앉으며 둘의 모습을 묘한 눈초리로 번갈아 보았다. 그러고 보니 아까 라파엘로가 황녀를 두고 정인이라고 표현했다.

"두 분이 상당히 친밀해 보이십니다. 아까 키드레이 공작이 황녀님을 두고 정인이라고 하던데, 사실입니까?"

그의 말에 카예나가 대수롭지 않게 대꾸했다.

"네, 사실이에요."

뤼힌의 눈이 가늘어졌다.

"……그러면 곧 키드레이 공작 부인이 되시는 겁니까?"

카예나는 차가운 음료가 담긴 잔을 내려놓으며 뤼힌과 눈을 마주쳤다.

"공작령까지 오신 이유가 라파엘로 공작님이 누구와 결혼할지 알아

보려는 것은 아닐 것 같은데요?"

쓸데없는 잡설은 집어치우고 본론으로 넘어가자는 말에 뤼힌의 눈썹이 살짝 꿈틀거렸다.

'좀 밟아 줄 필요가 있겠어.'

뤼힌은 카예나가 제법이라고는 생각했지만 그래도 어린 계집이라고 만만하게 보았다.

"아아, 그렇지요. 상당히 중대한 사건이 있어 이런 자리를 마련한 것이니."

그는 상체를 뒤로 나른하게 젖히고 서두를 깔며 분위기를 잡았다.

"하임벨 영주가 키드레이 공작령으로 귀화를 청했다고 들었습니다만, 그것은 하임벨 영주의 독단적인 판단으로 이뤄질 수 있는 일이 아닙니다."

하임벨은 키드레이 공작령보다 오히려 율령과 더 유기적인 관계를 맺어 왔기 때문이다. 하지만 오히려 그게 하임벨 영주가 키드레이 공작령에 복속하기를 원한 결정적인 이유였다.

'율령이 하임벨을 마치 식민지처럼 여겨 왔기 때문이지.'

군사력에서 압도적인 차이가 있으니 하임벨 입장에서는 율령이 요구하는 대로 공물을 바쳐야 했다.

그에 반해 라파엘로는 첫 번째 생에서도 이번 생에서도 하임벨에 무관심했다. 지난 생의 하임벨 영주는 라파엘로가 아직 어려서 뭘 모르는 것 같다고 판단하고 잘 구슬려 제 뜻대로 움직이려 키드레이 공작령으로 도망쳤으리라.

'물론 이번 생에서는 바옐이 나서 주며 조금 다른 형태를 띠게 되었지만.'

어쨌든 카예나는 이미 모든 정황을 다 꿰뚫고 있었기에 뤼힌 왕태자의 같잖은 말을 비웃지 않으려 애써 노력했다.

"하임벨은 엄연히 자주국입니다. 그런데 스스로 귀화를 판단할 수 없다니……. 상당히 의미심장한 말씀이시군요."

뤼힌은 카예나의 말대꾸가 마음에 들지 않았다. 조금이라도 말실수하면 꼬투리를 잡아챌 것 같았다.

"자주국인 것과는 별개로 하임벨은 율령과 오랜 시간을 형제국으로 지내 왔습니다. 지금까지 율령에서 하임벨을 보살피는 대가로 여러 답례를 받기도 했지요."

"아하, 그렇구나……."

카예나는 뤼힌이 하는 뻔하고 재미없는 이야기에 성의 없이 반응했다. 라파엘로는 하마터면 피식 웃을 뻔하여 음료로 목을 축이는 척 꾹 참았다.

"그 세월이 벌써 10여 년입니다. 율령에서는 하임벨을 율령으로 귀화시키려 준비 중이었습니다. 아마 하임벨 영주가 좀 경황이 없어서 극단적인 선택을 한 모양인데……."

"그럼 계약서가 있나요?"

뤼힌은 카예나가 말을 끊자 짜증스럽게 말했다.

"그게 무슨 계약서가 필요한 일입니까? 하임벨은 우리 율령과 계속해서 형제국으로 지냈다고 하지 않았습니까! 하임벨 영주를 불러 주십시오. 그와 직접 이야기해야겠으니!"

"뤼힌 왕태자."

라파엘로가 나직한 목소리로 뤼힌을 불렀다. 그는 고개를 비스듬히 기울인 채로 섬뜩한 살기를 피웠다.

"황녀 전하 앞에서 행동을 조심했으면 하는데."

뤼힌은 라파엘로가 감히 제게 경어를 쓰지 않는 것에 발끈했다가 분을 삭였다. 여기서 뭐라도 내질렀다가는 피를 볼 느낌이었다. 다른 건 몰라도 그는 이런 쪽의 감이 몹시 예리했다.

"……제가 너무 흥분한 모양입니다."

기에니기 약 올리기라도 히 듯 빙긋 웃었다.

"어머, 왜 그렇게 흥분하셨지? 저는 깜짝 놀랐지 뭐예요. 국가 간의 동맹이나 귀화는 분명히 계약서가 필요한 일인데 형제국이라며 얼버무리려 들다니."

그녀의 장난기 어린 미소가 점차 싸늘한 조소로 변했다. 뤼힌이 아까 기분 탓인가 여겼던 그 비웃음이었다.

"감히 엘다임 제국을 무시하는 게 아니라면 율령이 내게 그딴 태도를 보일 수 없을 텐데."

그녀의 서슬 퍼런 기세에 뤼힌이 몸을 움찔했다.

카예나는 입맛이 떨어졌다는 듯이 식기를 챙그랑 소리가 나게 내려놓았다.

"율령의 사절을 대접하려 내 직접 이 자리에 모습을 드러냈거늘. 왕태자는 눈앞의 내가 국정 대리인이라는 사실을 잊은 모양이지?"

"그, 그건……!"

그 부분에서 뤼힌은 입이 열 개라도 할 말이 없었다. 카예나는 현재 사실상 황제와 같은 위치였다. 국가 통치자가 아닌 후계자에 불과한 뤼힌은 그녀와 동급이 아니었다. 이것은 명백히 카예나가 그를 대우하고 배려한 것이었다.

'하지만 그래 봤자 정식으로 황위를 계승한 것도 아니지 않은가……!'

뤼힌은 그가 이런 어린 계집에게 밀리고 있다는 사실을 인정하고 싶지 않았다.

"……그러는 황녀께서는 제가 지금 상당히 배려해 드리고 있다는 사실을 모르시는 모양입니다?"

카예나는 계속해 보라는 듯이 조소를 머금으며 입술을 다물고 있었다.

"엘다임 제국에서 벌어진 일련의 사건들에도 이웃 국가로서 율령이 한 배려를 정녕 이해하지 못하시겠습니까? 다른 국가였다면 당장 이 것을 기회로 군대를 일으켰을 겁니다!"

"아아, 그 말은 율령에서 지금 엘다임 제국을 칠 수도 있는데 봐주 고 있다는 뜻인가?"

"욕심이 지나치면 탈이 나는 법입니다."

정말 그대로 돌려주고 싶은 말이었다. 처음에 카예나는 생각했던 것보다 왕태자가 머리가 좀 잘 돌아가는 줄 알고 놀랐었다. 그러나 역 시나, 그는 멍청했다.

'소설에서도 분명히 멍청했거든. 갑자기 똑똑해진 줄 알고 놀랐네.'

뤼힌이 왕태자일 수 있는 이유는 오직 장남이어서였다.

'왕이 되고서도 곧 동생에게 뒤통수 맞고 폐위되었던 걸로 기억 하는데.'

뤼힌의 몰락은 예정된 것이다. 그 말은 뤼힌이 실수하기를 호시탐 탐 노리는 자가 있다는 뜻이었다. 그 기회를 카예나가 만들어 주면 덥 석 물어 내분을 일으키리라.

"그럼 그렇게 해."

카예나의 말에 뤼힌이 알아듣지 못하고 미간을 찌푸렸다. 그녀가 다시 친절하게 웃으며 말해 주었다.

"전쟁을 일으켜 보라고."

"……황녀!"

"다만 그렇게 되면 각오해야 할 거야."

카예나가 아까 테이블에 던지듯 놓았던 나이프를 들어 그를 가리켰다.

"지금 낭신, 적진에 맨몸으로 들어와 있는 거 잊아?"

스릉!

뤼힌 왕태자가 딱딱하게 굳은 얼굴로 당장 검을 뽑아 들었다.

"제법 영특한 줄 알았더니 미친 황녀였군."

전쟁은 입에 쉽게 담을 수 있는 일이 아니다. 게다가 타국의 후계자에게 대놓고 협박질이라니. 미치지 않고서야 할 수 없는 일이었다.

그때였다.

"꺄악-!"

카예나가 갑자기 비명을 내질렀다.

벌컥!

다이닝 룸의 문이 활짝 열리고 당황한 표정을 한 기사들이 우르르 들어왔다.

"무슨 일이십니까?"

그들은 뤼힌 왕태자가 홀로 자리에 일어선 채로 검을 빼 들고 있는 것을 발견했다.

"율령의 왕태자가 갑자기 검을 빼 들고 나를 겁박하였다!"

그들은 대부분 수도 공작저에 있다가 라파엘로를 따라온 정예 기사였다. 그랬기에 카예나의 얼굴을 금방 알아보았다.

"화, 황녀 전하?"

갑자기 여기에 황녀가 왜 나와? 그들의 표정이 딱 그러했다.

라파엘로는 카예나가 벌인 판에 장단을 맞추고자 자리에서 벌떡 일어나 뤼힌 왕태자를 막아섰다.

"정녕 전쟁이라도 선포할 생각인가, 뤼힌 왕태자!"

뤼힌은 입을 떡 벌렸다. 이게 대체 무슨 일이야? 일이 이상하게 돌아가고 있었다.

"이, 이 미친것들이—!"

그가 기가 막힌다는 표정으로 카예나를 가리켰다.

"내게 나이프를 들이밀고 죽이겠다고 협박해 놓고 뭐가 어째!"

그때 사히르 왕녀가 눈물을 뚝뚝 흘리며 말했다.

"흐흑…… 오라버니, 대체 왜 그러세요? 율령을 위기에 빠트리려 하시다니요!"

그녀는 당장 바닥에 무릎을 꿇으며 카예나에게 사죄했다.

"부디 용서해 주십시오, 황녀 전하! 이것은 율령의 뜻과 다릅니다. 뤼힌 왕태자 전하의 독단입니다!"

"사히르! 미쳤느냐?"

뤼힌이 몹시 당황한 표정으로 사히르를 다그쳤다. 그러나 사히르는 그것으로 그치지 않았다.

"사사롭게 전쟁을 일으키려 하는 자는 율령을 다스릴 수 없습니다!"

카예나는 사히르 왕녀의 연기력에 박수라도 보내고 싶었다. 이렇게 뛰어난 연기력으로 자신을 도와주는데 가만히 있을 수 없지.

"사히르 왕녀를 보호하라."

기사들은 그 말에 정신이 번쩍 들었는지 사히르 왕녀와 뤼힌 사이를 가르며 그녀를 보호했다.

"감히, 감히 나를 모함하려 들다니!"

카예나는 자리에서 일어났다.

"나 카예나 힐은 국정 대리인으로서, 뤼힌 왕태자가 보인 행동에 대해 율령에 공식 서한을 보내겠다."

그러니 그쪽 왕가에서 알아서들 치고받고 싸우시길. 카예나는 라파엘로의 에스코트를 받으며 다이닝 룸을 떠났다.

─◈─

뤼힌 왕태자가 공작가 내에서 전쟁을 거론하며 검을 뽑아 들었다는 소식에 비상사태가 되었다. 자칫 당장 전쟁이 터질 수도 있는 일이었다.

율령국에서 온 사절들은 왕태자의 방만하고 어리석은 행동에 경악했다. 이대로 공작가의 군대가 그들을 둘러싸 모두 척살할 수도 있는 노릇이었다.

"어찌 왕태자께서 그런 무모하고 무도한 짓을 할 수 있다는 말입니까!"

사절단으로 같이 왔던 율령의 원로들이 노발대발했다. 그들은 다행스럽게도 사히르 왕녀가 당장 사죄를 구하며 사태를 무마했다는 사실에 가슴을 쓸어내렸다.

뤼힌 왕태자는 키드레이 공작가를 고작 귀족 가문 중 하나쯤으로 치부하는 경향이 있었다. 이해는 했다. 그는 어쨌거나 왕족이며 나라의 주인이 될 사람이니 작은 영토 하나 다스리는 귀족이 별것 아닌 것처럼 느껴질 수 있다. 그러나 키드레이 공작령은 수도로 직결되는 전방 전선이다. 그만큼 제국에서도 손꼽게 중요한 군사 요충지였다.

원로들은 이 사태를 대체 어떻게 수습해야 할지 머리가 아팠다.

"이대로 뤼힌 왕태자를 후계자 자리에 두었다가는 제국과 전쟁을 벌이겠다는 뜻으로 해석될 수도 있습니다."

"하……. 미치겠군요. 사히르 왕녀 전하는 어디에 계십니까?"

"엘다임의 황녀와 이야기 중이라고 합니다만……."

그들은 황녀 이야기에 동시에 표정을 와락 구겼다. 사라진 줄 알았던 황녀가 대체 왜 이곳에서 튀어나온 것인가!

"사히르 왕녀 전하라면 영민하기로 명성이 자자한 분이시니 잘 해결하시겠지요."

원로들이 초조한 마음으로 카예나와 사히르의 독대가 끝나기를 기다렸다.

─※─

카예나는 라파엘로에게 부탁하여 사히르 왕녀와 단둘만 있을 수 있는 자리를 마련했다. 사히르 왕녀는 응접실로 이동하자마자 카예나를 향해 예를 갖췄다.

"황녀님의 은혜에 진심으로 감사드립니다."

그 인사에 카예나가 빙긋 웃었다. 마치 뜻을 같이하기로 작당한 사이처럼 교묘하게 말하는 게 제법이라고 생각했다. 그러나 카예나는 그런 모호한 말을 호락호락하게 넘길 사람이 아니었다.

"사히르 왕녀라면 나와 말이 통하리라고 생각했어요."

뜻을 명확히 파악할 수 없는 서론이었다. 사히르는 멈칫하다가 얼른 미소를 걸쳤다.

"……저를 너무 후하게 평가해 주시는군요. 무려 제국의 국정 대리인이신 황녀님과 제가 말이 통하다니요."

카예나는 사히르를 잘 알지 못했다. 그러나 겉으로 보이는 것으로 유추할 수 있는 정보들이 있었다. 아름다운 외모를 유리하게 연출하는 능숙함과 기회가 무르익었다고 판단했을 때 일거에 상대를 제압하는 전략적인 성향. 둘은 비슷한 과였다.

왕녀는 방어적으로 말했다.

"이번 일로 뤼힌 왕태자는 후계자 자리에서 끌어내려질 겁니다. 그러니 부디 그의 무례가 율령의 뜻과 다르다는 것을 양해해 주십시오."

이런 경우는 원만하게 넘어가는 편이 서로에게 좋다. 그러나 카예나는 그냥 넘어갈 생각이 없었다.

"율령이 엘다임 제국과 전쟁을 원하리라고 생각하지는 않아요. 하지만 이렇게 사절을 보냈다는 것 자체가 율령의 뜻이라는 것에는 이견이 없겠지요?"

사히르 왕녀는 마른침을 삼켰다. 카예나는 미처 그 긴장감을 인식하지 못한 척 여상스러운 어조로 말을 이었다.

"하임벨은 탐나는데 명분은 공작가보다 부족하고, 제국의 정세가 완전히 어그러진 것 같으니 전쟁이 벌어질 만한 상황에 소극적으로 나올 것 같고."

말이 길어질수록 사히르 왕녀의 눈이 휘둥그레 커졌다. 카예나의 말은 그것으로 끝나지 않았다.

"이때 슬쩍 압박해서 운이 좋으면 하임벨을 넘겨받는 거고, 안 되면 말고."

"……황녀님."

"그래도 혹시 모르니까 찔러나 보자 싶어서 사절을 보냈을 테죠. 이해해요. 나라도 그렇게 했을 테니까."

카예나가 그들의 속내를 직구로 적나라하게 풀어내 버렸다. 왕녀는 설마 카예나가 이렇게 대놓고 말할 줄 몰랐기에 당혹스러움을 감추지 못했다.

그녀의 말 하나하나가 정확한 율령의 생각이었다. 하임벨을 얻어 오면 좋고 안 되더라도 그것을 빌미로 뤼힌 왕태자를 끌어내린다. 율령 입장에서는 조금도 손해가 없는 일이었다.

카예나가 고개를 비스듬히 기울이며 말했다.

"그런데 어쩌죠? 나라도 그렇게 했을 테지만 내가 당하는 건 싫어서."

"……."

사히르 왕녀는 자신의 역량으로는 카예나를 상대할 수 없다는 사실을 깨달았다. 그녀는 입술을 잘근 물었다가 당장 저자세로 사죄했다.

"저로서는 제국의 뜻을 감당하기 어렵습니다. 부디 제 부족함을 너그럽게 보아 넘겨 주십시오."

"어머, 물론이에요. 저는 율령과 사이좋게 지내고 싶은걸요."

사이가 좋아지려면 율령은 감히 제국을 이용하여 저들의 잇속을 채우려 한 대가를 치러야 할 것이다.

"우선 하임벨에 관련한 문제는 앞으로 말이 나오지 않도록 완전히 서류로 정리했으면 하는군요."

하임벨 영주가 키드레이 공작가로 귀화를 요청했다고 해도 둘이서만 그렇게 하자고 말로 끝낼 수 있는 일이 아니다. 특히 하임벨은 국가 간의 암묵적인 합의 아래에 사실상 불가침 영역이나 다름없었다. 그것으로 인해 하임벨에서도 많은 편의를 받았었다. 율령에서 걸고넘어지는 부분이 바로 그것이었다.

카예나는 그 사실을 정리하자고 말하고 있었다.

"그건……."

"오늘 일어났던 무도한 일에 비하면 내가 요구하는 것은 별것 아닐 것 같은데, 아닌가요?"

사히르는 한숨이라도 내쉬고 싶은 심정이었다. 뤼힌의 실수를 바랐지만 이렇게 대책 없는 사고를 치기를 바란 건 아니었다.

'아니, 황녀만 없었어도 이런 식으로 일이 흘러가지는 않았을 텐데.'

"황녀님의 뜻을 율령에 전달하겠습니다."

"역시 우리는 말이 통할 줄 알았어요."

사히르는 조금 불안해졌다. 듣자 하니 제국의 후계자가 공석이라고 했는데, 그러면 황녀가 차기 황제가 된다는 뜻인가?

'제국은 다시 전성기를 맞이하겠구나.'

절로 탄식이 쏟아질 일이었다.

대화를 좀 더 나눈 뒤 일이 마무리되자 카예나가 자리에서 일어났다.

"사히르 왕녀가 부디 내 뜻을 왕국에 잘 전달해 주길 바라요."

"……알겠습니다."

카예나는 황위에 오르기도 전부터 율령을 압도했다. 그녀는 이 사실이 수도에 퍼지기를 기다린 후 금의환향할 생각이었다.

그녀는 하인의 안내를 받아 라파엘로가 기다리고 있는 방으로 향했다. 라파엘로는 카예나가 방으로 들어오자 자상한 미소로 그녀를 맞이했다.

"일은 잘 마치셨습니까?"

"그럼요."

몇 주간 보지 못했던 터라 그들은 잠시 서로를 꼭 안으며 온기를 나누었다. 그 고요하고 평온한 감각에 안정감이 들었다. 평생을 같이할 동반자라는 확신이 주는 유대감이었다.

라파엘로는 부디 이곳이 카예나의 마음에 들기를 바랐다. 언젠가 그녀의 집이 될 테니 편안하게 머물렀으면 했다.

"성을 구경시켜 드릴까요?"

그의 마음이 카예나에게도 느껴졌다. 그녀가 작게 웃으며 대답했다.

"좋아요."

그들은 손을 잡고 키드레이 공작성을 같이 거닐었다. 수도의 대저택도 라파엘로의 집이지만 이 공작성이야말로 키드레이 공작가의 진정한 본거지였다. 군대를 보유한 가문다운 기강이 여실히 느껴졌다. 바깥 정원의 규모도 대단했다. 말을 타고 돌아다닐 수 있는 공간이 여기저기 조성되어 있었다. 생각해 보면 노아 대부인도 수도의 여느 귀부인답지 않게 체격이 좋았다.

카예나가 이곳에 있다는 소식은 이미 공작성 내부에 일파만파 퍼진 상태였다. 공작성의 사람들은 황녀가 이곳에 갑자기 나타났다는 사실보다 라파엘로와 연인이라는 사실에 더 큰 충격을 받았다. 가장 충격적인 것은 라파엘로의 태도였다.

'세상에, 우리 주인님이……?'

그들은 라파엘로의 눈에서 꿀이 뚝뚝 떨어질 수 있으리라고 단 한 번도 생각해 본 적 없었다. 누군가를 애틋하고 살뜰하게 챙기는 것은 아예 불가능한 일로 여겼었다. 결혼도 하지 않을 것처럼 굴던 라파엘로가 사랑에 빠진 모습이라니. 그들은 이 충격적인 장면을 멀리서 지켜보다 흐뭇한 미소를 지었다. 막 시작한 연인의 풋풋함과 두 사람의 성숙함으로 인해 느껴지는 안정감이 섞이며 참으로 보기 좋았다.

라파엘로는 카예나의 체력을 고려해서 적당히 안내하고 가장 중요한 장소를 소개했다.

"여기가 나중에 전하께서 쓰실 공간입니다."

그곳은 공작가의 안주인이 쓸 침실과 접객실이었다. 대부인은 이곳을 이용하지 않았던 모양인지 벽의 장식이나 가구 위로 흰 천이 덮여 있었다.

"……기분이 이상해요."

카예나는 아직 제대로 갖춰지지는 않았으나 언젠가 자신의 공간이 될 방들을 찬찬히 둘러보다가 그렇게 말했다. 라파엘로가 방을 둘러보는 카예나를 가만히 바라보았다. 그녀는 슬픔이나 기쁨 같은 단어로 정의할 수 없는 묘한 표정을 짓고 있었다.

그는 카예나를 안심시키려는 듯이 뒤에서 그녀의 허리를 끌어안았다. 카예나는 제 허리를 감은 그의 팔을 쥐며 설핏 웃었다.

"결혼이라는 게 잘 상상이 안 가네요."

이미 첫 번째 생에서 결혼을 해 보았다. 비록 누군가의 축복 속에서 혼례를 치르거나 멀쩡한 결혼 생활을 영위하지는 못했지만 말이다. 그래서일까? 카예나는 자신이 결혼하면 어떻게 될지 쉽게 상상이 되지 않았다.

라파엘로와 결혼해서 이곳의 안주인으로서 생활하고 언젠가 아이를 낳고 기를 것이다. 그 모든 게 당장은 남의 일처럼 멀게 느껴졌다.

"언젠가는 우리의 일상이 되어 있을 겁니다. 부부가 되어 같이 잠들고 일어나서 생활하고, 그렇게 서로의 시간을 나누게 되겠지요."

카예나가 천천히 뒤를 돌아 라파엘로를 바라보았다. 그가 담백하지만 진솔하게 말했다.

"제가 잘하겠습니다."

그게 라파엘로의 진심이었다.

"어서 당신을 부인이라고 부르고 싶어서 마음이 조급하지만요."

그 말에 카예나는 웃고 말았다.

"그럼 저는 당신을 여보라고 부르게 되겠네요?"

그러자 라파엘로가 미간을 살짝 찡그렸다. 그가 약간 침음을 흘리더니 나직하게 말했다.

"······상상했던 것보다 훨씬 기뻐서 곤란하군요."

언젠가, 조금은 빨리 그때가 오기를.

─❋─

율령은 카예나에게 뭐라도 더 꼬투리 잡힐까 봐 황급히 공작령에서 물러났다.

그러고는 곧 황궁으로 공식 서한을 보냈다. 황녀와 구두로 이야기했던 하임벨 귀화 문제에 대해 율령에서 더는 관여하지 않겠다는 내용이었다. 또한 뤼힌 왕태자의 무례를 공식적으로 사과하며 그는 폐위했으니 부디 양국의 사이에 문제가 없기를 바란다고 쓰여 있었다. 덕분에 수도는 한바탕 난리가 났다.

"그럼 황녀 전하께서 지금 공작가에 머물러 계신다는 뜻인가?"

그들이 뜬금없는 이야기에 혼란스러워할 때 이번에는 공작가에서 보낸 파발이 도착했다. 황궁에서 신변의 위협을 느낀 황녀가 공작가에 도움을 요청하여 몸을 숨겼다가 국가 위기 상황이 발생하여 돌아왔다는 내용이었다.

엘리반 남작가를 비롯하여 에반스와 도티 가문은 이때를 놓치지 않고 귀족 회의를 열었다.

"지배자의 자리가 이토록 오랫동안 공석이었던 적은 단 한 번도 없었습니다. 어서 황녀 전하를 모셔 와서 황위를 계승하시도록 해야 합니다."

이미 세는 카예나에게 완전히 기울어 있었다. 직계 황족이 다 사라진 줄로만 알고 새로운 황주를 세울 단꿈에 빠져 있던 이들은 모두 납작 엎드렸다.

황위에 앉기도 전에 벌써 율령이라는 강대국을 제압한 것은 보통 사람이 해낼 수 있는 일이 아니었다. 카예나가 또다시 제 능력을 스스로 검증해 낸 것이다.

카예나의 활약은 제국민 사이에서도 금방 퍼졌다. 황녀를 찾아 헤매던 그들은 카예나가 제국을 위해 혜성처럼 다시 나타난 것에 열광했다.

카예나의 귀환식이 일사천리로 진행되었다. 키드레이 공작가의 기사들이 황녀가 탄 마차를 철두철미하게 보호하여 황궁까지 이동했다. 선두에는 흑마를 탄 라파엘로가 진두지휘하고 있었다. 거리로 나온 제국민이 꽃잎을 뿌리며 소리 높여 카예나를 칭송했다.

"황녀 전하 만세!"

"황녀 전하 만만세!"

그들은 곧 자신들의 영웅을 황녀 전하가 아니라 황제 폐하라 부르리라고 믿어 의심치 않았다. 축제라도 열린 듯한 분위기였다.

곧 마차가 황궁 앞에서 멈춰 섰다. 하인이 수십 명의 귀족이 미리 모인 대회의장으로 달려가 알렸다.

"황녀 전하께서 도착하셨습니다!"

그러자 긴장감, 혹은 환희 같은 것이 회의장 내에 맴돌았다. 대회의장의 문이 열리고 카예나가 라파엘로의 에스코트를 받으며 등장했다.

카예나는 은은한 광택을 뿌리는 하얀 드레스 차림이었다. 머리카락은 길게 풀어 내린 채였으며 다이아몬드로 된 장신구 세트를 제외하면 별다른 치장을 하지 않았다. 수수한 차림새였으나 존재감은 대단했다. 신이 현현하기라도 한 것 같은 위풍당당한 귀환이었다.

그녀의 등장에 귀족들이 바닥에 무릎을 꿇고 경건하게 예를 갖췄다.

"황녀 전하를 뵙습니다."

이곳에 모인 귀족은 모두 가문의 수장들이었다. 그런 그들이 황녀를 향해 갖출 예로는 과한 수준이었다. 그러나 카예나를 향해서는 조금도 과하지 않았다. 그녀는 아직 대관식만 치르지 않았을 뿐, 사실상 이미 제국의 주인이었다.

카예나는 황좌로 걸어가 앉았다. 붉은 쿠션을 깐 거대한 황금 의자에 앉은 그녀는 조금도 어색함이 없었다. 애초에 카예나를 위해 만든 자리처럼 완벽하게 어울렸다.

"모두 자리에 앉도록."

그녀는 귀족들을 향해 경어를 쓰지 않았다. 이 자리에 모인 귀족들도 그것을 당연하게 여겼다. 그들은 카예나의 명대로 바닥에서 일어나 의자에 앉았다.

"다들 수도를 굳건히 지켜 주어 고맙구나."

그 말에 다들 고개를 조아렸다.

"율령처럼 제국의 상황이 혼란한 틈을 타 다른 마음을 먹는 자들이 생길 수 있다고 판단하였다. 나는 국정 대리인으로서 황궁으로 돌아와 제국을 안정시켜야겠다고 생각했다."

"……."

모인 이들 중 실제로 다른 마음을 먹었던 자들이 입을 꾹 다물었다. 그때 엘리반 남작이 나섰다.

"소신이 말씀을 올려도 되겠습니까?"

"허한다."

"제국 정세를 빠르게 안정시키려면 지도자를 세우는 일이 그 무엇보다 우선이라고 생각합니다."

그 서론에 모두 다음 말을 짐작한 표정으로 눈을 빛냈다. 엘리반 남작이 강건한 표정으로 말을 이었다.

"황녀 전하께서 이 시간 이후로 황위를 계승하시길 청원합니다."

이것은 예정된 일이었다. 이미 이 자리에 모인 모두가 카예나의 황위 계승을 예상했다. 그랬기에 엘리반 남작의 말이 끝나자마자 귀족들이 기다렸다는 듯이 너도나도 주군을 향한 예를 갖췄다.

"황위를 이어 주십시오!"

카예나는 황좌에 앉은 채로 그들을 내려다보았다. 마침내 그녀의 입술이 열렸다.

"그대들의 염원에 따라, 짐이 제국을 다스리겠노라."

귀족들이 새로운 황제를 향해 부복한 채로 외쳤다.

"황제 폐하 만만세!"

카예나가 황제가 되는 것은 지극히 당연한 일이었다. 그녀는 그 일 이외의 것을 처리해야 했다.

"카트린과 이델은 황가의 직계 혈족으로서 힐의 성을 사용할 수 있으며 황태후와 황태제 위를 내리겠다."

"명을 받듭니다."

"드뷔시 재상은 직위를 파하고 엘리반 남작에게 후작위를 수여하여 차기 재상으로 발탁한다."

순식간에 후작으로 격상한 엘리반이 허리를 깊이 숙였다.

"성심을 다하여 폐하를 보필하겠습니다."

"짐을 보좌하였던 직속 시녀에게는 모두 백작위를 수여하겠다. 줄리아 에반스 후작에게는 작위를 대신하여 하임벨의 교역로에 대한 이권을 주겠다."

그러자 이곳에서 같이 자리하고 있던 줄리아가 들뜬 표정으로 얼른 일어나 감사 인사를 올렸다.

"폐하의 은혜에 깊이 감사드립니다."

줄리아와 눈이 마주친 카예나가 살짝 웃어 주었다.

카예나는 굳이 엄숙하게 위엄을 부리지 않았다. 그러나 다들 그녀의 입이 열릴 때마다 마른침을 삼켜 댔다. 제국의 권력 구도가 실시간으로 개편되고 있기 때문이었다.

"제국의 빠른 안정화를 위해 그대들이 노력해 주리라 믿겠네. 그럼 이만 폐회하지."

카예나는 폐회를 선언하고 자리에서 일어났다.

황위를 계승한다고는 했지만 당장 대관식을 치를 상황이 아니었다. 지배자가 부재한 기간이 너무 길었다. 그간 쌓인 업무를 처리할 생각에 벌써 머리가 지끈거릴 정도였다.

'베라와 올리비아만큼은 황궁 내에 직책을 마련해서 붙들어 놓아야지. 가능하면 수장도.'

그들은 작위만 있을 뿐인 귀족이니 충분히 부려 먹을 수 있으리라. 그녀가 대회의장 입구에서 멈춰 선 채 뒤를 획 돌아보았다.

"키드레이 공작은 짐을 따라오도록."

그 말에 라파엘로가 가느다란 미소를 지었다.

"명을 받듭니다, 폐하."

고개를 숙이고 있던 귀족들이 슬그머니 카예나와 라파엘로를 훔쳐 보았다. 그 눈초리들에 묘한 기색이 스며 있었다.

카예나는 라파엘로의 에스코트를 받으며 회의장을 나왔다. 밖에는 이미 베라와 올리비아, 수잔이 대기하고 있었다.

"황위 계승을 축하드립니다, 황제 폐하."

마음 같아서는 축배를 들고 싶었지만 그럴 수는 없었다. 베라가 말했다.

"폐하께서 쓰실 침소는 미리 준비해 두었습니다."

베라는 율령에서 보낸 공식 서한이 도착하자마자 황궁을 갈아엎었다. 특히 카예나가 사용하게 될 황제의 침소를 완전히 새롭게 탈바꿈했다.

"카트린 황태후 마마와 이델 황태제 전하께서 사용하실 공간도 정비해 놓았으니 언제든지 입궁하셔도 됩니다."

"고맙구나."

역시 그녀의 시녀들은 유능했다. 이제 직속 시녀로 곁에 두지는 못하겠지만 의전 시녀로라도 삼아 중요한 자리에는 꼭 붙들어 놓을 생각이었다.

"백작위를 주신 것에도 감사드립니다."

올리비아의 말에 카예나가 빙긋 웃었다.

"너희가 없었다면 이런 날을 맞이하기가 쉽지 않았을 것이다. 앞으로도 나를 도와다오."

그녀의 소탈한 말에 다들 손을 내저었다.

"폐하께서 저희를 이끌어 주셔야지요! 저희가 무엇이라고 폐하를 돕겠습니까?"

그 말에 카예나가 눈을 가늘게 떴다.

"설마 내가 일을 많이 시킬까 봐 그러는 건 아니겠지?"

그 말에 수잔이 대답했다.

"……조금은요?"

이미 카예나의 아래에서 혹독하게 굴러 보았던 이들이기에 할 수 있는 말이었다. 수잔의 말이 끝나자마자 다들 웃음을 터트렸다. 그때 멀리서 줄리아가 허겁지겁 달려왔다.

"설마 저만 쏙 빼놓고 회포를 푸신 건 아니시죠!"

격의 없는 말에 베라가 고개를 절레절레 흔들었다. 카예나는 라파엘로의 손을 꼭 잡은 채로 모두에게 말했다.

"다들 이제 시작이다. 황녀궁 시절은 비교조차 되지 않을지도 몰라. 그래도 나를 믿고 따라 주었으면 좋겠구나."

그러자 다들 씩 웃었다.

"당연한 말씀을요."

라파엘로는 대답 대신 맞잡은 손에 살짝 힘을 주었다. 그것만으로 든든하게 의지가 되었다.

이들과 함께라면 무엇이든 이룰 수 있으리라.

오늘은 역사가 시작되는 첫날이다.

〈악녀는 마리오네트〉 완결

외전 1
스무 살이 된 라파엘로

카예나가 황제로 즉위하고 제국을 다스린 지도 3년이 되던 해.

사교계의 가장 큰 이슈는 단연코 라파엘로의 대공위 승격 소식이었다. 황궁의 궁정인들은 요즘 모이면 다들 그 이야기를 꺼냈다.

"그럼 키드레이 공작님이 제국의 유일한 대공이 되시는 거겠네요?"

"그렇죠. 하인리히 대공가는 대공이 서거하고 가문 자체가 바로 황실에 환수되었으니까요."

누군가가 염려 섞인 표정을 했다.

"그러다가 갑자기 키드레이 대공이 독립국 선언이라도 하면 어떡하죠? 가뜩이나 하임벨과 영지를 합치면서 영향력도 커졌는데."

키드레이 공작가는 하임벨을 삼키며 독립국과 다름없는 영향력을 가지게 되었다.

카예나는 그의 영향력과 공적에 걸맞은 작위가 필요하다고 판단하여 대공위를 내리겠노라 선언했다. 하지만 사람들은 그에게 너무 큰 권한을 주는 게 아닌가 하고 우려했다.

그때 가만히 이야기를 듣던 한 궁정인이 피식 웃었다.

"글쎄요······. 저는 과연 폐하께서 멀리까지 내다보신다고 감탄했는데요."

다들 그게 무슨 소리냐는 표정으로 돌아보았다.

"폐하와 대공 전하의 사이가 심상치 않잖아요."

"그런데 그거 정말이에요? 두 분 사이가 꽤 돈독해 보이기는 하지만…."

"거참. 이런 건 눈치죠, 눈치."

사람들이 의아함에 고개를 갸우뚱 기울였다. 그러자 그 궁정인은 찰떡같이 말을 못 알아듣는 이들에게 답답하다는 듯이 손가락을 들어 보였다.

"폐하께서 항상 빼놓지 않고 끼고 다니시는 파란 다이아몬드 반지만 봐도……."

말이 다 이어지기도 전에 뒤에서 서늘한 목소리가 들렸다.

"다들 한가하신가 보군요."

궁정인들이 몸을 빳빳하게 세웠다. 마른침을 삼키며 뒤를 돌아보자 역시나, 상급 시녀이자 황제의 측근인 애니가 보였다. 애니는 차분하게 그들을 둘러보았다.

"폐하께서는 제국을 위해 밤잠 줄여 가며 일하시는데, 이곳에서 뭣들 하시는 거죠?"

"어…… 잠깐 쉰다는 게……. 하하, 얼른 가겠습니다!"

애니는 부리나케 사라지는 궁정인들의 뒷모습을 보다가 한숨을 푹 내쉬었다. 최근 라파엘로는 영지가 커지자 여러 제도적인 문제를 해결하느라 수도에 발길이 뜸했다. 원래도 사교계에 얼굴을 잘 비추지 않았던 라파엘로가 수도에도 잘 오지 않자 사람들은 그의 소식을 몹시 궁금해했다. 애니는 궁정인들을 더욱 단속해야겠다고 생각하며 황제의 집무실로 향했다.

똑똑.

"폐하, 애니입니다."

카예나는 집무실에서 서류를 보고 있었다. 애니가 간식을 건네며 방금 있었던 일을 전달했다. 그러자 카예나가 작게 웃었다.

"뭐, 나와 대공의 사이가 비밀은 아니니 그렇게 생각하는 이들이 생길 것이라 짐작했다."

카예나는 라파엘로와의 사이를 굳이 외부에 알리지 않았다. 다분히 정치적인 이유로 라파엘로와 사전에 이야기한 부분이었다.

"이참에 공식적으로 발표하시는 건 어떠십니까? 제국민 사이에서 대공 전하의 지지율도 만만치 않으니 다들 두 분의 결합을 반대하지 않을 텐데요."

카예나는 고개를 내저었다.

"아직 제국민들은 내가 황위를 내려놓는 일에 준비되지 않았어. 그런 와중에 라파엘로와의 사이가 공식적으로 알려지면 괜한 구설에만 오를 뿐이야."

바람 잘 날 없이 거센 폭풍이 몰아치던 제국은 빠르게 안정을 찾았다. 부패한 자는 쓸려 가고 충신들이 기세를 잡았다. 제국은 눈에 띄게 부강해졌다. 태평성대가 찾아왔다고 확언할 수 있을 정도였다.

카예나는 '어두운 곳에 등불을 밝히는 지배자'라고 불릴 만큼 역대 황제 중 비교할 자가 없을 정도로 제국민 사이에서 인기가 좋았다.

하지만 그게 카예나에게 문제가 되었다. 그녀는 이델이 스무 살 성년식을 치르면 황위를 물려줄 생각이었다.

황제가 된 게 싫다는 것은 아니다. 다만 황성이 카예나에게 피로한 공간임은 확실했다. 첫 번째 삶과 이번 삶까지 그녀를 물고 할퀴고 엉망으로 굴려 댔던 장소였다.

그녀는 자신이 특별히 선하거나 어떤 소명 의식이 특출한 사람이어서 제국을 잘 다스리는 게 아니라는 것을 알았다.

나쁘게 굴 이유가 없어서. 딱 그 정도의 서늘한 이유였다. 카예나가 괜히 악녀 출신이 아니었다.

"이델이 별 탈 없이 물려받으려면 변수를 줄여야 해."

라파엘로와의 사이를 입 밖에 내지 않는 것도 그 일환이었다.

애니의 시선이 카예나의 손가락에 닿았다.

"그러시면서도 반지는 늘 착용하시잖아요."

카예나는 라파엘로에게서 받은 약혼반지를 힐끗 보았다. 그녀가 어깨를 으쓱했다.

"말로만 안 꺼내면 돼."

추측하는 것과 공식 입장을 듣는 건 다른 일이다. 그리고…….

"이렇게 은근히 티 내야 귀족들이 알아서 행동을 정리하거든."

제국민들은 카예나의 손에 낀 반지를 보지 않는다. 그러나 귀족들은 다르다. 그들은 카예나의 손에 계속 자리하는 블루 다이아몬드 반지를 유심히 지켜볼 것이다. 대체 저게 뭔데 계속 끼고 있는 걸까? 그런 생각을 하며.

'이 의미심장한 반지를 보며 다들 나와 라파엘로 사이에 뭔가 더 있다고 생각하겠지.'

그녀의 미모는 가만히 있어도 온갖 것이 꼬이게 하는 힘이 있었다. 미혼에 권력자이기까지 하니 헛된 욕심을 부리는 자들이 간혹 튀어나왔다. 그런 이들을 떨쳐 내기 위해 카예나는 일부러 궁정인들이 쑥덕거리는 것을 과하게 단속하지 않았다.

"그러니 너도 너무 무섭게만 하지 말고. 황궁 실세가 애니라는 소문이 자자하더구나."

카예나가 짓궂게 웃으며 말하자 애니가 당혹스러워했다. 그녀를 하나부터 열까지 가르친 사람은 다름 아닌 베라였다. 거기다 애니의 성격도 원래부터 철두철미한지라 그녀가 한번 휩쓸고 지나가면 다들 끙끙 앓는다는 말이 들렸다.

"제가 그리 까다로운 상사는 아닙니다, 폐하……"

애니가 변명하자 카예나가 웃음을 터트렸다.

"뭐, 그 황제에 그 시녀라고는 하더구나."

그 말에 애니도 웃어 버렸다. 사실 카예나야말로 아랫사람들을 잠 안눕게 하는 상사였다.

특히 카예나와 함께하는 국무 회의는 지옥이었다. 카예나에게는 귀족들 사이에서 새롭게 은밀한 별명이 붙었다.

폭군.

카예나의 기준에 맞지 않는 허접한 의견을 내놓는 인간은 그날로 찍혔다. 카예나가 질문 폭탄을 쏟아 내면 대부분 제대로 된 답변을 내놓지 못했다. 회의 준비도 제대로 하지 못했는데 카예나가 작정하고 갈아 버리려고 하는 질문에 좋은 답변을 내놓을 리가 없었다. 그러면 카예나는 이렇게 말했다.

"다음 주까지 보고서로 작성해서 제출하라."

물론 그 숙제들은 고작 일주일 만에 끝날 수 없는 양이었다.

국무 회의의 우등생은 늘 베라나 올리비아의 차지였다. 그 둘을 제외한 이들은 한 번 이상은 꼭 그 업무 폭탄을 경험했다.

애니가 고개를 조아렸다.

"저는 이만 나가 보겠습니다."

"그래. 수고하렴."

카예나는 애니가 가져온 따뜻한 차만 홀짝거리며 업무에 집중했다. 계절은 겨울을 향해 달리고 있었다. 혹한기를 대비하기 위해 이것저것 신경 쓸 것이 많아 일거리가 많았다. 그래도 겨울이 되면 좋은 점이 있었다.

'나도 라파엘로도 겨울에는 일이 별로 없으니까……'

라파엘로는 매년 겨울이 되면 한 달 정도 수도에서 머물렀다. 이번에는 대공위 수여식 때문에 조금 더 일찍 수도에 올 것이다. 카예나의 입가로 미소가 피어났다. 그와 여유로운 시간을 만끽하려면 미리 대부분의 일을 처리해 놓는 게 좋으니 서둘러야 한다.

방금 떠오른 것 같았던 해가 빠르게 저물었다. 카예나는 잠시 펜을 내려놓고 눈가를 문질렀다.

치직-!

"……?"

선연한 느낌이 들었다. 카예나는 눈가에서 손을 떨어트리며 주변을 둘러보았다.

'뭐였지? 뭔가 타들어 가는 듯한 소리가 났는데. 아니, 찢어지는 소리였나?'

치지직!

"-!"

시공간이 가로로 길쭉하게 찢어졌다가 다시 원상태로 회복되었다.

카예나는 자리에서 벌떡 일어났다. 심장이 빠르게 뛰었다.

"마법……? 하지만 누가……?"

치지직! 치지지직-!

집무실 내부가 제멋대로 편집되고 엉뚱한 곳에 붙었다. 카펫 일부가 천장에 옮겨 붙고 책상의 절반이 허공에 떠올랐다. 이대로 집무실이 완전히 어그러질 것 같았다

카예나는 살갗에 정전기 같은 것이 따끔하게 스치는 것을 느꼈다. 이해할 수 없는 현상이었다.

파르스름한 스파크가 서서히 크기를 키워 가며 위협적으로 튀기 시작했다.

"바엘!"

카예나는 혹시나 하는 마음에 바엘의 이름을 외쳐 보았으나 응답이 없었다. 바엘은 라파엘로의 집에 머물고 있으니 그럴 수밖에.

그녀는 이곳을 나가야 할지 이대로 침착하게 기다려야 할지도 제대로 판단할 수 없었다. 혹시 제멋대로 나갔다가 이 현상이 다른 곳까지 번지면? 그러다 인명 피해라도 생기면? 차라리 혼자 죽는 편이 나았다.

파지직!

새파란 전격이 더욱 굵어졌다. 카예나는 서서히 창가로 움직였다. 바깥은 정원이라 사람이 없다. 여차하면 뛰어내릴 생각이었다.

똑똑.

그때 집무실을 누군가가 두드렸다.

"아무도 들어오지 마라! 황명이다!"

카예나의 날 선 외침에 되레 문이 벌컥 열렸다. 놀란 눈을 한 라파엘로가 다급히 들어온 것이다.

"폐하!"

위협적으로 넘실거리는 스파크가 카예나를 옭아매고 있었다. 당장 새파란 전격이 그녀를 집어삼킬 것 같았다.

'저 남자가 왜 지금 여기에 있지?'

그게 중요한 게 아니었다. 카예나가 비명처럼 소리쳤다.

"도망쳐요!"

라파엘로는 제 몸을 스치는 스파크에 얼굴을 일그러트리며 카예나를 향해 달려왔다.

그의 머릿속엔 당장 그녀를 데리고 이곳에서 도망쳐야 한다는 생각뿐이었다. 그가 전격을 뚫고 들어와 카예나를 붙잡았다. 그 순간 섬광이 터졌다.

파아앗!

너무 강대하여 섬뜩한 기운이었다. 섬광은 집무실 내부를 완전히 지워 버릴 듯이 하얗게 집어삼켰다.

하얗게 물든 공간에 정적이 내려앉았다.

콰아아아―!

마치 기다렸다는 듯이 응집된 기운이 폭발했다. 시야를 가렸던 빛이 한순간에 사라졌다.

카예나가 비명을 터트렸다.

"라파엘로!"

라파엘로가 집무실 끝으로 튕겨 나가 바닥에 쓰러졌다.

―❈―

머리가 지끈거렸다.

아니, 아픈 건 머리만이 아닌 것 같았다. 온몸의 근육이 다 찢어질 정도로 격하게 훈련한 다음 날처럼 몸이 무거웠다.

'아냐…… 얼마 전까지 치렀던 전쟁에서 이랬던 것 같은데. 등에 가시 채찍을 맞았지.'

라파엘로는 미간을 찡그린 채 천천히 눈을 떴다. 그는 자신이 낯선 공간에 누워 있다는 사실을 금방 깨달았다.

'여기가 어디지?'

주변을 둘러보았다. 처음 보는 모양의 커튼과 가구, 침대의 차양이 눈에 들어왔다. 라파엘로가 두리번거리자 조금 떨어진 곳에서 기척이 느껴졌다.

"일어났어요?"

그가 눈뜨기를 애타게 기다린 것 같은 목소리가 귓가에 들렸다. 익숙한 목소리였다. 그러나 누구인지는 단번에 떠오르지 않았다. 그가 의아해서 고개를 돌렸다.

햇살처럼 반짝거리는 여자가 눈물이라도 쏟을 것 같은 표정으로 자신에게 다가오고 있었다. 연보랏빛 드레스는 마치 그녀를 감싼 꽃잎 같았다. 자신을 향해 뻗는 희고 고운 손과 쏟아지는 금빛 머리카락이 현실감 없는 그림처럼 느껴졌다.

라파엘로는 이렇게 지독하리만큼 아름다운 여자가 누구인지 잘 알고 있었다.

"황녀 전하께서 어찌 여기에 계십니까?"

그의 말에 카예나의 손이 미처 라파엘로에게 닿지 못한 채 멈췄다. 그녀는 믿기지 않는 말을 들었다는 표정으로 황망히 입술을 떨어뜨렸다.

"라피……?"

'또 저딴 애칭.'

라파엘로는 서늘한 눈으로 황녀를 보았다.

'……그런데 내가 알던 황녀와 모습이 좀 다른 것 같은데.'

자신을 바라보는 눈빛에 애정이 스며 있는 건 똑같았다. 다만 기억보다 훨씬 차분하고 깊은 느낌이었다. 외모도 조금 달랐다. 어쩐지 어린 티를 벗어 낸 성숙한 여인처럼 느껴졌다.

카예나가 그의 이마를 짚었다. 라파엘로는 몸을 흠칫하며 그녀의 손을 쳐 냈다.

'아, 이런.'

라파엘로는 실수했다는 생각이 들었다.

'그깟 역겨움은 잠깐 참으면 그만인데.'

황녀가 또 울고불고 난리 치는 것을 두고 보는 것보다 잠깐의 역겨운 접촉이 나았다.

"죄송합니다, 전하. 예민해진 탓에 실수했습니다."

그런데 황녀는 어떻게 그럴 수 있느냐고 우는 대신 탄식을 터트렸다.

"설마……."

그 반응이 의아하기는 했으나 지금 중요한 것은 그게 아니었다. 라파엘로는 자신이 왜 이러고 있는지 이해되지 않았다.

'내가 어제 뭘 하고 있었지?'

그때 카예나가 불쑥 물었다.

"키드레이 경, 지금 몇 살이죠?"

이건 또 무슨 질문이야? 그는 이해할 수 없었으나 순순히 대답했다.

"스무 살입니다."

카예나는 이마를 짚으며 중얼거렸다.

"미치겠네."

황녀가 방만한 것은 알았지만 그렇다고 이렇게 대놓고 상스러운 소리를 하는 사람이었나? 라파엘로는 눈을 깜빡거렸다.

카예나가 그의 얼굴을 보더니 잠시만 기다리라고 했다. 곧 궁정 의원으로 발탁된 발데마르가 침실로 들어왔다.

"위대하신 황제 폐하를 뵙습니다."

그의 인사에 라파엘로가 흠칫하며 주변을 휙 훑어보았다.

'여기에 에스테반 황제가 있나?'

그러나 사람이라고는 카예나와 그가 전부였다. 그때 카예나가 말했다.

"예를 거두거라. 대공이 깨어났으니 어서 진단해 보아라."

라파엘로의 붉은 눈동자가 순식간에 카예나에게 향했다. 발데마르가 라파엘로를 발견하더니 화색을 띠었다.

"깨어나셨군요, 대공 전하."

'대공?'

눈을 뜬 순간부터 이해되는 게 하나도 없었다. 라파엘로는 순간 머리가 깨질 듯이 아파 머리를 부여잡았다.

"라파엘로!"

카예나가 깜짝 놀란 눈으로 그의 앞으로 훌쩍 다가갔다.

"괜찮아요?"

장갑도 끼지 않은 곧고 가느다란 손이 그의 뺨을 감싸 쥐었다.

흠칫!

라파엘로의 몸이 뻣뻣하게 굳었다. 무의식적으로 손을 쳐 내려던 것을 억지로 참아 냈다. 그런데 이상했다.

'……왜 아무렇지도 않지?'

그때 카예나가 순식간에 손을 거뒀다.

"아, 미안해요. 싫어할 텐데."

이건 또 무슨 소리지? 황녀는 그가 누군가와의 접촉에 역겨움을 느끼는 것을 모른다. 그런데 꼭 잘 아는 것처럼 말하고 있었다.

"몸에 이상은 없으십니다. 타박상도 경미한 수준이고요."

발데마르의 진단에 카예나는 잠깐 머뭇거리더니 입술을 열었다.

"그런데 지금 대공이 자신의 나이가 스무 살이라고 하는구나."

"……이런."

라파엘로는 계속 미간을 찡그린 채 이야기를 듣다가 물었다.

"제가 스물인 것이 문제입니까?"

카예나가 조심스럽게 그의 근처에 걸터앉았다. 그러면서도 적정 거리를 유지한 채였다.

"음, 키드레이 경. 경은 현재 스물여섯 살이에요. 곧 겨울이 지나면 스물일곱 살이 되지요."

"……."

카예나는 최대한 침착하게 말을 이었다.

"당신은 대공으로 승격했고 나는 이제 황녀가 아니라 엘다임 제국의 황제예요."

하나같이 이해되지 않는 말이었다. 그리고 가장 이해되지 않는 말이 흘러나왔다.

"그리고 지금 당신은 믿기 어렵겠지만…… 우리는 결혼을 약속한 사이예요."

"그게 무슨……?"

그때 그의 뇌리로 어떤 기억이 강렬하게 파고들었다.

긴 잠에서 깨어난 카예나.

그녀를 바라보며 깊이 안도하는 자신.

그녀를 품에 안았던 기억.

그리고 파란 다이아몬드 반지.

그 파란 다이아몬드 반지가 지금 카예나의 손에도 버젓이 끼워진 상태였다.

무슨 말도 안 되는 소리냐고 반박하려던 라파엘로가 그대로 입을 다물었다.

발데마르가 두 사람 눈치를 힐끗 살피다가 조심스럽게 말했다.

"아무래도 부분 기억 상실인 듯합니다."

"기억 상실이라고……?"

라파엘로는 머리가 텅 비는 듯한 기분을 느꼈다. 이 상황이 이해되지 않았다. 마치 농락당하는 기분이었다.

그러나 그는 어리석게 행동하지 않았다. 아직 상황을 제대로 파악하지 못한 상태였다. 침착하게 상황을 파악하는 것이 먼저리라.

발데마르가 나가자 라파엘로도 몸을 일으켰다. 어쨌든 여기가 황궁이라면 그가 있을 이유가 없었다.

"가려고요?"

"……제게 하대하십시오, 폐하."

카예나가 황제라는 사실은 여전히 믿기지 않았으나 일단 장단을 맞췄다.

라파엘로의 태도에 카예나가 우는 듯 웃는 묘한 표정으로 말했다.

"과연 스무 살 때도 당신은 당신이네요."

그녀는 자리에서 일어나더니 옆에 놓인 외투를 들었다. 그의 것이었다. 카예나는 죄책감에 물든 얼굴로 외투를 건넸다.

"미안해요, 라파엘로. 나 때문에 당신이 해를 입었어요."

"……무슨 말씀이십니까?"

"당신은 나를 구하려다가 사고에 휘말리는 바람에 기억을 잃은 거거든요."

말투와 표정에서 하나같이 진심이 느껴졌다. 또한, 진심 이상의 정중함도 느껴졌다.

라파엘로는 카예나 황녀가 어떤 사람인지 나름 잘 알았다. 그러나 지금 눈앞의 이 사람은 너무나 낯설었다. 거죽만 비슷한, 완전히 초면인 사람을 대하는 기분이었다. 생경한 느낌이 들었다. 자신이 알던 무언가가 부서지는 것 같았다. 그 감각은 조금도 유쾌하지 않았다. 그때 라파엘로의 앞으로 부드러운 황갈색 털을 가진 고양이가 반짝 나타났다.

─어, 이제 일어났네? 괜찮으냐?

뭐야, 이건?

라파엘로는 고개를 탈탈 흔들고서 다시 앞을 보았다.

─마력 폭풍에 휘말렸는데도 멀쩡한 걸 보면 확실히 이 녀석도 정상이 아니라니까.

고양이가 말을 한다. 카예나가 곤란한 표정으로 입을 열었다.

"그렇지 않아도 지금 그것 때문에 문제가 생겼어, 바옐."

─뭐가? 네가 마법사로 각성한 건 특이한 일이기는 하지만, 그래도 수명과는 상관없으니까 걱정할 필요는 없는데?

"그게 아니라……"

"마법사?"

라파엘로가 되묻자 바엘이 동공을 가느다랗게 좁힌 채 그를 보았다.

—뭐냐, 이 반응? 얘 왜 이래?

라파엘로는 말하는 고양이를 휙 들어 올렸다.

—캭! 이 싹퉁머리 없는 자식이! 허락 없이 들어 올리지 말라니까!

"……너, 날 알아?"

—뭐라는 거야, 갑자기! 내가 어디 소설의 기억 상실에 걸린 주인공이라도 되는 줄 아냐?

카예나가 끙, 앓는 소리를 내며 대답했다.

"맞아……."

—엥?

"라파엘로, 지금 기억 상실이라고."

고양이의 커다란 눈이 깜빡거렸다. 그러다 입이 떡 벌어졌다. 바엘이 숙연하게 말했다.

—이 새끼, 크면서 특별하게 싸가지가 없어진 줄 알았더니 원래도 싸가지가 없었구먼.

고양이의 말에 라파엘로가 피식 웃었다. 입 밖으로 생각을 거치지 않은 말이 튀어나왔다.

"너는 몇백 년을 살아 놓고도 나잇값 못 하잖아."

—뭬야!

라파엘로는 자신이 말해 놓고도 눈을 휘둥그레 떴다.

'내가 방금 뭐라고 말한 거야?'

심장이 불쾌하게 뛰었다.

'내가 왜 이런 말을 했지? 나는 이 고양이를 모르는데.'

버럭 화냈던 바엘도 쩝, 입맛을 다셨다.

—확실히 상태가 이상하네.

바옐이 몸을 뒤틀어 침대 위로 풀썩 내려오더니 라파엘로를 마법으로 강제로 눕혔다.

풀썩!

"......!"

라파엘로는 깜짝 놀라 몸을 일으키려 했으나 뭔가가 그를 강제하고 있어 의지대로 움직이지 못했다.

바옐이 라파엘로의 머리맡으로 다가가 그의 이마에 앞발을 턱 얹었다.

—마력의 흔적이 몸에 남아 있네. 그것 때문에 생긴 일시적인 증상 같아. 기억을 떠올리려고 애쓰다 보면 금방 회복할 거야.

"......정말로 마법사인가?"

바옐이 퉁명스럽게 대꾸했다.

—그럼 가짜 마법사겠냐?

카예나가 고개를 절레절레 흔들며 바옐을 휙 들어 올리더니 품에 안았다. 라파엘로의 심신 안정에 바옐이 해롭다고 판단했기 때문이었다.

'음.'

그 모습을 바라보던 라파엘로는 어쩐지 기분이 이상해졌다. 정확히는 기분이 더러웠다. 황녀에게서 저 고양이를 당장 떨어트려 놓고 싶다고 생각했을 때였다.

휙!

"......라파엘로?"

그는 그렇게 생각만 했다고 생각했다. 그런데 생각만 한 게 아니었다. 라파엘로는 어느새 제 손에 치즈 고양이가 들려 있는 것을 발견했다. 고양이와 눈이 마주쳤다.

─뒈질래?

"……."

진짜 내가 왜 이러지?

─❈─

"대공 전하!"

제레미가 생소한 호칭을 입에 담았다.

"이야기는 이미 전해 들었습니다."

제레미는 기억 상실이라는 단어를 굳이 입 밖으로 꺼내지 않고 에둘러 말했다.

"대공저로 가시지요."

"……그래."

라파엘로는 최측근에게만 그의 상태를 알리고 외부에는 이상이 있다는 사실을 철저히 함구했다.

그는 황궁을 떠나기 전 뒤를 힐끗 보았다. 멀찍이 떨어진 곳에 서 있던 카예나와 눈이 마주치자 그녀가 빙긋 웃었다. 마치 그를 안심시키려는 듯한 미소였다.

그게 이상했다. 그녀는 이런 배려심 있는 성격이 아닌데.

마차에 올라 공작저로 향했다. 아니, 이제는 대공저다. 라파엘로는 길게 한숨을 내뱉었다. 그에게는 이 모든 게 너무나 스트레스였다. 자신이 아는 것과 맞는 게 하나도 없었다.

돌아가는 동안 제레미가 6년의 공백을 채우기 위한 굵직한 사건을 줄줄 읊어 주었다.

"에스테반 황제가 죽었다고?"

"그렇습니다."

현재와 가진 기억의 괴리가 6년이다. 6년이 긴 시간은 맞지만 이렇게 완전히 뒤집어 버린 것처럼 달라질 수 있는 시간이었나? 에스테반 황제가 죽고 레제프 황자는 유배되었다. 하인리히 대공자는 신성 재판에 따라 사형되었다. 양친은 이혼했고 아버지는 레제프의 손에 죽었다.

"레제프 황자가 아버지의 혼외 자식이라고······."

머릿속에서 어지럽게 기억들이 떠돌았다. 황자궁에서 레제프와 뒤엉켜 주먹을 날리던 장면. 레오 프란시스를 향해 총을 발포하는 레제프. 그는 눈을 질끈 감았다.

"괜찮으십니까?"

"······그래. 계속해."

제레미는 다시 말을 이었다. 제국의 주인은 카예나가 되었다. 더더욱 믿기지 않는 점은, 그녀가 다스리는 지금이 제국의 전성기라고 불린다는 점이었다. 게다가 자신은 대공이라니.

"외부에는 비밀로 하고 있습니다만, 폐하께서는 이델 황태제 전하께서 성년식을 치르고 나면 곧바로 황위를 물려주실 예정이십니다."

"그러고 나서 나와 결혼한다는 건가?"

이 사실이 가장 믿기지 않았다. 자신과 카예나가 결혼한다니. 머리가 또 욱신거렸다.

대공저에 도착했다. 다행스럽게도 대공저는 자신의 기억 속 공작저와 많이 달라지지는 않았다.

그는 제 침실로 들어갔다. 그런데 내부가 뭔가 이상했다. 옷이나 장신구가 원래 즐겨 쓰던 색상이 아니었다. 온통 파란색 아니면 노란색 보석으로 만든 장신구가 즐비했고 밝은색 셔츠가 가득했다.

"설마."

내가 이걸 고른 건 아니겠지. 라파엘로는 구석에 처박힌 검은 옷을 꺼내 입었다.

"엇, 제가 시중을 들려고 했는데요."

바스틴이 후다닥 달려왔다.

"괜찮다."

라파엘로는 원래도 스스로 잘 환복했다. 누군가와 접촉하는 것을 극도로 꺼렸기 때문이다.

바스틴은 주인이 스무 살 때까지의 기억만 갖고 있다는 사실을 떠올리고 목을 긁었다. 그 반응이 묘하게 라파엘로의 신경을 건드렸다.

"왜 그러지?"

"아, 아닙니다. 그저…… 확실히 예전의 주인님 모습이 보여서 좀 생소했습니다."

"쓸데없는 말을 하는군."

"옙, 실언했습니다."

라파엘로는 한숨을 머금은 채로 거울 앞에 섰다. 거울에 비친 남자는 확실히 자신이 맞았으나 익숙한 모습은 아니었다. 선이 좀 더 단단해진 얼굴, 기억보다 약간 부드러워진 인상, 그리고 사라진 등의 상처.

그는 야만족과의 전쟁 중 등에 가시 채찍을 맞고 길게 찢어진 상처가 생겼었다. 워낙 깊은 상흔이라 흉터가 되어 사라지지 않으리라고 생각했던 그 상처가 온데간데없었다.

라파엘로는 카예나가 마법사라는 사실을 상기했다.

'그녀가 한 일일까?'

"황녀……."

라파엘로는 말을 멈추고 잠시 눈을 감았다가 떴다.

"황제 폐하께서 정말로 나와 미래를 약속하신 게 맞느냐? 정치적인 이유가 있는 건 아니고?"

그러자 바스턴이 기겁했다.

"지금 부분 기억 상실이라는 건 들었지만 절대! 지금의 감정대로 행동하시면 안 됩니다. 물론 폐하께서는 지금 주인님의 상태를 충분히 고려하실 분이시지만, 기억 돌아오시면 주인님이 피눈물 흘리실 거라고요!"

"내가 피눈물을 흘려?"

라파엘로가 불쾌하다는 표정으로 되묻자 바스턴이 조마조마한 표정을 했다. 아, 이 주인님이 진짜 실수하면 안 되는데!

"제 목을 걸고 확언합니다. 절대 기억이 돌아와서 후회할 행동은 하지 마십시오. 아셨죠?"

그는 대답하지 않고 바스턴을 가만히 바라보다가 툭 말했다.

"그런데 바스턴, 상당히 늙었군."

"늙다니요! 저 밖에 나가면 동안 소리 듣는다고욧!"

"흠."

라파엘로는 들은 척도 하지 않고 셔츠를 마저 입었다. 바스턴은 저 얄미운 입은 과연 어릴 적부터 독보적이었다고 생각하며 씩씩댔다. 그러다 문득 현실적인 고민이 퍼뜩 들었다.

"앗, 그러고 보니 대공위 수여식은 어떡하죠? 식의 규모는 크지 않게 하기로 했지만 그래도 제국 주요 인사가 다 참석하는 자리인데……."

라파엘로는 대공의 지위는 받았으나 그것을 공표하는 식은 치르지 않은 상태였다. 이번에 수도로 오면 식을 치를 예정이었는데 이 사달이 난 것이다.

"내가 6년 뒤의 나이에도 특별히 말이 많은 사람일 것 같지는 않은데."

그의 말에 바스턴이 고개를 끄덕였다.

"물론 절대 누구와 먼저 말을 섞지 않으십니다. 아, 바엘 크로노스 백작님만 제외하고요."

"바엘 크로노스?"

"예, 전하의 절친한 친우분이십니다. 3년 전에 사귄 친우분이라 기억은 못 하시겠지만요."

"바엘……."

라파엘로는 그 이름이 익숙하다고 생각했다가 치즈 고양이를 떠올렸다. 그 고양이의 이름이 바엘이었는데.

"고양이가 아니었나……?"

고양이와 친구라니, 좀 뜻밖의 말이었으나 이내 그러려니 했다.

잠시 후 그의 침실로 하인이 찾아왔다. 바스턴은 하인과 이야기를 나누더니 고개를 끄덕이고는 라파엘로에게 보고했다.

"발데마르 씨가 저택에 도착했다고 합니다."

그는 상태가 완전히 낫기 전까지 발데마르를 저택에 상주시키기로 했다. 곧 발데마르가 라파엘로의 침실을 방문했다. 발데마르는 그의 상태를 다시금 진단해 보더니 말했다.

"집 안에만 있지 말고 자주 가시던 장소를 다니셔야 합니다. 그래야 기억이 빨리 돌아와요."

바스턴이 첨언했다.

"그러면 황궁만 한 곳이 없기는 하네요."

라파엘로는 입매를 굳혔다. 그렇다는 말은, 카예나와 마주쳐야 한다는 뜻이 아니던가?

"……알았으니 다들 나가 보아라."

라파엘로는 축객령을 내리고 홀로 침실에 남았다.

"내가 기억 상실이라니."

라파엘로는 한숨을 내쉬며 침대로 향하다가 멈칫했다. 또 낯선 기억이 그의 머릿속으로 쏟아져 들어왔다. 온화한 체향과 부드러운 피부의 감촉과 야릇한 감각이 동시에 떠올랐다.

"……카예나."

그가 미간을 와락 찌푸렸다. 미쳤군. 단단히 미친 게 틀림없다. 자신이 그녀와 몸을 섞었다니. 라파엘로는 두 손으로 얼굴을 쓸며 마른세수를 했다. 목이 타들어 가는 것 같았다. 애초에 자신이 누군가와 그렇게 깊은 접촉이 가능할 리가 없다. 그런데 이 기억들은 뭘까?

라파엘로는 그녀가 제 얼굴을 감싸 쥐었을 때 아무렇지 않았다는 사실을 애써 잊었다.

"웃……."

감당하기 어려운 변화에 두통이 짙어졌다. 깨질 듯한 두통과 동시에 어떤 생각이 들었다.

'스물여섯 살의 나는 대체 어떤 사람이지?'

확실한 건, 지금의 자신으로서는 도무지 상상하기 어려운 사람이라는 것이었다.

라파엘로는 침대에 쓰러지듯 누웠다. 이상하게 이곳에서 어떤 향취가 느껴지는 것만 같았다. 자신의 바로 옆자리에 누군가가 있어야 할 것 같았다. 라파엘로의 시야가 까무룩 어두워졌다.

해가 서서히 떠오르며 빛이 스며드는 것이 예민하게 느껴졌다. 라파엘로는 자리에서 벌떡 일어났다. 아주 이상한 꿈을 꿨다고 생각하며 주변을 둘러보았다.

"……."

그러나 침실은 어제 보았던 그대로였다. 라파엘로는 자신이 진짜 스물이 아니라 6년의 기억을 잃어버린 사람이라는 사실을 체념하고 받아들였다.

바스턴이 시중을 돕기 위해 침실로 왔다.

"주인님, 바스턴입니다."

"들어와."

그는 스스로 옷을 갈아입으려다가 바스턴이 시중을 들려 하자 하는 대로 맡겨 두었다. 이것도 익숙해져야 할 일이다.

바스턴은 라파엘로가 거의 입지 않았던 밝은색 셔츠를 꺼내 오고 노란 토파즈 커프스단추를 채워 주었다.

"……왜 훈련복이 아니라 외출복이지?"

그는 오전 시간을 보통 훈련으로 보냈다. 그런데 지금 몸에 걸친 옷은 아무리 보아도 외출용 옷이었다.

"주인님께서는 지금 휴가 중이시거든요. 겨울마다 수도로 오셔서 한 달 정도는 꼭 폐하와 시간을 보내셨습니다."

또 카예나 이야기였다.

라파엘로는 이해가 되지 않는다는 표정으로 그를 보았다.

"내 기억에 너는 분명히 황녀 전하가 이상하다고 했던 것 같은데."

"에이, 그게 언제 적 이야기입니까? 우리 황제 폐하처럼 좋은 분은 없어요!"

라파엘로는 고개를 절레절레 흔들었다.

"그런데 그게 내가 지금 외출복을 입는 것과 무슨 관계가 있지?"

"황궁으로 가셔야죠!"

저렇게 말할 줄은 알았지만 역시 내키지 않았다. 라파엘로는 차라리 대꾸하지 않고 옷을 갈아입고 외출 준비를 마쳤다. 이동할 장소야 자신이 정하면 되는 거니까.

그는 마차 대신 말을 몰았다. 그에게 익숙한 장소라면 황궁 말고도 더 있으리라. 가령 황립 아카데미나 황립 도서관 같은 곳 말이다.

라파엘로는 황궁 대신 황립 아카데미로 향했다. 그래. 분명히 황립 아카데미로 가고 있다고 생각했는데…….

"대공 전하를 뵙습니다. 폐하께 전하께서 오셨다고 아뢰겠습니다. 잠시만 기다려 주십시오."

자신은 대체 왜 황궁에 도착한 거지? 라파엘로는 퍼뜩 정신을 차리고는 시종에게 말했다.

"아니다. 그냥 돌아가겠……"

"라파엘로!"

그의 말이 미처 다 이어지기도 전에 카예나가 직접 문을 열고 나타났다.

어제 침실에서 환상처럼 느꼈던 온화하고 부드러운 체향이 그를 향해 훅 끼쳤다. 그는 몸을 움찔했다. 저도 모르게 자신을 향해 다가오는 카예나를 끌어안을 뻔했다. 이상하게 눈앞의 여자가 너무 사랑스러워 보였다.

'미친 게 틀림없어.'

라파엘로는 뻣뻣하게 굳은 채 그에게 다가오는 카예나를 바라보았다.

"이제 괜찮은 거예요?"

카예나는 한가득 기대를 담은 표정을 하고 있었다. 라파엘로는 그녀의 표정을 보는 순간 입을 다물었다. 심장이 욱신거렸다.

'저 얼굴은 아마 자신이 기어이 돌아오지 않았을까 기대하는 것이겠지?'

그녀의 입장에서 그런 기대는 당연했다. 당연한 일인데…… 이유 모를 짜증이 치밀었다. 지금 저 여자는 스물여섯 살의 라파엘로를 사랑하고 있다. 스무 살의 라파엘로가 아니라. 분명히 자신은 아주 오래전부터 그녀의 관심을 귀찮을 정도로 받아 왔다. 조금도 달갑지 않은 관심이었는데. 그렇다면 지금도 그렇게 느껴야 정상일 텐데.

카예나의 얼굴에서 서서히 미소가 잦아들었다. 미소가 아예 가신 것은 아니었다. 다만, 쓸쓸한 기색이 스며 있었다.

"어서 와요, 키드레이 대공."

애칭도 이름도 아니었다. 라파엘로는 순간 기시감을 느꼈다. 그녀가 제게 이렇게 거리를 둔 적이 있었던 것 같은데.

'……이러는 게 이번이 처음이 아니라고?'

그는 우선 카예나를 향해 예를 갖췄다.

"황제 폐하를 뵙습니다."

카예나는 고개를 끄덕이며 라파엘로에게서 한 걸음 떨어졌다. 적정 거리였다. 라파엘로의 눈썹이 휙 치켜 올라갔다.

"들어와요."

그는 순순히 카예나를 따라 그녀의 개인 집무실로 들어갔다. 카예나가 애니에게 말했다.

"차를 좀 준비해 줄래?"

"알겠습니다, 폐하."

집무실에 두 사람만 남게 되었다. 카예나가 걱정스럽게 그를 보았다.

"몸은 좀 어때요?"

"괜찮습니다."

묘하게 어색한 침묵이 내려앉았다.

카예나는 스무 살의 라파엘로가 자신을 어떤 식으로 생각하는지 잘 알았다. 당시의 카예나는 무척 어리석고 방만했다. 라파엘로에게 무례한 짓을 서슴없이 했었다.

그녀는 정중한 태도로 라파엘로와 거리감을 유지했다.

"어제는 너무 정신이 없었죠? 이것저것 설명했어야 했는데."

라파엘로는 어제 미처 묻지 못했던 것을 물었다.

"폐하께서는 그럼 마법사신 겁니까?"

카예나가 고개를 끄덕였다.

"네. 갑자기 각성하게 되었어요. 그전에 바엘과 계약해서 계약 마법사로 지낸 적도 있죠."

라파엘로는 그 말을 듣자 또 생소한 기억이 떠올랐다. 장소는 사냥터였고 카예나가 마법을 쓰는 장면이 눈앞을 스쳤다.

"그렇군요."

그는 자신이 카예나가 마법사라는 사실을 이미 알고 있었다는 것을 깨달았다.

카예나가 지금 이 상황을 몹시 어색해하는 라파엘로를 보며 작게 웃었다. 하긴. 그가 그녀를 먼저 찾아온 건 스물세 살 때였다. 그것도 첫 번째 삶이 아닌 이번 생에서였다.

"사실 날 찾아오리라고 생각 못 했어요. 당신이 스무 살 때 우린 사이가 좋지 않았으니까."

라파엘로는 그 말이 못마땅했다. 그래서 저답지 않게 반박했다.

"저는 사이가 좋지 않다고 느껴 본 적 없습니다."

그의 날 선 반박에 카예나가 지금 놀란 표정을 했다. 그 표정을 본 라파엘로가 아차 했다.

"제가 신사답지 못하게 말씀드렸군요. 부디 무례함을 용서해 주십시오."

"아니에요. 그런 것 때문이 아니라⋯⋯."

카예나는 엷게 웃었다.

"그냥 좀, 다행이다 싶어서요. 분명히 당신이 날 끔찍하게 여기리라고 생각했는데."

"왜 그렇게 생각하십니까?"

"그야 그 당시의 나는 당신이 싫어할 행동을 너무 많이 했으니까요."

라파엘로는 잠깐 입술을 다물었다. 그는 혹시나 하는 생각이 들었다.

"폐하께 제가 사람과의 관계에 불편함을 느낀다고 말씀드렸습니까?"

"그건 아니에요. 그냥 제가 어쩌다 알게 된 거죠. 그래서 조심하려고 했고요."

라파엘로는 아까의 기시감이 괜한 것이 아님을 확신했다. 카예나는 그가 누군가와의 접촉을 싫어한다는 사실을 알고 적정 거리를 유지했다. 지금도, 언제인지 모를 과거에도.

그는 제 손을 물끄러미 내려다보다가 원래라면 절대 하지 않았을 말을 충동적으로 내뱉었다.

"불쾌하지 않았습니다."

카예나가 고개를 갸웃하자 라파엘로가 더욱 확실하게 대답했다.

"당신께서 저를 만지는 게 조금도 불쾌하지 않았습니다."

그건 확실히 뜻밖의 말이었다. 카예나는 잠깐 아무 말도 하지 않고 눈을 천천히 깜빡이다가 입술을 꾹 깨물었다.

"그럼 당신을 만져 봐도 될까요?"

정말 이상한 요구였다. 그런데 라파엘로는 뭔가에 홀리기라도 한 것처럼 곧장 대답했다.

"네. 그러십시오."

카예나는 내내 참았던 불안감을 터트리듯이 그를 끌어안았다.

코끝을 간질이던 향이 훨씬 짙게 그를 감쌌다. 도저히 정신 차릴 수 없을 만큼 황홀한 감각이었다. 라파엘로는 거의 본능적으로 카예나를 마주 안았다. 그녀를 품에 가두려는 것처럼 강하게 끌어안아 목덜미에 고개를 파묻었다.

이 감촉이다. 그는 이상하게도 여기서 어떻게 하면 카예나의 반응을 끌어낼 수 있는지 자연스럽게 떠올렸다.

라파엘로가 그녀의 목에 이를 세웠다. 그러자 카예나가 움찔했다. 반응이 왔다. 라파엘로는 그 사실을 확인하자 걷잡을 수 없는 욕구가 치미는 것을 느꼈다. 그녀의 모든 것이 지나치게 중독적이었다. 이대로 본능을 따라 행동하고 싶었다.

그러나 라파엘로는 간신히 인내했다. 결혼을 약속했다고는 해도 자신의 기억에는 없는 약속이었다. 지금 그녀는 그에게 명백한 남이었다. 기억이 돌아온다면 모를까 단순히 욕구에 져서 그녀를 안을 수는 없었다.

라파엘로는 카예나를 놓아주었다. 카예나는 약간 어이없다는 듯이 웃었다.

"당신은 너무 이성적이에요."

그녀는 그렇게 말하며 라파엘로의 뺨에 입을 맞췄다.

"ㅡ!"

라파엘로가 깜짝 놀라 제 뺨을 손으로 감싸 쥐었다. 카예나는 그 모습을 보고 하마터면 실소할 뻔했다.

'이렇게 순진한 반응이라니. 아니, 스무 살이면 갓 성년이 되었을 때지. 당연한 건가?'

카예나는 좀 더 뻔뻔하게 그의 옆자리를 차지했다. 라파엘로는 어쩌지도 못하고 알아서 조금 비켰다.

똑똑.

그새 노크가 들리며 시녀가 들어왔다. 애니는 두 사람이 어정쩡하게 다정한 모양새로 있자 빙긋 웃었다.

"대공 전하께서 드실 차는 이것입니다."

라파엘로는 의아하게 애니를 보았다.

'왜 차를 따로 주는 거지?'

카예나가 이유를 설명했다.

"이건 진하게 우린 차예요. 당신 취향이죠."

'내게 취향이라니.'

라파엘로는 미간을 살짝 찡그렸다. 대체 6년 사이에 무슨 일이 있었던 걸까? 스무 살의 그에게 취향이랄 것은 아무것도 없었다.

그는 약간 미심쩍었으나 진하게 우린 홍차가 든 잔을 들었다. 일단 향은 괜찮았다. 한 모금 마셔 보았다. 그런데 향이 입안에 착 감기며 확실히 잘 넘어갔다.

"괜찮죠?"

"……네."

카예나의 물음에 라파엘로는 고개를 끄덕일 수밖에 없었다. 그때 또 어떤 기억이 번뜩 떠올랐다. 차갑던 봄날에 카예나가 그에게 차를 내주는 장면이었다. 그때의 자신은 황녀를 경계하고 있었던 것 같다. 아니, 이상하게 생각하고 있었다. 지금과 비슷하게.

"혹시 전에도 이렇게 제게 진한 차를 내주셨습니까?"

"맞아요."

카예나가 눈에 띄게 화색이 도는 표정으로 그렇다고 긍정했다. 뭔가 더 기억났나? 그렇게 기대하는 게 여실히 느껴졌다.

라파엘로는 차를 내려놓았다.

"왜 더 마시지 않고……?"

그녀가 의문을 표하자 라파엘로가 대답했다.

"그냥 괜찮은 거지 제 입맛에 잘 맞는 건 아닙니다."

그럴 리가 없다. 이건 원작에서 확인한 확실한 정보기도 했고 실제로 지금까지 그는 진하게 우린 차를 즐겨 마셔 왔다.

'그렇다면 이건 그냥 심술부리는 것 같은데.'

카예나가 눈을 가늘게 떴다.

"설마 지금 질투해요?"

그러자 라파엘로가 이건 무슨 말도 안 되는 소리냐는 표정으로 그녀를 바라보았다.

"그렇잖아요. 지금 당신, 원래의 라파엘로에게 질투하고 있잖아요."

라파엘로는 순간 욱하는 표정으로 말했다.

"그 말씀은 이상하군요. 원래의 라파엘로가 바로 접니다."

오호라.

카예나는 완전히 감 잡은 표정을 했다.

'기억은 잃었어도 나에 대한 마음은 남아 있는 건가?'

라파엘로가 기억을 잃었다는 사실 자체가 마음이 아프기도 했지만, 그가 자신을 바라보는 눈빛에 조금은 상처받았다. 자신이 뜻한 일은 아니었지만, 그래도 자신이 미법사로 각성히는 도중에 벌이진 시고니 꾹 참았을 뿐이었다.

그런데 반응을 보니 라파엘로의 무의식에 자신을 향한 감정이 남아 있는 모양이었다. 그렇다면 한시름 덜 수 있었다.

'여차하면 다시 꼬시지, 뭐.'

그녀는 묘한 미소를 걸쳤다. 애니는 두 사람을 번갈아 보다가 조용히 물러났다.

카예나는 둘만 남자 아까와 달리 말도 하지 않고 저돌적으로 그의 손을 잡았다. 라파엘로의 어깨가 움찔하는 게 느껴졌다.

"……뭐 하시는 겁니까?"

"아까 만져도 된다고 했잖아요."

그러기는 했지만 이런 뉘앙스는 아니었다.

하지만 라파엘로는 손을 빼지 않았다. 오히려 그녀가 싫으면 말라며 손을 빼기라도 할까 봐 조용히 숨죽이기까지 했다. 카예나는 그의 반응을 확인하고는 이번에는 그의 어깨에 머리를 기댔다.

또 움찔.

귀여운 반응에 카예나는 더 참지 못하고 웃어 버렸다.

"아까 내 목을 깨물던 그 남자 맞아요?"

카예나가 빙글빙글 웃으며 라파엘로를 놀리듯 말했다. 그러자 라파엘로의 귓바퀴가 새빨갛게 달아올랐다. 그는 당혹스러움을 좀처럼 감추지 못했다.

이렇게 허술한 라파엘로라니.

'이게 바로 스무 살의 풋풋함인가?'

성숙한 분위기를 지닌 라파엘로는 섹시하고 남성적이었다.

그런데 지금의 라파엘로는 확실히 스무 살 특유의 풋풋하고 싱그러우면서도 서툰 느낌이 있었다.

"당신한테 이렇게 귀여운 면이 있었다니."

라파엘로는 이제 목덜미까지 붉게 물들어 있었다. 어딘가 초조한 기색도 느껴졌다.

카예나는 조금 고민했다.

'여기서 더 놀리고 싶으면 내가 나쁜 건가?'

그녀가 조금 고민했을 때였다. 라파엘로가 벌떡 일어났다.

"저는 이만 가 봐야 할 것 같습니다."

"네? 갑자기요?"

카예나도 따라서 벌떡 일어났다. 아직 아무것도 시작 안 했는데 가면 어떡해?

"그럼 이만 물러나겠습니다."

"어, 잠깐……!"

라파엘로는 뭔가에 쫓기기라도 하는 것처럼 꾸벅 고개 숙이더니 미처 카예나가 붙잡기도 전에 집무실에서 나갔다.

그는 자신이 바보같이 보일 거라고 확신할 수 있었다. 하지만 그녀와 더 있다가는 심장이 터져 버릴 것 같았다. 그는 한숨만 푹푹 내쉬었다.

"진짜 미치겠네."

홀로 남은 카예나는 황당함을 감추지 못하고 있다가 심각한 표정으로 자리에 앉았다.

"음, 너무 늘렸나?"

스무 살의 어린 영혼에게는 너무 충격적인 일이었나?

'키스라도 했다가는 아예 서부로 가 버리는 거 아닐까?'

하지만 아까 끌어안았을 때는 그가 더 적극적이었다.

"자연스럽게 계기를 마련해 주면 되는 건가?"

카예나는 이래저래 고민해 보다가 끙, 하고 앓는 소리를 냈다. 이런 고민을 하는 자신이 스무 살짜리를 어떻게 해 보려는 파렴치한처럼 느껴졌다.

그녀는 자연스럽게 공간을 이동해 다시 업무 책상에 앉았다.

'라파엘로의 몸에 남은 마력이 언제쯤 다 사라질까?'

바옐은 그것이 그의 기억 회로에 문제를 일으키고 있다고 했다.

마법을 자유자재로 쓸 수 있게 된 건 좋았다. 이제 그녀를 위협할 건 거의 없지만 이 능력은 확실한 힘이 되어 줄 것이다.

덕분에 애인은 기억 상실에 걸려 버렸지만…….

카예나는 머리를 감싸 쥐고 고민하다가 고개를 번뜩 들어 올렸다.

"얼른 대공위 계승식부터 해치우고 납치라도 할까?"

아까 보니까 무의식에 카예나를 향한 감정은 물론이고 짙은 스킨십을 나누던 버릇도 남아 있는 것 같았다.

"흐음, 질투가 많은 남자니 조금 건드리면 반응이 올지도."

카예나는 이델을 호출했다. 상부상조할 때가 온 듯했다.

─ ❄◦❄ ─

라파엘로는 밤잠을 설친 탓에 까칠한 상태로 침대에서 일어났다.

그는 최근 며칠 동안 일어나자마자 한숨부터 푹 내쉬었다. 잠을 설치고, 쉬지도 못했다. 계속 카예나만 생각났다. 그러다 보물찾기처럼 그녀와의 기억이 조금씩 떠올랐다.

'혹시 이건 그 마력 폭풍인지 뭔지 때문에 생긴 부작용인가?'

그렇지 않고서야 어떻게 온종일 카예나만 생각할 수 있는가?

그는 며칠 전 황궁으로 카예나를 찾아갔던 날 이후 밖에 나가지 않았다. 바스턴이 곁에서 발을 동동 굴렀다.

"이러다가 파혼당하시겠어요!"

그는 주인을 보며 가슴을 탕탕 두드렸다. 보기만 해도 고구마를 먹은 것처럼 속이 답답했다.

"여기서 이러고 계실 때가 아니라니까요! 황제 폐하를 노리는 날파리들을 떼어 내러 가셔야 한다고요! 젊고 잘생긴 놈들이 폐하께 살살 꼬리 치는 걸 두고 보실 겁니까?"

라파엘로가 미간을 좁혔다.

"폐하께서 손에 약혼반지를 끼고 계시는데 누가 그딴 짓을 한다는 말이냐?"

"어이구."

바스턴은 어처구니없다는 표정을 지었다. 이런 순진해 빠진 주인님 같으니.

"요즘 같은 세상에 약혼이 대수입니까? 그런 건 깨 버리면 그만인 데요."

"폐하께서 그러실 리 없다."

'얼씨구.'

카예나를 온통 부정하는 듯하더니 이건 또 무슨 행동이람?

'이게 바로 임빅 부정기인가?'

바스턴은 주인이 아무리 스무 살까지의 기억만을 지니고 있다지만 가지가지 한다는 불경한 생각을 품으며 말했다.

"만인지상의 주인이신 폐하께서 곁에 어리고 잘생기고 싱싱한 남자 여럿 거느리는 건 흠도 아니지요."

그 말에 라파엘로의 표정이 슬쩍 구겨졌다. 바스턴은 자신이 지금 맞을 위기에 처했다는 사실을 깨닫지 못하고 계속 나불거렸다.

"아니지. 아예 폐하의 애인 자리를 두고 경연 대회를 벌이면 남자들이 전 세계 각지에서 몰려들걸요. 그중에 주인님을 뛰어넘는 미모를 지닌 남자라도 나오면 어떡합니까?"

라파엘로가 손에 든 신문을 내려놓고 자리에서 일어났다.

"바스턴."

"예?"

"내가 기억을 찾으려면 자네와 훈련하는 것도 도움이 될 것 같군. 지금 당장 연무장으로 가지."

당장 가서 흠씬 두들겨 패 주겠다는 뜻이었다. 바스턴은 그제야 자신이 맞을 생각은 하지 못하고 너무 나불댔다는 사실을 깨달았다.

"아이쿠! 저도 그러고 싶은데 제가 이미 보좌관직을 맡은 지 오래되어서 주인님 상대를 해 드리기가 어려울 것 같습니다만."

"그것을 충분히 감안하여 상대해 주마."

라파엘로는 봐줄 생각이 없었기에 바스턴의 목덜미를 쥐었다. 그대로 연무장으로 끌고 갈 생각이었다.

"으아악! 잘못했어요!"

바스턴은 피도 눈물도 없는 라파엘로가 절대 사정을 봐주지 않고 굴려 댈 것을 알았기에 싹싹 빌었다.

"저는 충심으로 드린 간언이었을 뿐입니다! 어흐흑!"

그가 라파엘로를 붙들고 끌려 나가지 않기 위해 버텼다. 그때 라파엘로가 멈칫했다.

"……왜 아무렇지 않지?"

카예나야 그렇다 쳐도, 지금 저도 모르게 바스턴과 접촉하고 있다. 그런데 구역질이 나지 않았다. 그는 천천히 손을 떼더니 의아하게 제 몸을 훑어보았다.

바스턴은 눈치를 살살 보다가 라파엘로에게서 조금 떨어졌다.

"주인님께서는 날이 갈수록 다른 사람과 접촉하는 게 아무렇지 않게 되셨습니다. 다 황제 폐하 덕분이죠."

자신이 모르는 시간 동안 절대 바뀌지 않으리라고 생각했던 문제가 해결되다니.

라파엘로는 대체 제게 카예나가 어떤 의미인지 감히 짐작할 수도 없었다. 생각해 보기도 두려웠다.

'만약, 내게 그녀가 세상의 전부면 어떡하지?'

라파엘로는 그런 관계에 대해 아는 바가 없었다. 그는 늘 혼자였다. 누구에게 의지해 본 적이 없었다. 누군가를 사랑하게 되리라고 짐작해 본 적도 없었다. 카예나와 다정한 시간을 보내는 자신의 모습이 좀처럼 상상되지 않았다.

똑똑.

제레미가 휴게실로 들어왔다. 표정이 조금 이상했다. 어딘가 난처한 기색이 있었다. 라파엘로가 의아해하는 사이 제레미가 고개를 숙이며 말했다.

"전하, 황태제 전하께서 방문하셨습니다."

"황태제?"

황태제라면 에스테반 황제와 정부 사이에서 태어난 아들이라고 들었다.

"미처 말씀드리지 못했습니다만, 전하께서는 황태제 전하의 선생이십니다."

이건 또 무슨 소리야? 라파엘로는 머리가 지끈거리는 것을 느꼈다.

"황태제 전하께서는 대공 전하의 상태를 모르십니다. 그냥 몸이 불편하니 나중에 찾아뵙겠다고 말씀드릴까요?"

"……아니다. 계속 아무도 안 만날 수는 없겠지."

그냥 평범한 안부를 나누고 별다른 이야기를 꺼내지만 않으면 될 거다.

라파엘로는 황태제를 응접실로 모시라고 하고 옷을 갈아입었다. 그는 익숙하게 검은 셔츠를 꺼내다가 멈칫했다. 아까 바스턴이 나불거렸던 말이 뇌리에 찝찝하게 남았다.

자신보다 더 젊고 잘생긴 남자라. 라파엘로는 거울로 제 얼굴을 확인했다. 그가 기억하는 스무 살 특유의 앳된 느낌은 별로 없었다. 하지만 그의 수려한 외모는 기억보다도 더욱 무르익어 있었다.

'이 정도면 괜찮지 않나?'

그는 약간 자신감이 사라진 상태로 한숨을 푹 내쉬었다. 한 번도 제 외모에 크게 신경 써 본 적 없었다. 그런데 의식하기 시작하니 다 이상해 보였다.

그는 괜히 손으로 앞머리를 쓸어 넘겨 보았다. 반듯한 이마와 한 올 한 올 그려 낸 듯 완벽한 눈썹이 휙 드러났다가 다시금 가려졌다.

"⋯⋯부족한가?"

그는 누가 들으면 재수 없다 못해 뒤로 넘어갈 소리를 했다.

라파엘로는 손에 든 검은 셔츠를 내려놓고 피처럼 붉은 실크 셔츠를 들었다. 몸에 걸치니 묘하게 야한 분위기가 풍겼다.

'이건 너무 과한 것 아닌가?'

붉은 셔츠를 걸치고 타이와 화려한 보석 장신구를 몇 개 매치하니 수려한 외모가 더욱 화려해 보였다.

그는 긴 로브 형태의 외투까지 걸쳤다. 그러자 더욱 야릇하고 나른한 느낌을 자아냈다.

라파엘로는 나쁘지는 않다고 생각하며 밖으로 나갔다. 밖에서 대기하고 있던 제레미가 눈을 휘둥그레 떴다.

'어라, 기억이 좀 돌아오셨나?'

이런 성숙하고 매혹적인 분위기의 차림은 스물여섯 살의 라파엘로가 즐기는 것이었다.

"응접실로 모시겠습니다."

제레미는 이델이 있는 응접실로 그를 안내했다.

"황태제 전하, 대공 전하께서 오셨습니다."

열린 응접실 문을 지나친 라파엘로는 안에서 기다리고 있던 소년을 보고 흠칫했다. 카예나를 빼닮은 소년이 그를 빤히 바라보았던 탓이었다.

"대공 전하를 뵙습니다."

라파엘로는 그의 인사에 정신 차렸다.

"황태제 전하를 뵙습니다."

제레미는 분위기를 살피며 차와 다과를 준비했다.

이델에게 기억을 잃었다는 사실을 들켜도 큰 문제는 없겠지만, 아는 사람이 적을수록 좋았다. 많은 권력을 가진 자에게 정신적인 문제가 생겼다는 것은 치명적인 일이었다.

라파엘로는 최대한 상식 선에서 생각하여 이델에게 말했다.

"먼저 찾아뵈었어야 했는데 죄송합니다."

그러나 그게 이상했다.

"……갑자기 왜 예의를 차리십니까? 둘이 있을 때는 황태제고 뭐고 없다고 하셨으면서."

"……?"

'내가 그런 미친 소리를 했다고?'

제레미가 이델의 뒤편에서 고개를 열렬히 내저으며 입을 벙긋거리고 있었다.

'반말 쓰세요!'

라파엘로는 자연스럽게 제 상황에 맞춰 말을 돌렸다.

"……조금 점잖게 하려 했을 뿐이다."

이델이 어이없다는 듯이 말했다.

"예? 선생님이요?"

'음. 대체 스물여섯의 나는 뭘 하고 다닌 거지?'

라파엘로는 제 성격상 아무리 사제지간이라 해도 황태제에게 지나치게 편하게 대할 리 없다고 생각했다. 아니, 자신이라면 틀림없이 격식을 갖추었으리라. 한데 황태제고 뭐고 없다니? 너무 비상식적이라 기가 막혔다.

"어쨌든. 무슨 일로 왔지?"

이델은 라파엘로가 좀 묘하다고 생각하며 중얼거렸다.

"그 이상한 백작이랑 어울리면서 변하시더니 오늘따라 처음 뵈었을 때의 선생님 같으셔서 좀 어색하네요."

"이상한 백작?"

"바엘 크로노스 백작이요. 선생님의 절친한 친우분."

"……."

대체 그 고양이랑 자신은 어떤 사이기에 다들 이러는 거야? 게다가 그 고양이는 말을 상당히 함부로 하는 경향이 있었다.

"하……. 이게 중요한 게 아니에요. 선생님은 누님과 연애하신 지도 이제 꽤 되셨잖아요."

"……."

이델이 풀 죽은 얼굴로 말했다.

"선생님은 누님께 어떻게 고백하셨어요?"

라파엘로는 입을 꾹 다물었다.

'고백한 기억이 없는데.'

그는 대답을 회피하며 반문했다.

"그건 갑자기 왜?"

이델은 잠깐 머뭇거렸다.

"제가 그레이스 백작을 좋아하거든요."

'그레이스 백작은 누구지?'

라파엘로는 미간을 살짝 찡그렸다가 갑자기 또 새로운 기억을 떠올렸다. 그런데 그 기억의 상태가 좀 이상했다.

'뭐지? 그 그레이스 백작이 나와 연적이었던 것 같은 이상한 기억만 떠오르는데.'

그때 의문을 해소해 주기라도 하듯이 이델이 말을 이었다.

"그런데 선생님도 아시겠지만, 그레이스 백작이 누님 곁에서 한시도 떨어지지 않잖아요. 누가 보면 누님과 결혼한 사이인 줄 알겠다고요……"

그 말에 순간 울컥하고 불쾌감이 치솟았다.

"그레이스 백작은 폐하의 충실한 신하일 뿐이다. 언젠가는 꼭 떨어져 지낼 사이라고."

이델은 애잔하다는 눈빛으로 제 스승을 바라보았다.

"누님의 총애가 그레이스 백작을 향해 있다는 사실을 수도에 모르는 사람이 없거든요."

라파엘로는 자신이 무슨 소리를 내뱉고 있는지도 모르겠다고 생각하면서도 뭔가를 줄줄 말했다.

"그건 어디까지나 신하를 향한 거라니까. 그렇게 치자면 베라 렉턴 백작도 똑같겠지."

"저도 그렇게 생각하고 싶은데 불길한 예감이 든다고요. 이러다 누님이 황좌에서 내려오시면 서부까지 따라갈 기세란 말입니다."

"추방할 거다."

"……그렇게 유치하게 결정할 수 있는 문제였다면 저도 좋았겠죠."

라파엘로는 갑자기 속이 끓었다. 젊고 어린 남자도 모자라서 성별을 가리지 않고 꼬이다니.

'지금도 위험한 것 아닌가?'

일이 바빠도 매년 수도에 내려와 카예나와 한 달씩 시간을 보냈다더니, 아무래도 날파리를 제거하기 위함이었던 모양이다.

'이러고 있을 시간이 없는 것 같은데, 그럼.'

그는 불안하고 초조해졌다. 당장 카예나의 얼굴을 봐야 할 것 같았다. 며칠 동안 카예나를 피했던 시간이 아까워서 미칠 것 같았다. 그는 자리에서 벌떡 일어났다.

"황궁으로 가야겠다."

"예? 저 지금 연애 상담하고 있잖아요. 선생님이면 이 정도 고민은 좀 들어 줘요."

"사랑은 스스로 쟁취해. 난 바빠."

라파엘로는 냉정한 가르침을 내리고는 당장 마차를 준비시켰다. 그 과정에서 가장 발 빠르게 움직인 사람은 다름 아닌 바스턴이었다.

'드디어 주인님이 정신 차리셨어!'

─◈─

라파엘로는 기별도 하지 않고 바로 입궁했다. 왠지 그래도 괜찮을 거라는 확신이 있었다. 지금까지의 자신은 늘 이렇게 그녀를 보러 갔던 것 같았다.

황궁에서 일하는 궁정인들은 되레 그가 며칠간 모습을 보이지 않았던 것에 의아해하고 있었다. 그 며칠간에 두 사람의 불화설마저 생겼을 정도였다.

그래서일까?

황궁에 유달리 젊은 남자 귀족들의 모습이 많이 보였다. 그들은 라파엘로의 등장에 흠칫 놀란 표정들을 지었다.

라파엘로는 이 상황이 다 마음에 들지 않았다.

그의 방문 소식을 들은 애니가 쪼르르 달려왔다.

"황제 폐하께서는 현재 국무 회의 중이십니다. 잠시만 기다려 주십시오."

그 시각, 카예나는 회의를 마무리하고 있었다. 국무 회의에 한바탕 시달린 대신들이 너덜너덜해진 표정으로 죽어 갔다. 원래도 회의가 빡빡한 편이지만 최근 카예나는 더욱 험난하게 그들을 굴렸다. 라파엘로를 집 밖으로 불러내기 위해 대공위 계승식을 앞당기려 했기 때문이다.

"이것으로 폐회한다."

곳곳에서 안도의 한숨이 터져 나왔다. 행정 관료가 된 수잔이 나직한 목소리로 절규했다.

"으윽, 폐하는 폭군……!"

베라가 수잔을 핀잔했다.

"폐하께서 들으십니다."

그녀는 그렇게 말하며 안경을 잠깐 벗고 뻐근한 어깨를 풀었다. 수잔이 그 안경을 힐끗 보며 어처구니없다는 듯이 말했다.

"시력도 좋으면서 무슨 안경이에요?"

베라가 빙긋 웃으며 대답했다.

"그래야 폐하께서 무리하지 말라고 휴가를 주시잖아요."

그녀는 그렇게 말하며 머리를 톡톡 두드렸다. 쉬고 싶으면 머리를 써야 한다.

카예나가 먼저 자리를 뜨자 대신들도 하나둘씩 일어나기 시작했다.

"어서 나가죠. 오늘도 폐하께서 내리신 숙제가 산더미네요."

"으으……."

수잔은 베라의 손에 붙들린 채로 질질 끌려 나갔다.

회의장 밖으로 나오자 묘한 분위기가 느껴졌다. 둘은 금방 이 분위기의 근원을 찾아냈다.

라파엘로가 입궁한 것이다. 라파엘로는 대전 바깥에서 카예나를 기다리고 있었다.

회의가 끝나고 밖으로 나왔던 카예나가 라파엘로를 발견하고는 의아한 표정으로 그에게 다가갔다.

"기억이 돌아온 건 아니죠?"

라파엘로는 고개를 살짝 끄덕이며 예를 갖췄다.

"황제 폐하를 뵙습니다."

그는 카예나의 손등에 키스했다. 원래라면 절대 하지 않았을 행동들이 술술 나왔다.

카예나는 이델이 그의 질투심을 잘 찔렀구나, 생각하며 모르는 척 움찔했다.

라파엘로는 카예나가 자신을 피한다고 착각하고 조급해졌다.

"제가 에스코트하겠습니다."

카예나는 못 이기는 척하며 그의 팔에 손을 둘렀다. 라파엘로는 그녀의 손가락에 여전히 약혼반지가 자리하고 있음을 보고 약간 안도했다.

"아, 잠시."

라파엘로가 고개를 숙이며 그녀의 뺨을 살짝 건드렸다.

주변에서 숨을 헉하고 들이켰다. 분위기만 보면 당장 입술이라도 맞출 것 같았기 때문이다.

"……왜 그래요?"

카예나가 의아하게 묻자 라파엘로가 짐짓 아무것도 아닌 척 말했다.

"볼에 속눈썹이 붙어 있어서요."

"그래요?"

카예나가 제 뺨을 쓸어 보려고 하자 라파엘로가 그 손을 부드럽게 쥐었다.

"이제는 없습니다."

그는 카예나를 아끼보다 제게 더 깊이 기대게 하며 걸음을 옮겼다.

라파엘로는 뒤를 힐끗 보았다. 그러자 카예나 뒤를 졸졸 쫓아오던 몇몇 미혼의 남자 귀족들이 멈칫했다. 그들도 라파엘로와 카예나의 다정한 행동들을 지켜보고 있었다. 라파엘로의 서늘한 눈매가 매혹적으로 휘었다.

카예나에게 붙어 있었던 것은 속눈썹이 아니라 저런 파리들이었다. 그들이 분한 표정으로 더 따라오지 못하는 것을 보니 속이 편안해졌다.

이 광경을 쭉 지켜보던 베라가 말했다.

"감시하러 오신 거네요."

"정확하게는 경고하러 온 거죠."

그때 베라와 수잔 뒤에서 줄리아가 불쑥 끼어들었다.

"폐하의 눈에 저런 오징어들이 보이기나 하겠냐고요. 하여간 못생긴 것들이 주제도 몰라."

줄리아는 성년을 넘기며 점점 더 원숙해지더니 상당히 신랄한 입담을 가지게 되었다. 한 번씩 수잔도 흠칫할 정도였다.

"그러다 오징어들이 듣겠어요, 에반스 후작."

베라가 만류하자 줄리아는 입술을 불퉁하게 내밀었다. 그러다 누구 하나가 이 자리에 없다는 것을 깨달았다.

"어라, 올리비아 언니는 어디에 있어요?"

"어제부터 황태제 전하의 학업 지도 선생으로 발탁되었어요."

줄리아가 믿을 수 없다는 표정으로 소리쳤다.

"네? 그럼 혼자서 회의 지옥을 쏙 빠져나갔다는 거예요?"

"어쩌겠어요? 올리비아는 실제로 황립 아카데미에서 우수한 성적을 거두기도 했으니까요."

"그럴 수가……. 나도 회의 참석 안 하고 싶은데……."

카예나를 존경하는 마음과는 별개로 회의는 정말 싫었다.

"어쩌겠어요? 다들 조금만 힘냅시다. 대공위 계승식만 끝나면 좀 여유가 생길 거예요."

그들은 카예나가 어서 연인과 달콤한 시간을 보내러 떠나기를 고대했다. 그래야 일거리가 줄기 때문이었다. 다만 그들은 라파엘로와 카예나 사이의 애정 전선에 약간의 문제가 발생했다는 사실을 몰랐다.

한편 라파엘로는 자신이 저질러 놓고도 믿을 수 없는 행동에 약간 회의감을 느끼고 있었다.

'설마…… 이런 짓을 자주 했나?'

조금 전 그는 뭔가에 씐 사람처럼 자연스럽게 다른 남자 귀족들을 견제했다. 라파엘로는 자신을 냉혹하게 평했다.

'진짜 가지가지 하는군.'

그러나 아까까지 그를 괴롭혔던 불안감과 초조함은 말끔하게 가셨다.

라파엘로는 인정해야 했다. 자신은 사랑 앞에서 상당히 유치하게 구는 사람이었던 모양이다.

사람들의 시선이 없는 곳에 도착하자 갑자기 카예나가 그에게 기대고 있던 몸을 뗐다. 라파엘로의 눈썹이 휙 치켜 올라갔다.

"왜 그러십니까?"

그의 물음에 카예나가 담담한 어조로 대답했다.

"다행스럽게도 대공이 불쾌감은 느끼지 않지만, 기분의 문제가 있잖아요. 내가 이렇게 당신을 붙잡고 있는 걸 좋아하지 않을 것 같아서요."

그렇게 말하며 내리까는 시선이 어딘가 처연했다. 라파엘로는 걸음을 뚝 멈췄다.

"……솔직히 모르겠습니다."

카예나도 같이 걸음을 멈추고 그를 올려다보았다.

"제가 왜 이러고 있는지 모르겠습니다. 하지만 당신이 보이지 않으면 미칠 것 같습니다."

"……대공."

"저를 그렇게 부르지 않으셨잖습니까? 왜 제게는 대공이라고 부르시는 겁니까?"

카예나는 오래전 기억을 떠올렸다. 그때도 이 남자는 이런 식으로 행동했었다. 기억을 잃어도 라파엘로는 똑같았다. 자신은 이렇게 말했다.

"당신이 불쾌해할까 봐요."

라파엘로는 카예나의 손을 잡았다. 그녀의 손가락에 제 손을 얽으며 미간을 찌푸린 채 말했다.

"전에도 말씀드렸지만, 불쾌하지 않습니다."

이것도 똑같았다. 카예나는 이 한결같은 남자에게 키스를 퍼붓고 싶었으나 간신히 참았다.

라파엘로가 카예나를 조심스럽게 끌어안았다. 그 순진한 스킨십에 카예나는 웃을 뻔했다.

"스물여섯의 저는 어떤지 모르겠지만, 지금의 저는 폐하가 좋습니다."

그의 고개가 아래를 향하며 카예나와 곧 입을 맞출 것처럼 가까워졌다. 라파엘로가 자그마한 목소리로 속삭여 물었다.

"그러니 지금의 저를 사랑해 주시면 안 되겠습니까?"

'설마 이렇게 저돌적으로 나올 줄은 몰랐는데.'

카예나는 당혹스럽기도 하고 난감하기도 했다. 그녀가 보기에 라파엘로는 라파엘로다. 스물이든 스물여섯이든 그녀에게는 똑같이 자신이 사랑하는 남자였다.

그러나 라파엘로는 그게 아닌 모양이었다. 그는 스무 살의 기억을 가진 자신과 스물여섯의 라파엘로를 분리해서 생각했다. 그리고 스물의 라파엘로는 정말…….

'앞뒤도 재지 않고 저돌적이네.'

카예나는 최대한 부드럽게 타일러보고자 했다.

"라파엘로."

그녀가 이름만 불렀을 뿐인데 라파엘로는 완전히 몰두하는 표정을 했다.

"나는 아주 오래전부터 당신에게 마음이 있었죠. 그건 당신도 알죠?"

"네."

"그러니까, 지금 내가 당신을 사랑하는 것도 결국 스무 살이었던 당신까지 포함해서 모든 당신을 사랑하는 거라고요."

라파엘로도 그녀가 하는 말이 무슨 뜻인지는 알았다. 그러나 마음에 들지 않았다.

"……하지만 자꾸 제게서 다른 사람을 보는 것 같습니다."

6년이라는 간극이 있으니 그렇게 느낄 수밖에 없다. 라파엘로는 카예나가 곤란해하고 있음을 알았다. 그녀가 사랑하는 사람은 지금까지 유대를 쌓고 시간을 공유했던 라파엘로다.

라파엘로는 어렴풋이 지금 자신이 말도 안 되는 욕심을 내고 있다는 사실을 깨달았다.

"……폐하를 곤란하게 해 드렸군요. 죄송합니다."

라파엘로가 비 맞은 강아지처럼 축 처져서 그녀에게서 떨어졌다.

"아니…… 라파엘로."

카예나는 당황한 표정으로 그를 붙잡았다.

"……우선 우리 다른 곳으로 가서 이야기할까요?"

"어디로요?"

그가 반응을 보이자 카예나가 빙긋 웃으며 바로 앞까지 다가갔다. 그녀가 손을 뻗어 라파엘로의 시야를 가렸다.

"놀라지 말아요."

그 말과 동시에 카예나는 공간을 이동했다.

─❈◈❈─

라파엘로는 뭔가 기이한 느낌이 전신을 스치는 것 같다고 생각했다. 이내 카예나의 손이 눈에서 떨어지자 그는 깜짝 놀랐다.

"여긴……."

근처에 인적이라고는 없는 한적한 장소에 작은 저택이 홀로 지어져 있었다. 완전히 새로운 양식의 건물이었다.

"들어가요."

카예나는 그를 그 안으로 이끌었다. 라파엘로는 기억이 없겠지만, 이 저택은 카예나가 이전 삶의 주택 양식을 토대로 지은 건물이었다. 그녀가 라파엘로와 휴식을 취할 때 쓰는 별장이기도 했다.

"여기에 앉아요."

라파엘로는 카예나가 권한 자리에 얌전히 앉았다. 카예나는 그를 테이블에 앉히고 주방으로 다가갔다. 그러자 카예나가 입고 있던 화려한 예복이 형태가 바뀌며 현대의 간편한 복장이 되었다.

라파엘로는 그녀가 마법을 쓰는 것을 목격하자 눈을 휘둥그레 떴다.

"아, 당신도 옷차림을 좀 바꾸는 게 좋겠네요."

딱! 라파엘로의 옷도 간편한 니트와 슬랙스로 바뀌었다. 저쪽 세상의 차림을 하니 오히려 큰 키와 완벽한 비율의 몸매, 길쭉한 다리가 더 돋보였다.

카예나는 기분 좋게 웃으며 간단한 요리를 준비했다. 라파엘로는 황제가 손수 요리하는 기이한 광경을 목격하게 되었다. 게다가 카예나의 차림은 차마 바라보고 있기가 민망했다.

몸의 실루엣을 그대로 드러내는 옷차림이라니……. 저런 옷은 속옷밖에 없지 않던가.

그는 도대체 눈을 어디에 두어야 할지 몰라서 자꾸 시선을 이리저리 굴려 댔다. 묘한 긴장감에 두 손을 꼭 쥐어야 했다.

"자, 여기."

카예나는 라파엘로의 상태는 조금도 알지 못한 채로 간단한 식사를 만들어 냈다.

"오늘 아침부터 회의하느라 아무것도 먹지 않아서요. 당신은요?"

"저도 딱히 먹은 건……."

라파엘로는 카예나가 갑자기 옆에 딱 붙어 앉자 입을 조개처럼 꾹 다물었다.

"먹은 건?"

카예나가 고개를 기울이며 라파엘로와 시선을 마주쳤다. 라파엘로
는 미간을 살짝 좁히더니 시선을 피하며 대답했다.

"딱히 먹은 건 없습니다."

"그래요? 그런데 왜 내 시선을 피해요?"

"……."

라파엘로는 주변을 휙휙 둘러보더니 소파에 걸린 담요를 발견하고
는 냉큼 들고 왔다. 그는 카예나의 몸에 담요를 둘둘 둘러 주었다.

카예나는 황당해하는 얼굴로 그가 하는 것을 지켜보았다.

"이게 뭐예요?"

라파엘로가 한결 편안해진 표정으로 그녀의 곁에 앉으며 대답했다.

"아무리 가까운 사이였다고 해도 그런 차림으로 계시는 것은 곤란
합니다."

카예나는 자신이 뭘 입었었는지 헷갈려서 담요를 풀어내 확인했다.
그냥 평범한 검은 니트와 팬츠인데? 물론 몸에 조금 달라붙은 형태기
는 했다.

"폐하!"

라파엘로는 카예나가 담요를 풀어헤치며 또 그 남세스러운 차림을
드러내자 얼굴을 붉히며 다시 담요로 꽁꽁 감싸주었다.

카예나의 눈이 가늘어졌다.

"흐음."

그녀가 아예 자리에서 벌떡 일어나 담요를 벗어 던졌다. 그 뒤에 라
파엘로가 어떤 행동을 하기도 전에 그의 무릎에 앉았다. 라파엘로의
몸이 얼어붙었음은 말할 것도 없었다.

카예나가 빙긋 웃으며 라파엘로의 목에 팔을 둘렀다.

"아무리 스무 살이라 해도 이 뒤에 뭘 해야 하는지까지 내가 알려 줘야 하는 건 아니죠?"

라파엘로는 짤막하게 탄식을 내뱉다가 그녀의 몸을 번쩍 들어 올렸다.

'뒤편에 침실이 있었지.'

일단 본능에 충실한 후에 생각을 해 봐도 괜찮을 것 같았다.

— ❊ —

궁정인들은 바쁘게 발을 놀리다가 정원에 그림처럼 서 있는 한 남자를 발견하고는 우뚝 멈춰 섰다.

"어머, 요즘 자주 입궁하시네."

라파엘로는 하얀 모피가 달린 두툼한 망토를 입은 탓인지 유달리 앳되어 보였다.

아니, 표정이나 분위기 때문인 것 같기도 했다. 원래 그는 표정도 거의 드러내지 않고 하는 행동도 의미심장하여 대체 어떤 생각을 품었는지 알 수 없었다.

그런데 요즘 카예나 앞에서의 라파엘로는 어떤 생각을 품고 있는지 도저히 모를 수 없을 정도로 선명하게 감정을 내비쳤다. 그것만이 아니라 아예 그녀의 애완동물이라도 된 것처럼 온종일 졸졸 쫓아다녔다. 확실히 스무 살의 라파엘로는 요령을 몰랐다.

라파엘로는 정원을 한참 서성이다가 카예나가 황궁에 돌아온 것을 발견했다. 그가 쪼르르 다가가 카예나가 마차에서 내려오는 것을 에스코트했다. 그 모습을 쭉 지켜보던 궁정인들이 부럽다는 듯이 한숨지었다. 애틋하다 못해 꿀이 뚝뚝 떨어지는 애정이었다.

"참 지극정성이시라니까."

덕분에 카예나와 라파엘로 사이에 뭔가가 있다는 소문은 아예 확정적으로 변했다. 아직 결혼을 약속한 건 퍼지지 않았으나 두 사람이 연인이라는 사실을 모든 수도의 귀족이 알게 되었다. 충격 따위는 없었다. 다들 그럴 줄 알았다는 식의 반응이었다.

물론 긍정적인 반응만 있는 것은 아니었다. 다만 그 부정적인 반응이 뜻밖의 반향을 일으켰다.

"한 손에는 제국을, 한 손에는 대공가를 움켜쥔 황제를 대적할 것은 아무것도 없다."

귀족들은 카예나의 견고한 권력에 기가 바짝 눌렸다. 과거를 잊고 서서히 활개 치려던 이들이 납작 기게 된 것이다.

이 때문에 카예나도 라파엘로를 그대로 내버려 두었다.

-❈-

순조로운 분위기 속에서 대공위 계승식 날이 다가왔다.

그리고 라파엘로는 기억을 조각조각만 되찾았을 뿐, 여전히 스무 살의 기억까지만 온전하게 갖고 있었다.

"라파엘로."

라파엘로는 점점 카예나가 마법으로 불쑥 침실에 찾아오는 것에 놀라지 않게 되었다.

"오셨습니까."

그는 오늘 치러질 계승식에 맞춰 예복을 다 갖춰 입은 상태였다.

"먼저 축하하려고요."

카예나는 라파엘로에게 다가갔다. 그러자 라파엘로는 자연스럽게 카예나의 허리를 안아 입을 맞췄다. 카예나는 이럴 때마다 그가 기억을 되찾은 게 아닌가 하고 조금 헷갈렸다.

"오늘 계승식이 끝나는 대로 또 별장으로 가요."

"네."

카예나는 라파엘로가 온순한 표정으로 순순히 대답하는 모습이 귀여워서 견딜 수 없었다. 그의 뺨을 붙잡고 쪽쪽 키스하니 그가 낮은 웃음을 터트렸다.

카예나는 문득 라파엘로가 기억을 잃었음에도 이렇게 또 서로 사랑하게 된 것이 참 다행이라고 생각했다. 그렇게 생각하던 차에 라파엘로가 카예나의 두 손을 잡고 키스하며 말했다.

"이럴 때마다 저는 지금의 제가 너무 싫습니다."

"어째서요?"

"폐하를 사랑하게 된 게 겨우 삼 년 전부터였다고 들었으니까요. 저는 정말 바보였군요."

카예나는 쿡쿡 웃었다. 그가 그녀를 사랑하게 된 것은 그녀가 두 번의 생을 거쳐 성숙해지고 난 이후였다. 그 전의 카예나는 얼굴만 지독하게 예쁜 인형이자 악녀였다.

"그래서 더 잘하고 싶습니다."

라파엘로는 계속해서 자신이 잘하겠다고 말했다. 그녀를 사랑하게 된 순간부터 지금까지 계속. 카예나는 그게 고마웠다.

"나도 잘할 거예요. 당신이 스무 살이든, 스물여섯 살이든, 언제든요."

"그렇다면 당장 서른 살이 되고 싶습니다."

"그건 또 왜요?"

"그때 폐하와 결혼할 수 있잖아요."

카예나는 웃음을 참지 못했다.

"정말 놀랍지 않은 말이네요."

이번에는 라파엘로가 물었다.

"어째서입니까?"

"그야 매년 듣는 말이니까요."

그녀의 말에 라파엘로가 미간을 살짝 찡그렸다.

그들은 가벼운 웃음을 머금은 채 입술을 맞춘 후 떨어졌다. 곧 계승식이 시작될 시간이었다.

－❀◈❀－

연회가 마무리되고 카예나는 몇몇 일거리만 정리한 후 별장에 도착했다.

"이번에는 마법을 사용할 수 있어서 더 편하고 따뜻하게 휴가를 보내겠어요."

카예나는 마법으로 불을 피우며 말했다.

"제가 도와 드릴 건 없습니까?"

그의 말에 카예나가 이리로 오라며 손짓했다.

"당신은 인간 담요가 되어 줘요. 아, 여기서는 폐하라고 부르지 말고."

"그럼 뭐라고 부르면 좋겠습니까?"

"당신이 원하는 대로 불러요. 스무 살의 라파엘로는 나를 뭐라고 부를지 궁금한데요?"

라파엘로는 그 말에 조금 고민하더니 카예나를 끌어안으며 말했다.

"여보?"

"어쩜."

카예나의 반응을 본 라파엘로가 못마땅하게 표정을 찡그렸다.

"설마 이것도 원래의 제가 부르던 애칭이었습니까?"

카예나는 굳이 대답하지 않고 웃기만 했다.

평소보다 일찍 시작된 휴가는 또 새로웠다. 카예나는 라파엘로에게 이곳에서 지내는 방법을 다시 알려 주었다.

평범하다기에는 조금은 특수한 상황이지만 그래도 확실히 행복한 날이 이어졌다.

그러다 어느 날 아침, 카예나는 라파엘로의 품에서 눈을 떴다. 라파엘로는 일찍 잠에서 깨 그녀를 바라보고 있었다. 표정이나 눈빛만 보아도 상대가 어떤 상태인지 알아차리는 순간이 있다.

카예나가 말했다.

"기억이 돌아왔군요."

스무 살의 라파엘로도 그녀를 열렬히 사랑했다지만 지금 이런 눈빛을 지니지는 못했다. 이것은 6년의 시간과 같이 겪은 고난이 만들어 낸 눈빛이었다.

라파엘로는 제 팔을 베고 누운 카예나를 다정히 바라보며 별다른 말 대신 한마디만 했다.

"다행입니다."

카예나는 그날 집무실에서 일어난 마력 폭풍에 그녀가 다치지 않아서 다행이라고 말하는 것임을 알아들었다.

그녀는 라파엘로의 품에 깊이 파고들어 그를 꽉 끌어안았다.

"당신도요."

이상하게도 전보다도 더 오랜만에 그를 보는 것 같은 기분이었다.

라파엘로는 카예나의 머리카락을 부드럽게 쓸어 주었다.

평소보다 조금 더 특별하지만, 여전히 평온한 아침이 그렇게 지나갔다.

외전 2
이후의 이야기

이곳으로 다시 돌아온 지, 누군가의 연인이 된 지, 그리고 황제가 된 지 7년이 흘렀다.

일상이라는 게 나라를 다스리거나 마법사로서 적응해 나가는 것이라 유별난 구석이 있기는 했다. 그래도 이건 분명 '일상'이다.

카예나는 오늘도 평소처럼 오전 업무를 보고 회의를 진행했다. 점심을 먹을 때쯤에는 고양이 모습을 한 바옐이 그녀를 방문했다.

ㅡ이상 없지?

"응."

카예나는 태어날 때부터 마법사였던 사람이 아니다. 비정상적인 각성을 통해 갑자기 마법사가 된 케이스였다. 바옐은 카예나의 상태를 점검해 보다가 그렇게 말했었다.

ㅡ네가 마법을 계약했던 당시에 지나치게 큰 능력이 개화하면서 아예 체질이 바뀐 것 같아.

수명에도 몸에도 이상이 없어 보였지만, 라파엘로가 워낙 걱정했기에 바옐은 특별한 일이 없으면 매일 카예나의 상태를 확인해 주기로 했다.

-네 남편한테 작작 하라고 좀 말해. 내가 네 주치의냐?

카예나는 라파엘로의 불안을 잘 이해했다. 그는 아직도 종종 그녀가 물거품처럼 사라지지는 않을까 걱정했다. 물론 내색하지는 않았지만 카예나가 그걸 눈치채지 못할 리가 없었다.

라파엘로는 그녀와 같이 시간을 보낼 때면 뜬눈으로 날을 새웠다. 언제쯤 그 불안이 사라질까. 카예나는 그의 트라우마가 사라지려면 시간이 더 필요하다고 생각했다.

그래도 해가 지날수록 점점 더 나아지기는 했다.

"미안. 그래도 도움이 필요할 때 상부상조하잖아."

-흥!

그녀는 마법사가 된 이후로 그들 사이에서도 평판을 쌓았다. 마법사 협회에서 도움을 요청하면 빼지 않고 협력했기 때문이다. 덕분에 바엘의 정원은 빠르게 회복하고 있었다.

-그런데 오늘 대관식이라면서 뭘 또 일하고 있어?

"그러게."

바엘은 어이없다는 듯이 코웃음 쳤다.

-참 나. 아무리 그래도 임기 마지막 날까지 이러냐?

"마지막이 뭐 별건가."

카예나는 그렇게 말하고는 제법 다사다난했던 삶을 돌이켜 보다 가느다란 웃음을 지었다.

카예나는 황제라는 명칭의 회사원 내지는 공무원이 된 기분으로 살았다. 실제로 하는 일이 그것과 비슷하기는 했다. 그래서일까. 이델의 대관식인 오늘, 그녀는 묘한 기분을 느끼고 있었다.

"퇴사가 이런 기분인가."

─얼씨구.

회사에 다닐 때 그런 생각을 해 본 적이 있었다. 퇴사하면 어떤 기분일까. 이 지긋지긋한 일에서 해방된 자유로움을 느낄 수 있을까?

그런데 막상 그 비슷한 상황에 부닥쳐 보니 아무런 기분이 들지 않았다. 그저, 이제 끝났구나. 그럼 내일부터 황제로서 오전 업무와 회의를 보지 않겠구나. 그 정도 생각만 들었다.

"아직 별로 실감이 안 나서 그런 건가."

원래 카예나는 감정 기복이 큰 편은 아니다. 그건 그녀 자신이 가장 잘 알았다.

─아무리 그래도 수장 자리에서 내려오는 건데 너도 참 너다.

똑똑.

누군가가 황제의 처소를 찾아왔다.

바옐은 순식간에 모습을 숨겼다.

"들어와라."

허락이 떨어지자 앳된 외모의 시녀가 손에 든 쟁반을 든 채 집무실로 들어왔다.

"황제 폐하를 뵙습니다."

"시녀복이 잘 어울리는구나, 아리아."

아리아의 볼이 발그레 물들었다. 그녀는 다름 아닌 제다이어의 여동생이었다. 그녀는 불치병을 앓았던 티가 하나도 나지 않았다. 성격도 밝았고 제다이어와 혈연이 맞다고 증명이라도 하듯 유능했다.

"폐하께서 보살펴 주신 덕분에 제가 시녀가 될 수 있었습니다. 폐하의 은혜를 잊지 않을 것입니다."

"네 오라비가 성심껏 도와주고 있으니 너는 좀 적당히 해도 돼."

그들 남매는 카예나의 수족이 되어 제 몫을 톡톡히 해내고 있었다.

아리아는 카예나의 곁으로 다가가 공손한 태도로 쟁반을 내밀었다. 그 위에는 발신자가 누구인지 알 수 없는 편지 하나와 작은 상자가 놓여 있었다. 카예나는 그게 누가 보낸 것인지 잘 알았다.

"고맙구나."

아리아가 말했다.

"그분께서 최근 목재를 이용해 작은 장식품을 만드는 취미를 가지셨다고 합니다."

그 말에 카예나의 시선이 상자에 닿았다.

"……그래."

그녀는 미소를 잃지 않은 표정으로 상자를 집어 들며 아리아를 내보냈다.

이 익명의 편지는 해마다 그녀를 찾아왔다. 황궁 전령이 남부로 내려가 레제프의 상태를 살피다가 편지를 받아 오기 시작한 것이었다.

카예나는 서랍을 열었다. 그 안에는 뜯지 않은 편지들이 일렬로 빼곡하게 들어차 있었다.

그녀는 그 편지를 가장 마지막 자리에 끼워 넣으려다가 멈칫했다. 오늘로 황제 임기가 끝난다. 그러니 이제 이 편지들도 서랍에서 치워야 할 때였다.

카예나는 나직한 한숨을 지으며 상자를 하나 소환했다. 그 안에 편지를 채우던 중 아까의 상자가 눈에 걸렸다. 잠깐 상자를 매만지던 카예나는 이내 그것을 확 열어젖혔다.

"……."

형태를 알 수 없는 형편없는 장식품이 모습을 드러냈다. 카예나는 망설였던 것이 무색해져 실소했다. 뭔가 대단한 것이라도 나올 줄 알았는데.

그녀는 상자 안에 든 나뭇조각을 이리저리 보았다.

"……체스 말인가?"

너무 형편없어서 알아보기가 쉽지 않았으나 그것은 체스 말인 것 같았다. 머리에 쓴 십자가 왕관을 보면 '킹'인 듯했다.

"이제 그 아이가 스물다섯 살인가……."

레제프는 용서할 수 없고 용서받을 수 없다.

회귀 전에 살려 달라고 수도없이 편지를 보냈지만 동생은 그것을 읽지도 않고 다 태워 버렸다. 그런 동생의 비정함을 확인했던 순간이 떠올랐다.

카예나는 매년 전령을 보내 그의 상태를 살피고 있었다. 몇 년 동안은 항상 좋지 못한 소식이 들려 왔다. 여전히 폭력적이고 제멋대로인 레제프는 사고만 쳐 댔다.

그런데 언제부터인가 레제프가 그러기를 그만두었다. 전보다 성질이 많이 누그러졌다는 것이다.

그러다 오늘, 그가 취미가 생겼다며 직접 깎아 만든 체스 말을 보냈다.

카예나는 오늘 도착한 편지를 열었다. 긴 고민이 무색하게도 엉성한 '킹'처럼 편지에는 별말이 없었다.

[잘 살아.]

잘 살아. 그리고 킹.

카예나는 그 둘을 물끄러미 바라보다가 상자에 넣었다.

그 전의 편지들에 어떤 말이 얼마나 쓰여 있었는지는 모른다. 하지만 카예나는 딱 이 정도의 결말만 알고 있는 편이 좋겠다고 생각했다.

똑똑.

또 누군가가 집무실을 찾아왔다. 카예나는 상자를 치워 놓고 들어오라고 했다. 들어온 사람은 라파엘로였다. 그들은 서로 마주 보며 작게 미소지은 다음 살짝 끌어안았다.

"지금까지 수고하셨어요."

라파엘로가 그렇게 말하며 카예나의 등을 살짝 토닥여 주었다.

"아직 그런 인사를 받기에는 일이 꽤 남았어요. 황위만 물려줄 뿐이지 한동안은 수도에 붙잡혀 있어야 하잖아요."

카예나의 가벼운 투덜거림에 라파엘로가 웃었다.

"올해가 황제로 지내는 마지막 해라 겨울에도 바빠서 당신 생일도 제대로 못 챙기고……."

"저는 정말 괜찮습니다."

라파엘로는 진심으로 말했다.

카예나가 황제로 즉위하여 제국을 다스리는 7년간 라파엘로도 영지 문제로 많은 일을 겪었다.

그녀와 원하는 대로 마음껏 같이 시간을 보내지는 못했지만, 오직 이 순간만을 기다리며 인내했다. 황위를 이델에게 물려준다는 건 그와 곧 결혼한다는 뜻이니까.

카예나는 그가 왜 괜찮다고 말하는지 눈치채고 웃었다. 라파엘로는 짐짓 그녀가 왜 웃는지 모르겠다는 듯 능청스러운 표정으로 말했다.

"대관식이 시작될 시간이군요. 이제 갈까요?"

라파엘로가 손을 내밀며 에스코트를 청했다. 카예나는 빙긋 웃으며 그와 함께 대관식이 치러질 그랜드 홀로 향했다.

"황제 폐하께서 드십니다!"

그곳에는 이미 대사제인 데니안이 있었다. 물론 오늘의 주인공인 이델도 붉은 망토를 두른 채 기다리는 중이었다.

황제가 현역일 때 왕관을 물려주는 일은 이제까지 없었다. 이 이례적인 일에 이전관들은 식을 어떻게 구성해야 할지 고민했었다. 보통은 대사제가 차기 황제에게 왕관과 왕홀을 건네고 축복을 내리는 식이었다. 그러나 이번에는 대사제는 축복을 내리는 역할만 하고 왕관을 씌워 주는 건 카예나가 하기로 했다.

카예나는 단상에 올라 이델이 계단 아래에서 한쪽 무릎을 꿇는 것을 지켜보았다. 그녀는 머리에 쓰고 있던 왕관을 벗어 이델에게 씌워 주었다. 제국의 통치자가 바뀌는 순간이었다.

카예나가 왕관을 씌워 주며 말했다.

"즉위를 축하해, 이델."

이델이 화답하듯 빙긋 웃었다.

"누님께 폐가 되지 않도록 잘 해내겠습니다."

"잘할 수 있을 거야."

그들은 가볍게 포옹했다.

이델은 무사히 대사제의 축복을 받고 식을 마무리했다. 카예나는 이제 황위를 내려놓고 선황제가 되었다.

이내 통치자가 바뀌었다는 사실을 널리 알리는 연회가 시작되었다. 각국의 대사들도 참석한 자리에서 이델은 조금도 주눅 들지 않고 사람들을 상대했다.

'옆에 붙어서 열심히 가르친 보람이 있네.'

"누님."

이델이 연회장에서 카예나를 찾아왔다.

"선생님은요?"

그가 의아하게 물었다. 선생님이란 라파엘로를 뜻했다.

"먹을 만한 걸 좀 챙겨 온다고 해서."

하인이 하는 일이지만, 라파엘로는 군이 카예나가 먹을 걸 직접 다 확인했다. 벌써 그가 애처가라는 소문이 자자할 정도였다.

이델은 알 만하다는 표정으로 고개를 끄덕이곤 카예나의 맞은편 자리에 앉았다.

어느새 이렇게 자랐을까. 이델은 어느새 완전히 남자가 되어 있었다. 격세지감을 느낀 카예나가 문득 물었다.

"올리비아랑은 어떻게 됐어?"

그 물음에 이델의 미소가 약간 침울해졌다.

'음, 또 차였구나.'

괜한 걸 물은 모양이다.

"이제 저도 같은 성인인데 뭐가 문제인지 모르겠어요."

올리비아는 그가 어리고 나이가 맞지 않는다는 이유로 계속해서 거절했다.

"아무래도 나이가 일곱 살이나 차이 나기도 하고 너는 이제야 성년이 되었잖니."

카예나는 이델에게 부드럽게 말해 주었다.

"올리비아도 난감하고 부담스러울 거야. 너무 당기지만 말고 조금 밀어 보기도 하면서 여유를 줘. 네가 정말 괜찮은 남자라면 올리비아도 마음을 열지 않겠니?"

"누님은 자상하게 너무한 말씀을 하시네요."

"어머, 그런가?"

이델의 눈이 가늘어졌다.

"라파엘로 선생님이 왜 그렇게 남의 속을 잘 뒤집는지 알 것 같기도 하고……."

그때 뒤에서 라파엘로가 나타나며 여상스럽게 물었다.

"제 이야기를 나누셨습니까?"

이델은 찔끔한 표정을 하다가 당당하게 말했다.

"네. 누님과 선생님이 서로 닮으신 것 같아서요."

라파엘로가 고개를 끄덕이며 빈자리에 앉았다.

"좋은 이야기였군요."

"……예."

라파엘로는 카예나의 앞에 접시를 내려놓았다. 이것저것 살뜰하게 챙기는 모습에 이델은 배가 아팠다. 염장 지르는 건가? 황제의 염장을 질러도 되는 거야?

"이제 두 분도 결혼하시겠네요."

그건 이미 7년 전부터 예정된 일이었다. 라파엘로는 결혼이라고 하자 생각났다는 듯이 말했다.

"어머니께서 '그' 장미의 개량에 성공해 대량으로 재배 중이라고 하십니다. 결혼식에 쓰면 좋을 것 같다고 하시더군요."

그 이야기를 들은 이델이 웃었다.

"실은 이 결혼을 가장 기다린 게 대부인 아닌가요?"

노아 대부인은 카예나와 라파엘로가 결혼 이야기를 꺼냈을 때 우려나 반대는커녕 바로 결혼식을 준비하겠다고 말했다. 그녀의 놀라운 추진력 덕분에 카예나는 따로 결혼 준비 기간을 가질 필요도 없었다.

'나를 몹시 마음에 들어 해서 의아하긴 한데……'

정작 라파엘로는 당연한 일이라는 듯이 "폐하를 본 사람이라면 다들 그렇지 않습니까?"라고 말할 뿐이었다.

"연회가 끝나면 바로 대공저로 가시려고요?"

카예나가 고개를 끄덕였다.

"내가 계속 황성에 머무르면 영향력이 나뉘겠지."

그녀가 이제는 제국의 통치자가 아니라는 사실을 직관적으로 알릴 필요가 있었다.

"결혼식 전까지는 조용히 지낼 거야. 혹시 어려운 일이 있다면 대공저로 전령을 보내렴."

"예, 누님."

카예나는 그 말만 하고 자리에서 일어났다.

"벌써 가시려고요?"

"그래. 내가 적당히 물러나야 섭정할 의지가 없다고 받아들여질 테니까."

이델은 짤막하게 한숨지었다.

"하나부터 열까지 정치적으로 계산하시지 않아도 괜찮아요. 어떤 미친 인간이 감히 누님을 적대하겠어요?"

그게 사실이기는 했다. 빙긋 웃어 보이는 카예나의 곁으로 라파엘로가 다가갔다. 이제 집으로 돌아갈 시간이었다.

"결혼식 때 봐, 이델."

—⊰◈⊱—

결혼식은 황궁에서 열렸다. 식이 진행될 홀과 정원에는 꽃잎을 마치 드레스처럼 풍성하게 겹겹이 피운 분홍빛 장미가 가득했다. 바로 개량 장미, '카예나'였다.

카예나는 신부 대기실에서 면사포를 쓴 채, 부케에도 쓰인 '카예나'를 물끄러미 바라보았다. 이 세계에서 위험, 위기를 알리는 오브젝트가 다름 아닌 장미였다. 그런데 그런 장미에 제 이름이 붙게 된 것이다.

그녀는 이 세계의 위험 요소이자 악녀였다. 그러나 이제는 악녀도, 황제도 아니었다. 그저 마법을 좀 쓸 줄 아는 평범한 대공비일 뿐이다.

신부 대기실로 곧 그녀의 직속 시녀였던 이들이 하나둘 찾아왔다. 그들은 카예나의 들러리를 서기로 했다.

"신혼여행은 어디로 가실 생각이신가요?"

줄리아가 들뜬 표정으로 물었다. 흰 면사포에 얼굴이 가려져 있었으나 희미한 실루엣으로 카예나가 웃고 있는 것이 보였다.

"바다가 있는 따뜻한 곳이 좋을 것 같더구나."

"바다! 너무 좋죠. 해수욕도 하고 진귀한 해산물도……. 해산물은 안 좋아하시니까 안 되겠네요."

그들은 도란도란 이야기를 나누었다. 마치 오늘이 결혼식이 아니라 티 파티라도 되는 것 같은 분위기였다.

똑똑. 문이 열리고 하인이 말했다.

"식이 시작됩니다, 선황제 폐하."

카예나는 고개를 끄덕이며 자리에서 일어났다.

카예나가 식장에 나타나자 조금 소란했던 공간이 일순간 조용해졌다. 라파엘로는 카예나가 다가오자 미소를 숨기지 못했다. 그는 카예나의 손을 잡고 홀 한가운데를 가로질렀다.

서로 사랑하는 한 쌍의 연인이 완전히 결합하는 순간을 축복하는 음악이 홀을 울렸다. 기사들이 그들이 행진하는 길을 검을 든 채 지키고 섰다.

라파엘로는 결혼반지를 나눠 끼고 카예나의 입술에 살짝 입 맞췄다.

"이제 여보라고 부를 수 있겠군요."

카예나는 그의 말에 하마터면 이목이 쏠려 있다는 것을 깜빡하고 웃음을 터트릴 뻔했다. 그녀가 웃음기를 매단 채 말했다.

"그렇네요, 여보."

라파엘로는 진심으로 행복한 미소를 짓다가 카예나를 번쩍 안아 들었다. 갑작스러운 상황에 다들 어리둥절할 때 그가 말했다.

"피로연은 알아서들 즐기시게. 폐하께서 피곤하신 것 같아 먼저 가 보겠네."

카예나가 피곤한 건 사실이지만 이렇게 쌩하니 피로연에 참석도 하지 않고 사라질 정도는 아니었다.

그러거나 말거나. 라파엘로는 이제 연인, 부부로서의 삶을 즐기기로 작정했다. 카예나는 아예 소리 내며 웃었다. 여보라는 한마디로 행복할 수 있는 삶이라니.

'좋네.'

그녀가 원하던 자유가 찾아왔음을 증명하기라도 하듯 모든 게 평온했다.

—❦—

이델이 황위를 물려받았음에도 카예나는 결혼 후 몇 년 동안 수도에서 생활해야 했다. 이델의 나이가 아직은 어려 카예나가 한동안 그의 길잡이가 되어주어야 했기 때문이다.

라파엘로는 수도에 계속 머무를 수 없었다. 대공령이 경제 규모며 인구 수까지 어지간한 왕국 수준으로 커졌기에 그가 직접 나서야 할 부분이 많았다.

사실상 신혼이라고 부를 수 있는 시기를 황좌에 앉아 있던 때와 비슷하게 보내게 된 것이다.

그래도 밤이 되면 카예나는 마법으로 서부 대공령의 침실을 찾아갔다. 그들은 어지간하면 같이 잠을 자며 밤이라도 꼬박 같이 보냈다.

지금도 카예나는 얇은 잠옷 차림으로 라파엘로의 침실에 나타나 침대 옆의 테이블에서 서류를 확인하고 있었다.

"여보, 이것 좀 볼래요?"

라파엘로는 카예나가 '여보'라고 부르는 목소리가 너무나 듣기 좋았다.

"네, 여보."

또한, 자신이 그녀를 여보라고 부를 수 있다는 사실도 너무나 기뻤다. 그는 카예나가 앉은 의자 뒤에서 상체를 숙여 그녀를 안다시피 했다.

카예나는 서류를 가리키며 말했다.

"여기 의전 예산이 너무 낮게 책정된 것 같은데. 혹시 당신이 이델이랑 뭔가 이야기한 거라도 있어요?"

"의전 행사에서 사용될 물품 중 일부는 작년보다 낮은 금액으로 수급하는 게 가능해 이야기했습니다. 그래도 이 예산은 확실히 너무 낮게 책정되었군요."

예산이 낮으면 의전 준비 단계에서 필연적으로 마찰이 일어난다.

행사에 필요한 물품이나 식자재, 인건비 등을 관리하는 부서가 모두 다르기 때문이다.

그녀는 의전 행사 관리자의 이름을 찾으려 서류를 뒤적이기 시작했다.

그러자 라파엘로가 카예나의 목덜미를 콱 물었다.

"라피!"

그녀가 순간 놀라 그의 애칭을 부르며 타박했다.

"이 정도는 황궁에서도 금방 오류를 잡아낼 겁니다."

"그래도……."

카예나도 그 사실을 알고 있었지만, 자꾸만 과도하게 검사하고 완벽에 집착하게 되었다. 이델이 조금이라도 실수하여 카예나보다 못하다는 식의 험담을 듣지 않았으면 했기 때문이었다.

라파엘로는 카예나가 느끼는 부담감이나 부채감은 잘 알았으나 그 또한 이델이 감당해야 할 몫이라고 생각했다. 그는 뒤에서 카예나를 안으며 귓가에 나른하게 속삭였다.

"오늘도 저 혼자 재울 겁니까?"

라파엘로는 카예나의 금빛 머리카락을 반대편으로 넘기며 손가락 끝을 세워 그녀의 목덜미를 훑었다.

그 야릇한 감각에 카예나가 어깨를 살짝 움츠렸다.

"같이 자요. 네?"

그의 투정 아닌 투정에 카예나가 웃음을 터트렸다.

라파엘로는 그대로 카예나를 번쩍 안아 들어 침대로 향했다. 두 사람이 누워도 넉넉하게 남는 침대였다. 그들은 그 위에서 한 몸이 된 듯 몸을 겹쳐 안았다. 보드라운 이불 안이 금세 농밀한 분위기로 채워졌다.

카예나는 그와 짙은 스킨쉽을 나누다가 문득 말했다.

"미안해요."

라파엘로가 의아하게 그녀를 바라보았다.

"나 때문에 평범한 결혼 생활을 하지 못해서요."

"거의 매일같이 한 침대에서 자잖아요. 제게는 이게 평범한 결혼 생활입니다."

그의 말에 카예나는 더욱 미안하다는 표정을 지었다.

거의 매일 한 침대에서 자기는 하지만 아무도 모르게 하는 행동이었다. 카예나가 마법으로 수도 대공저에서 서부 대공저를 왔다 갔다 한다는 사실을 들켜서는 안 되니까.

라파엘로는 정말 괜찮다는 듯이 그녀의 입술에 잘게 키스하며 애정을 퍼부었다.

카예나도 결국 키스 세례에 졌다는 듯이 그의 목에 팔을 둘렀다. 이번에는 농염한 입맞춤이 오갔다. 입술이 떨어지며 뜨거운 숨결이 터져 나왔다. 라파엘로는 살짝 숨을 고르다가 카예나에게 말했다.

"그리고 조금 바쁘면 어떻습니까. 부부니까 이해해야죠."

카예나는 부부라는 말에 아직도 완전히 적응하지 못한 것처럼 약간 어색한 표정을 했다.

이렇게 깊게 몸을 섞으면서도 부부라는 말 하나에 부끄러워하는 자신이라니. 스스로도 어이가 없어서 피식 웃음이 터졌다.

라파엘로는 카예나의 이마에 입을 맞추며 다정하게 말했다.

"그러니까 제게 미안해하지 말아요. 아니면 서부 대공저로 오는 시기를 조금만 더 당겨 주시면 좋고요."

그의 은근한 흥정에 카예나의 눈이 살짝 가늘어졌다.

"벌써 다섯 번이나 그렇게 말한 거 알죠? 그래서 대공저로 가는 예정일이 일 년이나 당겨졌는데."

"그랬던가요?"

라파엘로는 능청스럽게 굴었다. 그러고는 카예나가 더 추궁하지 못하게 허리를 붙잡더니 강하게 파고들었다.

"읏!"

그 얌은 짓에 카예나가 뭐라고 한마디 하려 했으나 라파엘로의 움직임에 완전히 휘말리고 말았다.

─※◈※─

카예나는 늘 그렇듯이 국무 회의 내용을 검토하며 이델의 보좌관 내지는 제왕학 선생을 자처하고 있었다. 그녀는 다음 절기를 대비한 방책과 그 일에 필요한 인력을 배치하다가 멈칫했다.

'오류가 생긴다고 해도 그걸 금방 발견해 낼 만한 유능한 이들이 황궁에 많이 있지.'

이델의 바로 곁에는 올리비아가 있었다. 그뿐만 아니라 베라, 줄리아, 수잔을 비롯해 많은 이들이 제대로 된 판단을 내릴 것이 분명했다.

'이제 이델의 나이도 적지 않고……'

카예나는 워낙 조그마한 시절의 이델을 봤기에 아직도 그가 어린애처럼 느껴졌다.

'나도 이런 생각을 그만두어야겠지.'

그녀가 먼저 정리한 자료를 이델에게 보여 주며 그대로 하라고 말할 생각은 없었다.

"남편 말을 듣는 게 좋겠네."

카예나는 피식 웃으며 서류를 한곳에 모았다. 이건 그냥 폐기할 생각이었다.

그녀는 시녀를 불렀다.

"부르셨습니까, 전하."

"당장 서부 대공저로 출발할 것이니 준비하거라."

시녀는 잠깐 놀란 표정을 했다가 곧장 고개 숙였다.

"분부대로 하겠습니다."

—❧—

라파엘로는 카예나가 벌써 이 주째 침실에 오지 않아 의아했다.

혹시 무슨 일이 있나 싶어서 수도의 대공저로 연통을 보냈으나 그저 일이 좀 바쁘다는 답신만 돌아왔다.

그냥 일이 바쁜데 자신을 찾아오지도 않는다니……. 라파엘로는 불현듯 섬뜩한 생각이 들었다.

'……이게 바로 권태기인가?'

그는 초조한 마음에 제레미를 불렀다.

"수도 대공저에서 무슨 소식은 없었나?"

"특별한 소식은 없었습니다. 왜 그러십니까?"

"……아무것도 아니야."

라파엘로는 밤에 제 침실로 카예나가 오지 않는다는 이야기를 할수 없어 그냥 얼버무렸다.

그때 누군가가 라파엘로의 집무실 문을 두드렸다.

"들어와."

하인이 얼떨떨한 표정을 한 채 집무실을 들어와 아뢰었다.

"주인님, 그…… 대공비께서 오셨습니다."

"……뭐?"

라파엘로는 놀란 표정으로 자리에서 벌떡 일어났다.

'아니지.'

이러고 있을 시간이 없었다. 그는 당장 본성 앞으로 나가 보았다.

때마침 카예나가 마차에서 내리고 있었다. 그녀가 햇살 아래에서 눈부시게 웃었다.

"나 왔어요."

라파엘로는 그녀를 너무나 그리워한 나머지 지금 뭔가 환각이라도 보고 있는 것은 아닌가 의심스러웠다.

그렇지 않고서야 갑자기 훤한 대낮에 카예나가 서부에 나타날 리가 없지 않은가? 심지어 지금은 황실이 가장 바쁜 시기였다.

"어머, 내가 반갑지 않은가 봐. 나 돌아갈까요?"

라파엘로는 그대로 달려가 그녀를 끌어안았다. 이제야 그녀가 왜 이 주간 나타나지 않았는지 이해되었다.

그녀는 아예 서부로 온 것이다. 자신과 함께 하기 위해.

"더 늦기 전에 제대로 신혼 생활은 해 봐야 하잖아요."

카예나는 라파엘로의 머리카락을 쓰다듬으며 그렇게 말했다.

라파엘로는 작게 웃음을 터트렸다.

"잘 오셨습니다."

그는 진심을 담아 제 아내를 환영했다.

라파엘로는 언제든지 카예나가 쓸 수 있도록 준비해 두었던 침실부터 직접 소개하기 시작했다.

"전에 봤을 때와 달라지기는 했네요."

그들이 결혼하기 전에 라파엘로는 이미 성을 안내해 준 적이 있었다. 하지만 벌써 세월이 제법 흘러서인지 그때 기억과는 다른 부분이 많았다. 카예나는 이렇게나 오랜 시간을 떨어져 지냈다는 사실을 여기서 가장 크게 실감했다.

"아, 그리고 여기는 나중에 아이가 쓸 방입니다."

라파엘로가 안내한 곳은 아직 아무 준비가 되어 있지 않은 방이었다. 카예나는 아이라는 말에 갑자기 궁금한 것이 생겼다.

"당신은 딸이 좋아요, 아들이 좋아요?"

그녀의 물음에 라파엘로가 고개를 살짝 갸웃하더니 말했다.

"글쎄요. 딸이든 아들이든 어차피 다 우리의 자식이니 상관없습니다."

"그럼 딸 하나, 아들 하나 낳으면 되겠네요."

"……둘이나 낳으실 생각입니까?"

라파엘로는 금방 걱정스러운 표정을 지었다.

"아이를 낳는 것은 상당히 고통스러운 일이라고 들었습니다. 후계자 때문에 자식을 낳는 것은 피할 수 없는 문제기는 하지만……."

카예나는 고개를 내저었다.

"의지할 피붙이가 하나라도 더 있는 편이 나아요. 혼자서 이 커다란 가문을 이끄는 건 가혹한 일이잖아요?"

일반적인 다른 귀족들은 당연히 홀로 가문을 이끌어야 한다고 생각할지도 모른다. 혈육이라는 존재는 제 파이를 탐내기만 한다고 생각하거나 정치적 도구로만 여길 테니.

하지만 카예나는 그런 일을 반복하고 싶지 않았다. 따지고 보면 자신도 그런 생각의 피해자였으니까.

"이것도 단순하게 보면 집안일이잖아요. 집안일은 가족들이 다 같이 나눠서 하는 게 좋지 않을까요?"

그녀의 말에 라파엘로는 눈을 천천히 깜빡이다가 엷게 웃었다.

"그렇군요. 가족이니까."

그들은 가족의 온정을 잘 아는 이들이 아니었다. 온전한 부모 형제를 지녀 본 적이 없었으니까.

'하지만 라파엘로와 함께 이루는 가정이라면 괜찮지 않을까?'

서로의 상처를 보듬고 과거를 이겨냈듯이 계속해서 좋은 길잡이, 버팀목이 되어 화목한 가정을 이룰 수 있으리라는 강력한 확신이 들었다.

카예나는 라파엘로를 마주 안으며 말했다.

"우리는 잘 지낼 수 있을 거예요."

"당신이 그토록 바라던 것처럼 평범하게, 말이지요."

카예나가 미소 지었다.

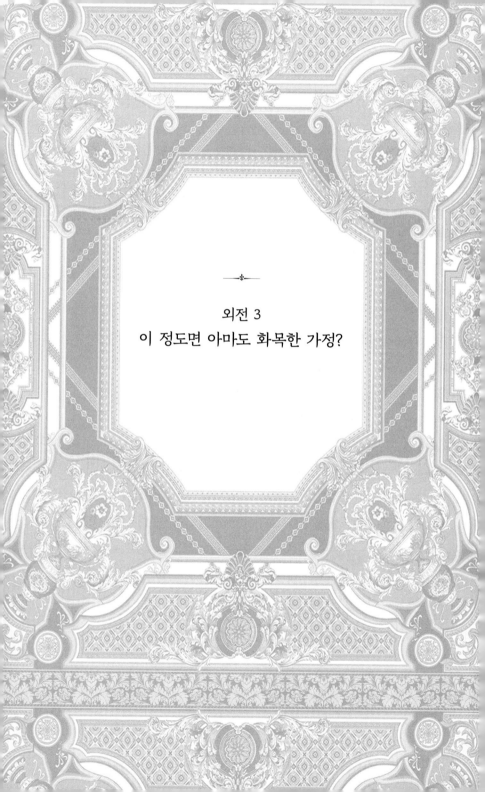

외전 3
이 정도면 아마도 화목한 가정?

새카만 머리카락, 시리도록 청명한 푸른 눈동자, 말랑한 볼과 어울리지 않는 근엄한 표정의 소년이 카예나를 찾아왔다.

"부르셨습니까, 어머니."

소년이 완벽하게 예를 갖춰 인사를 올리자 카예나가 햇살처럼 환하게 웃었다.

"어서 오렴, 루비."

그 애칭에 루비라고 불린 소년이 입술을 삐죽 올렸다. 아무리 자신이 이제 막 10살이 되었다고는 해도 차기 대공가의 주인이 될 몸이었다. 루비는 자신에게 조금도 어울리지 않는 귀여운 애칭이다.

"루드빌입니다, 어머니."

소년이 정정하자 카예나가 의자를 빼내며 말했다.

"그래, 루비. 이리 와서 앉아. 쿠키 먹을래?"

카예나가 빙글빙글 웃었다. 눈치 빠른 루드빌은 지금 카예나가 일부러 그를 루비라고 부르며 놀리고 있다는 사실을 알아차렸다.

그때 갑자기 등장한 어린 소녀가 불꽃이라도 튈 것 같은 목소리로 빽 소리 질렀다.

"오빠!!"

루드빌이 찔끔했다. 재앙과도 같은 여동생이 금빛 머리칼을 휘날리며 멀리서부터 우다다 달려오는 것이 보였다.

"어머니, 설마……."

그는 믿을 수 없다는 듯이 카예나를 바라보았다. 설마 어머니가 자신을 동생에게 팔아넘긴 것은 아니겠지?

도망칠까, 말까.

그러나 고민할 새도 없이 이미 그의 여동생, 슈나가 붉은 불꽃을 매단 눈동자로 그를 노려보고 있었다.

"왜 나한테 거짓말했어?!"

"어…… 슈나야……."

루드빌은 키드레이 대공가의 훌륭한 후계자였으나 동생은 조금 무서웠다. 성격이 어찌나 불같은지 카예나와 라파엘로가 슈나를 두고 대체 누구의 성격을 닮은 것인가에 대해 사흘 밤낮을 토론하기도 했었다.

카예나는 찻잔을 내려놓으며 고개를 끄덕였다.

"그래, 루비. 왜 슈나에게 거짓말을 했니."

"입이 열 개라도 할 말이 없을걸? 어디 변명이라도 해 봐!"

슈나는 고작 다섯 살이라는 게 믿기지 않을 정도로 말을 지나치게 잘했다. 덕분에 카예나가 그녀를 상대하다가 지쳐서 슬쩍 루드빌을 불러들인 것이었다.

"아카데미에 슈나도 데려가기로 했잖아!"

"하지만 슈나……. 수도까지 가려면 너무 힘들고……."

루드빌은 여동생에게 쩔쩔맸다. 그는 도움을 구하려는 듯이 모친을 바라보았다.

그러나 카예나는 빙긋 웃으며 어서 네가 뱉은 말에 책임지라는 듯이 바라만 보았다.

'네가 아카데미에 가 있는 동안 슈나가 얼마나 울고불고 난리 쳤는지 모르지?'

가히 적자생존의 법칙대로 자식을 절벽으로 떨어트리는 맹수 같은 기세였다.

"슈나는 똑똑한데 왜 아카데미에 못 가는 거야? 오빠가 데려다준다고 했으면서 왜 혼자 갔어!"

루드빌은 슈나의 성화에 못 이겨 그런 약속을 했었다. 하지만 아직 입학할 수 있는 나이가 되지 않은 슈나를 아카데미에 입학시킬 방법은 없었다.

루드빌이 울상이 되었을 때, 누군가가 슈나의 뒤에 다가와서 그녀를 훌쩍 들어 올렸다.

"꺅!"

라파엘로가 슈나를 안은 채 머리카락을 슥슥 쓰다듬으며 대신 변명해 주었다.

"오빠도 슈나가 입학할 방법을 찾아봤지만, 아카데미에서 안 된다고 했다더구나."

그 말에 슈나가 눈을 뾰족하게 떴다가 이내 우울하게 시선을 떨어트렸다. 실의에 잠긴 아기 천사처럼 가녀린 모습이 절로 사람들의 죄책감을 불러일으켰다.

카예나가 말했다.

"그래도 소용없어."

그러자 슈나가 다시 씩씩대는 표정을 지었다.

순간 슈나의 연기에 죄책감을 가졌던 루드빌이 퍼뜩 정신 차렸다. 저번에도 저 연기에 홀랑 넘어가 아카데미에 입학할 수 있게 해 주겠다고 약속했었다.

카예나가 루드빌을 살짝 끌어 그에게 귓속말했다. 루드빌은 긴가민가한 표정을 하더니 슈나에게 말했다.

"슈나."

"흥!"

슈나는 제 오라비를 본 척도 하지 않고 아빠의 품에 휙 안겨 고개를 돌렸다.

"아카데미는 슈나가 8살이 되면 같이 가자. 대신 이번 방학 동안 황궁에 갈까? 세이라를 보고 싶어 했잖아."

올리비아와 이델 사이에서 태어난 황녀, 세이라 이야기에 슈나가 고개를 번쩍 들었다.

"세이라 언니? 세이라 언니는 공부하러 율령에 갔다고 했잖아."

"이번에 황궁으로 돌아왔대. 같이 갈까?"

슈나의 표정이 환해졌다.

"응!"

방금까지 씩씩거리던 것을 완전히 잊은 사람처럼 슈나가 환하게 웃었다. 루드빌은 안도하며 가슴을 쓸어내렸다.

슈나가 라파엘로에게 말했다.

"슈나는 오빠랑 놀래."

방금까지 오빠를 쥐 잡듯이 몰아 세우던 슈나는 완전히 마음이 풀렸는지 천사처럼 방긋방긋 웃으며 루드빌에게 다가가 손을 꼭 잡았다.

카예나는 바스턴을 불러 아이들의 수행을 맡겼다. 이로써 평화가 다시 찾아온 듯했다.

아이들이 떠나자 라파엘로가 그녀의 곁에 앉으며 고개를 절레절레 흔들었다.

"루드빌에게 너무하셨습니다."

"어머, 제 동생의 꾀도 못 이겨 내서야 어떻게 장차 대공가를 이끌어 가겠어요?"

"슈나가 보통 애가 아니잖아요."

그건 그렇지만.

카예나는 대체 어디서 배운 것인지 사람을 제 입맛대로 구워 삶아 대는 슈나를 보면 머리가 아팠다.

"어쨌든 둘은 사이좋은 남매이니 슈나가 루드빌을 잘 보살펴 주겠죠."

그녀가 말했다.

보통은 그 반대가 되어야 하겠지만 지금껏 지켜본 결과 슈나는 장차 카예나의 명성을 따라잡을 정치력을 소유할 것 같았다. 벌써 지닌 미모도 천사처럼 아름다워 찬사를 자아내고 있었다.

카예나는 익숙하게 남편의 품에 몸을 기댔다. 라파엘로는 그녀를 안으며 그녀가 더 편하게 기댈 수 있도록 자세를 고쳤다.

"애들이 언제 크나 했더니 벌써 저만큼이나 컸네요."

그들은 화기애애하게 나들이를 떠날 준비 중인 남매를 바라보았다. 아이들은 밝고 건강하게 자라고 있었다.

카예나와 라파엘로는 여전히 서로를 사랑하며 배려했다. 라파엘로는 여전히 여보라고 불리는 것을 좋아했다.

바옐은 대공저에서 더부살이 중이나 마법사의 세계를 보살피느라 자주 만나지는 못했다. 그래도 종종 치즈 고양이의 모습으로 나타나 라파엘로와 티격태격했다.

카예나는 여전히 일상다운 일상을 살아가고 있었다. 완전한 행복으로 채워진, 영원하리라고 확신할 수 있는 그런 일상을.

〈악녀는 마리오네트〉 외전 완결